Navidad

con derecho a roce

RELATOS NAVIDEÑOS

Alberto Guerrero
Antonio Barrado Cortés
Anne Aband
Charlotte T. Loy
Deborah P. Gómez
Jessy CM
Laura Corral
M.M. Ondicol
M.R. Flower
Pebol Sánchez

Copyright © 2024

Todos los derechos reservados.

Los personajes y sucesos que aparecen en este libro son ficticios. Todo parecido con personas reales, vivas o muertas, es mera coincidencia y no intencionado por los autores.

Ninguna parte de esta publicación puede ser reproducida, almacenada o transmitida en manera alguna y por ningún medio, ya sea electrónico, químico, mecánico, óptico, de grabación, en Internet o de fotocopia, sin permiso previo de la autora.

Los derechos de explotación y reproducción pertenecen a Ediciones House of Book Dreamers (L.S.L)

Imagen de portada: Charlotte T. Loy, Deborah P. Gómez & Jessy CM

Imagen de contraportada: Charlotte T. Loy, Deborah P. Gómez & Jessy CM

ISBN: 9798343108996.

Registro: 2410139789468

INFO ABOUT RIGHTS
2410139789468
www.safecreative.org/work

A todos aquellos que todavía creen en la magia de la Navidad.

RELATOS NAVIDEÑOS

CONTENIDO

1	Relato 1: Aquí siempre es Navidad, Deborah P. Gómez	7
2	Relato 2: Siete postales, Charlotte T. Loy	59
3	Relato 3: La magia del árbol de Navidad, Anne Aband	102
4	Relato 4: Un nuevo tren por Navidad, Antonio Barrado Cortés	145
5	Relato 5: Siempre serás mi 25 de diciembre, Jessy CM	187
6	Relato 6: El destino de la mariposa, Pebol Sánchez	230
7	Relato 7: Navidades en la playa, M.R. Flower	275
8	Relato 8: Una Navidad napolitana, Alberto Guerrero	328
9	Relato 9: La Navidad es de Dickens, M.M. Ondicol	363
10	Relato 10: Un gorila por Navidad, Laura Corral	409

RELATO 1
AQUÍ SIEMPRE ES NAVIDAD
La disparatada aventura de Erik, Isla y la cajita de nieve

DEBORAH P. GÓMEZ

CAPÍTULO 1
UN GOLPE DE SUERTE

Isla veía la nieve caer a través de los amplios ventanales del taxi. La oscuridad envolvía la ciudad de Tromsø, ahora cubierta por un denso manto blanco. Odiaba el invierno y, más que eso, odiaba la Navidad. ¿Por qué había aceptado ese estúpido trabajo, aun sabiendo lo elevado que era el riesgo de quedarse atrapada en Noruega en Nochebuena? Lo hizo porque la idea de publicar esas fotos de las auroras boreales en la portada de *National Geographic* era demasiado tentadora para dejarla escapar.

En verdad, aquel trabajo no había sido sino una excusa para escapar de su realidad en Boston. Desde que su exnovio murió en ese terrible accidente de coche, hacía ya seis años, no había vuelto a sentir ilusión por la Navidad. La tragedia había borrado de un plumazo sus más bellas memorias de la infancia, comiendo pavo con su familia y abriendo los regalos junto al árbol, al igual que había restado importancia a las discusiones y malos momentos que pasaron los meses antes de su ruptura.

Isla sabía que lo que ocurrió no fue responsabilidad suya, pero no podía evitar culparse cada día. Y, de algún modo, su cerebro había ligado el accidente a esas fechas, y cada año revivía su propia pesadilla, su bucle sin fin.

Había pasado unos días de ensueño en Noruega, perdiéndose en el bosque con su cámara y divisando las auroras desde el spa que había en la suite de su lujoso hotel. Lo último que pensó fue que cancelarían su vuelo de vuelta y que recibiría la noticia en el asiento trasero de un taxi varado en la nieve, a medio camino entre Tromsø y el aeropuerto.

A pesar de todo, la suerte estuvo de su lado. Divisó una casa de huéspedes justo donde se había parado el taxi. No era nada ostentosa, tan solo una cabañita de madera que hacía las veces de hotel y restaurante, pero suficiente para pasar la noche.

Tan pronto abrió la puerta, un delicioso olor a jengibre y especias le dio la bienvenida. No, no olía a especias..., olía a la maldita Navidad. Bastaba con mirar a su alrededor para sentir que había irrumpido en la mismísima caseta de Santa. Todo en ese espacio que hacía de *lobby*, recepción y restaurante estaba decorado al extremo. La calidez que emanaba era un recordatorio constante de aquello que tanto odiaba.

¿De verdad iba a tener que quedarse a dormir allí?

Al menos, la chimenea funcionaba perfectamente y el aroma a comida, procedente de los platos de una mesa cercana, era algo tentador.

El mismo hombre que un segundo antes estaba sirviendo dichos platos se secó las manos con un trapo y le dio la bienvenida con una cálida sonrisa.

A Isla le temblaron las piernas. Parecía un vikingo salido de una de esas sagas nórdicas que su padre solía leerle de niña. Alto, con unos hombros anchos que llenaban una camisa de franela de cuadros rojos y negros. La barba, no demasiado espesa, enmarcando un rostro creado a base de contornos bien definidos, como si hubiera sido tallado en piedra por el mismo viento del norte. El pelo rubio y liso, algo despeinado, le daba un aspecto desaliñado y atractivo, y esos ojos azules... como el mar en un día de invierno. Las llamas de la chimenea creaban una bonita contradicción al reflejarse en ellos, como fuego derritiendo el hielo más puro.

El extraño levantó la mirada para encontrarse con una Isla que lo observaba con curiosidad.

—¿Puedo ayudarte en algo, forastera?

—A no ser que puedas conseguirme un vuelo de vuelta a Boston, lo dudo mucho.

—¿Qué tal una habitación para pasar la noche? Algo me dice que no tienes muchas más opciones con esta tormenta.

—No parece la peor idea —asumió ella—. ¿Dónde estamos?

—En Kvaløysletta. ¿Qué haces por aquí? No es común ver turistas en esta época del año, a no ser que estén persiguiendo las luces del norte.

—Culpable. Soy fotógrafa —explicó con un deje de orgullo.

—Así que fotógrafa, ¿eh? No muchos lo saben, pero en esta zona hay una luz que brilla más fuerte que las auroras, y su fulgor enamora a quienes consiguen verla.

—¿Y dónde puedo ver esa maravilla de la naturaleza?

—Aquí mismo —dijo con un movimiento de brazos impreciso—. Es una luz que solo puede apreciarse en estas fechas. La Estrella del Norte.

—Entiendo…

Lo que Isla entendía es que el apuesto camarero-recepcionista-cocinero y, probablemente, dueño del local era un entusiasta de la Navidad y le estaba regalando una bonita metáfora sobre un tema que a ella le aburría mortalmente.

—¿Tienes alguna habitación para mí, entonces?

—Parece que el destino te ha traído al lugar correcto.

CAPÍTULO 2
LA CAJITA DE NIEVE

Después de instalarse en la pequeña y acogedora estancia, Isla bajó de nuevo al *lobby*. El resto de los huéspedes ya se habían retirado, a excepción de un hombre de mediana edad y nariz colorada que leía un libro al calor de la chimenea.

El camarero estaba ahora detrás de la barra del bar, preparando algún tipo de vino caliente con cáscara de naranja y canela, en unos vasos excesivamente decorados, como todo en aquel lugar. Isla se sentó en una de las butacas de madera y lo observó con curiosidad.

Había algo en él que le resultaba vagamente familiar, como si ya se hubieran visto antes, pero no tenía ninguna lógica. Sería imposible olvidar esos ojos azules que parecían un cielo nocturno plagado de estrellas. Esa boca que, sin apenas haber cruzado unas palabras, ya la invitaba a pecar.

Su corazón comenzó a latir con fuerza. No tenía sentido, pero era como si una parte de ella reconociera algo en él que la atraía de manera irracional. Era una sensación demasiado fuerte para ignorarla.

—¿Puedo ofrecerte algo para calentar el cuerpo? —preguntó el atractivo desconocido sin apartar la vista de su tarea—. Nadie puede resistirse al gløgg de la casa.

Isla ocultó una sonrisita. No se le ocurría nada que pudiera calentarla más que contemplar a ese encantador noruego.

Aceptó su oferta, atenta a cada uno de sus movimientos. Había algo en él que la desconcertaba, un misterio que lo envolvía, una mezcla de confianza y vulnerabilidad, que le resultaba raro que pudieran coexistir en una misma persona.

—¿No piensas decirme tu nombre, forastera?
—Isla, ¿y tú eres...?
—Erik, encantado. ¿Nos hemos visto antes, Isla?
—No que yo recuerde. ¿Por?
—Extraño. Me suenas bastante.
—Lo dudo, es mi primera vez en Noruega. ¿Has estado tú en Boston?

Erik negó con la cabeza, incapaz de entender por qué sentía esa presión en el pecho, esa vocecilla en su interior que gritaba con todas sus fuerzas que era ella. ¿Ella quién?

Isla tenía la misma sensación, pero no quiso reconocerlo. Además, ¿dónde podrían haberse visto antes, si ella raramente salía de los Estados Unidos, y él tampoco parecía demasiado aventurero? Además, si hubiera visto alguna vez un hombre como él, estaba segura de que no lo habría olvidado tan fácilmente.

Temiendo estar volviéndose loco, Erik vislumbró en su mente una variopinta colección de *flashbacks*, que se habían acentuado con el olor de su perfume. Un carrusel de momentos felices que, estaba convencido, no habían ocurrido jamás, pero que llenaron su espíritu de una extraña energía y dicha. ¿Por qué respondía así ante una completa desconocida?

Decidió centrarse en vaciar el lavavajillas, nervioso con su cercanía y el modo en el que Isla parecía analizarlo en silencio.

Con el primer sorbo de la bebida, Isla sintió cómo los vapores cálidos y fragantes le inundaban los sentidos. Cerró los ojos con fuerza, dejando que la nostalgia la invadiera por completo. No había vuelto a beber nada parecido desde que comenzara su rechazo por la Navidad, y ese aroma especiado le traía el sonido alegre de la voz de Erik, entremezclada con algo más que no supo identificar. Ráfagas de instantes juntos que no tenían sentido, pero la hacían inmensamente feliz. No podía explicarlo.

Con un nuevo trago, las imágenes se volvieron más nítidas. Oía con claridad sus risas durante una pelea con bolas de nieve. Veía cenas en familia, noches haciendo el amor en una cabaña, desde la cual se vislumbraban las luces del norte, y esos ojos azules recorriéndola de arriba abajo con deseo.

Isla sintió un escalofrío. Definitivamente, ella NUNCA había visto a Erik antes. ¿Qué demonios le había echado en la bebida?

Miró de soslayo al camarero, entretenido vaciando el lavavajillas y ajeno al fuego interno que la calentaba.

No pudo evitar fijarse en la bolita de nieve que descansaba en la barra, junto a su vaso de gløgg. Era uno de esos *souvenirs* para turistas con una réplica del pueblo congelada en su interior, con la exuberancia navideña incluida. Aunque bonita, había algo en ella que hizo que Isla se sintiera incómoda. Una sensación inexplicable... Como todo en ese lugar.

—¿Por qué odias tanto la Navidad? —quiso saber Erik sin venir a cuento.

Isla levantó la mirada, preguntándose si el extraño sería capaz de leer la mente, además de provocar que su corazón escapara un latido.

—¿Cómo...?

—Soy observador. El modo en el que juegas con la bolita entre las manos es bastante significativo. Es como si estuvieras recordando algo que preferirías olvidar.

—Perdí a alguien en estas fechas. Me cuesta separar una cosa de la otra.

Erik la observó con expresión neutra antes de sonreír con timidez.

—En ese caso, no te obligaré a cantar villancicos. Todos los huéspedes lo hacen, tenemos una competición —dijo, señalando el tablón de madera donde se leía «Karaoke navideño».

—¿No te has planteado que tal vez esa sea la razón de que llueva y nieve tanto por aquí? —bromeó Isla. Le gustó que Erik respondiera con otra de sus sonrisas—. ¿Cuál es la historia de esta cajita de nieve?

—¿Qué te hace pensar que hay una?

—Soy observadora. Y el modo en el que pareces temer que la rompa es bastante significativo —le respondió, usando sus mismas palabras.

—Es una reliquia local. Se dice que, si la miras fijamente en la víspera de Navidad, tal y como tú estás haciendo ahora mismo, serás teletransportado a un mundo especial donde la Navidad nunca termina.

—¿Y cuál es la ventaja de un lugar así?

—Eso ya depende de lo que cada uno albergue en su corazón y lo que anhele para ser feliz. A veces, todos necesitamos que la magia entre en nosotros y encuentre su camino.

—¿De verdad me estás hablando de magia? —Isla enarcó las cejas, burlona.

—¿Acaso no crees en ella?

—No, desde que tengo uso de razón... Sería tan absurdo como creer en Santa Claus y en los elfos mágicos.

—Cuida tus palabras, forastera. Escandinavia está llena de criaturas encantadas y podrías ofender a alguien —replicó Erik receloso. Isla omitió decir nada por temor a ofenderlo más—. Dime una cosa: ¿son mejores las Navidades desde que no crees en ellas?

Isla se encogió de hombros, sin saber qué responder a eso.

—La Navidad solo nos recuerda nuestras desgracias, aquellos que ya no están con nosotros. Que hubo una época en la que fuimos más felices.

—¿Eso es lo que realmente ves en la bola de nieve?

Isla la miró con detenimiento. En realidad, no era lo que veía. Desde el mismo instante en que había entrado en ese lugar, su cabeza se había llenado de esas imágenes alegres junto a un desconocido de bonitos ojos azules, que no sabía de dónde procedían. ¿Acaso Erik la estaba embrujando?

—Es solo una estúpida bolita de nieve, Erik. Las leyendas no existen —replicó, para esconder su perturbación.

Isla dejó la esfera de nieve a un lado y bebió un sorbo de su vino especiado, deseando recluirse en su habitación antes de perder la cabeza por completo. Estaba cansada del viaje y frustrada por no poder regresar a Boston. Era normal que el cerebro le jugara malas pasadas.

—No es estúpida —replicó él muy digno—. Me la regaló mi abuelo antes de morir y es muy especial para mí. Pero, para que te ayude, tienes que abrir la mente y creer en su magia.

Isla ni siquiera lo miró mientras seguía hablándole de fábulas y cuentos de hadas. Era una mujer adulta y con los pies en la tierra, no se iba a dejar seducir con tonterías como esas.

Cogió la bola de nieve de nuevo y la agitó con esmero para ver cómo los diminutos copos caían sobre los tejados de aquel pueblito que parecía de juguete.

Dio un nuevo sorbo al gløgg, notando cómo sus párpados se volvían pesados. Necesitaba descansar y la calidez de la chimenea la invitaba a abandonarse en los brazos de Morfeo.

«Solo una cabezadita», pensó, apoyando la frente sobre sus codos cruzados en la barra. Las luces parpadeantes y los villancicos que salían del hilo musical se desvanecieron lentamente hasta convertirse en un sueño nebuloso.

CAPÍTULO 3
SE HA PERDIDO UNA ESTRELLA

Isla despertó sobresaltada y con el corazón latiéndole a diez mil revoluciones por minuto. Había tenido un sueño rarísimo con renos, elfos y bastoncillos de caramelo y, al verse de nuevo en la barra del hotel, respiró aliviada.

Sin embargo, algo no estaba del todo bien… Para empezar, era de día, algo que no tenía demasiado sentido teniendo en cuenta que el reloj de la pared marcaba las cinco de la madrugada. En esa parte del mundo, sumida en una continua noche polar, el sol crepuscular no se dejaba ver hasta bien entrada la mañana y no brillaba con la fuerza con la que lo hacía ese.

A través de las ventanas, veía un paisaje cubierto de nieve. Las luces navideñas resplandecían con la misma intensidad, pero la atmósfera era extrañamente estática, como si, pese a los vientos huracanados que la habían arrastrado allí la otra noche, ahora no corriese ni la más leve brisa.

Buscó a Erik con la mirada, pero no parecía haber nadie más en el *lobby*. No pudo evitar el cabreo que comenzó a nacer en ella contra aquel atractivo extraño. ¿De verdad le había permitido dormir durante horas sobre un taburete, sin despertarla ni llevarla a su habitación? Dejando a un lado su poca caballerosidad, era el peor gerente de hotel del mundo.

Sin pensarlo demasiado, se abrochó el abrigo rojo y salió a la calle, guiada por el fulgor irreal que desprendía la nieve, como si estuviera iluminada desde dentro. Pero lo más curioso fue que, al tocarla, no estaba fría ni tenía la consistencia o textura que uno hubiera esperado, sino que parecía hecha con miles de diminutas estrellas que se deshacían entre sus manos, llenándolo todo de un polvo plateado.

El aire olía a mazapán y a gløgg, y las casitas que la noche anterior habían rodeado el hotel ahora parecían construidas en pan de jengibre, con farolas que asemejaban bastones de caramelo.

Isla se pellizcó dos veces, intentando despertarse. Tenía que tratarse de un sueño, o una pesadilla, más bien, pues no se le ocurría nada peor que estar atrapada en un pueblo que celebraba la Navidad hasta ese extremo.

Dio un paso al frente, notando cómo la nieve crujía bajo sus pies con el mismo sonido que haría un caramelo al morderlo.

¿Qué demonios...?

Un grupo de elfos pasó corriendo frente a ella, con sus orejas puntiagudas asomando bajo sus gorritos de lana. No eran los típicos elfos traviesos dispuestos a esconder los regalos y volver locos a los humanos, sino que parecían tener prisa y estaban perfectamente organizados para cumplir una misión.

Isla parpadeó con fuerza, convencida de que así despertaría y se encontraría de nuevo en el café del hotel. No funcionó.

Antes de que pudiera comprender lo que estaba viendo, una de las pequeñas figuras que corrían de aquí para allá se tropezó con ella. No mediría más de un metro de estatura, aunque sus rasgos y su barba poblada confirmaron que se trataba de un adulto. Varios regalos cayeron abruptamente en la nieve con la colisión.

—¿Estás bien? —preguntó Isla, ayudándole a meter de nuevo los regalos en su saco verde.

El elfo la miró sorprendido, como si ella fuera la extraña en ese lugar y no él, que vestía ese ridículo atuendo de ayudante de Santa. Y luego decían que los americanos se volvían locos con la Navidad...

—¡Por todos los renos! ¡Tú eres...! —jadeó el elfo—. ¡La humana de la leyenda!

—¿La qué de qué? —Isla lo miró perpleja, analizando al extraño ser de arriba abajo—. Creo que me confundes con otra persona. Yo llegué hace unos días desde Boston y no sé nada de ninguna leyenda.

Antes de que pudiera obtener una explicación al malentendido, los otros elfos también se acercaron, rodeándola con curiosidad mientras cuchicheaban en una lengua primitiva que ella no lograba entender. La emoción se reflejaba en sus brillantes ojillos negros.

—Isla, ¿verdad? —adivinó el elfo. Ella asintió, confundida—. Entonces, no hay error posible. Solo tú podrías ayudarnos a salvar la Navidad.

Isla emitió una risita nerviosa. ¿De qué estaba hablando? La Navidad no era algo que pudiera ser salvado o estar en ningún tipo de peligro. Aquella situación era absurda. ¿De verdad estaba hablando con un grupo de duendes en una ciudad que parecía de plástico y caramelo, como en una de esas cajitas de nieve para turistas?

«Oh, no...».

De repente, Isla sintió un escalofrío. Las palabras de Erik acudieron con fuerza a su cabeza, explicando así su ausencia y lo irreal de ese mundo en el que se encontraba, donde un sol de agosto brillaba en medio de la noche nórdica. La cajita de nieve. La leyenda. La magia... Ese mundo paralelo donde siempre era Navidad.

¡Iba a matar a ese atractivo vikingo en cuanto se cruzara de nuevo con él!

—Creo que hay un error —probó ella, deseosa de salir de

ese embrollo—. Yo solo soy una fotógrafa atrapada en una tormenta, quien, por cierto, siente una terrible aversión hacia la Navidad y…

No logró acabar su frase porque unos pasos detrás de ella la interrumpieron. No tuvo que girarse para saber que se trataba de él. El olor a naranja y canela lo delataba.

—¿Por qué será que no me extraña que tú también andes metido en esto, Erik?

—Es una larga historia —respondió con un suspiro—. Básicamente, estoy aquí por lo mismo que tú, señorita Grinch.

—¿Salvar la Navidad? —replicó ella con sarcasmo, para no revelar lo mucho que le costaba creerse esa historia y lo cabreada que estaba con él.

Erik sonrió levemente, aunque mantuvo su semblante serio.

—Exactamente eso, sí. Así que quita esa expresión de burla y empieza a tomarte esto en serio porque, como la "elegida" que eres, no vamos a salir de aquí hasta que ayudemos a estos elfos en su misión.

—¿Cómo que…? —Isla empezó a alterarse—. Tú ya sabías que esto iba a pasar, ¿verdad? ¡Por eso me soltaste todo ese rollo de la bolita de nieve!

—Puede que necesitara un poco de ayuda —confesó—. Estoy harto de estar aquí solo, encerrado y reviviendo cada Nochebuena como un bucle hasta que encuentre la manera de salir de aquí.

—¿Reviviendo cada Nochebuena? —repitió ella con un amago de pánico—. ¿Cuánto tiempo llevas aquí encerrado, Erik?

Su silencio hizo que Isla se pusiera nerviosa.

—El tiempo no se mide igual aquí abajo…

—¿Cuánto, Erik? —insistió, furiosa.

—Nada, mujer, solo unos meses…

Erik entrecerró los ojos, a la espera de que ella explotara con esa información, y eso que no le había dicho toda la verdad por no asustarla.

—¡Pero eso es imposible! Hace tan solo unas horas estuve hablando contigo en el hotel.

—Lo sé, lo recuerdo, pero... —Erik hizo una pausa, intentando ordenar sus ideas—. Mira, no sé cómo llegué aquí, ni tampoco cómo funciona esto. Es como que una parte de mí sigue ahí arriba, en el mundo real, pero mi alma está aquí cautiva hasta que resuelva lo que sea que he venido a solucionar. Y creo que tú eres la razón por la que he fracasado hasta ahora. Parece que tenemos que hacerlo juntos.

—Esto no tiene ningún sentido. ¿Cuál es esa misión en la que has fracasado hasta ahora?

—Oh, te va a encantar, créeme... Deja que te lo cuente Odín.

—¿Odín?

—¡El elfo! ¿Acaso pensabas seguir llamándolo "elfo" eternamente?

Lo cierto es que Isla estaba tan nerviosa que ni se había planteado que la criatura tuviera nombre propio. Se dirigió a Odín, que llevaba mirándolos un buen rato sin atreverse a interrumpir su discusión.

—*Okey*, supongamos que decidimos ayudarte a... salvar la Navidad. ¿Qué es lo que necesita ser salvado exactamente?

El pequeño y extraño ser los miró a los dos con ojos grandes y llenos de esperanza.

—La estrella mágica que alimenta el espíritu de la Navidad ha desaparecido y la ciudad de Juleby está perdiendo su brillo. Si se apaga, la magia se desvanecerá para siempre, tanto dentro como fuera de la bolita de nieve.

Isla buscó a Erik con la mirada, convencida de que le estaban tomando el pelo. Incluso el nombre le sonaba ridículo. No necesitaba hablar noruego para entender que Juleby significaba «pueblo de Navidad».

—Te dije que te encantaría —aseguró él, poniendo los ojos en blanco.

—Todo esto está muy bien, pero ¿qué tenemos que ver nosotros? —insistió ella.

—Necesitamos encontrar la fuente de su luz y reavivarla, pero solo alguien que crea en la Navidad podrá hacerlo —explicó Odín.

—Tenéis a Erik, es la persona más navideña que conozco. ¿Para qué me necesitáis a mí?

Un coro de duendecillos comenzó a reírse ante sus palabras.

—¡Erik odia la Navidad más que nada en este mundo! —vociferó una mujer de orejas puntiagudas.

Isla buscó una explicación en el rostro de Erik, comprendiendo de pronto que ese afán por sobrecargar su hotel con detalles navideños no era sino su intento frustrado de demostrar que era un firme creyente y merecía salir de ese mundo multicolor.

«¡Pues estamos apañados!», pensó ella, incapaz de creer que su falta de espíritu navideño la hubiera condenado a vivir en una bolita de nieve para siempre.

Ante la evidencia de que no tenía más opción que hacer lo que esas criaturas le pedían si querían volver al mundo real, Isla se mostró decidida a ayudarlos.

—Bien, así que ¿solo tenemos que encontrar esa estrella perdida y, entonces, podremos salir de aquí? —preguntó frunciendo el ceño, omitiendo pensar que, además de encontrar esa estrella, necesitaban recuperar la fe.

—Algo así, sí…

El titubeo del elfo mosqueó a Isla. Erik seguía con esa actitud arrogante y desconfiada, como de quien ya había vivido esa situación cientos de veces antes. Probablemente fuera así…

—Pero no es una estrella cualquiera —explicó la mujer elfina, que respondía al nombre de Eiril—. Es la Estrella del Norte, la que nos guía a todos los seres mágicos hacia el espíritu de la Navidad. Sin ella, estamos perdidos.

—Decidme a dónde nos dirigimos y os traeremos vuestra estrella.

Erik dibujó una sonrisa burlona en sus labios, como si no creyera que Isla estuviese preparada para esa aventura.

—Veo que estás lista para ser la heroína de un relato navideño con el que algún día podré aburrir a mis huéspedes... si es que salimos de aquí.

Isla lo miró con desdén.

—Si logramos salir de aquí, tú y yo vamos a tener más que palabras ahí afuera, Erik.

—¿Por qué estás enfadada conmigo, forastera?

—¿Me lo preguntas en serio? —Isla puso los brazos en jarras y lo desafió con la mirada—. ¡Todo esto es culpa tuya y de esa estúpida cajita de nieve que...!

Erik fue lo bastante rápido para cerrarle la boca antes de que siguiera blasfemando y, con ello, hiriera los corazones de todos aquellos seres mágicos que habían depositado su confianza en ella.

—Guárdate tus opiniones para cuando estemos a solas, encanto.

—¿Qué haces tú aquí abajo? Pensaba que adorabas la Navidad, ¡no hay más que ver tu hotel!

—Digamos que estoy aquí porque, al igual que tú, necesitaba recordar que la Navidad es importante.

—Pero ¿por qué? ¿Acaso tú también perdiste a alguien? —preguntó. Erik le devolvió una mirada fría, que no requería de mucha más explicación—. Esto no va a quedar así, vikingo. Te vas a enterar cuando regresemos allí arriba.

—Estoy deseándolo —respondió con aburrimiento.

—Será mejor que empecemos cuanto antes —aseguró, tratando de ignorar a su irritante compañero de aventuras—. ¿Alguna idea de dónde podría estar esa estrella?

—Le perdimos la pista en el Bosque de Rudolph —informó el elfo más joven.

—El Bosque de Rudolph —repitió Isla, tratando de que no se reflejara la burla en su voz. Todo era tan absurdo que le costaba creerlo.

—Así es. Pero tendréis que ir solos. Los elfos no podemos enfrentarnos a las temibles criaturas que habitan en el bosque.

Isla pensó que lo más temible que podría aparecer en ese reino de algodón de azúcar era un muñeco de nieve hiperactivo y con sobredosis de turrón.

Tomó aire y lo soltó de nuevo, buscando calmarse. Seguro que solo estaba encerrada en algún tipo de sueño. Pronto, despertaría en el café de aquel hotel y podría tomar un vuelo de regreso a Boston. Estaba deseando perder de vista a ese noruego presuntuoso que la había metido en ese puñetero lío.

Pero ¿por qué veía su rostro sonriéndola cada vez que cerraba los ojos? ¿Por qué lo imaginaba tendiéndole la mano mientras patinaban juntos sobre un lago helado, o besándose al calor de la chimenea, arropados por una manta, mientras compartían un delicioso chocolate caliente?

—Será mejor que nos pongamos en marcha —rogó, antes de que las extrañas visiones terminaran por volverla loca de remate.

CAPÍTULO 4
EN BUSCA DE LA FLOR DE HIELO

Isla y Erik comenzaron a caminar por un bosque cubierto de nieve de azúcar, rodeados de altos y frondosos árboles que, en vez de a madera y pino, olían a chocolate con menta. Sus ramas estaban decoradas con pequeñas luces doradas y algunos tenían una puertecita en su tronco que, según Erik, llevaba a las madrigueras de otras criaturas mágicas.

Mientras él explicaba cuanto iban encontrando a su paso, tratando de que todo sonara lo más normal posible, ella se mantenía en silencio y, de vez en cuando, resoplaba para ocultar su cabreo... hasta que empezó a estar harta de disimular.

—¿Es que no piensas contarme cómo hemos acabado aquí dentro?

Esta vez fue el turno de Erik de resoplar, pues había estado temiendo esa pregunta desde el comienzo de su aventura.

—Ya te he dicho que no tengo ni idea, forastera.

—Algo recordarás, digo yo... ¿Dónde estabas antes de aparecer aquí?

Erik perdió la mirada en la nieve, tratando de recordar.

Sabía de seguro que estaba atendiendo en la barra del hotel a un extraño caballero con la nariz colorada por el frío.

Pidió un vaso de gløgg y, al igual que Isla, se interesó por esa vieja bola de nieve —que conservaba más por apego sentimental que por devoción navideña—, y, de algún modo, acabaron hablando de su padre. No vio nada raro en ello, excepto que hacía años que se había prohibido a sí mismo pensar en él y, mucho menos, compartir su historia con un completo extraño.

El noruego cerró los ojos con fuerza cuando una nueva oleada de recuerdos, tan confusos como imposibles, le golpeó de pronto. Esa mujer estaba en todos ellos: dando la bienvenida a un huésped en su hotel, en un parque de atracciones de Florida con su familia, decorando el árbol con unos niños a los que no había visto antes…

¿Qué clase de brujería era esa? Agitó la cabeza, convencido de que tanto tiempo encerrado en ese mundo de hielo le había congelado el cerebro.

—¿Erik? —insistió ella, soberbia.

—Recuerdo estar sirviendo a un cliente y compartir un vaso de gløgg con él. Un amante acérrimo de la Navidad que detectó mi falta de entusiasmo e insistió en conocer mi historia —explicó—. Esa noche me fui a la cama como cualquier otra y, a la mañana siguiente, me desperté aquí.

—Espera un momento, ¿quieres? —Algo en sus palabras había hecho que Isla entrara en pánico—. ¿Me estás hablando de las Navidades pasadas? Llevas aquí… ¿un año entero?

—Supongo… Ya te he dicho que aquí abajo pierdes la noción del tiempo. No veo el momento de salir.

—¡¡Pero es que no te das cuenta de que no vamos a escapar en la vida!? —vociferó ella—. ¡Somos dos malditos agnósticos y este es nuestro castigo!

—Tu optimismo no ayuda demasiado, forastera —la reprendió Erik.

—¡Soy realista! No solo tenemos que encontrar esa estrella,

también debemos recuperar la fe en la Navidad, y eso, cariño, lo veo mucho más difícil.

—Sobre todo, si estamos obligados a estar juntos— murmuró él por lo bajo.

—Te aseguro que a mí tampoco me entusiasma la idea de perder el tiempo con el típico tío duro y misterioso que esconde sus traumas detrás de una fachada de sarcasmo.

—¿Pero tú te has visto? Eres la típica niña mona que se resiste a creer en la Navidad y, en el fondo, solo estás esperando a que alguien te rescate del Grinch que llevas dentro.

—¡Por favor! No me hables de rescatar... ¿Debo recordarte que, sin mí, ahora mismo estarías perdido y sin posibilidad de salir de aquí?

—¿Tengo que recordarte yo a ti que aún no hemos ido a ninguna parte, listilla? ¡No tienes ni idea de a qué nos vamos a enfrentar esta noche!

—¿Puede haber algo peor que estar encerrada en una caja de nieve con un idiota con una camisa de cuadros?

Erik resopló, notando cómo su cuerpo se encendía con la acalorada discusión.

—¿Qué problema tienes con mi camisa? No parecía molestarte tanto cuando babeabas por mí en el hotel.

—¿Que yo bab...? —Isla decidió acabar con ese absurdo, que no iba a llevarlos a ninguna parte—. Por favor, haz algo útil: ya que tienes cierta conexión con el mundo exterior, ¿puedes ver lo que estamos haciendo allí afuera?

Erik negó con la cabeza, aun sintiendo el fuego de su pelea ardiendo con fuerza en su pecho.

—No, he deducido que solo venimos aquí cuando estamos dormidos.

—Eso quiere decir que tú también te has quedado frito. —En su mirada, Erik detectó que Isla estaba acusándolo de algo—. ¡Eres un irresponsable! ¿Cómo se te ocurre quedarte dormido con la puerta del hotel abierta? ¿Y si entra alguien? ¿Y si...?

—En serio, Isla, ¿quién va a entrar en medio de la noche y con esta tormenta? ¡Estamos en Noruega!

—Estábamos. ¡Te recuerdo que hace tiempo que hemos aterrizado en la maldita Juleby! —rugió ella con sarcasmo.

Una nueva ráfaga de imágenes abstractas los invadió a los dos, como si estuvieran viendo la misma película en dos pantallas diferentes. Recuerdos de una vida que nunca existió, una llena de caricias, ilusión, promesas de amor y sonrisas. Juntos.

A Isla no le pasó desapercibido el modo en que Erik agitaba la cabeza, aturdido. ¿Acaso estaría sintiendo lo mismo que ella?

Decidió cambiar de tema a riesgo de volverse aún más loca.

—Entre estos parajes es donde se esconde el famoso reno de nariz roja, ¿verdad?

—Exacto, aunque baja tus expectativas. Rudolph no es como lo describen las historias…

—¿A qué te refieres? No me digas que no tiene la nariz roja o me habrás arruinado un mito —bromeó ella.

—Oh, tranquila, la tiene…, al igual que un carácter endemoniado. Estoy deseando que lo conozcas, seguro que os lleváis de maravilla.

Isla decidió ignorar el reproche implícito en sus palabras. Tenían que encontrar el modo de salir de allí y debían hacerlo unidos.

—¿Ya habías estado en este bosque antes?

—Unas mil veces.

—Erik…, ¿has provocado tú la tormenta que me hizo llegar a tu hotel?

El noruego la miró como si estuviera mal de la cabeza.

—¿Quién te crees que soy, Thor? Sabes que eso es solo una leyenda, ¿verdad?

—¿Me lo preguntas en el Bosque de Rudolph, dentro de una bolita de nieve donde siempre es Navidad? —observó ella.

Erik torció el gesto, pensando que había algo en esa mujer

que lo irritaba y divertía a partes iguales.

—La razón por la que estamos aquí es porque el elfo Odín sospecha que Rudolph custodia la clave para dar con la Estrella del Norte, aunque no creo que ceda tan fácilmente. Nos pondrá a prueba. Ya has oído al elfo: hace falta un corazón creyente para encontrar la estrella, y diría que no han elegido demasiado bien a sus héroes…

Antes de que Isla pudiera preguntar a qué se refería con eso, un gruñido a su espalda la sobresaltó.

—¿Quién osa importunar mi descanso?

Isla pegó un bote, sorprendida por la dureza del simpático reno.

—¿Rudolph… habla? —dudó, mirando a Erik.

—¡Pues claro que hablo, niñata! ¿Acaso tengo menos derecho que tú a alzar mi voz? —se indignó el reno—. ¡Humanos pretenciosos!

Erik dio un paso adelante y el reno pareció tranquilizarse con su presencia.

—Ey, Rudolph. Hemos venido en busca de la Estrella del Norte. Se rumorea que tienes alguna pista para nosotros.

—¿Se rumorea? —replicó burlón, con un tono de voz que era divertido y familiar a la misma vez—. ¡Por todos los renos, Erik! ¿Cuántas veces vas a venir aquí mendigando respuestas, muchacho?

—Esta vez es diferente, Rud. La traigo… a ella.

Rudolph observó a Isla con curiosidad, sabiendo que se trataba de "la elegida". A primera vista, le parecía una extranjera finolis y con poca alma aventurera como para ser la heroína que estaban esperando, pero ¿quién era él para dudar de los designios del Guardián de la Navidad?

—Si de verdad eres "la elegida", necesito que me demuestres que eres digna de esa Estrella.

—¿Y cómo quieres que haga eso? —replicó, cansada de esa situación.

—Con un reto —respondió el reno con voz cantarina—. Tráeme la Flor de Hielo que crece en el lugar más oscuro de este bosque. Si la encuentras, entenderé que tienes el coraje y el espíritu necesario para rescatar a nuestra Estrella.

—¡Pero no tenemos tiempo! —protestó ella—. La Navidad se apaga.

Erik puso una mano en sus hombros, deteniéndola.

—Tranquila, forastera. Me temo que no tenemos mucha más opción que encontrar esa flor si queremos que Rudolph nos ayude.

—¿Y dónde la encontraremos?

—Allí donde la luz no puede penetrar y solo los más puros de corazón logran entrar —repitió el reno como si fuera una adivinanza.

—Yo me largo —protestó Isla.

—¿Y adónde demonios crees que vas a ir? Te recuerdo que estamos atrapados en esta fantasía navideña hasta que encontremos la dichosa Estrella del Norte —replicó Erik.

—Pero ¿tú has visto lo oscuro que está el camino? ¡Ni siquiera tenemos una linterna o un móvil con el que alumbrarnos!

—Rudolph, ¿no tendrás…? —intentó Erik.

—Ya hemos pasado mil veces por esto antes, chico, solo tienes que pedírmelo.

Como si fuera lo más normal del mundo, el reno se desenroscó la nariz roja y la metió en un tarrito de cristal, donde comenzó a brillar como la más intensa de las bombillas.

—Buen viaje, muchachos —les despidió—. Y no regreséis hasta que tengáis en vuestro poder la Flor de Hielo.

Isla no quiso decir en voz alta lo mucho que empezaba a cansarle esa aventura absurda. Sabía que Erik no estaba de mejor humor si había vivido esa misma situación antes sin obtener el resultado deseado. El pensamiento le generó cierta desesperanza. ¿Por qué iba a ser diferente esta vez?

Continuaron su camino hacia el corazón del bosque,

guiados por la luz que desprendía la nariz de Rudolph, y sintiendo que una neblina de azúcar espolvoreado los invadía y dejaba sin aliento.

A cada paso que daban, el bosque parecía cambiar de dirección. Isla estaba convencida de que llevaban un rato caminando en círculos, aumentando su frustración, algo que parecía funcionar de combustible para que el bosque se rebelara aún más contra ellos.

Habían perdido la noción del tiempo y sus relojes no parecían funcionar en ese reino, con lo que no tenían ni idea de cuánto llevaban caminando. Y lo peor era que la tensión entre ellos aumentaba con cada silencio.

Erik se detuvo en un claro del bosque. Isla no pudo evitar fijarse en cómo la luz de las estrellas iluminaba su rostro de un modo mágico y misterioso.

—No deberíamos seguir avanzando hasta que te tranquilices —susurró él, mirando en todas las direcciones.

—Yo no he abierto la boca —replicó Isla, ofendida por su sentencia.

—No hace falta, el bosque lo siente. Por eso nos está dificultando el camino, porque intuye tu malestar.

—Perfecto, como no tenía suficiente con lidiar contigo, ahora también hay un bosque que juzga mis emociones.

—Guarda tu sarcasmo para luego. El Krampus adora a la gente como tú, y no pienso rescatarte si nos atrapa por una de tus imprudencias.

Isla lo miró con actitud socarrona. Nada podría empeorar la situación tan ridícula que estaban viviendo.

—No sé lo que es un Krampus, pero no le tengo miedo. Estamos en un bosque de chocolate con menta, ¿qué es lo peor que podría pasarnos? ¿Qué nos ataque un osito de gominola?

—¿Aparte de quedarnos encerrados para siempre, soportándonos el uno al otro, dices?

Isla torció el gesto, dispuesta a ceder por esa vez.

—Tienes razón: necesitamos encontrar la salida. Prefiero enfrentarme a un millón de Krampus malignos que tener que aguantarte a ti ni un solo minuto más.

—Me alegra, porque parece que tus deseos están a punto de hacerse realidad.

No necesitó seguir su mirada para entender que algo no iba bien. Un frío que no había experimentado antes le provocó un estremecimiento, mientras una densa oscuridad lo inundaba todo.

Antes de que pudiera preguntarse qué había cambiado, una figura siniestra emergió de la nada, situándose frente a ellos e impidiéndoles avanzar. Era un ser abominable, como hecho con pedacitos de carbón de azúcar, con ojos grandes y brillantes, cuernos poderosos y unas manos largas que se extendían hacia ellos como ramas retorcidas. Su gorrito navideño negro y con pompón blanco hacía que el monstruo fuera aún más espeluznante.

La nariz de Rudolph, que antes les había servido de guía, se apagó de golpe, dejándolos a merced de la escasa luz que los rodeaba.

—¿Qué demonios es eso, Erik?

—Un Krampus de las Sombras —respondió él, apretando los dientes—. Es un espíritu maligno navideño que se alimenta del miedo y la falta de sueños.

—Muchas gracias por la introducción, Erik —agregó la criatura, con una sonrisa oscura y siniestra—. Veo que hoy te has traído a una amiguita.

—Si no te importa, prefiero saltarme las presentaciones. Algo me dice que no os ibais a llevar demasiado bien, de todos modos…

—¿De verdad vas a intentar otra vez atravesar el bosque? ¿Es que no te cansas de perder, muchacho? —bramó el ser, con una voz de ultratumba que resonó por todo el bosque.

Pero no solo su eco se multiplicó, sino que también lo hizo su forma, creando cientos de copias de sí mismo que empezaron a rodearlos. Isla pegó un grito, lo que hizo que el Krampus se multiplicara aún más rápido.

Como orquestados por una fuerza mágica, las sombras se hicieron a ambos lados, creando un caminito iluminado con el brillo de sus ojos saltones, que guiaba hasta un pequeño montículo. En el centro había un círculo de agua congelada bajo la cual se vislumbraba una flor única, que emitía destellos azulados.

—¿Es eso lo que buscáis? Bien sabes ya que nunca conseguiréis escapar de aquí con la Flor de Hielo —anunció la criatura, haciendo que todas sus réplicas lo repitieran en una melodía tan siniestra como lastimera.

—Estamos preparados para enfrentarnos a nuestros propios miedos —anunció Erik con voz segura.

Pero Isla no lo tuvo tan claro cuando sintió un frío que nada tenía que ver con la nieve. De pronto, una nube negra dominó su corazón, y las vivencias de todas las Navidades pasadas comenzaron a desfilar ante sus ojos, recordándole por qué odiaba esas fechas. Estaba sucumbiendo ante el poder del Krampus, dejando que las sombras la atravesaran y absorbieran un pedacito de su alma, arrastrándola a la oscuridad.

Por un instante, sintió que todo se fundía a negro y que estaba a punto de desfallecer. Pero, entonces, Erik dio un paso al frente para sujetarla y le susurró al oído:

—Estas criaturas se alimentan de tus miedos, forastera. No podemos dejar que ganen. —Sus palabras fueron en vano, pues una película tiñó los ojos de Isla de negro—. ¡Ni hablar! Isla, vuelve conmigo —rogó, desesperado—. Piensa en algo bonito. Piensa en…

¿Cómo podría rescatarla de sus miedos si apenas la conocía? No sabía nada de su pasado, aunque algo dentro de su pecho se muriese por compartir con ella cada instante de su futuro.

—Déjala que tiemble —pidió el Krampus—, quiero ver cómo la desesperación se apodera de ella. La esperanza es solo una ilusión, y nunca vais a salir de aquí con vida.

—Eso ya lo veremos —aseguró Erik.

—Mira a tu alrededor, muchacho: este bosque está lleno de las almas de aquellos que, como vosotros, se han dejado consumir por sus miedos.

CAPÍTULO 5
EL RECUERDO DE LAS NAVIDADES FUTURAS

—¡Isla, despierta! Por favor…

Mientras la americana era consumida por la oscuridad, Erik sintió su dolor en el corazón como si fuera propio. Apenas conocía a esa mujer en el mundo real, pero, allí abajo, sentía una conexión muy fuerte que lo unía a ella, como si se conocieran de otra vida, de otra aventura, de otras Navidades. ¿Acaso habrían vivido ya algo parecido que su falta de fe no les permitía recordar?

A su alrededor, las sombras comenzaron a tomar formas. Figuras espectrales, que parecían surgir de todas partes, los rodearon para absorber su alma con sus bocas abiertas en un grito eterno y silencioso.

Isla cayó en un sueño ligero entre los brazos de un Erik impotente, que no sabía qué hacer para despertarla. Lo envolvían también a él, susurrándole sus peores temores con una voz fría y aterradora.

—Despierta, Isla —murmuró, roto por el dolor que aquella

magia extraña le estaba infligiendo—. Yo solo no puedo hacerlo, tenemos que salir de aquí juntos. Piensa en algún recuerdo bonito que tengas de las Navidades. ¡Cualquier cosa! Recuerda a tu familia, los regalos, la comida, las luces de Boston...

Isla negó con la cabeza, a punto de desfallecer. No podía culparla, él tampoco tenía recuerdos hermosos de esa fecha, tal vez por eso los dos eran víctimas de ese encantamiento oscuro. Preso de la desesperación y dispuesto a intentar cualquier cosa, lo único que se le ocurrió fue generar esos recuerdos de los que ambos carecían, pero que parecían añorar secretamente en algún lugar de sus almas.

—¿Recuerdas cuando te acercaste a mí en el hotel? —comenzó con voz pausada, sujetando a una Isla dormida entre sus brazos, mientras cientos de sombras oscuras los devoraban sin piedad—. ¿Te imaginabas entonces que solo era el comienzo de algo especial? La primera de muchas Navidades juntos. Reconozco que yo sí, algo dentro de mí lo supo al verte.

Isla se removió, guiada por su voz.

—Me dijiste que odiabas la Navidad, pero solo lo hiciste para captar mi atención. ¿Por qué si no vendrías a Noruega en esta época del año? —siguió él, tratando de sonar seguro y convincente—. Y, entonces, yo te serví un gløgg, y tú... —Una sombra amenazó con asfixiarlo, pero no podía sucumbir ante ella—. Tú empezaste a contarme cómo era tu vida en Boston y yo te vendí las maravillas de mi país. Yo quería convencerte de que te quedaras. Quería que me dieras una oportunidad. Porque, aunque acabáramos de conocernos, los dos sabíamos que ese instante no era sino la primera de muchas aventuras juntos.

—No va a funcionar —vociferó el Krampus, intensificando su ataque.

Erik entendió que su ira era consecuencia de que su plan, en realidad, sí estaba funcionando. Ocultó una sonrisa triunfante y apretó la mano de Isla con fuerza, sabiendo que, aunque sus ojos seguían apagados, ella podía oírle desde algún rincón de su alma.

—Te metiste con mi camisa. ¿Hubieras creído entonces la cantidad de veces que te la pondrías más adelante, después de hacer el amor conmigo? Lo cierto es que no me importa que me la quites, a ti te queda mejor que a mí —siguió, elucubrando en voz alta. Su estrategia no tenía sentido. Estaba hablando en pasado de un tiempo que aún no había ocurrido; un tiempo que, probablemente, nunca les iba a llegar.

Como por arte de magia, Isla entreabrió los ojos, algo que no hizo sino aumentar la ira del Krampus. Pero Erik no estaba dispuesto a dejarse vencer. Si, de todas las mujeres bonitas que había conocido en el hotel, precisamente esa chica había aparecido en la bola de nieve con él, trayendo consigo esas visiones, sabía que no era porque sí. No era algo que pudiera obviar.

—¿Recuerdas esas Navidades patinando en Frog Pond? —comenzó, manifestando en voz alta esas alucinaciones extrañas que lo habían acompañado durante toda la aventura—. Era mi primera vez en Boston conociendo a tu familia. Tú querías impresionarme y, después de hacer un par de piruetas, te caíste y te hiciste daño en la rodilla. Y yo quise hacerme el héroe, pero, cuando te tendí la mano, resbalé y acabé en el suelo contigo. Aún me duele el culo al recordarlo.

—Erik…

La débil voz de Isla le dio la esperanza que necesitaba para salir de la emboscada del Krampus.

—Sí, soy yo, Erik. Todo está bien, forastera. Escúchame… —rogó, acariciando su mejilla con una ternura que hasta ahora no sabía que le producía—. Isla, necesito que repongas fuerzas. Tenemos que salir de aquí.

—No podemos… luchar contra… todos ellos —susurró, con su voz aún perdida entre las sombras.

—Sí podemos. Confía en mí —respondió con una calma que le parecía casi imposible—. La única manera de derrotarlo es mostrarle que no tenemos miedo. Y lo vamos a hacer juntos.

Isla asintió, creyendo en sus palabras. No era la primera vez que Erik se enfrentaba al Krampus para complacer la petición de Rudolph, y nunca salía airoso. Pero esta vez era diferente, porque estaba con ella. Y tal vez ninguno de los dos creyera en la Navidad, pero sí creían en lo mucho que podrían lograr si luchaban juntos.

—No vais a ganar, Erik —aseguró el Krampus, viendo cómo algunas de sus sombras se desvanecían—. Deja que los recuerdos de tu infancia te consuman y te prometo que el dolor desaparecerá para siempre.

—¿De qué está hablando? —inquirió una Isla más despierta, que hasta ahora no se había detenido a pensar en los motivos por los que Erik también odiaba esa fiesta.

Él entrelazó sus dedos con los de ella, provocando una corriente de calidez que contrarrestó el frío que sentían. Se miraron a los ojos y, en ese instante, hubo algo que hizo que todo comenzara a desvanecerse a su alrededor, una chispa de reconocimiento, como si…

—¿Dónde nos hemos visto antes? —Isla pareció leer sus pensamientos—. ¿He estado antes aquí? Todas esas cosas que has dicho…

—No lo sé —respondió él—. Pero yo también siento que…

Erik no tuvo oportunidad de sincerarse con ella. Las sombras los rodeaban e Isla gritó de nuevo, alimentando a las bestias con sus temores.

—Mírame —rogó él, sujetando su rostro entre las manos—. Tu miedo es lo que les da fuerzas para atacarnos. Tienes que aprender a controlarlo.

—Saben dónde golpearme —respondió con la voz de nuevo teñida de un dolor agudo que la consumía—. Están trayendo de vuelta todo el sufrimiento, pero… no reconozco a la gente de esos recuerdos. Veo un niño pobre y abandonado, y un mar revuelto por la tormenta y… —Isla cerró los ojos con fuerza, conteniendo las lágrimas—. ¿Por qué me duele tanto si nunca he visto a esas personas?

Erik apretó los labios, empezando a entender que la unión que tenía con esa mujer iba más allá de una mera aventura navideña. A él también le había ocurrido lo mismo al ver sus recuerdos.

—Ese niño soy yo —respondió en un susurro—. Estás viendo mis miedos porque yo he aprendido a bloquearlos a base de enfrentarme al Krampus una y otra vez. Necesito que les impidas ver en mi alma, Isla, o nos atacarán a los dos a través de ti. Estás dejando una puerta abierta.

Isla asintió. Aunque le podía la curiosidad, no quiso seguir hurgando en esos recuerdos tristes que no le pertenecían, si con ello alimentaba las sombras que tenían alrededor. Necesitaban encontrar la flor, recuperar la estrella y volver al mundo real.

Apretando los ojos para alejar sus miedos, se enfocó en la última vivencia feliz que atesoraba, viendo las auroras boreales en Tromsø, y la extraña e inexplicable atracción que sintió al conocer a Erik, quien ahora estaba abrazándola para evitar que las sombras negras penetraran en su alma.

—No te temo, Krampus. No voy a dejar que mis miedos me controlen —susurró, más para ella que para él.

El Krampus pareció hacerse más pequeño, y todas sus mutaciones comenzaron a convertirse en un polvo negro que manchaba la nieve a su paso. Los gritos del monstruo se oyeron en el bosque pero, esta vez, su eco no consiguió duplicarse.

Erik apretó a Isla más fuerte contra su cuerpo y, en un acto que no había planeado, la agarró de la cintura, acercándola a él, y encontró sus labios, que lo recibieron sin oponer resistencia alguna. Fue un beso cargado de todas las emociones que habían estado reteniendo, el miedo y la incertidumbre, sus malos recuerdos, pero también traía consigo una colección de momentos felices que ninguno de los dos lograba comprender.

Y entonces, Erik se olvidó de lo mucho que odiaba la Navidad desde niño. Se olvidó de que no conocía de nada a Isla. Solo podía dejarse llevar por esa extraña luz que le llenaba por dentro al estar con ella.

Cuando se separaron, ambos supieron que algo había cambiado, como si el mismo bosque hubiera respondido a la sinceridad de ese gesto.

—Erik, ¡mira!

El cielo se había llenado de luz y, a lo lejos, brillaba con fuerza la hermosa Flor de Hielo, emergiendo del lago congelado, delicada y solitaria.

Erik e Isla se miraron, respirando aliviados, aún sorprendidos por lo que acababan de lograr juntos. Ninguno de los dos se atrevió a hablar de ese beso. Necesitaban conseguir la flor para que Rudolph los ayudara a encontrar la estrella.

CAPÍTULO 6
EL FANTASMA DE LAS NAVIDADES PASADAS

Caminando con cuidado de no romper la fina capa de hielo que llevaba a la flor, Erik llegó hasta ella. Nunca la había visto de cerca. Era hermosa y brillante, como si sus pétalos estuvieran hechos del más exquisito cristal. Pero justo cuando sus dedos rozaron la flor, una ráfaga de viento gélido lo envolvió, y el suelo bajo sus pies comenzó a agrietarse.

—¡Cuidado! —gritó Isla, temiendo por un instante que Erik fuera a caer en el lago y quedase atrapado para siempre.

El noruego dio unos pasos más hacia ella y, justo cuando parecía estar a punto de salir del tramo más débil, una grieta se abrió bajo sus pies, haciendo que perdiera el equilibrio y cayese en el agua.

Isla contuvo un grito, sabiendo que no podía dejar que el miedo se apoderara de ella otra vez o el Krampus volvería a atacarlos. Reuniendo toda la fuerza de la que fue capaz, le tendió una mano para sacarlo de allí.

Una vez en hielo firme, Erik resbaló de nuevo, y tan solo tuvo tiempo de poner los brazos en la nieve para no aplastarla cuando se precipitó sobre ella. El corazón de ambos comenzó a latir violentamente ante su proximidad, rememorando ese beso que se habían dado.

—Ha estado cerca —suspiró él sobre su aliento—. Gracias por salvarme la vida, forastera.

—Te la debía, por no dejar que el bicho ese me venciera —respondió ella, notando cómo la tensión entre ellos se hacía más densa, tanto, que casi podía acariciarse—. ¿Qué ha sido eso, Erik?

—Un Krampus de las Sombras, ya te lo he dicho. Llevaba tiempo intentando enfrentarme a él, pero, estando solo, se hace más difícil combatirlo.

—No, me refería a… lo otro. —Isla tembló de deseo.

—Ah, eso… —Erik no supo cómo justificar su arrebato cuando ni él mismo entendía de dónde procedía tanta atracción repentina—. No te emociones, forastera. Estamos en el Hielo del Afecto. Para salir de aquí, necesitábamos superar dos pruebas: combatir nuestros miedos frente al Krampus y una muestra de cariño para mantener el hielo estable. Y diría que lo he bordado…

Isla se sintió defraudada al saber que solo había sido parte de su estrategia de supervivencia. ¿Por qué entonces su corazón latía con tanta fuerza?

De un empujón, lo apartó de encima de ella, lista para seguir con la aventura.

—¿Estás seguro de que solo ha sido eso, donjuán? —lo provocó, maquillando así sus propias emociones—. Cualquiera pensaría que de verdad sientes algo por mí si el bosque te ha dado la "muestra de afecto" por válida…

—Tal vez… O puede que me la haya dado por válida porque ha sido… mutuo —se la devolvió él—. Te he visto muy entregada en ese beso. ¿Quieres repetir y lo averiguamos?

—¡Ni en sueños! Mueve el culo, vikingo, Rudolph nos espera.

Isla sabía que estaba en lo cierto, pero no quería siquiera pensarlo. Tal vez en su mundo se conocieran desde hacía solo cinco minutos, pero allí abajo sentía como si llevaran meses batallando y había desarrollado cierta complicidad con Erik. Cierto cariño. Y el Hielo del Afecto parecía susurrar secretos que ellos preferirían ignorar.

El bosque, que antes había sido un lugar de sombras y peligros, comenzó a brillar con el fulgor de unas hermosas auroras boreales rojas y blancas, acompañadas de estrellas plateadas y doradas que entonaban melodías solo para ellos.

—Esto es espectacular. Ojalá tuviera aquí mi cámara para inmortalizarlo todo —Isla rompió el hielo tras su acalorada discusión.

—No creo que nadie te creyese jamás si les mostraras las fotos de un lugar así. A veces me planteo si no me estaré volviendo un poco loco.

—No eres un simple camarero, ¿verdad, Erik? —La pregunta de Isla hizo que él la mirara fijamente—. Hay más en ti de lo que dejas ver. Algo que te conecta a este lugar.

Erik le dedicó la sonrisa más triste que había visto jamás.

—Sospecho que tiene que ver con esa cajita de nieve que mi abuelo me entregó al morir mi padre. Todos tenemos nuestra historia y la mía es… complicada.

—¿Qué fueron esas imágenes que vi en el bosque?

—¿Qué hay de ti? —esquivó Erik—. El otro día dijiste que habías perdido a alguien. ¿Fue un familiar o…?

Isla decidió ofrecerle un poco de su propia verdad, esperando que así él también le abriera su alma.

—Mi exnovio —respondió, sintiendo que algo dentro de ella se liberaba con la confesión.

Erik, por el contrario, notó justo lo contrario: que algo dentro de él se encogía, como si una luz de esperanza se apagara.

—Lo siento. Debió de ser muy duro seguir sin él.

—En realidad, ya no estábamos juntos. Teníamos una

relación bastante tormentosa y, aquel día, los dos salimos con nuestros respectivos amigos a celebrar que se había acabado. Yo regresé a casa sana y salva, pero él… —Isla bajó la mirada, sumida en los recuerdos—. Odiaba que cogiera el coche estando borracho. Habíamos tenido esa misma discusión cientos de veces. Me llamaba histérica cada vez que le decía que cualquier día iba a tener un accidente, pero…

—No fue culpa tuya, Isla. Fue una imprudencia por su parte —interrumpió Erik, salvándola de caer de nuevo en las sombras.

—Lo sé… Pero, una parte de mí siempre se culpará por ello.

Mientras la escuchaba, Erik se prometió que algún día aliviaría su dolor y lo llenaría con nuevos recuerdos felices. Y, aunque odiaba compartir detalles de su pasado, consideró que era lo más justo.

—Cuando era niño, crecí en un ambiente humilde. Mi familia nunca tuvo demasiado, pero tampoco lo necesitábamos. Suplían la falta de juguetes con imaginación y cariño. Las vecinas nos traían galletas e incluso siempre me hacían algún regalo, diciendo que los elfos lo habían dejado allí para mí. —Erik hizo una pausa, sintiendo cierta angustia en el pecho—. Todo cambió esa Navidad en la que mi padre no regresó a casa. Era marinero.

—¡Oh, no, Erik!

—Supongo que, siendo un hombre de mar, era cuestión de tiempo que el mar lo reclamara. Mi madre, desbordada por el dolor, nunca volvió a ser la misma. Su luz se apagó y, con ella, se apagó también la magia de la Navidad.

—Lo siento mucho, Erik.

Isla no pudo evitar abrazarlo, entendiendo de pronto el dolor que había contaminado su alma en el trance con el Krampus, al igual que comprendió que no quisiera crear lazos con nadie por miedo al abandono. Hubiera dado cuanto poseía por llenar sus recuerdos de momentos bonitos.

Erik se dejó envolver en la calidez de ese abrazo. Lo que

ella no sabía era que algo había cambiado. Pese a sus esfuerzos por mantener cualquier tipo de emoción a raya, Isla había comenzado a derribar sus muros.

En ese preciso instante, ambos se dieron cuenta de que, aunque el pasado hubiera sido doloroso, la verdadera esencia de la Navidad nunca los había abandonado del todo. Porque la Navidad no era solo un tiempo de luces y regalos. Era un tiempo para recordar que, incluso en la oscuridad más profunda, como la que reinaba en el alma de los Krampus, siempre había una chispa de luz, una Flor de Hielo dispuesta a salir a la superficie. La verdadera magia se encontraba en los abrazos capaces de sanar un corazón roto; en las miradas de complicidad y en las caricias llenas de ternura. En la bondad de los extraños que nos ayudaban sin esperar nada a cambio. En el tiempo que pasábamos con nuestros familiares y amigos, queriendo que el reloj se detuviera en ese instante.

Tal vez fuera momento de dejar marchar a los viejos fantasmas para enfrentarse con ilusión a todo aquello que el futuro pudiera traer. Un futuro del que ya habían atisbado algunos matices y parecía prometedor.

En medio de ellos, la flor comenzó a flotar, emitiendo una luz tan fuerte que sería capaz de guiarlos todo el camino de vuelta al Bosque de Rudolph. Pero en lugar de mirar la bella flor, ambos se descubrieron mirándose a los ojos, sabiendo que algo había cambiado esa noche.

—Creo que acabamos de salvar la Navidad —dijo Isla, tratando de contener la emoción que sentía.

Erik sonrió, aún con las manos en su cintura.

—A ver si no vamos a ser tan mal equipo, después de todo.

El peligro del bosque había pasado, y no solo habían conseguido la flor, sino que habían encontrado algo mucho más valioso que los acompañaría para siempre.

CAPÍTULO 7
EL VERDADERO SIGNIFICADO DE LA NAVIDAD

Se sentían victoriosos. Tras enfrentarse a los temores que habitaban en su alma, habían conseguido la Flor de Hielo, y la expresión de incredulidad del cascarrabias de Rudolph bien valía las aventuras que habían pasado para encontrarla.

Jamás habían visto tantas criaturas mágicas como las que se reunían en ese claro del bosque. Los murmullos cesaron tan pronto Rudolph comenzó a hablar.

—Sabía que lo lograríais.

—Aquí está, la Flor de Hielo —aseguró Isla, entregándole la delicada flor—. Ahora, ¿dónde está la estrella?

—Solo espero que sea en un lugar más fácil de acceder que la flor, me he quedado sin fuerzas para seguir luchando contra más Krampus o cualquier otra sorpresa que el bosque nos tenga reservada —bromeó Erik.

—La estrella siempre ha estado con vosotros —respondió el reno misterioso, haciendo que los elfos comenzaran a reírse—.

Es solo que necesitabais la Flor de Hielo para entender lo que albergan vuestros corazones. ¿Acaso no habéis descubierto nada útil en El Hielo de la Verdad?

—¿Hielo de la Verdad? —se extrañó Erik, pues lo había recorrido mil veces convencido de que tenía otro nombre—. Pensaba que se llamaba…

—¿Hielo del Afecto? —se burló el reno—. Cada uno percibe un susurro en el viento en función de lo que anhele su alma. Lo que buscabais no era solo una estrella. Era una prueba de que estabais listos para aceptar lo que la Navidad significa realmente. Y algo me dice que vosotros dos estáis empezando a comprenderlo…

Erik e Isla se buscaron con la mirada, sabiendo a qué se refería el reno.

Sin mediar palabra, Rudolph extendió su hocico hacia la flor y, al tocarla, esta se desvaneció con un destello de luz, y de su centro comenzó a emerger una pequeña estrella dorada que flotó hacia el cielo nocturno. El espectáculo era tan mágico que dejó a todos sin palabras.

—Genial, pues…, si la estrella vuelve a brillar en el cielo, supongo que ya podemos regresar —festejó Isla falta de emoción—. Rudolph, hay algo que me gustaría preguntarte… ¿Por qué tengo *flashbacks* con Erik, si no nos conocíamos de antes?

Erik se cruzó de brazos, nervioso y deseoso de saber la respuesta a ese enigma que lo martirizaba.

—No os conocíais de antes, cierto… —respondió el reno misterioso—, aunque sí de después.

—Eso no tiene ningún sentido —aseguró Erik.

—¿Acaso la vida lo tiene? —Rudolph les guiñó un ojo, sabiendo que el resto tendrían que averiguarlo por su cuenta.

—¿Cómo podemos volver? —quiso saber Isla.

—Solo tenéis que echaros a dormir en ese trozo de césped dorado y apareceréis en vuestro mundo como por arte de magia. A no ser que queráis uniros a la fiesta que hemos preparado para festejar el regreso de la estrella...

Isla y Erik se miraron y negaron con la cabeza a la vez, dejando que los elfos comenzaran las celebraciones por su cuenta. Con una velocidad que resultaba asombrosa, colocaron unas mesas llenas de comida, adornadas con guirnaldas y flores de colores brillantes. Había dulces especiados y bebidas que burbujeaban, destilando un agradable olor a canela y naranja. Como Erik.

—¡Por nuestros héroes, Isla y Erik! —brindaron los elfos, chocando sus copas, mientras el resto de las criaturas mágicas aplaudían con entusiasmo—. Gracias por salvar la Navidad y restaurar la esperanza en el mundo.

Isla bajó la mirada hacia el césped dorado, que parecía tan suave como un lecho de plumas, y, por un momento, la idea de regresar no le resultó tan atractiva. ¿Qué iba a ocurrir cuando se reencontraran en el mundo real? ¿Se olvidarían de todo lo que habían vivido? ¿De lo que sentían al mirarse?

Erik observó la hierba dorada algo receloso. Había dormido ahí antes sin que ninguna magia se hubiera manifestado para llevarlo de vuelta a su hotel.

—¿Crees que... funcionará? —preguntó Isla, leyéndole la mente—. ¿Que realmente podremos volver?

—Bueno..., hemos pasado por tantas cosas locas aquí que ya me lo creo todo. Si Rudolph lo dice, tal vez deberíamos intentarlo.

—Ya, pero... —Isla se detuvo, sin saber realmente qué decir—. Estaba pensando que... lo que hemos vivido aquí... No puedo explicarlo, pero siento que... Siento que ya te conocía. Y lo que ha dicho Rudolph antes...

—Yo también lo siento, Isla. Desde que aterricé aquí me he estado preguntando si todo esto era real o había perdido la cabeza. Y sé que la mente puede traicionarnos a veces, pero lo que siento por ti... es lo único que me parece real ahora mismo.

Ambos dieron un paso al frente, con la esperanza de repetir ese beso que se habían negado antes.

—No sé qué va a pasar ahí afuera, pero no quiero que termine —siguió él—. No quiero olvidarme de lo que hemos vivido. De lo que sentimos en este mundo.

—Yo tampoco quiero olvidarte, Erik. Necesito descubrir qué significan esas imágenes porque te juro que son lo más feliz que he experimentado en la vida.

El corazón de Isla latía con tanta fuerza que era imposible que él no se diera cuenta. Erik cerró la distancia entre ellos y la estrechó entre sus brazos, aprisionando sus labios con un beso que fue suave al principio, lleno de incertidumbre, pero que fue haciéndose más urgente, como si ambos vertieran las emociones contenidas en ese momento único. Era un beso que decía todo lo que las palabras no podían expresar: el miedo, la esperanza, el deseo y la certeza de que, sin importar el mundo en el que se encontraran, algo especial los esperaba ahí afuera.

Cuando al fin se separaron, con dificultad para respirar, Erik acarició sus mejillas, incapaz de contener toda la luz que desprendía su mirada.

—¿Y si, cuando salgamos de aquí, todo esto desaparece? —temió Isla en voz alta—. ¿Y si no nos recordamos?

—Volveremos a encontrarnos —aseguró él—. No sé dónde, no sé cuándo, solo sé que será en el momento y el lugar exactos para que lo nuestro funcione. Esta aventura no ha sido porque sí, sé que había una razón para ello. Tal vez los dos fuéramos demasiado obstinados para enamorarnos sin un poquito de ayuda por parte de los elfos.

Isla sonrió, reconociéndose en sus palabras.

—¿Lista para volver al mundo real?

—Lista.

Sin soltar sus manos, ambos se tumbaron en el césped dorado, preparados para que el cansancio los sumiera en un sueño denso del que no sabían cómo despertar.

—Nos vemos al otro lado, Erik.

El noruego no pudo evitar besar sus labios una última vez,

temeroso de que no fueran a encontrarse cuando cruzaran la línea que separaba ambos mundos.

—Recuerda este momento, Isla. Si no apareces en mi hotel estas Navidades, te juro que iré a buscarte a Boston.

Con la Estrella del Norte danzando con fuerza entre las auroras boreales, sellaron un pacto con otro beso que prometía muchas más aventuras juntos, tanto dentro como fuera de la cajita de nieve.

Y así, envueltos en la calidez de sus sentimientos y en la promesa de un mañana incierto, pero lleno de posibilidades, se quedaron dormidos.

CAPÍTULO 8
TIEMPO DE MILAGROS

Isla despertó de un sobresalto. El corazón le latía a mil por hora y le dolía la cabeza como si acabara de regresar de un mal sueño. Parpadeó un par de veces, enfocando la vista en la cálida luz de la chimenea.

«Solo ha sido un sueño», se dijo, como si realmente hubiera podido ser otra cosa. Estaba en la misma barra de bar donde se había quedado dormida, sentada en el mismo taburete que ocupaba antes de… ¿de qué?

A su alrededor todo parecía normal. La oscuridad que reinaba en la calle no le daba demasiadas pistas sobre cuánto tiempo había permanecido durmiendo.

Pero entonces, sus ojos se posaron en la cajita de nieve que había en la barra, y el vértigo de la irrealidad volvió a apoderarse de ella. Hubiera puesto la mano en el fuego por que antes de quedarse dormida no había una pareja abrazada en la nieve dentro de la cajita. La mujer llevaba un abrigo rojo, exactamente igual que el que descansaba sobre el otro taburete, y el hombre vestía una camisa roja y negra de cuadros. No muy lejos de allí, un reno de nariz colorada los observaba con una afable sonrisa. No podía ser...

Presa de la confusión, sujetó la caja y la agitó ligeramente, observando la nieve caer en la pequeña esfera de cristal.

Cuando alzó la vista, se encontró con la mirada de Erik, que la analizaba con una mezcla de curiosidad y algo más profundo que no sabía identificar.

—¿Todo... bien? —probó él, confuso.

Isla abrió la boca para responder, tardando más de la cuenta en encontrar las palabras que estaba buscando.

—¿Has visto esto? —Isla señaló la cajita de nieve, como esperando que él respondiera a sus locas dudas—. ¿Ha sido siempre... así?

Los ojos de Erik se abrieron con sorpresa al detectar que algo había cambiado en su interior. Negó con la cabeza y, por un momento, ambos se quedaron en silencio, observando la escena estática que encerraba la caja.

—Vas a pensar que estoy loca, pero... —murmuró Isla, más para sí misma que para que él lo oyera.

Pero, antes de que pudiera pensar en lo que estaba haciendo, Erik se inclinó hacia ella en la barra y la besó. Fue un beso tímido, como si ambos estuvieran buscando respuestas en la boca del otro. Y es que ese encuentro de sus labios trajo consigo un carrusel de imágenes felices, de recuerdos que ninguno de los dos recordaba haber vivido. Porque no se conocían de antes, pero sí de después. Y vieron un futuro juntos lleno de posibilidades, de risas compartidas bajo un cielo estrellado, de tardes de invierno acurrucados frente a la chimenea, de Navidades celebradas juntos, año tras año.

—Lo siento, no sé qué me ha pasado, yo... —Erik dudó un instante, aturdido, aunque entonces se dio cuenta de algo mucho más misterioso—. Tú... me has devuelto el beso.

—Sí..., lo he hecho. —Isla no podía detener los latidos de su corazón.

—No era la primera vez que te besaba, ¿verdad? —probó él, ella negó con la cabeza, sintiendo su mismo aturdimiento.

—¿Qué está pasando, Erik?

—No lo sé. Supongo que no estaba mintiendo cuando te prometí que iría a buscarte si no aparecías en mi hotel —respondió él.

Isla entrecerró los ojos, recordando la promesa que le había hecho en la bola de nieve.

—¿Cómo…? ¿Cómo es posible?

—No lo sé, pero te juro que estoy deseando averiguarlo.

—Yo también. Pero, esto no tiene ninguna lógica, Erik.

El camarero salió de la barra, para sentarse junto a ella en el taburete de al lado y enmarcar su rostro entre las manos. Aunque era la primera vez que lo hacía, de algún modo, se sentía con confianza para ello.

—Quiero crear esos recuerdos contigo, Isla. Sé que tú también puedes sentir cómo laten nuestros corazones cuando estamos juntos.

—Esto no tiene ningún sentido —insistió ella, usando la cabeza, aunque su corazón quería arriesgarse.

—¿Acaso la vida lo tiene? —preguntó él, parafraseando al reno, una pista de que lo que habían vivido en la bola de nieve esos meses era real, aunque solo hubieran pasado seis horas en cualquier reloj de Noruega—. No quiero volver a alejarme de ti.

—¿Estás pidiéndome una cita, Erik? —flirteó ella.

—No —aseguró él—. Te estoy pidiendo todos tus amaneceres. Todas tus Navidades futuras. Que compartas conmigo una vida entera.

Isla le respondió de la mejor manera de la que fue capaz, besándolo de nuevo. Esta vez, con más certeza, con más pasión, en un beso que prometía un futuro juntos lleno de amor y aventuras, pero también de rutina y momentos ordinarios.

De repente, la puerta del hotel se abrió de golpe, y un viento del norte trajo consigo a dos hombres de aspecto desaliñado.

Erik se estremeció, reconociendo al hombre de nariz rojiza que había entrado en su hotel tiempo atrás, el mismo que Isla había visto la noche antes leyendo junto a la chimenea. Y, de repente, ambos lo entendieron todo. Solo esperaban que su presencia no trajera consigo una nueva aventura, ahora que se habían encontrado en el mundo real.

El segundo hombre era mayor, con el rostro curtido por el frío y el tiempo, y una barba poblada y desaliñada. Su mirada estaba llena de confusión y tristeza.

—¡Menuda tormenta hay ahí afuera, muchachos! —respondió risueño el primer hombre—. Me encontré a este buen hombre vagando en la nieve. Parece que lleva algún tiempo perdido y no sabe cómo regresar a casa. Apuesto a que no le vendría mal un plato de comida caliente y algo de cobijo.

Algo en la mirada azul del hombre hizo que el corazón de Erik se detuviera de golpe. Aunque no podía recordar a su padre con claridad, su madre siempre le decía que tenía sus mismos ojos.

Isla observó en la distancia el intercambio de miradas entre Erik y el extraño, notando cierta similitud entre ellos. Los ojos de Erik le parecían algo de otro mundo, pero ese hombre tenía la misma mirada limpia, aunque envejecida por el paso de los años.

—¿Erik? —La palabra se deslizó por los labios del hombre sin que pudiera evitarlo.

—Esto no está pasando —respondió Erik, con la voz rota de emoción.

Su mundo acababa de detenerse por partida doble. El hombre al que había dado por muerto durante tanto tiempo ahora estaba frente a él, tan real como la nieve que caía con fuerza en el exterior. Pero ¿dónde había estado?

El hombre del rostro colorado decidió intervenir, ante la cara de confusión de todos los presentes.

—Jakob lleva un montón de tiempo perdido, atrapado en su propio universo dentro de una cajita de nieve llena de sirenas y tritones navideños.

Erik frunció el ceño, incapaz de creer lo que decía, a pesar de haberlo experimentado en su propia piel.

—¿Existen más cajas de nieve?

—Tantas como personas hay en el mundo —aseguró el hombrecillo—. Las cajitas encierran los temores y necesidades que cada uno alberga en su alma y, hasta que no completas tu misión, no puedes salir de ella.

Jakob comenzó a relatar su historia, con la voz teñida por la tristeza de sus recuerdos:

—Hace muchos años, cuando estaba pescando en alta mar, una tormenta me atrapó, me desvió y después... Me desperté en un lugar que no era de este mundo. Una pequeña villa, con luces parpadeantes, paisajes invernales interminables y criaturas que solo había visto en los cuentos para niños. Al principio, pensé que era solo un sueño, pero pronto me di cuenta de que estaba atrapado en una eterna Navidad.

Aunque era joven, Erik recordaba con exactitud la angustia de aquella noche al saber que su padre no iba a volver a casa.

—¿Por qué no pudiste salir? ¿Qué misión te aguardaba ahí adentro?

—En mi cajita de nieve tuve que lidiar con la culpa de las noches interminables que os dejé a ti y a tu madre solos por mi trabajo.

—Pero eso no es justo —intervino Isla, que hasta ahora se había mantenido al margen—. Uno no puede culparse por hacer lo que está en su mano por sacar a su familia adelante.

—Mi delito fue perder la fe en la Navidad —explicó él—. Veía a esos niños de ciudad tenerlo todo y yo me martirizaba por no ser un buen padre y no darle a mi familia lo que otros tenían. Y así, me dejé arrastrar por las sombras, y acabé viviendo mi propia pesadilla navideña.

Isla sintió un escalofrío. Todo lo que habían vivido en Juleby, los desafíos, tenían un nuevo significado. No era solo una ilusión, eran una prueba. Una lección de vida.

—¿Qué fue lo que te trajo de vuelta, precisamente esta noche? —quiso saber Erik.

—Vuestra aventura ha alterado algo en el mundo real. Y, por ende, en todos los universos paralelos de las cajitas de cristal —interrumpió quien ahora sospechaban que era Rudolph, rascándose la nariz—. La tormenta que os trajo hasta aquí es un portal, una puerta que se abre cuando es necesario un cambio. Y vosotros la habéis abierto esta noche, permitiendo que todos aquellos que llevaban un tiempo vagando hayan tenido una oportunidad para regresar a sus hogares.

Isla apretó la mano de Erik para infundirle ánimos. No sabía lo que traería consigo esa tormenta, pero estaba dispuesta a descubrirlo a su lado.

Incapaz de contener la emoción ni un segundo más, Erik abrazó a su padre, quien no se molestó en ocultar el dolor causado por todos esos años que había perdido junto a su familia.

—Erik, mi hijo, no pensé que volvería a verte… Había perdido la esperanza.

—Te buscamos. Todo el pueblo te buscó, pero nunca hubo rastro de ti.

—Intenté de mil maneras regresar a casa con vosotros, pero ese elfo malvado me tenía cautivo. Cada día era como el anterior, pero siempre diferente. Hasta que un día, me perdí tanto que olvidé quién era.

—Ya estás aquí. Estamos en el mundo real y podemos recuperar el tiempo perdido —aseguró Erik.

—¿Cómo está tu madre?

—¿Por qué no vienes a casa y lo descubres tú mismo? —ofreció, sabiendo que su madre siempre había soñado con su regreso.

A *casa*. Aquella palabra tenía la fuerza que Jakob necesitaba para empezar de nuevo. Asintió, dejando que su corazón se llenara de renovada ilusión.

Isla sintió que sus ojos se llenaban de lágrimas, y Rudolph, quien había estado observando la imagen, asintió con satisfacción.

—Muy bien, creo que yo también estoy listo para regresar a casa —dijo Rudolph.

—Iba a preguntarte si volveremos a verte, pero lo cierto es que no quiero regresar allí abajo ni aunque me paguen —aseguró Erik.

—¿Quién sabe? La Navidad es tiempo de milagros, de encontrar lo que se creía perdido. Es tiempo de perdón, de reencuentros y de nuevos comienzos —respondió el reno, guiñándoles un ojo, antes de desaparecer en la noche.

Isla observó la escena en silencio, conmovida, sintiendo el paso de los años perdidos y el dolor que ambos hombres estaban enfrentando en ese momento. Erik se acercó a Isla y enmarcó su rostro con las manos para envolverla en un cálido beso.

—Ven a cenar con nosotros. Quiero que esta sea la primera de las muchas Navidades que vamos a pasar juntos, forastera. Y después, quiero que tengamos esa cita. Haremos que funcione también en este mundo, te lo prometo. Solo danos una oportunidad.

Isla asintió con la cabeza. Sabía, gracias a todas esas visiones, que Erik iba a cumplir su palabra, que estaba en el lugar correcto. Nunca había sentido nada con tanta certeza.

Y así, con el corazón lleno de amor y esperanza, salieron juntos del bar, dispuestos a enfrentar el futuro, sabiendo que, sin importar lo que ocurriera, siempre tendrían la Navidad y, sobre todo, siempre se tendrían el uno al otro.

FIN

Deborah P. Gómez es una escritora española establecida en Londres, donde su imaginación vuela tan libre como sus letras.

Conocida por su habilidad para entrelazar la comedia romántica contemporánea con otros géneros, ya ha conquistado los corazones de sus lectores con la trilogía *El caso McGowan*, una saga atrevida y repleta de aventuras, que mezcla suspense con la frescura de la comedia romántica.

La autora encuentra la inspiración en sus experiencias cotidianas, convirtiendo personajes imperfectos en auténticos héroes literarios, que nos muestran que las mejores aventuras pueden empezar en los lugares más sencillos.

Con historias llenas de romance, emoción, sorpresas, situaciones inesperadas, salseo y amistad, Deborah invita a sus lectores a soñar, reír y, sobre todo, a vivir intensamente sin moverse del sofá.

OBRAS PUBLICADAS:
La Piedra del Sol (El caso McGowan I)
La Luna de Plata (El caso McGowan II)
Estrella de la Mañana (El caso McGowan III)
De "La vie en Rose" a la vida en "Grease"

Siete días para enamorarte, un año para olvidarte
Tantas Navidades y ninguna noche buena
La noche que Thor me cambió los planes (Carpe Diem I) - disponible 2025

Si quieres saber más sobre la autora o futuras publicaciones, contacta:
Web: www.deborahpgomez.com
Instagram y TikTok: @deborahpgomez
Goodreads: Deborah P. Gómez
Facebook: Deborahpgomez

RELATO 2
SIETE POSTALES

CHARLOTTE T. LOY

CAPÍTULO 1
JINGLE BELLS

Nueva York, 24 de diciembre

Los focos arrojaban haces de luz de distintos colores por todo el local. El humo maquillaba el sudor, las ojeras y las miradas perdidas de aquellos que se movían al ritmo de *Moves Like Jagger*, de Maroon 5. La pista era una masa vibrante que subía y bajaba, enloquecida. Sabía que cada noche había gritos, peleas a punta de botellas rotas, puñetazos, lloros…, pero nada de eso importaba en ese instante. Nada, excepto bailar.

En lo alto de la tarima redonda, mis pies, enfundados en mis inseparables sandalias plateadas de taconazo, seguían el ritmo sin descanso. Los acordes de la guitarra de Richie Sambora treparon por mis piernas. *It's my Life* atronó en las paredes de la discoteca con más fuerza que un terremoto, desatando los cuerpos cargados de alcohol y otras sustancias.

Mi cuerpo no necesitaba nada de eso para moverse.

Con los párpados entornados, mis caderas se mecían con vida propia y mis brazos acompañaban el frenesí de la danza. Mis largas piernas, que muchos adoraban, recorrían esos dos metros de diámetro con maestría, como si en vez de una pequeña tarima fuese un amplio escenario.

Como cada noche, permití que la música me poseyera y anestesiara el dolor. Las notas musicales llenaban el vacío. Solo bailando dejaba de notar, por un rato, el agujero que Conrad me había dejado en el corazón demasiados años atrás. Su rostro, sin embargo, se abrió paso en mi mente, como proyectado en una maldita pantalla de cine.

Las ondas de su cabello castaño oscuro revoloteando alrededor de su rostro perfecto. Atractivo y masculino, con ese toque de dulzura tan suyo. Su sonrisa cálida y, al mismo tiempo, misteriosa. Sus ojos azules como el mar calentado por los rayos del sol.

A veces me preguntaba cuál sería ahora su aspecto. ¿Se habrían endurecido sus facciones? ¿Sería un poco más alto? Y sus rizos…, ¿se los habría cortado o seguirían tan revueltos y desenfadados como siempre? ¿Tendría alguna cicatriz nueva? ¿Seguiría… amándome? O, al menos, pensando en mí… ¿O ya me habría olvidado hace tiempo?

Conrad había sido mi gran pasión. La segunda era el baile, la única que me quedaba.

Bailar en la nueva comedia musical de Broadway las noches de los viernes y los sábados era un subidón. Lo había conseguido yo sola. Sin enchufes, sin padrinos, sin ponerme de rodillas ante nadie. Solo a base de talento y mucho esfuerzo. El público siempre me aplaudía un poco más fuerte que a los demás, lo suficiente para reconfortar mi corazón destrozado. Percibían que lo daba todo en cada actuación; que lo que contemplaban era mi auténtico yo. Que sentía la coreografía como si emergiera de mi interior.

Sin embargo, donde disfrutaba realmente era bailando en el club. Puede que no fuera un trabajo demasiado respetable, pero pagaba las facturas… y me ayudaba a soportar el dolor. Hacía mi vida un poco más llevadera.

El maquillaje excesivo, la ropa hortera y escasa, los clientes sobones, las situaciones incómodas con el gerente del local... Aun así, ese trabajo era lo único que conseguía que me evadiera de todo. O de *casi* todo.

La última canción, como venía ocurriendo cada noche desde mediados de diciembre, era *Jingle Bells*. Después, encendían las luces, arrojaban confeti rojo y dorado, y el DJ le deseaba una Feliz Navidad a todo el mundo. Quedaban al descubierto los chorretones de rímel y sudor, las sonrisas bobas, los charcos pringosos, mezcla de las bebidas derramadas y la suciedad, y la verdadera edad de todos los que se apiñaban en la pista de baile. Pero la mayoría parecían felices...

La Navidad solía poner de muy buen humor a muchos... y depresivos a unos cuantos. Supongo que todo dependía de cómo te estuviera tratando la vida... o de lo que el destino te hubiera quitado.

A mí me lo había quitado casi todo.

Al fin era Nochebuena, así que ya no tendría que volver a escuchar esa canción hasta el año siguiente. El local cerraba unos días y reabría para fin de año. Y eso era lo peor, porque los pasaría encerrada en casa releyendo las postales de Conrad y contemplando la única fotografía que teníamos juntos. Aquella que nos hicimos en el fotomatón de la feria de adornos navideños artesanales, cuando no teníamos ni idea del poco tiempo que nos quedaba juntos.

Seis postales, una por cada Navidad que llevábamos separados.

Sin matasellos.

Desde un lugar inexistente.

Sin nombre, pero con su huella personal: «Siempre tuyo».

Bajé de la tarima y crucé la pista mientras una cascada de confeti caía sobre mi cabeza. Me zafé de la mano que se cerró en torno a mi antebrazo para retenerme y seguí andando. Ignoré las miradas lascivas y la invitación para acompañar a alguien a su casa.

Cuando llegué al cuartucho que usábamos para cambiarnos, estaba temblando. *It's Beginning to Look a Lot Like Christmas* monopolizaba el hilo musical. Sabía lo que me encontraría en el buzón a la mañana siguiente. Lo ansiaba... y a la vez lo temía. No podía pensar en otra cosa.

Desde que Conrad y su familia desaparecieron sin dejar rastro siete años atrás en Navidad, cada 25 de diciembre recibía una misteriosa postal desde un lugar extraño y hermoso que no aparecía en los mapas.

Pese a que había cambiado de domicilio y de trabajo en varias ocasiones, la postal siempre llegaba.

«Hola, peque, ¿sabes lo que he visto hoy?», comenzaba cada postal.

Era como si pudiera escuchar su voz haciéndome esa misma pregunta día tras día. Esa voz grave y aterciopelada que me sacudía desde dentro.

Conrad solía descubrir un montón de cosas insólitas en cualquier lugar. Un caracol con la cáscara más brillante de lo habitual, un agujero en el hielo en forma de estrella, un gato con un ojo de cada color, una piedra con restos fósiles imposibles, un montón de viejos cómics descatalogados... Siempre lograba sorprenderme.

Recuerdo cómo lo veía acercarse corriendo a la puerta de mi casa con las mejillas sonrosadas por la carrera y una sonrisa de oreja a oreja. Yo lo observaba unos segundos desde la ventana de mi dormitorio y me lanzaba escaleras abajo.

En cuanto abría la puerta, me cogía de la mano y tiraba de mí hacia nuestro lugar favorito, el lago tras nuestras casas. Allí, nos sentábamos en el suelo con la espalda apoyada en la roca que había junto al roble. Y entonces, Conrad me contaba lo que había descubierto. Mientras hablaba, le brillaban los ojos como dos faros azules y una comisura de sus carnosos labios se curvaba ligeramente. Todo le fascinaba…, y conseguía contagiarme su entusiasmo. Era una persona solar.

Él era todo mi mundo.

Durante años, lo que más anhelaba era verlo aparecer. Exactamente desde que se mudaron a la casa de al lado cuando ambos teníamos siete años… hasta que desapareció con diecisiete. Diez años escuchando su voz y sus risas cada día. Compartiendo secretos y confesiones…, y ayudándonos a seguir adelante en nuestras vidas de mierda.

Yo vivía con mi madre, que me dejaba sola la mayor parte del tiempo. Siempre tenía mejores cosas que hacer que estar conmigo. Y, francamente, por el estado en el que volvía, prefería que se quedara allí donde malgastaba su vida, ya fuera un bar o el apartamento de alguno de esos zumbados que le hacían promesas que luego nunca cumplían… y la dejaban hecha polvo.

Él soportaba las continuas discusiones de sus padres pasando en su casa el menor tiempo posible. Desconozco cómo lograba mantener su buen humor y esa alegría contagiosa que se reflejaba en su sonrisa, teniendo en cuenta los gritos que escuchaba desde mi casa. A veces, aparecía en mi puerta a las tantas de la noche con las hermosas facciones desencajadas y una tristeza devastadora en la mirada. Se me partía el alma. Lo llevaba a mi dormitorio, nos tumbábamos en mi cama y lo abrazaba con fuerza.

Durante diez años fuimos inseparables. Primero, mi mejor amigo. Después…, el amor de mi vida.

Llegué a mi diminuto apartamento hacia las cinco de la madrugada, congelada y agotada. ¡Nueva York podía ser un maldito glaciar en invierno! Aunque no tanto como Chicago, donde viví un par de años. La dichosa *Jingle Bells* todavía resonaba en mis oídos como un maldito mantra.

Antes adoraba la Navidad. Apenas recibía regalos, y mi madre acostumbraba a estar peor en esas fechas. Pero Conrad y yo solíamos encontrarnos en la plaza del gran árbol a mediodía o pasaba a buscarme para ir a la feria. Luego nos íbamos a patinar un rato al lago.

El hielo era tan grueso que parecía cemento. Después, extendíamos un plástico sobre la nieve junto al roble y, encima, la manta de Santa Claus que le había tejido su abuela. Nos sentábamos y nos intercambiábamos los regalos. No teníamos dinero, apenas unos dólares que conseguíamos en primavera cortando el césped de algún vecino o repartiendo periódicos en el barrio, así que no solían ser gran cosa. Aun así, siempre nos encantaban.

Pero, en la última Navidad que habíamos pasado juntos, se las arregló para comprarme una pulserita de plata con dos pequeños colgantes: un copo de nieve y un corazón. Como era un impaciente y adoraba regalarme cosas, me la dio la mañana del día de Nochebuena, cuando apenas despuntaba el alba. Y yo le di mi regalo también: dos entradas de cine… y un beso. Me dijo que eran los mejores regalos que había recibido nunca.

Esa misma noche se desvaneció en el aire invernal como si jamás hubiese existido. Como si la Navidad se lo hubiera tragado. Y ya nunca supe de él. Tan solo esas postales, que quizá no eran más que una broma de mal gusto de alguien…, por mucho que yo quisiera creer que eran de Conrad.

Esas postales eran toda la esperanza que me quedaba.

En cuanto Conrad desapareció, comprendí que ya no podría seguir viviendo en Peoria con mi madre, escuchando sus lamentos y quejas, y soportando su indiferencia. Así que, pocos meses después, nada más cumplir los dieciocho, me marché. A fin de cuentas, era lo que Conrad y yo llevábamos planeando durante años…, solo que tuve que hacerlo sola. Y fue muy duro. Duro y triste.

Pasé una temporada dando tumbos de aquí para allá, sin un rumbo fijo. Trabajaba de cualquier cosa que me ofrecieran. Hasta que me trasladé un tiempo a Chicago y, finalmente, me vine a Nueva York. Me pagué los estudios de comedia musical trabajando en bares y clubs de mala muerte. Logré salir adelante..., pero no reparar el agujero en mi pecho. Y no dejé de pensar en Conrad ni un solo día de mi vida. El mundo había oscurecido sin él.

Me quité las sandalias, el abrigo y el vestido, y los lancé al suelo de mi pequeño apartamento. Mi pulserita de plata tintineó en mi muñeca. La miré un instante y aparté la vista. Dolía demasiado. No me la había quitado ni un solo día desde que él mismo me la abrochó alrededor de la muñeca. Si cerraba los ojos, todavía podía sentir el roce de sus dedos sobre mi piel, el frío calándonos hasta los huesos y el corazón retumbando con fuerza en mi pecho.

Tras darme una ducha rápida y limpiarme los restos de purpurina del rostro, me enfundé el pijama de cuadros verdes y rojos, muy navideño todo él, y me senté con las piernas cruzadas sobre la cama... y la caja de hojalata encima. Tenía en relieve el dibujo de un árbol de Navidad coronado con una hermosa estrella dorada.

Todavía llevaba la toalla anudada en la cabeza. La desenrollé y la lancé hacia la silla del rincón de mi dormitorio. Me estremecí al sentir las puntas del cabello húmedo sobre los hombros y la espalda.

Por inercia, encendí el televisor. El murmullo me haría sentir menos sola... El presentador de la CNN apareció en la pantalla hablando del juicio del siglo. El narcotraficante y asesino más peligroso del país había sido al fin juzgado y condenado. La Corte de Apelaciones Penales de Texas había pronunciado su veredicto final. En unos días sería ejecutado.

Me estremecí al recordar cómo lo habían detenido años atrás cerca de mi pueblo natal después de cometer su último crimen. Había sido terrible... Llevaban mucho tiempo tras él, pero era escurridizo y se cubría bien las espaldas. Ni una sola prueba, ni un solo testigo que se atreviera a hablar…, hasta que uno había testificado. Y eso había sido su perdición.

Bajé el volumen del televisor y aparté aquella noticia espeluznante de mi mente. Quería concentrarme en lo que estaba a punto de hacer.

Las manos me temblaron cuando retiré la tapa y las postales quedaron a la vista.

«Peque». «Siempre tuyo».

Una a una, las saqué y fui colocándolas sobre la cama con cuidado, como si en vez de un pedazo de cartón fueran del cristal más delicado. Seis. Mañana recibiría la número siete.

Había intentado encontrar esos extraños lugares que aparecían en las postales, pero no salían en el mapa y nadie había oído hablar de ellos. Pregunté a los trabajadores de estaciones de tren y autobús, e incluso fui a varios aeropuertos. Hice la maleta muchas veces para intentar llegar a esos pueblos inexistentes. Hasta que comprendí que era imposible. Dondequiera que estuviese Conrad, si es que estaba en algún sitio, no era en esos hermosos lugares.

Y yo no podría llegar hasta él.

Las miré una a una, releyendo cada palabra de nuevo, como hacía año tras año. Las acariciaba con las yemas de los dedos como si, de ese modo, pudiera sentirme más cerca de él.

Y entonces, recordé.

CAPÍTULO 2
LA FERIA NAVIDEÑA

Peoria, Illinois, EE. UU., siete años atrás

—¡Candy, baja! ¡Ese chico está otra vez aquí!

Me precipité escaleras abajo como una exhalación. Llevaba mis vaqueros gastados, mi suéter favorito y la chaqueta de plumón. Al llegar al rellano, mi madre me miraba desde su rostro ojeroso y negaba con la cabeza. En una mano, uno de sus largos cigarrillos. En la otra, un vaso de whisky.

—Coge la bufanda y los guantes. He oído en la radio que estamos a menos diez grados.

—Sí, mamá —dije sin mirarla, cogiendo todo eso y también mi gorro de lana del mueble de la entrada.

—Si vas siempre con perdedores, no conseguirás nada en la vida, cariño. Te lo he dicho un millón de veces.

—Claro, mamá. Como si a ti te fuera mucho mejor con la chusma que frecuentas.

—Cuidado con esa boca, Candy. Además, hoy salgo con un empresario de la ciudad. Tiene varios hoteles por todo el estado—

dijo orgullosa. Como si tirarse a todo un regimiento fuera una gran hazaña. ¿Quién era yo para decirle lo contrario?

—Un punto para ti, mamá. Tú solo intenta que te trate bien, ¿vale?

—¿Acaso te falta de algo, Candy? ¿Crees que la nevera se llena sola? ¿Que un duendecillo mágico paga la hipoteca?

—Hay otras formas de ganar dinero, mamá. Se llama "trabajar".

—Sabes bien que he trabajado toda mi vida. Me merezco un descanso, ¿no crees?

—Si tú lo dices… —murmuré.

—Y tú, cariño, con esa cara de ángel que tienes y ese tipo podrías conseguir lo que quisieras sin mover un dedo.

—Prefiero trabajar de basurera antes que aguantar a la clase de hombres con los que sales.

—Cuida bien tus palabras, Candy. Nunca sabes dónde te llevará la vida. ¿Crees que yo imaginaba cuando era joven que tu padre me abandonaría?

Puse los ojos en blanco. Siempre acababa jugando la carta de la pobre mujer abandonada, sobre todo en Navidad. Era una putada, de acuerdo. Pero ya era hora de que lo superara. Y, francamente, por lo que me había contado de él, estábamos mejor solas. Al parecer, ahora tenía una nueva familia en la otra punta del país y era muy feliz. Bien por él. ¿Para qué iba a preocuparme por alguien que había pasado de mí toda la vida?

Me lancé sobre ella y la besé en la mejilla.

—Ahora no, mamá. Hoy es Nochebuena. Sal por ahí y diviértete con ese empresario o lo que sea.

—Siento no cenar esta noche contigo. Pero mañana cocinaré el pavo como a ti te gusta, relleno de ciruelas y piñones, y con mucha salsa de arándanos.

—Lo que tú digas. Recuerda que Conrad comerá con nosotras.

—¿Otra vez? —Torció el gesto.

Nunca entenderé por qué mi madre no soportaba a Conrad cuando la gente solía adorarlo al instante. Quizás era porque le recordaba a la clase de hombre que no tendría jamás..., o tal vez porque él no tenía dinero ni poder. Las dos cosas que más le gustaban a mi madre, y de las que carecíamos por completo.

—¡Hasta mañana, mamá!

—Si vas al lago, ten cuidado, Candy. No sabes cuándo puede romperse el hielo y... —Siguió hablando, pero yo ya no la escuchaba.

Agité la mano a modo de despedida y me largué antes de que se pusiera melancólica y empezara a despotricar sobre mi padre otra vez. Entendía que para ella fuese duro, pero, a ver, nos abandonó hacía siglos y yo apenas lo recordaba. Mi madre debería tomar las riendas de su vida y seguir adelante, en vez de destrozarse día a día, arrastrándome a mí con ella en su espiral de autocompasión.

Nada más abrir la puerta, el risueño rostro de mi novio iluminó por completo la oscuridad de mi existencia. Como un faro en medio de las tinieblas del mundo.

—Hola, peque —dijo, plantándome un beso en los labios—. ¿Otra vez hablando de tu padre?

Me cogió de la mano. Guante sobre guante. Sus ojos se desviaron un instante hacia la pulserita de plata que me había regalado unas horas antes. Lo vi sonreír.

—No me lo recuerdes. Ya sabes lo pesadita que se pone por Navidad.

—Me da pena. Aún es joven y podría hacer algo más con su vida.

—Ya. Eso díselo a ella. Yo me retiré hace tiempo. A mí no me escucha.

—Debe de ser muy duro para ella. A lo mejor lo quería mucho, peque.

Resoplé.

—¿Cuándo vas a dejar de llamarme "peque"?

—Veamos... ¿Cuando seas más alta que yo?

Le hice un gesto de burla.

—Muy gracioso. Sabes de sobra que eso no va a pasar nunca.

—Pues ahí tienes la respuesta.

Le di un manotazo en el estómago. Soltamos un par de carcajadas y después caminamos en silencio varios pasos.

—¿Sabes lo que he visto hoy? —dijo con ese brillo especial en los ojos.

—Sorpréndeme. —Me colgué de su brazo mientras nuestros descansos resbalaban en la nieve que recubría la acera. Me entusiasmaba dejar esas huellas profundas en la nieve virgen.

—Hay un puesto nuevo en la feria. Y creo que te va a encantar.

—¿Mejor que el de chocolate caliente del año pasado?

—¡Muchísimo mejor!

Me detuve y me giré a mirarlo. Las ondas oscuras de su cabello se alborotaban alrededor de su rostro y sobre la frente. Era tan guapo que tenía que parpadear dos veces para cerciorarme de que era real.

—¿Mejor que las galletas de jengibre gigantes con las que nos empachamos?

Asintió.

—Algodón de azúcar, almendras garrapiñadas, crepes de Nutella, nubes de colores...

Di varios saltitos de alegría mientras aplaudía.

—¡Quiero ir ahora mismo!

—He pensado que podemos pasarnos por ahí a coger provisiones y luego nos vamos al lago.

—Me parece genial. He traído mis ahorros. Veintiséis dólares.

—Yo tengo dieciocho.

Sonreímos al unísono. Ambos sabíamos que entre los dos sumábamos más que suficiente para darnos un buen atracón.

Me cogió de nuevo de la mano y enfilamos la calle que conducía al centro del pueblo, donde habían instalado las casetas de la feria con los adornos navideños y los puestos de comida. Permanecería allí hasta primeros de enero, alrededor del árbol de Navidad gigante que presidía la plaza y que brillaba con cientos de lucecillas.

Había varias calles cerradas a la circulación. En ellas se organizaban esos días diversas actividades para los más pequeños, incluida la entrega de cartas a Santa Claus y las míticas carreras de trineos, en las que habíamos participado cuando éramos unos mocosos. ¡Las disfrutábamos un montón! Siempre acabábamos en el suelo, rebozados de nieve y con dolor de estómago a base de carcajadas.

Miré a Conrad de reojo. Aunque su expresión era tan risueña como siempre, a mí no podía engañarme. Una sombra de tristeza cruzaba su mirada, tan clara y radiante que a veces me hacía estremecer.

—¿Viene tu hermano a cenar con vosotros?

Él sacudió la cabeza. Su hermano, varios años mayor que él, era el favorito de sus padres. Ni siquiera lo disimulaban. Tras graduarse en Yale, lo habían contratado en un despacho de abogados de Manhattan. Sus padres se deshacían en alabanzas hacia él, mientras que solo tenían desprecio hacia Conrad. Le decían constantemente lo decepcionados que estaban con él; que sus notas no eran lo suficientemente buenas, pese a que eran mejores que las de la mayoría; que era un soñador sin ambiciones ni propósito alguno; que debía empezar a poner los pies en el suelo y decidir a qué universidad quería ir; y, por supuesto, que estaba perdiendo el tiempo conmigo.

Conrad y yo queríamos viajar por el mundo. En cuanto acabáramos el bachillerato, nos marcharíamos juntos, bien lejos de nuestras familias. Trabajaríamos de lo que fuera hasta que ahorrásemos lo suficiente para asentarnos en algún sitio, el que más nos gustara de todo el planeta. Entonces, primero estudiaría uno mientras el otro seguía trabajando, y después al revés. De ese modo, sabríamos lo que realmente nos gustaba y a qué queríamos dedicarnos el resto de nuestras vidas. Yo soñaba con ser bailarina, él con ayudar a la gente, aunque todavía no tenía ni idea de cómo. Juntos, lo descubriríamos.

—No. Se va con su novia a Boston a celebrarlo con su familia. Mis padres están muy disgustados porque no van a verlo en Navidad, pero dicen que lo entienden. Les encanta que salga con esa chica.

—¿La del collar de perlas y el Jaguar?

Esbozó media sonrisa.

—La misma.

—Hombre, un buen partido es.

—Es gilipollas. Ella y mi hermano.

Solté una carcajada. No creo que hubiese dos hermanos más diferentes.

—¿Cenarás con ellos en el restaurante?

—No. Les he dicho que paso. Cenaré contigo. Si tú… puedes, claro.

—Mi madre se larga, así que tenemos la casa para nosotros. Si no te importa cenar sobras en Nochebuena…

—Me importa una mierda lo que vaya a cenar, siempre que sea contigo.

Y ahí estaba. Una de esas frases que me provocaban cosquillas en el bajo vientre.

Nos conocíamos desde que éramos un par de mocosos y éramos novios desde hacía años. Aun así, seguía estremeciéndome con un simple roce de sus dedos, una de sus cálidas miradas, un beso…

Todavía no nos habíamos acostado. Quizá lo haríamos esa misma noche…, quizás el año siguiente. Nos moríamos de ganas, pero queríamos que fuese perfecto, el momento más especial de nuestras vidas. Y siempre había algo o alguien que nos jodía los planes, la mayoría de las veces sus padres o mi madre. Así que esperaríamos el momento oportuno. El momento en el que pudiéramos ser solo él y yo, sin nervios, sin prisas, sin miedo. Además, solo teníamos diecisiete…

—Lo mismo digo —le dije ensanchando mi sonrisa.

Antes de llegar al puesto de golosinas, se detuvo en mitad de la calle, ahora peatonal, y se colocó frente a mí. Se quitó los guantes y se los guardó en los bolsillos un instante antes de que sus manos enmarcaran mi rostro. Sus ojos se clavaron en los míos mientras el viento cortante le despeinaba el cabello y nos pelaba las mejillas.

—En unos meses, Candy, te sacaré de aquí. Nos marcharemos bien lejos y te haré muy feliz.

—Te seguiría al fin del mundo, ya lo sabes.

—Ojalá pudiera prometerte que será fácil y que tendremos todo lo que queramos, pero no puedo. Al principio será duro, y puede que las cosas no marchen como esperamos.

—No me importa. Lo único que me importa es estar contigo. En cuanto a lo demás…, seguro que poco a poco lo conseguiremos.

—Siempre tuyo, Candy. Lo sabes, ¿verdad?

Asentí, perdiéndome en su mirada celeste. Una mirada que rebosaba amor por mí. Era muy afortunada. Tenía al mejor hombre del universo.

Me besó. Uno de esos besos que me bebían entera y me elevaban hasta las estrellas. Sus labios suaves y hábiles sobre los míos. Su lengua buscando la mía. Mi estómago dio una voltereta cuando me rodeó la cintura y me atrajo hacia él, apretando su cuerpo contra el mío.

Hay quien dice que los amores de la adolescencia son como plumas a merced del viento; que tal como vienen se van; que son tan efímeros e inestables como el agua que se cuela entre las rocas de un río.

Nuestro amor era sólido, inquebrantable. Infinito.

Tras dar una vuelta por la feria, compramos un montón de

golosinas en el puesto nuevo, además de dos algodones de azúcar, uno verde y uno blanco, más grandes que nuestras cabezas. Nos lo fuimos comiendo de camino al lago.

—¿Has oído lo que ha pasado en el muelle? —dijo mientras colocaba el plástico impermeable sobre la nieve y luego la manta.

Habíamos traído una manta extra para cubrirnos. Hacía un frío de mil demonios.

—¿Qué ha ocurrido?

—Están buscando al narcotraficante ese de Texas.

Abrí los ojos como platos.

—¿Aquí? Pero ¡si en este pueblo nunca pasa nada!

—Parece que está haciendo negocios con la mafia de Chicago. Uno de los capos tiene una casa por esta zona. Por la tele han dicho que el FBI confía en poder interceptar algún cargamento o, al menos, las comunicaciones.

—No entiendo por qué ese tipo no está ya en la cárcel.

Nos sentamos sobre la manta, pegados al roble para que nos resguardara un poco del viento. Conrad desplegó la otra manta y nos tapó con ella. Se preocupó de cubrirme bien, remetiendo las esquinas bajo mis piernas. Siempre cuidaba de mí. Y yo de él.

Solo nos teníamos el uno al otro.

—Porque no tienen pruebas y nadie se atreve a testificar contra él. Un par que iban a hacerlo la palmaron antes del juicio. Es un tipo muy peligroso.

—Bueno, pues espero que se largue bien lejos de aquí y que lo pillen pronto. A él y a todos los malvados de este mundo que lo convierten en un infierno para los demás. Ya podría caer un rayo divino exterminador y pulverizarlos a todos. Nos quedaríamos mucho más tranquilos.

Me miró y sonrió con ternura.

—Bien dicho, peque. ¿Seguro que quieres ser bailarina? Porque yo creo que justiciera te pegaría bastante…

Le di un manotazo y nos reímos.

—No te burles.

—No me burlo. Estoy de acuerdo contigo. Ojalá fuera posible. Desgraciadamente, esa gente campa a sus anchas por todas partes. Lo único que se puede hacer es ser valiente.

—¿A qué te refieres?

—A esos testigos, por ejemplo. Los dos que murieron. Al menos lo intentaron.

—Ya, pero no sirvió de nada. Ellos la palmaron y ese monstruo sigue por ahí.

—Lo sé. Pero si todo el mundo hiciera lo que tiene que hacer, si todos fuésemos lo bastante valientes, alguno lo conseguiría algún día. Si todas las personas que podrían testificar estuvieran dispuestas a hacerlo, muchos de ellos morirían, sí. Pero apuesto a que alguno se saldría con la suya. Y ese capullo…, todos los capullos del mundo al final tendrían su merecido.

—A mí me daría miedo, pero supongo que tienes razón.

Nos quedamos en silencio un rato.

Entonces, Conrad sacó las bolsitas de almendras garrapiñadas y otros dulces de los bolsillos, y las extendió sobre la manta.

—¿Comenzamos el festín, peque? —dijo guiñándome un ojo.

—¡No puedo esperar!

Saqué las bebidas que habíamos comprado también, y empezamos.

Teníamos las manos pegajosas por el algodón de azúcar, pero poco nos importaba.

Conrad me puso en la boca una nube de color rosa y yo a él una almendra. Empezamos a charlar de muchas cosas, como siempre. Los adornos más bonitos que habíamos visto en la feria, la película que iríamos a ver al cine con las entradas que le había regalado, los pueblos y ciudades que querríamos visitar en cuanto fuésemos mayores y todas las ferias navideñas que no nos perderíamos por nada del mundo…

A veces, nos inventábamos lugares increíbles donde nos gustaría vivir e imaginábamos qué querríamos que tuvieran: una heladería con todos los sabores que existían, un muelle lleno de atracciones con la montaña rusa más larga, un circo lleno de trapecistas, un árbol de Navidad todo el año, un albergue precioso para perros abandonados, un zoo lleno de pingüinos... Cosas así.

Pensamos en ir a buscar los patines a casa, pero al final decidimos que esperaríamos un par de días a que el hielo espesara un poco más. La gente del instituto solía ir a patinar al lago grande. Nosotros preferíamos el nuestro. Allí nadie nos molestaba.

Teníamos otros amigos y nos llevábamos bien con la mayoría de los compañeros de clase, con los que a veces salíamos en grupo. Pero la Navidad era para nosotros dos, y casi siempre preferíamos estar solos.

A media tarde, lo recogimos todo, dispuestos a regresar a mi casa e instalarnos ahí para ver una película y cenar lo que fuese que hubiera en la nevera. Aunque tampoco es que tuviéramos hambre. ¡Nos habíamos hinchado a dulces!

Ya en la puerta de mi casa, escuchamos la voz de su padre.

—¡Eh, Conrad! —gritó desde su porche, a pocos metros de nosotros—. Tu madre quiere hablar contigo.

—Mierda —murmuró mi novio.

—Ve, no te preocupes. Iré preparando la peli y las palomitas.

Él me sonrió, pero la sonrisa no alcanzó sus ojos. Siempre se apagaba el brillo de su mirada en presencia de sus padres. ¿Por qué no se daban cuenta de que tenían el hijo más maravilloso del mundo? En mi opinión, eran idiotas.

—¿Me has oído, chaval? Anda, ven, entra en casa, que me estoy congelando con esta mierda de tiempo.

Los dedos de mi novio rozaron los míos.

—Vuelvo en un rato.

Asentí.

Lo vi caminar arrastrando los pies hacia su casa y entrar

tras su padre. Cuando la puerta se cerró con un golpe seco, no pude evitar estremecerme.

Al cabo de media hora, regresó cabizbajo. Me dijo que sus padres lo obligaban a ir a cenar con ellos a ese restaurante estirado que él detestaba. Estaba cerca del muelle, donde la humedad era insoportable por esas fechas. Había intentado que yo fuera con ellos, pero sus padres se habían negado. Decían que querían pasar tiempo con él, que la Navidad era para estar en familia…

—Todavía no entienden que tú eres mi única familia, Candy —dijo jugando con un mechón de mi pelo entre sus dedos.

—No te preocupes. Pásate un rato cuando acabéis de cenar.

—No quiero dejarte sola en Nochebuena. —Me abrazó con fuerza.

—Solo serán unas horas. Estaré bien. No es culpa tuya.

Me estrujó más fuerte.

—No quiero pasar la Nochebuena sin ti. Tú lo eres todo para mí, Candy —me susurró al oído. Su aliento me hizo cosquillas.

—Lo sé, y tú para mí. Veré una película y picaré lo que me dé la gana. Y antes de que puedas echarme de menos, ya estarás de vuelta.

Se separó un poco y subió la mano hasta mi nuca. Sus dedos se enredaron en mi cabello.

—Vendré lo antes que pueda.

—Lo sé.

Me miró con una de esas miradas que hacían que me temblaran las piernas.

—Siempre tuyo, peque. No lo olvides nunca.

El beso que siguió fue diferente a todos los demás. Fue anhelo y deseo y amor y… desesperación. Un beso lleno de promesas…, pero también de angustia.

Fue un beso largo y profundo que me alteró por completo. Supe lo que él anhelaba de mí esa noche. Lo mismo que yo necesitaba de él. Así pues, esperaría con ansia su regreso.

Solo que nunca regresó.

Jamás volví a verle.

Esa noche desapareció sin dejar rastro junto a sus padres. Se desvaneció en la ventisca. Y con él, la magia de la Navidad me abandonó para siempre.

CAPÍTULO 3
LA ÚLTIMA POSTAL

Nueva York, 25 de diciembre, en la actualidad

Cuando me desperté la mañana de Navidad, salté de la cama, me puse la sudadera y salí de mi apartamento. Bajé las escaleras como si se hubiera activado la alarma de incendios y me planté en cuestión de segundos ante los buzones.

Incapaz de mirar todavía, me fijé en la nieve que se había colado bajo la puerta de la calle y las pisadas mojadas que decoraban el pequeño recibidor. El conserje me observaba desde la esquina, sentado en una silla desvencijada mientras ojeaba el mismo libro de siempre. ¿Acaso no tenía otra cosa mejor que hacer el día de Navidad? Llevaba un jersey de lana con un gran copo de nieve dibujado en el centro acompañado de muérdago.

Sin más dilación, me enfrenté a lo que tenía delante.

Un sobre rojo sobresalía de mi buzón. Mi mano se aproximó, vacilante, y rocé el borde, como si necesitara cerciorarme de que era real y no una mera alucinación navideña.

Lo cogí despacio y le di la vuelta. Como en cada uno de los

anteriores, mi nombre estaba escrito cuidadosamente en una hermosa caligrafía. *Su* caligrafía.

Las lágrimas se acumularon en mis ojos mientras apretaba el sobre contra mi pecho.

—¿Está bien, señorita Donovan?

Me limité a asentir. Subí las escaleras como si mis pies pesaran una tonelada cada uno. Me faltaba el aire y el corazón me dolía. Pasar por eso cada Navidad era hurgar de nuevo en una herida reciente y sanguinolenta. Por mucho tiempo que transcurriera, jamás superaría lo de Conrad. Así de simple.

Lo peor era no saber qué había sido de él. Si estaba bien... Si seguía vivo en algún lugar, aunque fuera muy lejos de mí.

Ya de vuelta en mi apartamento, sentía el pulso latiéndome irregular en las sienes. Me senté en la cama y volví a colocar las postales sobre la colcha. Ahora tenía una más para añadir.

—Vamos allá, Conrad —dije en voz alta. Pronunciar su nombre fue como si me cortaran con un cuchillo.

La vida sin él había perdido su color. Incluso en esa época del año, en la que Nueva York se vestía de luces, villancicos y brillos, para mí todo estaba sumido en la penumbra. ¡Qué distinto sería pasear cogida de su brazo! Todo cobraría lustre bajo su mirada. Conrad le daba forma al mundo para mí.

Con dedos trémulos, abrí el sobre con cuidado de no desgarrarlo. Extraje la tarjeta lentamente y le di la vuelta. Primero quería contemplar la imagen de la postal. Uno de esos lugares hermosos e inexistentes... Solo que esta vez era diferente.

La postal mostraba la imagen de la feria de Peoria, aquella que habíamos frecuentado juntos durante diez Navidades. Y en el centro de la fotografía, un puesto de chocolate caliente y churros azucarados, rellenos de crema.

El corazón me dio un vuelco.

La giré para leer el mensaje.

«Hola, peque, ¿sabes lo que he visto hoy? Hay un nuevo puesto en la feria, no nos lo podemos perder. Esta vez, yo invito. No tardes, ya sabes que el frío te muerde el culo en este maldito pueblo. Ja, ja, ja. Siempre tuyo, Conrad».

La sangre se me heló en las venas mientras las lágrimas rodaban sin parar por mis mejillas. ¿Qué narices significaba aquello?

Era la primera vez que aparecía un lugar real en la postal. Y no solo eso, sino que esta vez era Peoria, el pueblo en el que tantos años habíamos vivido, puerta con puerta.

Por un momento, me hice ilusiones. La esperanza anidó en mi pecho y una emoción que llevaba mucho tiempo sin sentir me golpeó con fuerza.

«Debo ir allí», me dije, saltando de la cama y abriendo el armario.

Saqué una mochila y empecé a llenarla con lo imprescindible. Mi madre me había enviado un billete para pasar las fiestas con ella y su nuevo marido. Ya no vivían en nuestra antigua casa, sino que se habían mudado a una mucho más grande a orillas del Goose Lake, allá donde se unía con un afluente del río Illinois. Era una zona de familias adineradas que solían tener negocios en Chicago.

Me alegraba por ella. Él era un buen tipo y era amable con las dos. Habría ido…, si no fuese porque caminar por las mismas calles que había recorrido con Conrad provocaba que la tristeza me consumiera. Veía su rostro por todas partes. Y no podía seguir así. No podía dejarme arrastrar por ese vacío que amenazaba con engullirme.

Pero esta vez era diferente. La postal apuntaba a Peoria. ¡No cabía la menor duda! ¿Y si él había vuelto? ¿Y si me esperaba en la plaza, junto al árbol de Navidad? ¿Y si al fin había regresado a por mí?

Entonces me detuve.

«¿Y si existe Santa Claus? ¿Y si los renos vuelan y los duendecillos reparten los regalos? ¿Y si existe la magia, y el mundo es un lugar justo y bueno, y...?», me dije con sarcasmo. «No seas idiota. Conrad desapareció hace mucho tiempo. Quizá le ocurrió algo, o quizá se largó sin más. Y en todo este tiempo, jamás ha tratado de encontrarme, ni ha venido a por mí, ni ha preguntado a mi madre dónde estaba...».

Cuando desapareció, siete largos años atrás, fui a la policía, indagué en todos los hospitales, hablé con todos nuestros compañeros de clase y con los vecinos y con los dependientes de las tiendas. Lo busqué por todas partes. Removí cielo y tierra. Pero nada. Y cuando crecí, volví a intentarlo. El resultado fue el mismo.

Lo único que tenía eran las postales, pero eran imposibles de rastrear. Aparecían de pronto, sin remitente ni sellos. Sin nada a lo que agarrarme.

Pero ahí estaban.

Me dejé caer en el suelo y hundí la cabeza en las rodillas.

«Si vas hasta allí, será otra decepción. Y caerás de nuevo. Y ya sabes lo difícil que fue salir del abismo la primera vez y la segunda y la tercera... No puedes volver ahí», me dije, convencida.

Sin embargo, algo en mí seguía peleando. Una pequeña pepita de luz y esperanza continuaba brillando en mi interior. Quizá era la Navidad que me insuflaba energías..., o quizá todavía no había tirado la toalla del todo.

«Una última vez. Solo ir, pasear por la plaza... Sé que no habrá nada y que me llevaré otra desilusión. Aun así, ¿las postales deben de significar algo, no?».

Tal vez estaba loca y me las enviaba yo misma. O tal vez Conrad ni siquiera existió. Fuera como fuese, me incorporé de nuevo, acabé de preparar la mochila y abandoné mi apartamento, dispuesta a zanjar ese tema para siempre. Si aquello no significaba nada, desterraría a Conrad de mi vida. No podía seguir así. Tenía que sobrevivir.

En el taxi de camino al aeropuerto, releí las postales, una detrás de otra. ¿Podría haberlas escrito alguien que no fuera él? ¿Conocía alguien nuestros secretos? ¿Su caligrafía? ¿Nuestras bromas cómplices? Lo dudaba. Aun así…

En la radio seguían hablando de aquel narcotraficante. Un periodista de la FOX lo había entrevistado. Ponía los pelos de punta. Gracias a un testigo de la defensa, aquella bestia había perdido todas las apelaciones posibles y muy pronto se enfrentaría a la inyección letal. Su organización había sido desmantelada, y los que no estaban entre rejas habían sido borrados del mapa por alguna mafia rival.

Aquel desenlace había dado muchos puntos positivos al FBI y encumbrado al fiscal del caso, ahora fiscal general. Apenas podía creer que la detención se hubiese llevado a cabo cerca de Peoria, aunque, por supuesto, el juicio tuvo lugar en la implacable Texas. Bien por todos ellos, un criminal menos.

El vuelo duró apenas cuatro horas, y de ahí cogí el tren hasta mi pueblo. Pisar de nuevo esas aceras espolvoreadas de nieve, ver los locales que me eran tan familiares, empaparme del espíritu de la Navidad que desprendía cada rincón… me trajeron recuerdos felices y dolorosos al mismo tiempo. Se mezclaban en mi interior como una bomba de relojería. Pero los mantendría a raya, al menos hasta que descubriera a dónde me llevaba todo aquello.

Nada más llegar, me paseé por las calles peatonales, envuelta en el aroma de leños ardiendo, café caliente servido en tazas con dibujos de renos, azúcar deshaciéndose para decorar las galletas… Me sentía de vuelta en el hogar, como si hubiera viajado en el tiempo.

Deambulé entre los puestecitos, reconociendo varias caras, aunque con algunas arrugas más, hasta que al fin me planté ante el nuevo puesto de chocolate con churros. Sentí un escalofrío al constatar que era real. Era exactamente como aparecía en la última postal, que había dejado dentro de mi mochila en el coche.

El mismo cartel de color rojo brillante, el mismo tarro de azúcar con el borde descascarillado, la misma letra en la pizarra que colgaba en un lado anunciando los tipos de churros que vendían...

Se me erizó la piel. Miré a derecha e izquierda, abrazándome a mí misma, buscando entre la multitud aquel rostro que tanto ansiaba ver. Habían pasado muchos años, pero no los suficientes como para que no le reconociera en el acto.

Por mucho tiempo que transcurriera, ya fueran siete años o mil, jamás olvidaría su mirada azul.

Pedí un churro rebozado de azúcar y relleno de chocolate, y me hice a un lado, dispuesta a esperar cuanto fuese necesario. Ahora que sabía que esa caseta existía, sentía esperanzas renovadas. ¡Aquello tenía que significar algo!

Así que esperé y esperé. Y esperé un poco más. Hasta que el viento arreció y el sol se puso en el horizonte. Hasta que los niños regresaron a sus casas para seguir disfrutando de sus nuevos juguetes y los últimos puestos de comida cerraron. Hasta que solo las lucecillas del árbol alumbraron la noche helada.

Apreté la mandíbula y me obligué a no llorar. Aquello había sido una tontería, un gran error. Pero, al menos, lo había comprobado por mí misma. Ahora podría pasar página e intentar rehacer mi vida.

Conrad ya no estaba. Y el gran amor que sentíamos el uno por el otro se desvaneció con él. Ahora solo me quedaba seguir adelante, tal como mi madre había logrado hacer al fin, e intentar construir una vida que no fuera tan patética como la que tenía.

Solo que dolía. Mucho.

Volví al coche caminando despacio, sintiendo el crujido de la nieve recién caída bajo mis botas. Absorbí todo cuanto me rodeaba y lo fijé en mi memoria. No pensaba regresar allí jamás.

Me metí en el vehículo tiritando y encendí el motor, dispuesta a darle una alegría a mi madre. Hacía demasiado que no la veía. Las cosas estaban mejor que nunca entre nosotras y solíamos hablar a menudo. Sabía lo contenta que se pondría.

Mientras conducía, sintonicé una emisora de canciones navideñas. ¿Por qué no? Aquel iba a ser el primer día de mi nueva vida. Conrad siempre permanecería en mi corazón, pero intentaría, al menos, extirparlo de mi mente. Si tan solo pudiera olvidarle…

La vieja canción *I'll Be Missing You Come Christmas* de NKOTB desató mis lágrimas. Y mientras recordaba las risas, las carreras de trineos, las tardes patinando y los besos, mi subconsciente me llevó directa a mi vieja casa.

CAPÍTULO 4
UN DESEO

Peoria, Illinois, EE. UU., hace muchas Navidades

—¿Qué le pedirías a Santa Claus si de verdad existiera y pudiera oírte? —le solté de pronto.

Soplé un poco en la taza y di un traguito al chocolate caliente. Estaba espeso y dulce, tal como a mí me gustaba.

—Pues le pediría…

—Espera, espera. Piénsatelo bien, hombre. Solo puedes pedirle una cosa.

—Candy, es Santa Claus, no el genio de la lámpara.

Puse los ojos en blanco.

—Aun así, hay que pensarlo bien. No vaya a ser que te esté oyendo y desperdicies el deseo de tu vida.

Soltó una carcajada.

—Está bien. Voy a pensarlo un poco… —Arrugó la frente y frunció los labios. Esos labios que me encantaba besar—. Vale, lo tengo.

Abrí los ojos como platos.

—¿Tres segundos?

—Es que, por mucho rato que lo piense, el deseo va a ser el mismo, peque.

—Vale, muermo. Suéltalo. ¿Cuál es ese deseo misterioso?

—De misterioso no tiene nada. Es lo único que quiero en la vida y lo único que me importa.

—Te estás poniendo muy trascendental… Te acuerdas de que solo tenemos quince años, ¿verdad?

Otra carcajada, franca y cálida, atronó en su pecho. Era alto y fuerte, pero todavía con aquella delgadez atlética de la juventud. Ni un gramo de grasa tenía el tío.

—Bueno, ¿quieres que te lo diga o no?

—Anda, pues claro. ¡Ya estás tardando!

—Deseo… estar siempre contigo —soltó sin más, mirándome a los ojos. Y antes de que pudiera protestar, añadió—: Y si alguna vez la vida nos separa, deseo que no me olvides jamás hasta que pueda regresar junto a ti y que, de algún modo, sepas que sigo amándote.

Nos quedamos en silencio durante varios segundos, tan solo mirándonos. Desviamos la vista un instante hacia el cielo nocturno. Acababa de cruzarlo una estrella fugaz. La lluvia de estrellas estaba comenzando. Y ese era un lugar privilegiado para contemplarla.

—Esto era solo un juego —le dije.

—Lo sé —dijo esbozando una sonrisa—, pero, por si acaso hay alguien por ahí escuchando, no quería desaprovechar la oportunidad de decir lo que más deseo en el mundo.

—Parece que me quieres de verdad.

—¿Lo dudabas?

—Para nada. Aunque a veces no comprendo qué he hecho para merecer tanto amor del chico más maravilloso del mundo.

—Podría enumerar muchas cosas, Candy. Pero te las resumiré: tú siempre me apoyas y cuidas de mí y me haces reír. Incluso cuando estoy muy jodido y soy un aburrimiento, siempre puedo contar contigo.

—Son buenos argumentos.

—Y estoy loco por ti.

—Ese es el que más me gusta. Sobre todo, porque yo también estoy loquita por ti.

Él suspiró. Un largo suspiro cargado de sentimiento.

—¿Y cuál sería tu deseo?

Fingí que reflexionaba. Él se impacientó.

—Pues el mismo, bobo. Estar contigo, marcharnos de aquí, explorar sitios increíbles y ser felices para siempre.

Me abrazó con fuerza y me apartó de la frente un mechón que se había escapado de mi gorrito de lana.

—Siempre tuyo, Candy. No lo olvides nunca.

Entonces me besó mientras la lluvia de estrellas iluminaba la noche invernal y la magia de la Navidad se cernía sobre nosotros.

CAPÍTULO 5
EL LAGO HELADO

Peoria, Illinois, EE. UU., 25 de diciembre, en la actualidad

Aparqué ante la casa en la que había pasado mi infancia y adolescencia. En cuanto bajé del coche, me golpeó una avalancha de recuerdos. Conrad corriendo hasta mi puerta para ir juntos a la escuela o al lago, carreras en bicicleta, risas y charlas… Su voz y su presencia por todas partes.

Las casas apenas habían cambiado. Tal vez tenían una mano de pintura más, eso era todo. Ahora vivían allí otras familias, y esas paredes serían testigos de otras vidas, felices o desgraciadas. Quién podía saberlo.

Un trineo descansaba en la entrada, y guirnaldas de luces decoraban la techumbre de ambas casas. La Navidad se me coló hasta el tuétano y rozó mi alma.

Una sensación extraña se apoderó de mí. La sensación de encontrarme al fin en mi hogar. Solo que mi hogar siempre había sido Conrad.

Rodeé la fachada y enfilé el caminillo que conducía a la parte trasera. Un palmo de nieve me dio la bienvenida. Mis botas se hundieron y enseguida sentí el frío en los pies, pese a llevar calcetines gruesos. Mi calzado no era tan adecuado como aquellos descansos que solía llevar cuando vivía allí.

Recorrí el sendero lentamente, paso a paso, reconociendo cada recodo, cada roble y castaño, cada aroma, cada huella de animalillos, cada rama o raíz retorcida... Me adentré varios metros en el bosque nevado hasta llegar al lago. El viento se había levantado y erizaba la superficie congelada. Parecía gruesa, perfecta para cruzarla patinando.

Nos recordé cogidos de la mano, deslizándonos sin miedo, pese a las muchas veces que nos habíamos caído. Nuestras risas del pasado hicieron eco en el presente, como si todavía pudiera escucharlas.

Ese lugar era muy especial. Había sido nuestro refugio, nuestro escondite cuando el mundo se ponía en nuestra contra. Allí habíamos soñado tanto... Solo que jamás pensé que tuviera que cumplir yo sola nuestros sueños.

Mis dedos enguantados enjugaron las lágrimas que acababa de derramar.

Caminé hasta el borde del lago, con las manos metidas en los bolsillos, contemplando aquel lugar que me era tan familiar... y al mismo tiempo tan lejano. Era como si el día anterior hubiésemos estado ahí, pero también como si jamás hubiéramos ocurrido.

Reuní el poco valor que me quedaba y me di la vuelta para mirar nuestro roble y el lugar exacto en el que nos sentábamos, justo junto a la gran roca.

Mi corazón se saltó un latido cuando vi lo que había en el suelo.

La vieja manta de Santa Claus, algo descolorida y deshilachada, estaba extendida en la nieve. Sobre ella, una bolsa de papel llena de churros. Casi podía notar su sabor dulzón en la lengua. Entonces sentí su presencia.

Me giré de golpe y le vi.

Estaba allí, de pie, varios metros alejado del roble, también en el borde del lago helado. Su mirada azul, mucho más profunda de lo que antaño había sido, se clavaba en mí. En sus labios, una sonrisa indescifrable. Su cabello seguía teniendo esas ondas rebeldes que tanto adoraba, solo que ahora enmarcaban un rostro de líneas más duras y definidas.

Había crecido y me pasaba una cabeza. El grueso jersey y el abrigo largo de lana apenas disimulaban un cuerpo adulto, mucho más grande y fuerte.

Había tristeza en sus ojos. Y esperanza. Y emoción. En los míos...

Yo estaba petrificada.

Incapaz de moverme, me limité a observarlo mientras las lágrimas me mojaban el cuello de la chaqueta y la bufanda. Estaba sollozando y ni siquiera me había dado cuenta.

—Hola, peque —dijo. Y su voz me pareció un susurro grave y hermoso, como una caricia por todos los rincones de mi ser. Se coló muy dentro de mí y se ancló en cada célula.

Avanzó varios pasos, despacio. Su expresión cambió, su sonrisa se ensanchó y empezó a correr.

Se abalanzó sobre mí y me abrazó, como si esos siete años hubiesen transcurrido en un solo día. Como si hubiesen sido solo un soplo del viento entre las ramas. Su mano se cerró sobre mi nuca, enredando los dedos en mi pelo. La otra me rodeó la cintura mientras hundía el rostro en mi cuello.

—Te he echado tanto de menos... —murmuró con esa voz desconocida y familiar al mismo tiempo.

Reaccioné y yo también lo abracé. Mis brazos subieron hasta sus hombros y me colgué de él, pegando la mejilla a su pecho. Entonces él también empezó a llorar y se aferró a mí más fuerte, tanto como si no quisiera soltarme nunca.

Pero siete años de soledad, angustia y desesperación no se borran con un abrazo. Sobre todo, cuando uno de los dos había desaparecido sin dejar rastro, sin llamadas, sin mensajes, sin una nota. Solo siete postales..., que me habían conducido hasta ahí, hasta ese preciso instante.

Con un esfuerzo sobrehumano, me zafé de sus brazos y retrocedí. Nuestros rostros estaban arrasados por las lágrimas. El pecho me dolía, y estoy segura de que el corazón se me resquebrajó de arriba abajo y aún conservo alguna cicatriz.

Él me miró desconcertado.

—Vas a tener que hacer algo más que abrazarme para que te perdone —le solté sin más, en un tono que ni siquiera reconocí como mío.

—Llevo días buscándote. Ayer anduve todo el día por la feria, estaba desesperado. Y hoy he decidido venir aquí, a nuestro lugar. Ya no vivís en la vieja casa… Nadie te ha visto en el pueblo desde hace años… No teníamos teléfono móvil, ¿recuerdas? No estás en las redes… —dijo extendiendo las manos hacia mí y suplicándome con la mirada. Temblaba. Yo también.

—No me hables de días, Conrad. Han pasado siete años, joder.

—Lo sé. Créeme, he contado cada segundo de ellos hasta que pudiera volver a verte.

—Quizá pensaste que con esas postales sería suficiente. —Me reí con amargura.

Él arrugó el ceño.

—¿Postales?

—Me enviaste una cada Navidad. Te aseguro que me han hecho más daño que otra cosa.

Avanzó hacia mí de nuevo, tratando de abrazarme. Me aparté.

—Nunca te envié postales. No podía contactar contigo de ninguna manera. Si lo hubiera hecho, te habría puesto en peligro.

—Claro, ahora me dirás que no me llamaste ni escribiste por mi bien. Ahórrate las gilipolleces, ¿de acuerdo? ¿A qué has venido? ¿Qué demonios quieres de mí después de tanto tiempo? ¿Te han ido mal las cosas y has pensado que la idiota de tu amiga caería de nuevo rendida a tus pies?

Se llevó una mano al corazón.

—No tienes ni idea de lo que ocurrió. ¿Crees que desaparecí por voluntad propia? ¡No tuve más remedio! ¿Acaso ya no me conoces? ¿Acaso no lo recuerdas? Siempre tuyo, Candy. Eso no ha cambiado y nunca cambiará.

Ahora fui yo la que se llevó la mano al corazón. Me faltaba el aire. Necesitaba sentarme. Pronto. Caminé hasta nuestro roble y me senté, la espalda erguida pegada al tronco. Lo tenía delante y apenas podía creerlo. Por un momento, sentí terror. ¿Y si estaba soñando? ¿Y si lo estaba imaginando todo? Pero, entonces, Conrad se acomodó a mi lado, junto a mí, y nos tapó con otra manta, remetiéndola tal como solía hacer para mantenerme calentita y confortable. Cuando su aroma me envolvió de nuevo, me sentí en casa.

De algún modo, empecé a calmarme, al menos, lo suficiente para escuchar lo que tuviera que decirme. Después… ya decidiría si creerle o no. Sus ojos se clavaron en los míos. Me cogió de las manos. Incluso así, sintiéndolo a través de los recios guantes, me estremecí. Mi amor por él seguía intacto. Mis sentimientos no habían cambiado un ápice.

—Te he echado mucho de menos, Candy. Había días…, la mayoría, en que el dolor era insoportable. Estar sin ti, haber tenido que abandonarte de ese modo… Yo… —Se le quebró la voz. Se esforzó por mantener la compostura, pero las lágrimas iban por libre. Las mías también.

Me compadecí de él.

—Oye, estoy aquí y voy a escucharte. No voy a irme a ningún sitio, al menos hasta que me lo hayas contado todo.

Sonrió con tristeza.

—Me he arrepentido tantas veces de tomar esa decisión…, pero era lo correcto, tenía que hacerlo. No podía ser un cobarde, Candy. No podía ser como muchos otros. Tuve que hacer lo que debía, aunque eso me apartara de ti durante un tiempo. Aunque me arrepintiera desde el instante en que accedí a llevarlo a cabo.

Aunque me odiara a mí mismo y el dolor me partiera en dos. Porque hemos de ser valientes y hacer lo que está bien, ¿verdad? Aunque duela tanto que a veces no puedas ni respirar y dé tanto miedo que te pases noches enteras sin pegar ojo.

No entendía nada, pero no podía evitar preocuparme por él.

—No sé de qué hablas, pero está claro que has sufrido mucho y...

—Y te he hecho sufrir a ti, la única persona que me importa. ¡Oh, Candy! ¡No sabes cuánto te he necesitado todos estos años! ¡Cuánto deseaba que estuvieras a mi lado! Nunca me perdonaré por abandonarte...

—Bueno, cuéntamelo. Igual yo sí que pueda perdonarte a ti. Aunque te advierto que vas a tener que convencerme. Han sido unos años de mierda. Yo también te he echado de menos. Dolía tanto que pensé que me moriría.

Una angustia atroz recorrió sus facciones. Se quitó un guante y me quitó uno a mí. Tras besarme el dorso de la mano, entrelazó nuestros dedos bajo la manta. Ese roce hizo girar el mundo de nuevo y me calentó el alma.

—¿Recuerdas al narcotraficante de Texas? ¿Recuerdas que lo detuvieron en el muelle en Navidad? Yo estaba allí. Me refiero a desde el principio. Antes de que llegara la policía. Cuando mató a ese tipo de Chicago. Volvía a casa con mis padres después de la cena de Nochebuena en aquel restaurante. Lo vi todo.

La sangre se me heló en las venas. De todo cuanto podría haberme dicho, eso, desde luego, no lo esperaba.

—Entonces, tú...

—Yo soy el testigo que habló en el juicio. Hice lo correcto, peque. Fui valiente, aunque me muriese de miedo.

Me tapé la boca con la mano enguantada mientras lloraba como jamás había llorado.

—¿Por qué no me lo contaste? ¿Por qué no me dijiste nada? —pregunté con un hilo de voz, empezando a comprender.

—Porque esa misma noche fui a la policía, y ellos llamaron

al FBI. Y antes de poder asimilar lo que estaba ocurriendo, me encontraba en un avión con mis padres volando hacia Europa con una identidad falsa. Nos metieron en protección de testigos. Hasta ahora.

—¿Y tu hermano?

—No quiso venir con nosotros. Mis padres están en Boston, reencontrándose con él ahora mismo... después de siete años.

—Él no me dijo nada...

—No podía. Y nunca supo a dónde nos dirigimos.

Se me encogió el estómago. Volvimos a quedarnos en silencio, esta vez durante más rato.

—Debías de estar aterrorizado, Conrad.

—Lo estaba, pero ya ha acabado todo. Sus hombres están encarcelados o muertos, y él lo estará en un par de días. Estamos fuera de peligro. No queda nadie que pueda vengarse de mí.

—Estoy... muy orgullosa de ti —balbuceé. Fue lo único que se me ocurrió. Y lo sentía de veras.

—¿De verdad? Porque yo me he arrepentido infinidad de veces de esa decisión. Me moría al saber que estabas en tu casa sola en Nochebuena, esperándome. Me comía la cabeza día tras día pensando en si podrías seguir adelante sin mí; si me odiarías; si creerías que te había traicionado o que había muerto.

—Todo eso, sí. Te busqué por todas partes durante mucho tiempo. Y luego, te busqué de nuevo. No podía entenderlo. Me negaba a creer que te habías largado sin más. Pensé que tal vez tus padres te obligaron a ello, pero no cuadraba. Si hubiera sido así, en algún momento habrías contactado conmigo.

—Me dijeron que no podía contactar con nadie de mi antigua vida. Si lo hacía, no solo nosotros estaríamos en peligro, sino tú también. Y eso no podía hacerlo. Tú eras y eres lo que más amo en el mundo. Nunca permitiría que te hicieran daño por mi culpa.

—Al menos te las arreglaste para enviarme esas postales.

Me dieron algo de esperanza y…

—Candy, quienquiera que envió esas postales, no fui yo.

Lo miré sorprendida.

—Eran tus palabras, tu letra, nuestras bromas… Me llegaban cada Navidad, el día veinticinco, a donde sea que viviera en ese momento.

—No sé dónde vives. No sé nada de ti desde que me marché hace siete años. Ni siquiera me atrevía a investigar por si me descubrían y averiguaban mi relación contigo.

Estaba muy confusa.

—Espera, voy a buscarlas. Las he traído conmigo. Están en el coche.

En cuanto regresé con las siete postales en la mano, me acurruqué de nuevo junto a él bajo la manta. Había anochecido y la temperatura había descendido varios grados. Apenas nos habíamos dado cuenta de que la noche había caído sobre nosotros.

Se las tendí y él las cogió con un poco de recelo. Ninguno de los dos comprendía nada. Las pasó una a una, enfocándolas con la linterna del móvil, leyéndolas despacio y demorándose en las imágenes. La mano le tembló cuando me las devolvió.

—Es mi letra, son mis palabras… Y no solo eso. Son algunos de mis pensamientos y los sitios que inventé en mi mente para no volverme loco. Imaginaba que íbamos allí juntos y hacíamos todas las cosas que habíamos planeado siempre. Recorríamos esos lugares que tenían todo lo que nos gustaba. Viajábamos juntos y yo te contaba las cosas que veía. Esas postales, Candy, no las escribí yo. No las envié, pero nadie más podría haberlo hecho.

—No lo comprendo…

—Quizá no sea necesario. Lograron que no me olvidaras, te dieron esperanza y te recordaron que siempre te amaría. Y te trajeron hoy de vuelta hasta aquí, cuando puedo al fin ser de nuevo Conrad sin temor.

—Pero tiene que haber alguna explicación…

Levantó las cejas en un gesto muy suyo y sonrió. Una sonrisa amplia, cargada de ilusión.

—Quizá sí que exista la magia de la Navidad al fin y al cabo.

—Anda, no te burles. Que ya no soy una mocosa enamorada.

—Con lo de mocosa, estoy de acuerdo. Lo de enamorada… ¿Ya no lo estás?

Lo miré fijamente.

—Te quiero como el primer día, tonto. Pero si vuelves a abandonarme, aunque sea para meter a toda la maldita mafia del mundo entre rejas, te patearé el culo y…

Me agarró de la chaqueta y tiró de mí hacia él. Y me besó. Ese beso sabía igual y a la vez muy diferente a todos los que nos habíamos dado en el pasado. Mi cuerpo reaccionó, y el deseo crudo y anhelante me golpeó con fuerza.

—Te amo, Candy. ¿Podrás perdonarme? —susurró sobre mis labios.

—Ya lo he hecho, tonto.

Suspiró.

—Entonces, ¿te parece bien que mañana nos marchemos juntos? Ya hemos pospuesto nuestros planes durante demasiado tiempo, ¿no crees?

—Como si quieres que nos marchemos ahora mismo. Mi coche está aparcado a unos metros. Tan solo tendré que despedirme de mi madre y…

—Y mi hotel está a tan solo un par de calles… Pasemos allí la noche y mañana nos largamos a la aventura.

—Mmmm… Ya veo que lo tienes todo planeado.

—Llevo siete largos años esperando este momento, peque. No creo que pueda esperar ni un segundo más.

Sonreímos como dos bobos. Como si todo el dolor y la tristeza se hubieran volatilizado con la última ráfaga del viento helado para no volver jamás. Sin rencor, pues no podía existir entre nosotros. Era como si nunca nos hubiésemos separado.

Entonces, algo cruzó el cielo sobre nuestras cabezas. Una estrella fugaz, brillante y sorprendente. Alzamos la mirada en el instante en que una lluvia de diminutas estrellas como diamantes iluminaban el cielo. La Navidad decoraba el mundo de belleza.

Me estremecí y, de algún modo, sentí la presencia de algo mucho más grande que nosotros. Nos levantamos, recogimos las mantas y la bolsa de churros, y, con los dedos enlazados, nos encaminamos hacia mi coche. Y de allí, iríamos directos a su hotel.

—¿Sabes que soy bailarina?

—¿En serio? Me muero por verte bailar.

—Bueno, tal vez si te portas bien... Me debes muchos besos.

—Te debo muchas cosas, Candy. Y créeme: estoy deseando dártelas todas.

Solté una carcajada.

—¿Y qué hay de tu deseo de ayudar a la gente? ¿Ya sabes lo que quieres hacer? —le pregunté.

—Bueno, creo que, por el momento, ya he ayudado bastante. Voy a darme un respiro para dedicarme solo a ti. Ya veremos a dónde nos lleva la vida... juntos.

—Eso me parece bien.

Recogí la mochila de mi coche, guardé dentro las postales y seguimos caminando.

—Vayamos antes a ver el árbol de la plaza, peque.

—De acuerdo. ¡Es precioso! ¿Te has fijado en que tiene más luces que nunca? Y los puestecitos ya están cerrados, pero mañana podemos pasarnos y mirar si han abierto otros nuevos.

Seguimos charlando entre risas y confidencias, mientras la magia de la Navidad sonreía a nuestro paso y las siete postales se desvanecían en mi mochila sin dejar rastro.

FIN

Charlotte T. Loy es una escritora de fantasía y romance cuyos libros te sumergen en mundos plagados de atractivos seres misteriosos, acción trepidante, amores salvajes y fuerzas sobrenaturales, a través de historias tan apasionadas como aterradoras.

Sus personajes son arrastrados hacia destinos oscuros e intensos romances llenos de peligros. Vampiros, licántropos, ángeles, eternos y todo tipo de seres legendarios aparecen en sus adictivas novelas, alterando para siempre la vida de los humanos que viven entre ellos… y también la tuya.

Aunque ha pasado la mayor parte de su vida en España, entre Barcelona y la Costa Brava, actualmente vive en Inglaterra con su familia, donde se dedica exclusivamente a su gran pasión: escribir.

Hasta el momento ha publicado las siguientes sagas: Ocultos en el bosque, de fantasía y romance paranormal; Los Guerreros de la Tierra, de Romance Fantasy; y la Saga Vampiros, de terror y romance paranormal.

También las novelas autoconclusivas Bajo las alas de Lucifer, un thriller romántico sobrenatural, y el romance contemporáneo La mejor sonrisa del mundo.

Además, es autora de varios relatos como El Cuervo justiciero y el caso número 13, La última cacería, El accidente, Michael, Capitán de los Ejércitos Celestiales y Jack Rowan, el ancla, entre otros.

Puedes seguirla en sus redes (Instagram, Facebook, TikTok y Tumblr): **@charlottetloyauthor**

RELATO 3
LA MAGIA DEL ÁRBOL DE NAVIDAD

ANNE ABAND

CAPÍTULO 1
PREPARATIVOS

Recojo mi maletín, pero, antes de salir, vuelvo a abrirlo y reviso los ingredientes para mi hechizo de Navidad.

Todavía estoy en mi pequeño apartamento de una habitación y un baño, con vistas al parque, suspirando nerviosa. Mi gata Honey se pone sobre la cama, dando un salto que mueve la maleta completa.

Uno de los frascos se abre y tengo que ser muy rápida para que el contenido no se escape.

—Gata mala. No muevas mis cosas, te lo he dicho mil veces.

La gata, de un pelaje intensamente blanco, con un ojo azul y otro marrón, me mira con suficiencia. Solo le falta hablar.

—Vamos a ver, revisemos: aceite de pino, que representa la esencia del árbol de Navidad y la energía de la naturaleza; copos de nieve de la primera nevada de diciembre, para la renovación de la vida; y pétalos de poinsettia, para la alegría y la celebración. Qué más… Sí, canela en rama, para la protección y prosperidad.

Una estrella de oro pulverizada para la esperanza. Luz de luna embotellada que recogí la pasada luna llena. Una pluma de cardenal rojo para la buena suerte en la temporada navideña y bayas de acebo, para protección y buena fortuna. Un cuenco de cristal, una campana de plata para activar el hechizo, una vela verde, otra roja y otra dorada, una cucharita de plata y… ¡Oh! Se me olvidaba la esencia de vainilla para aportar amor. Lo tengo todo.

Cierro por fin la maleta y me pongo la cazadora de plumas porque hace mucho frío en Nueva York. Salir a las tres de la mañana para situarse debajo del árbol del Rockefeller Center y realizar un hechizo no es precisamente agradable, pero es una tradición de las brujas Wilde, encargadas por todo el aquelarre de hacerlo. Solo que, este año, como mi madre ha decidido irse a Hawái a pasar unos días antes de Navidad con papá, me ha dejado el encargo a mí.

—Tengo todas las instrucciones, nada puede fallar— explico a Honey. La gata me ignora y se sienta en el sofá—. Está bien, sé que nadie se fía de que pueda hacerlo bien, pero os lo voy a demostrar. Los pequeños… accidentes anteriores no son relevantes.

Me pongo un gorro de punto marrón, que tapa mi cabello castaño, y salgo a la calle cargada con el maletín y la mochila, donde llevo el grimorio familiar y alguna otra cosa por si la necesito. Cosas mágicas, por supuesto.

Camino deprisa por las calles. Desde siempre, mi familia ha vivido en los alrededores del Rockefeller Centre, y fue en 1933 cuando empezaron la tradición, que una de las brujas Wilde creara un hechizo especial para que las luces brillaran más y produjeran un efecto positivo a los neoyorkinos. Mi hermana, June, el año pasado, invocó la paz, pero habían probado diferentes sentimientos positivos: serenidad, calma, amistad... Este año, yo había pensado en el amor, a pesar de lo mal que me va.

No solo porque mi novio pensó que tener una bruja como

pareja le resultaría muy rentable económicamente, es que creía que el amor era importante. Sí, se lo dije, aunque June le pidió que no lo hiciera, pero estaba enamorada, o eso pensaba.

Tuvo que borrarle la memoria para que ese estúpido no supiera que existían las brujas. Aunque yo sí me acuerdo y me duele el corazón solo de pensarlo. Es como si se hubiera desquebrajado, sin llegar a romperse, pero lo siento lleno de grietas.

Me borró de un plumazo la fe en los hombres. Son muy pocos los que, cuando saben que su pareja es una bruja, lo aceptan o no se intentan aprovechar de ello. Excepto mi padre y mis abuelos. Suspiro. He llegado al árbol, y el vigilante, conocido de la familia, me deja pasar.

Me coloco debajo mirando a todos los lados y, después, creo una pequeña burbuja mágica de distorsión para que, si alguien por casualidad mira hacia aquí, no me vean.

Empiezo a sacar los ingredientes para hacer que las cuarenta y cinco mil luces que mañana se encenderán luzcan de una forma especial. Extiendo un pequeño mantelito rojo y coloco el cuenco de cristal con las velas. Este año hay poco sitio para moverse porque el tronco es muy grueso, así que me acomodo lo mejor que puedo.

Enciendo las velas, invocando a los cuatro elementos y al espíritu navideño. Según mi madre, existe y es un niño con el rostro travieso.

—Ojalá te vea, espíritu.

Voy echando los ingredientes en orden y removiendo. De vez en cuando hago sonar la campanita de plata. La cuchara se mueve sola, uno de los primeros trucos que aprendí cuando mi madre decidió que ya era bastante mayor. Y empezaron los desastres. No es que se me dé mal la magia..., suelo hacerlo bien, excepto cuando la fastidio del todo. Todavía no me creo que ella haya confiado en mí este año.

La mezcla empieza a oler a canela y menta, y brilla. Según

el grimorio, debo echarla en la base del tronco, dando tres vueltas en sentido contrario a las agujas del reloj y recitando el salmodio que he creado para la ocasión. Me levanto con el cuenco en la mano, y entonces tropiezo con una rama y caen dos gotas sobre mi pantalón, pero no le doy importancia. ¿Quién no se mancha cocinando?

Comienzo con las vueltas y recitando el hechizo:

Luz de pino, luz de estrellas,
brillad fuerte en esta noche clara.
Con la nieve y la luna llena,
que la paz y el amor enciendan.

Espíritus de la Navidad,
traed alegría y bondad.
Con cada chispa, con cada rayo,
que el amor reine en cada rincón del barrio.

Con este hechizo, en esta hora,
hago que la magia se desborde ahora.
Luz de amor, luz de paz,
brillad siempre, no se apague jamás.

Termino y limpio con una tela el cuenco, apago las velas con los dedos y recojo todo. Cuando salgo, no veo al vigilante, pero no importa. ¡El trabajo está hecho!

Me voy a casa tan feliz y, cuando voy a recoger el cuenco y todo lo demás, veo con horror que no he echado uno de los ingredientes. La pluma está detrás de un pliegue de la tela interior del maletín y no la puse.

Honey se acerca y me mira como si pensara «lo sabía».

—A lo mejor no pasa nada —digo con poco convencimiento.

Lo guardo y rezo para que sea así. Me meto en la cama,

quitándome todo y sin ganas de darme una ducha de hierbas limpiadoras, algo que siempre hay que hacer después de un hechizo, pero estoy tan preocupada que solo quiero dormir y esperar al encendido, callada para que nadie sepa que, de nuevo, quizá la he fastidiado.

CAPÍTULO 2
EL ENCENDIDO

Dormir, no he dormido mucho. He dado mil vueltas pensando en las consecuencias de mi error. Pero la pluma, según el grimorio, sirve para la buena suerte. Quizá las personas que observen el árbol no tengan una fortuna especial, pero estarán felices porque se enamorarán.

Me levanto con el cabello revuelto, como si hubiera estado alguien rebuscando en él, posiblemente yo. Suelo moverme demasiado cuando duermo y por eso mi gata nunca lo hace conmigo. Un día sentí que me elevaba y, cuando desperté, Honey estaba en un rincón aterrorizada. No se acercó a mí en dos días.

Me voy directa a la ducha para ver si soy capaz de hacerme con esta maraña de pelo que tengo.

Esta noche, las brujas Wilde iremos, como muchos neoyorkinos, al encendido. Para nosotras no es solo celebrar el comienzo de las fiestas navideñas, que a muchas les encantan, sino que empezamos a prepararnos para Yule, el solsticio de invierno, en el que hablamos de nuevos proyectos para el ciclo siguiente, celebramos la naturaleza y corremos por los bosques. Obviamente, no desnudas, pero sí solemos corretear, incluso las más mayores de nosotras se animan a pasear por el parque. Central Park es un lugar perfecto, y de aquí hasta el solsticio nos encontramos los sábados por la noche para hablar.

La policía ya nos ha pillado varias veces, pero mi nona, que es capaz de convencer a una piedra de que se tire al río, nos salva cada una de ellas. Y esta noche... me juego todo. Como uno de los miembros más jóvenes de la familia Wilde, tengo que demostrar que soy capaz de seguir la tradición. Pero mi magia suele descontrolarse cuando estoy nerviosa y eso hace que no siempre resulte bien.

Mi nona Angélica, la madre de mi padre, también bruja, es muy comprensiva; pero mi nona Esme, la de mi madre, me exige que sea tan brillante como mi madre o mi hermana mayor, que, sin decirlo, todo el mundo sabe que es su favorita. ¿Adivinas con quién me llevo mejor?

La nona Angélica quiso venir a ayudarme, pero yo deseo demostrar que todo irá bien. Siempre me dice que tengo mucho potencial, al descender de las ramas de su familia, los Frost, que proceden de Canadá, y los Wilde, del mismo Brooklyn. Incluso a veces asegura que podrían estar en conflicto y por eso me suceden cosas. Sé que lo hace para consolarme, porque a mi hermana June no le pasa nada de eso.

—Libby, cariño, algún día encontrarás el sentido a todo —comenta de forma habitual.

Suspiro y me abrigo con una gran cantidad de ropa y mi gorro marrón, a juego con mi cabello y mis ojos. June es pelirroja, como mi madre, y tiene los ojos grises. Es alta y bonita. Yo soy bajita y con curvas. Creo que se esforzaron poco al hacerme. Eso suelo decirles, y entonces, mis padres se ríen con picardía y no quiero saber por qué.

A mis veinticuatro, y con el trabajo más fascinante del mundo, traductora de manuales antiguos y conservadora en la División de Libros Raros y Manuscritos de la Biblioteca Pública de

Nueva York, todo sería perfecto. Solo me falta dominar mi magia. Y, según mi nona Angélica, un hombre que sea mi alma gemela, porque dice que todos tenemos una persona destinada y que, cuando la encontramos, sentimos que estamos en nuestro lugar en el mundo y que no nos hace falta nada más. Ella estaba muy enamorada del abuelo, pero murió en combate. Jamás volvió a casarse. Y eso me da mucho miedo, ¿y si resulta que encuentro a mi alma gemela y después le pasa algo? ¿Me quedaría sola para siempre?

—Me voy —digo a Honey, que lame con parsimonia su pata y me ignora totalmente. Una vez ya ha comido, no tiene ningún interés en mí. Ojalá pudiera comunicarme con ella, como hace June con su gata Ophelia. Es un don que no he recibido, ¡cómo no!

Vamos a picar algo con mis abuelas, June, mis tías y mis primos a un restaurante cerca del centro donde nos conocen. De hecho, la dueña es prima de mi padre y he de decir que soy su ojito derecho.

—¡Preciosas! ¡Libélula! —Siempre me llama por mi nombre completo—. Hoy es tu día.

—Ya veremos —suspiro, agobiada. Esperan demasiado de mí.

—Tranquila —dice mi nona Angélica—, si no sale es porque ha de ser así. El Destino tiene planes que nosotros no conocemos. Y he soñado contigo esta noche.

—¿Qué has soñado?

—No puedo decírtelo, pero sé que serás muy feliz —contesta con el rostro cómplice y va a abrazar a su cuñada.

Me siento al lado de June, que me da la mano. Sonríe poco, porque es una mujer seria y responsable, la futura Dama Blanca del aquelarre, y eso la ha vuelto demasiado estricta consigo misma. Cuando ella hizo el hechizo el año pasado, todo fue perfecto. Suspiro.

—No te preocupes, Libby. Que salga lo que salga.

Asiento, y eso me produce cada vez más preocupación. Parece que todos esperan que salga mal y, además, tienen razón. Va a salir mal, y yo aquí estoy callada, sin decir nada. Ya que es demasiado tarde.

La prima de mi padre saca comida variada, como si fuésemos el doble de personas, pero todas atacamos con apetito. Todas, menos yo. La comida se me atasca en la garganta y encima, al estar nerviosa, los cubiertos han empezado a elevarse a mi alrededor. June se está esforzando para que bajen, aunque no ha pasado desapercibido a las demás.

—Espero que no fastidies el día —dice mi nona Esme. Mi abuelo Walter la mira con reproche, pero ella es así.

Un vaso se eleva delante de mí y June lo toma ágilmente y sirve agua. Eli, mi prima un año más joven que yo, se ríe y acabo por contagiarme de su energía. Bueno, lo que sea, será.

Nos vamos con un café caliente en la mano hacia el Rockefeller Center. Aunque hay mucha gente, mi abuela Esme mueve la mano y nos dejan pasar a toda la familia, hasta colocarnos en primera fila. Ese don es perfecto si vas a un concierto, siempre lo he hablado con Eli.

Después de que el alcalde y varias personas den sus discursos, se procede al encendido. Cruzo los dedos y cierro los ojos esperando un milagro, uno de esos navideños que dicen que ocurren en estas fechas.

Recibo una palmada de June cuando escucho gritar a la gente de alegría. El árbol se ha encendido sin problemas y las luces brillan con magia. Respiro, aliviada, y todo el mundo aplaude. Incluso mi nona Esme parece satisfecha. Poco a poco se van retirando y me quedo con June, además de una docena de personas que están haciéndose fotos.

—Parece que ha ido bien.

—No lo gafes, June.

—No, Libby, confía en ti de una vez. Eres una bruja con mucho potencial, solo tienes que ordenar tu cabeza.

Se ríe un poquito y yo con ella. Miro el árbol. Es magnífico. Por allí andan algunos de los electricistas que se encargan de que no se incendie, entre otras cosas. No sería la primera vez.

De repente, de una de las bolas del árbol sale una chispa mágica que salta al suelo. June y yo nos miramos y salimos corriendo hacia ella. Y sí, sabemos que es mágica porque somos brujas.

Antes de que lleguemos, una chica joven se acerca con curiosidad y la toca. Se ilumina entera y la corriente parece traspasarla, pero solo da la impresión de que le hace cosquillas. Nos acercamos a ella. En la mano tiene una estrella brillante.

—Hola, esto…, justo hemos visto que se nos caía algo. ¿Puedes dárnoslo? —dice June con su voz persuasoria. Ella parece mareada y sonríe tontamente—. ¿Cómo te llamas?

—Sondra Smith, ¿y tú?

—Yo soy June y ella es mi hermana Libby. ¿Puedes darnos la estrella?

—Me gusta, June. Quiero quedármela.

—Pero es nuestra —digo con convicción. Ella me mira, pero enseguida se vuelve hacia June, fascinada por su cabellera color fuego. Coge un rizo y lo mantiene en sus dedos.

—Toma, June, una estrella para otra estrella.

Mi hermana se sonroja y la toma en sus manos, rozándose con las de Sondra. Se miran y algo pasa.

Me llevo a mi hermana un paso más atrás mientras la tal Sondra mira con admiración el cielo estrellado.

—¿Qué ha pasado?

—No, eso dímelo tú. El hechizo falló porque ha saltado una… chispa. Intentaré remediarlo. Me la llevo a mi apartamento, a ver si puedo quitársela. Espero que no salgan más chispas.

—Me quedaré un rato. Lo siento.

—Bueno, intentaremos arreglarlo por nuestra cuenta sin que se entere la nona. Esta noche me dices lo que ha fallado, porque lo sabes, ¿verdad?

—Yo...

June mueve la cabeza con decepción y toma del brazo a la joven, que se va tan feliz con ella. Me quedo esperando un rato hasta que se va todo el mundo. Los electricistas salen de debajo del árbol, y entonces una chispa se suelta delante de uno de ellos, que se ha despedido del grupo y camina hacia mí. Corro lo más rápido que puedo, pero él ya la ha tomado. Se ilumina su cara y me paro en seco. No, por favor.

Es un hombre joven, diría que ronda la treintena. Lleva un mono azul y una mochila con sus herramientas. Levanta la vista y, al mirarme, sonríe. Es moreno, con el cabello un poco largo, y sus ojos son azul oscuro, o eso me parece. Es alto, algo delgado. Y muy guapo.

—Hola —me dice sonriendo de oreja a oreja.

—Hola —titubeo. Haré lo mismo que mi hermana—. ¿Cómo te llamas?

—Ethan Michael McDuinn, soy escocés, o al menos mi padre lo era. ¿Y tú?

Da un paso hacia mí y veo el anhelo en su voz.

—Soy Libby Wilde. ¿Me dejas ver esa estrella?

—Sí, es para ti. Una estrella para otra —repite lo mismo que Sondra. Bufo.

Me la da y siento su mano fuerte, su piel arde y me da escalofríos.

—¿Puedes acompañarme a un lugar?

—Por supuesto que sí. Iré donde tú vayas, Libby.

—*Santa Madonna* —digo en voz baja.

—¿Dónde vamos?

—Ethan, ¿te espera alguien? ¿Una familia? ¿Novia? ¿Esposa?

—No, vivo solo en mi apartamento con mi gato Tormenta. Y él pasa de mí.

Suspiro, aliviada. Al menos no tendré cargo de conciencia

con eso. Me sigue como un perrito faldero, con una gran sonrisa de felicidad. Vuelvo la mirada al árbol y, como no hay nadie más, espero que no salgan más chispas de esas que hacen tontear a la gente.

Llegamos a mi apartamento, y él deja la mochila y se quita la cazadora.

—¿Estoy en mi casa?

—No, en la mía.

—Es que parece mi casa —dice convencido.

Me da pena que esté tan confundido, y le hago sentarse y beber un vaso de agua. Mira todo con atención, con la sorpresa de un niño pequeño. Cojo mi grimorio para buscar algo que pueda cambiar esto, cuando él se acerca.

—¿Qué es eso tan chulo?

—Un grimorio.

—¿Eres una bruja? ¡Me encanta! Yo he leído muchos libros de brujas a escondidas, porque mi padre decía que eran para chicas. Pero me gustaba el tema. ¿Puedes enseñarme a ser brujo?

—No, Ethan, no puedo. Eso se nace o no se nace. ¿Te importaría sentarte y esperar un momento?

—Siempre que pueda contemplar tu belleza, estaré bien donde me siente.

Ojalá lo dijera en serio. Porque es realmente guapo. Honey se acerca a él con indiferencia, pero la llama y pone su mano. Al parecer, hay algo que le gusta y se echa al lado para que le rasque la cabeza.

—Traidora —susurro.

—Eres tan bonita, Libby. Libby, Libby, ¿es tu nombre una poesía? —Veo con estupefacción que él piensa eso de mí. Me entran los calores y, la verdad, me encantaría besarlo. ¿Sería abusar de él? Seguramente. No debo.

Pero me contempla con tanta adoración que mira, a la mierda. Le voy a dar un beso y, como total mañana no se acordará de nada, pues eso que me llevo.

—¿Te gustaría besarme? —pregunto.

—Desde el primer momento en que te vi. Y también hacerte el amor, pero solo si tú quieres.

El calor me sube por las piernas y me acerco a él. Está sentado y así puedo llegar a su boca. Encima huele bien. Pongo los brazos en sus hombros, algo tímida, y él sonríe. Me toma de la cintura y me acerca con suavidad. Estamos frente a frente, él me mira con tanta pasión que no puedo evitar poner mis labios en los suyos. Su beso es suave, ligero, hasta que abro la boca para recibir su pasión, que hace que me suba demasiado calor por todo el cuerpo. Acaricia mi espalda y yo paso las manos por su cabello. Besa mi mandíbula, mi cuello y toma una inspiración de mi piel.

—Hueles al paraíso —dice y me aprieta algo más contra su cuerpo. Está excitado, sin duda, y es el momento de parar. Eso ya sería demasiado.

—Tengo que seguir con el grimorio, ¿está bien?

—¿Pero me besarás luego? ¿Haremos el amor? Creo que te quiero.

—Oh, bueno, Ethan. Algún beso sí. Me ha gustado mucho. Lo otro, vamos viendo. ¿Quieres un café o algo?

—Solo querría tus besos, pero si estás ocupada, un café estaría bien. Pero puedo hacerlo yo. Tú sigue leyendo.

Me quedo atónita. Se levanta, dándole un achuchón a Honey, que está despatarrada, y pasa por detrás de mí, me besa la coronilla y accede a la cocina, que no deja de ser la misma habitación. Sin dudar, abre un armario donde están las tazas y enciende la cafetera. No entiendo nada. ¿Cómo sabe...? Se vuelve, con esa sonrisa fascinante.

—¿Solo, con una cucharada de azúcar y otra de canela?

Asiento, muda del asombro. Sigo buscando en el libro, aunque, la verdad, me lo podría quedar. Jamás encontraría a un hombre tan perfecto. Ya sé, no estaría bien. Sobre todo por él.

Me suena el teléfono. Es June.

—Libby, ya lo he encontrado. ¿Te faltó un ingrediente?

—Sí, la pluma.

—Vale, lo que pensaba. Verás, has creado una variante que hace que alguien se enamore de la primera persona que ve. Es como una pócima de amor. Madre mía, la gente pagaría por esto. Pero hay que quitárselo.

—El problema es que…, bueno…, salió otra estrella y cayó delante de un hombre.

—¿Qué? Repite.

—Se llama Ethan y está aquí conmigo.

—¡Ay, Libby, qué metedura de pata! Menos mal que tiene solución. Yo estoy preparando algo, mira la página ciento once. En cuanto libere a Sondra, iré para tu casa. Mantenlo tranquilo. Y, sobre todo, no lo beses. ¿De acuerdo?

Oh, oh…

CAPÍTULO 3
EL HECHIZO

No le digo a June que lo he besado. Espero que… sea reversible. Me trae el café perfecto y también encuentro el hechizo de esa página. Se llama *Hechizo para encontrar tu Alma gemela*. Sirve para determinar si una persona es tu alma gemela y si es cierto el amor que siente por ti.

Pero hay una anotación abajo. Un contrahechizo.

«Si conoces a alguien que parece enamorado de ti, sea bien por un hechizo o por una atracción puntual, puedes devolverlo a su estado normal con estos pasos:

(Importante: no besarlo antes de aplicar el contrahechizo, sobre todo, si ha sido hechizado, o lo atarás para siempre a ti)».

Sigo leyendo, algo desanimada.

«Hechizo para Deshacer un Encantamiento de Amor.

Ingredientes:

Una vela blanca (para la pureza y la verdad).
Sal marina (para la protección y la purificación).
Un pequeño espejo (para reflejar la verdadera intención).
Un hilo rojo (para simbolizar el amor y el destino).

Preparación:

En un espacio tranquilo y libre de distracciones, coloca la vela blanca en el centro de tu altar o mesa.
Forma un círculo de sal marina alrededor de la vela.
Coloca el espejo frente a la vela, de manera que refleje la llama.
Pon una foto o un objeto personal de la persona a la que quieras realizar el contrahechizo.

Encendido:

Enciende la vela blanca y concéntrate en la llama, permitiendo que tu mente se calme y se enfoque.

Invocación:

Sostén el hilo rojo en tus manos y recita el siguiente salmodio:

> *"Llama pura, de luz sincera,*
> *deshace el hechizo que a mí se aferra.*
> *Si es verdadero, el amor perdurará,*
> *si no lo es, su fuerza cesará.*
> *Reflejo claro, muestra la verdad,*
> *que solo el destino decida lo que será.*

*Con esta sal y esta luz,
desato el lazo que no es justo.
Así sea, así será".*

Visualiza el hilo rojo absorbiendo cualquier energía residual del hechizo de amor.

Coloca el hilo sobre la llama de la vela, dejando que se queme y se transforme en cenizas.

Extiende las cenizas sobre el círculo de sal, sellando el hechizo.

Apaga la vela y da gracias por la protección y la claridad.

Limpia el área, asegurándote de que las cenizas y la sal sean desechadas de manera respetuosa, preferiblemente enterrándolas en un lugar natural».

—Bien, esto es perfecto —digo mientras veo cómo Ethan aplaude maravillado. Podría aceptar su adoración eterna, pero no es justo para él.

—¿Quieres comer algo? A mí me gustaría cocinarte tu plato favorito —dice levantándose de un salto, algo que me sobresalta y casi me hace tirar el libro.

—No sé, ¿qué te gusta a ti?

—Lo que tú prefieras. Seguro que tenemos los mismos gustos.

—Lo dudo. Pero… ¿qué tal una ensalada?

—¡Me encantan las ensaladas! Me pongo a ello.

Miro el reloj y sí, como apenas cené antes, me siento hambrienta y tal vez él no ha cenado. Mi hermana está tardando demasiado, estoy preocupada.

Miro a Ethan moverse por la cocina como si verdaderamente fuera su casa y me da un poco de repelús.

Prepara en diez minutos algo que ni a mí se me hubiera ocurrido, más un plato de comida húmeda para Honey, que le declara su amor incondicional.

Pone la mesa y saca un jarrón con una flor de papel ¡que hace con un folio! ¿En serio? Me retira la silla y se sienta enfrente, apoyado en sus manos y mirándome con ojos de corderito.

Empiezo a comer, centrándome en la comida. Él carraspea y levanto la cabeza.

—¿Te gusta?

—Sí, desde luego, me encanta.

—¿Y luego haremos el amor? Estoy deseando introducirme dentro de ti, besar cada centímetro de tu piel y hacerte gozar hasta que...

—Eh... Vale, vale. Hoy no puedo. Ya sabes, cosas femeninas.

—Pero no me importa, de verdad.

—Ya, pero a mí sí.

—Está bien —dice sonriendo y acariciándome la mano con suavidad—. Tal vez mañana. O pasado. Puedo esperar, aunque me muero por estar desnudo junto a ti.

Se pone a comer tan feliz y yo estoy sonrojada hasta las orejas. No es que sea una chica virginal, pero el ímpetu de este hombre tan atractivo me desmonta. Casi cuando estamos acabando la ensalada, suena el timbre del automático y me levanto, aunque él se levanta conmigo y aprovecha para ponerse detrás y besar mi nuca. Un escalofrío me recorre y tengo que hacer un verdadero esfuerzo para no volverme y besarle con ganas.

Mi hermana entra y lo mira de arriba abajo.

—Sí que está bueno.

—Hola, ¿quién eres? Libby es mi pareja.

—Es mi hermana, Ethan, no te preocupes. Ha venido de visita.

—Está bien. ¿Quieres que me vaya y os deje solas hablando? Puedo limpiar los platos.

—Te lo agradecería.

Me da un beso en la cabeza y se va, tan feliz. Mi hermana

me mira con la boca abierta y luego traga saliva.

—Sondra…, la chica, estaba muerta de amor por mí, aunque no como él.

—¿Pudiste cambiarlo?

—Sí, sí. Hice el hechizo y estaba un poco aturdida, por lo que la acompañé a casa. Por eso he tardado. ¿Te lo has tirado?

—¡No! —respondo sonrojada.

—Es muy guapo. No entiendo qué ha podido pasar. Explícame paso a paso.

Lo hago sin omitir ningún detalle y ella asiente. Pero cuando llego al beso…, me lo callo. O sea, la he fastidiado bastante como para que June me mire peor.

—Venga, he traído los materiales, hagámoslo ya.

—Me da pena, no creas. O sea, sé que no está bien, pero que me adore de esa forma…

—Es falso, Libby, es un hechizo y él no te quiere así.

—Sabía dónde estaban las cosas… y que mi café favorito es…

—Porque está asociado a tu alma, el hechizo, me refiero. Sondra no supo nada de mí, pero si la hubiera traído aquí, lo sabría.

—Ah, ya…, claro. Vamos a ello.

—Tráelo. Cuando despierte, estará confuso, pero he añadido un componente para el olvido durante dos horas, así que lo llevaremos a su casa y listo.

—Bien.

Le digo a Ethan con toda amabilidad que se siente con nosotras, algo que hace encantado. Es como un niño pequeño, pero a la vez un adulto. No sé. No es normal, desde luego.

Mi hermana prepara todo, hacemos el círculo de sal de protección y comenzamos con el salmodio que tengo que recitar. Ella añade una capa de olvido y Ethan parece despertar. Todavía está algo confuso, pero ya no me mira como antes. Suspiro y deshacemos el hechizo.

—Vamos, Ethan, te acompaño a casa.

—Sí… sí.

—Estará confuso una hora o así, supongo que te da tiempo de llevarlo a casa.

—Sí. No sé dónde vive. ¿Puedes decirme dónde vives?

Nos da la dirección y veo que es a tres manzanas de aquí. Hace frío, pero me vendrá bien ir andando.

—Gracias, June. Siento ser tan torpe.

—No, cariño. Eres espontánea. No te preocupes por lo que ya está arreglado.

Me da un beso y se va.

Abrigo a Ethan, que todavía anda despistado, y salimos a la calle, de la mano. Siento la pulsión de hacerle una foto conmigo, porque sé que no lo voy a volver a ver y me da mucha pena. Creo que es mi tipo de hombre. Le pido que se quede quieto y sonría para un selfi, y lo tomo debajo de una farola, para que haya luz. Luego caminamos hacia su casa, le pido las llaves y abro. Una sombra oscura pasa por delante de nosotros y enciendo la luz. Los ojos azules de un gato negro nos miran sospechosos. Bufa y luego se pasea delante del sofá y se sienta, marcando su lugar.

—Ah, tú debes de ser Tormenta. Traigo a tu compañero de piso. Está mareado.

Cierro la puerta, porque algunos gatos tienden a escaparse. Le quito el abrigo y el gorro, e incluso las botas. Hago que se eche en el sofá y lo tapo con una manta. No puedo evitar echar un vistazo alrededor. Y sí, el piso se parece al mío, pero, en mi caso, está lleno de libros de brujería y, en el suyo, de fotografías, aunque en un rincón también tiene algo de temas esotéricos. Si es que es el tío perfecto.

Me aseguro de que está bien, y el gato se sienta sobre su estómago, como retándome a acercarme.

—Ya está a salvo, Tormenta. Lo siento.

Me voy, dejando sus llaves y con una gran pena en el cuerpo. Fue bonito mientras duró, supongo. La típica frase que se dice cuando dejas algo que te gustaba demasiado.

Ya en casa, me echo en la cama, y Honey se acerca y se acuesta junto a mí. Esta vez, sí que me quiere consolar.

CAPÍTULO 4
¿Y SI SÍ?

Sé que soy una acosadora, pero no he podido evitar pasar por el Rockefeller Center por si… por si Ethan estaba. Me convenzo a mí misma de que es por si se encuentra bien. Solo eso.

Como todos los años, y a pesar de mi hechizo, deben reponer muchas bombillas que se van fundiendo cada día. Incluso aunque llevan tiempo poniendo leds, se estropean o algunas personas, *grinch* de la Navidad, les tiran piedras o no sé.

Así que, con mi gorrito marrón y mi abrigo rojo, paseo por delante, por si lo veo. Hay una cuadrilla de, creo, cuatro hombres haciendo algo en una especie de transformador, pero no lo veo. Me acerco un poco más, justo en los límites de lo permitido, y confirmo que no está allí. Un poco desilusionada, camino hacia casa de mi nona Angélica. June está allí.

Justo estos días también tomó vacaciones, lo mismo que yo, aunque ella, además de ser bruja, es abogada en un importante despacho. Y no podría ser otra cosa. Su aspecto serio y formal es perfecto para los juicios a los que se enfrenta.

Saludo a todas y ella me lleva aparte, a la antigua

habitación de mamá.

—Dime que no has ido a verlo.

—Entonces no te lo digo. —La veo titubear y morderse el labio inferior—. Pero tú sí la has visto.

Desvía la mirada y se sienta en la cama, con las manos entrelazadas.

—Sí —confiesa—, he ido a ver a Sondra. Me he presentado y no me conocía. Pero... hemos conectado como si...

—¿Estuvierais hechas la una para la otra?

—Algo así. Solo que no me conoce y ella es camarera del Starbucks.

—¿Y qué?

—No sé, Libby, quería una pareja más...

—Importante. Lo entiendo. Vas a ser socia del bufete y tal vez que seas gay ayude poco. Y menos si estás enamorada de alguien que no es de tu mundo.

—Eres muy bruta.

—Te has dado cuenta de la ironía —digo sentándome a su lado—. ¿Qué importa si el amor es verdadero? Tal vez el hechizo no funcionó como debía, pero nos ha acercado a esa persona que es para nosotras y nosotras para ellos. ¿No preferirías estar con Sondra y ser feliz que emparejarte con una tía que seguro que es insoportable y no vivir la vida que te mereces?

Mi hermana se limpia una lágrima y asiente.

—Creo que será algo... raro. Si tú hablases con Ethan, ¿le dirías la verdad?

—Bueno, de momento ni siquiera me lo he encontrado. Espero que esté bien. Pero creo que sí, aunque no al principio. Es decir, no sé si esperaría a ver si cuaja o no. Sabes que he tenido mala suerte con los tíos. Y no querría volver a tener que borrarle la memoria.

—Yo creo que es mejor decir la verdad desde el principio.

—¿Y borrarle la memoria después? No, no lo creo.

—Entonces, ¿crees que es mejor empezar una relación

desde la mentira?

Me encojo de hombros y la nona nos llama a comer. Ha preparado sus famosos *tortellini in brodo*, algo que aprendió de pequeña y de lo que se niega a darnos la receta. Es pasta rellena de carne con queso sumergida en un caldo caliente. Simplemente delicioso.

—¿Qué os parece para la cena de Navidad?

—Maravilloso —digo con la boca llena. Mi hermana asiente.

—Genial. Ahora que estamos las tres solas, me vais a decir qué ha pasado.

Mi hermana y yo nos miramos. Ella se atraganta y le doy un vaso de agua.

—¿Por qué crees que ha pasado algo? —pregunto con la inútil esperanza de que solo haya sido un farol.

—*Piccola libellula, io sono una strega.*

—Lo siento, nona, ha sido todo mi culpa —digo dejando la cuchara en la mesa—. Como siempre, metí la pata y mi hermana vino al rescate.

June me da la mano y lo agradezco muchísimo.

—¿Se ha hundido Nueva York? ¿Se ha parado el mundo?

—No —digo sin saber dónde quiere ir a parar.

—Pues desastre, desastre, tampoco ha sido. ¿Me lo contáis? Me da que será divertido.

Sonrojada y avergonzada, le voy contando todo. De vez en cuando, se echa a reír y da palmadas. Poco a poco, June y yo acabamos riéndonos.

—Lo habéis arreglado, no ha habido daños y quizá hayáis encontrado a vuestra alma gemela.

—No sé, nona. Yo creo que no, pero June sí, o quizá.

—*Il destino*. Ha sido el destino, ¿no os dais cuenta? La magia de la Navidad.

—Todavía estamos a primeros de diciembre…

—Pero la magia ha empezado a actuar. Os dije que el

espíritu de la Navidad es a veces muy travieso y os ha empujado un poquito a encontrar el amor de verdad.

—Nona, no sé si creo en el amor de verdad —digo desanimada—, hasta ahora no me ha ido bien. Ha salido rana.

—Hay que besar muchas ranas antes de encontrar a un príncipe.

Se gira y pone el *panettone* sobre la mesa.

—No encontraré un hombre como el abuelo.

Suspira y sirve el café y un pedazo enorme de bizcocho.

—No me fue fácil, Libby. Tu abuelo estaba prometido a una señorita muy distinguida. Nuestra familia nunca fue adinerada, pero allí en Bolonia, donde vivía de pequeña, éramos conocidas por las Strega de la ciudad. La prometida de tu abuelo, una joven noble de la alta sociedad, vino a solicitarme un filtro de amor porque sentía que él no la amaba. El abuelo no era rico, pero su padre sí. Así que, aunque no solía hacerlo, mi instinto me dijo que debía conocer a ese muchacho. Le dije a la joven que lo haría personalmente, que le echaría el filtro al chico, y entonces ella me dijo dónde localizarlo. Si el abuelo era guapo de mayor, de joven era increíble. Me enamoré al instante y, cuando me vio, reconoció, como me dijo más tarde, que había sentido que su corazón se llenaba de amor.

—Vaya problema. ¿Qué pasó? —pregunta June. Mi abuela nos guiña el ojo.

—Tu abuelo rompió el compromiso y yo, para compensar, le procuré a su exprometida un pretendiente más poderoso. Simplemente llamé a su alma gemela, que resultó ser un primo de un rey. Ella era muy feliz y me dio un buen dinero que nos sirvió a tu abuelo y a mí para emigrar a Nueva York. Hubiera sido sospechoso que apareciésemos casados. Su padre lo desheredó por marcharse conmigo, pero fuimos muy felices. Él trabajando en una fábrica, y yo con lo mío.

—¿Nunca se arrepintió? O sea, no quiero decir que...

—Ya, ya. Sé lo que quieres decir, Libby. Pero cuando

encuentras a tu verdadero amor, te da igual la riqueza o el poder. Está claro que hay que tener unos ingresos para vivir y alimentar a tu familia, y si vienen en abundancia, mejor, pero no son imprescindibles.

—Es muy espíritu de la Navidad, nona —dice June—, pero si llego a algo con Sondra, y aunque Libby me lo ha comentado en broma, no sé si se adaptará a toda la jungla por la que me muevo. Son como tiburones.

—Ajá. Y… ¿a ti esa jauría de animales con ansia de poder te gusta?

—Dicho así… No sé. Quería hacer algo importante. Algo que contase.

—Hay muchos lugares y puestos donde una abogada tan increíble como tú podría trabajar. No necesitas una mansión en los Hamptons para ser feliz, June.

—Sí, eso es cierto.

—Creo que deberías dejarte llevar —digo convencida—. Si ella es tu alma gemela, podrías tomar una decisión. Esta vez con el corazón y no con la mente.

—Lo pensaré.

—¿Y tú, pequeña Libélula? —pregunta mi nona.

—No lo sé. Todavía no lo he visto.

—¿Y a qué esperas para buscarlo y ver qué pasa?

Me levanto, nerviosa. Podría ir a su casa. Tal vez. Como…, no sé. Inventarme una historia.

—¿Y si no…?

—El no ya lo tienes —dice June con suavidad—, pero ¿y si sí?

CAPÍTULO 5
OTRA VIDA

Camino hacia el portal de su casa, todavía indecisa. No sé cómo voy a presentarme allí.

—Hola, soy Libby, soy una bruja y por error te lancé un hechizo por el que te enamoraste como un bobo de mí, pero oye, que tal vez seamos almas gemelas.

Me río de forma histérica y consigo que algún peatón se me quede mirando, pero como casi es Navidad, bueno, todo se perdona.

Llego hasta el portal. Hay unas graciosas escaleras que dan a un rellano, que se alarga. En el piso bajo hay unas seis u ocho puertas y en el primero también. La suya es la segunda C.

Pongo la mano en la barandilla, adornada con hojas de hiedra artificiales, y subo un escalón. Me quedo ahí pensando y me doy cuenta de la mala idea que es. Me giro, cuando me choco con alguien. Claro, tenía que ser él. Caigo de culo en el escalón, y él deja sus bolsas y viene a ayudarme.

—¿Estás bien? Perdona, pensaba que subías y no que… ¿Te encuentras bien?

Su olor, su rostro, sus ojos hacen que me maree. Es posible que sí sea mi alma gemela, pero no me reconoce, para nada. Eso me entristece.

—Estoy bien, gracias E…

—¿Quieres un vaso de agua o algo? O sea, no te estoy invitando… O sea, sí, pero no soy un asesino en serie. Tengo un gato.

Me echo a reír, él me mira y sonríe. Mi palpitación aumenta hasta tener la sensación de que hay un eco en la calle.

—Confío en ti. Yo también tengo una gata, y acepto ese vaso de agua.

—¿Pero venías a ver a alguien?

—Creo que me había confundido de casa y por eso me volvía, pero estoy un poco mareada.

—Ven, pasa.

Recoge sus bolsas con una mano y me ofrece el brazo para apoyarme. Me repito incesantemente que esto es un error y quiero saber qué estoy haciendo, pero mis piernas actúan por su cuenta y suben las escaleras. Abre el apartamento y sale Tormenta, se frota por mis piernas y se sube al sofá. Él se queda asombrado.

—Mi gato es muy selectivo. Jamás saluda así por primera vez.

—Será porque yo tengo gata.

Pero sí, el primer día me bufó. Suerte que lo chantajeé con una golosina para gatos que suelo llevar en mi bolsillo.

—¿Te conozco de algo? —pregunta mientras deja las bolsas en la cocina abierta, como la mía, y mete todo en la nevera.

—No sé. Quizá. Tengo una cara muy corriente.

—De eso nada. Anda, siéntate en el sofá, ahora te llevo el agua.

Me siento, sin quitarme el abrigo. Ahora que lo tengo delante no sé qué decir. Me trae una botella de la nevera y un vaso.

—¿Quieres algo de comer? ¿Un café?

—Quizá sí. Solo con…

—¿Canela y azúcar?

Asiento. Se me queda mirando y entrecierra los ojos. Luego, sacude la cabeza y va a la cocina a preparar los cafés. Saca unas galletas, todo en una bandeja, y se sienta en una banqueta enfrente del sofá.

—¿Estás bien? —le pregunto mientras cojo el café con ambas manos, consciente de que es raro.

—Sí. Bien. De verdad, creo que te conozco. Te llamas... ¿Ivy?

—Libby. Tal vez de la zona.

—Soy Ethan.

—Está muy bueno el café —digo cuando el silencio se me hace pesado. Él no deja de mirarme. Debo decírselo. Y entonces me odiará—. Creo que... me voy a marchar.

—Oye, Libby. Estoy haciendo unos trabajos en el árbol de Navidad del Rockefeller Center. Hoy no he ido porque no me encontraba muy bien, pero si mañana te apeteciera pasar por allí, salgo a las cuatro. Podríamos ir a patinar si... te gusta.

—Es de lo que más me gusta de la Navidad —digo sonriendo. Él se me queda mirando, abstraído en mi cara por unos segundos. ¿Le quedará todavía hechizo?

—Entonces, ¿te veo allí? ¿Querrías... apuntar mi teléfono por si no pudieras venir?

—Claro.

Tomo el mío y él me va diciendo su número. Aunque lo he anotado en la agenda del móvil, me lo he aprendido de memoria. Contiene mis números favoritos. Me levanto y le doy las gracias. Paso la mano por Tormenta y sonrío.

—Hasta mañana, Ethan, adiós, Tormenta.

Cuando salgo, bajo trotando las escaleras, feliz de que haya habido un contacto y de que mañana lo vaya a ver.

El día se me pasa muy rápido. Me voy a mi apartamento. Cuando estoy de vacaciones, aprovecho para estudiar los antiguos grimorios de la familia, a veces a traducirlos del italiano, y por qué no admitirlo, a estar ocupada hasta que llegue mañana, porque estoy muy nerviosa.

Esa noche, Honey no se acerca a mi cama. Puede que presienta que voy a tener pesadillas, como así es. Mi angustia me lleva a un sueño horrible, donde Ethan me ata al árbol de Navidad y me quema, mientras Tormenta y Honey se dedican a dormitar al calor de la hoguera. Veo la risa horrible del que pienso que es mi alma gemela y, cuando abro los ojos, me caigo de culo desde una altura de un metro de la cama. Mi gata me mira desde un rincón, aterrada.

Es imposible. ¿Cómo voy a tener una relación si, quizá, me elevo fuera de la cama? Es absurdo. No iré mañana, lo mejor es que se olvide de mí.

Me quedo despierta lo que queda de noche, casi no me levanto de la cama al día siguiente, solo para lo mínimo. Y así pasan tres días, hasta que June aparece por mi apartamento.

Arruga la nariz en cuanto me ve y me tapo con las sábanas. Se sienta a mi lado, suspirando.

—Hueles mal, Libby, deberías ducharte.

—No.

—Ayer no viniste a la reunión del solsticio.

—No tenía ganas.

—¿Me vas a decir qué ha pasado? ¿Te dijo algo Ethan?

—No. No fui a la cita.

—Libélula Anne Marie Wilde, ¡sal de la cama de inmediato!

Me destapo y la miro con fiereza.

—Eso está mejor, has pasado de estar autocompadeciéndote a enfadarte. ¿Qué pasa, hermana?

—Es que no puedo... Fui a verlo, estuvo bien, amable, encantador. Guapísimo. Me dio su teléfono y me dijo que si podía ir a buscarlo a las cuatro al trabajo para ir a patinar.

—¿Y? —pregunta cuando me quedo callada.

—Esa noche soñé que me quemaba en la hoguera. Y me

elevé de la cama. ¿Cómo voy a estar con alguien que vea eso? Que sufra eso cada vez que tenga malos sueños. No… no puedo.

—O sea, que eres una cobarde.

La miro, me vuelvo a echar y me tapo con la almohada.

Ella hace algo, y mi almohada y mi sábana salen volando y aterrizan a un metro de mí.

—¡No puedes hacer eso!

—Y más que puedo hacer. Ve a ducharte mientras preparo el desayuno. Vamos, ¡ahora!

Cuando pone su voz de mandona suprema no me queda otra, así que me levanto muy digna.

—De todas formas me iba a duchar, que lo sepas.

Ella sonríe de medio lado y se levanta para ir a la cocina, donde la escucho cacharrear y preparar café. Apoyo la cabeza en la pared de la ducha y reconozco que sí, soy una cobarde.

—Venga, sal —grita mi hermana.

Pero como no lo hago, de repente empieza a salir agua fría. Doy un grito desgarrador y escucho una carcajada de June.

—¡Eres… eres!

Tiritando, me envuelvo con mi suave albornoz y me pongo una toalla en la cabeza. Ya me daré crema luego. Ahora estoy hambrienta y cabreada.

June me espera con unas tostadas y café recién hecho. Algo se me pasa el enfado.

Me siento, apoyando los codos en la mesa de la cocina, y doy un sorbito al café. Siento ganas de llorar.

—A ver, Libby. Creo que podrías intentarlo antes de dejarte perder. Si no funciona, pues nada. Pero puede que sí. El otro día estabas muy ilusionada.

—A ti no te pasan esas cosas tan raras.

—¡Uy que no! Yo me levanto y camino sonámbula. Si no me tomo mis hierbas tranquilizantes, más me vale que tenga la puerta cerrada. Ophelia se me cruzó la última vez para hacerme tropezar y evitar que saliera a la calle.

—Tu gata es muy lista.

—Es hermana de Honey. Ella también lo es.

La nombrada se acerca y se refrota contra sus piernas.

—¿Qué tal te ha ido a ti? —pregunto mientras mastico una tostada.

—Bien… y mal. Verás, hablé con Sondra y le dije la verdad, se quedó bastante sorprendida, porque ella…, bueno, a ella le gustan estos temas. Pero tuve que demostrárselo. El caso es que al principio se disgustó, pero luego le expliqué todo lo que había pasado al detalle y me dio un beso. Fue… mágico. Ella es voluntaria de un albergue para mujeres y necesitaban un abogado. El sueldo es bajo, y no podré mantener mi piso, así que lo he dejado.

—¿Has vuelto con mamá? Podrías quedarte aquí.

—No, qué va. Los socios del bufete se enfadaron bastante, me ofrecieron incluso doblar mi sueldo, ¡qué locura!, pero estoy decidida. Firmé la carta de despido y ya estoy en ese lugar, ayudando a mujeres separadas. No te imaginas qué cosas tan malas les ocurren. Siento que estoy en el sitio adecuado. Y…

—¿Aún hay más?

—Justo unos días antes…, la compañera de piso de Sondra volvió a su casa en Arizona, por lo que hay una habitación libre a un precio razonable.

—¿En serio? No me lo puedo creer.

—Créetelo. Cuando el Universo sabe que estamos en el buen camino, que es el correcto, nos lo pone muy fácil.

—Entonces, ¿estáis juntas?

—Nos estamos conociendo —dice sonriendo, una de esas sonrisas genuinas que solo aparecen en los buenos momentos—, pero está claro que la conexión está allí.

—Me alegro muchísimo, June —digo abrazándola. Ella se ríe.

—¿Y por qué no pruebas a ser feliz tú también?

—Supongo que tengo mucho miedo. A ti te ha salido bien,

pero puede que él odie que lo haya hechizado. O que sea bruja. Supongo que soy cobarde, ya lo has dicho.

—En realidad, era para picarte. No creo que seas cobarde, aunque sí que tienes miedo, y es normal. Cuando empecé a hablar con Sondra y a contarle, estaba aterrada. Sabes que yo tampoco he tenido mucha suerte con mis relaciones.

—Salió bien.

—Prueba, cariño. Lo peor que te puede pasar es que algún día te arrepientas de no haberlo intentado y entonces sea demasiado tarde.

—Está bien, el lunes iré.

—Creo que está trabajando hoy. Ha habido algunos problemas en las luces —dice riéndose.

—¿Tú?

Se encoge de hombros y mira la hora.

—Hoy salen a la una, así que ya tardas en secarte el pelo y vestirte. Vamos, pequeñaja.

Voy corriendo, sin saber si esto va a suceder, si va a ser bueno o terrible. Pero lo intentaré.

Cuando salgo, mi hermana me espera con el coche para llevarme y me acerca allí. Se va a recoger a Sondra, y yo observo a la gente paseando, haciéndose fotos delante del árbol. Las piernas me tiemblan y me siento en un banco para tomar una respiración. Desde allí veo a la cuadrilla trabajar, arreglando una rama.

Él está subido a una escalera, como a una altura de un piso, vestido con el mono azul y una chaqueta con reflectantes. Es muy cuidadoso, enredando las luces en las ramas para que no se partan. De repente, se queda quieto, como si hubiera escuchado algo, y gira la cabeza, mirándome a los ojos. Estamos separados por unos diez metros, pero sé que me mira a mí. Baja despacio la escalera, sale de la zona restringida y se me acerca lentamente, sin parpadear casi. Cuando llega, me levanto y me quedo callada.

—Has venido, Libby.

—Sí. O sea, yo... Tengo que contarte algo importante.

—¿Como que me llevaste a tu casa porque estaba hechizado, o que tu hermana y tú me quitasteis el hechizo?

—Oh, yo… Lo siento mucho… —digo volviéndome para marcharme. Él me toma con suavidad de los hombros y bajo la cabeza, avergonzada.

Suelta una de sus manos y me toma de la barbilla. Tiene una pequeña sonrisa en los labios y pasa su dedo por debajo de mi gorro, sacando un mechón todavía algo húmedo.

—Cuando te despediste, saludaste a mi gato. Yo no te había dicho cómo se llamaba. Entonces, algo ocurrió. Me desmayé, soñé con… todo lo que pasó. Al despertar, intenté ir a buscar tu casa, pero no recordaba dónde estaba. Puede que estuviera algo enfadado, no te lo niego, pero sé que fue un accidente. Empecé a recordar cada una de tus palabras, tu gusto por el café. Es como si lo tuviera metido en la cabeza, ¿sabes? —dice tocándose la frente—. Es como si te conociera de antes, de otra vida. No tengo idea. ¿Sería posible?

—Las almas gemelas no siempre coinciden en la misma vida o con la edad adecuada, pero cuando lo hacen, es… mágico —digo casi en un leve susurro.

—Por eso, cada día rezaba al espíritu de la Navidad por que vinieras aquí. Incluso he estado haciendo horas extras, solo porque era la única forma de encontrarte.

Doy un suave hipido y él me abraza a través de mi abrigo.

—Creo que en otra vida te llamabas Anne Marie. Y yo, Michael. Tal vez…

—Es mi segundo nombre.

—Y el mío.

—Tal vez no es casualidad.

—No lo he dudado ni por un solo momento.

—Pero soy difícil, yo… soy una bruja.

—Lo suponía —dice acariciándome la mandíbula.

—Y cuando duermo, a veces me elevo.

—¿En el aire?

—Sí —digo desviando la vista.

—Entonces yo te recogeré si caes.

Me tiemblan las piernas, y él vuelve a levantarme la barbilla y se acerca a mí. Deposita un suave beso, y yo me lanzo a sus brazos y lo beso con las ganas que tenía. Se ríe en mi boca y me da tanto amor que creo que se me ha hinchado el pecho.

Nos separamos, con los labios enrojecidos y una sonrisa sincera.

—Tienes que darme tu teléfono, me volví loco sin saber cómo encontrarte. Tengo buena memoria, dímelo.

Se lo doy y él asiente.

—Tal vez mi abuela sepa quiénes fuimos antes..., en la otra vida. Algún día podríamos preguntárselo.

—Me gustará mucho conocer a tu familia. Y tal vez nuestros gatos se hagan amigos.

Nos miramos, nos echamos a reír y negamos con la cabeza. Son demasiado independientes, pero no les quedará otra.

Espero a que termine su turno y nos vamos caminando hacia mi casa. Tengo que presentarle formalmente a Honey. Ella recuerda que fue amable y, mirándome con descaro, se acerca a Ethan.

—Creo que... te dije que... quería hacer el amor contigo. O sea, no te lo tomes como algo obligatorio, ya sabes.

—Sí, tranquilo. Estabas hechizado.

—Lo curioso es que había algo de verdad. Era como si recordase otra vida. Esa que no sabemos cuál es. Una en la que tomabas café solo, con azúcar y canela.

Sonrío, abrazándolo. Lo tomo de la mano y vamos al dormitorio. Él titubea.

—Si hemos estado varias vidas separados, es hora de que nos pongamos al día.

Sonrío y él me abraza, y sí, siento que es el correcto.

CAPÍTULO 6
NOCHEBUENA

Estos días me han demostrado que él es mi alma gemela. Sin dudar, sin excepción y sin preguntas. Falta poco tiempo para que vuelva al trabajo y estamos aprovechando todo lo posible para vernos y amarnos.

El día de Nochebuena me levanto ilusionada. Pero mis peores pesadillas en forma de nona Angélica aparecen en mi casa. Viene con June y dispuesta a guerrear.

—¿Qué me dice tu hermana? —exclama sin saludar al entrar en mi casa. Se sacude la nieve del abrigo y se quita el gorro de lana rosa chicle, que tapa sus canas.

—¿El qué? —pregunto sin saber de qué va.

Acabo de levantarme y me iba a preparar para ir con Ethan un rato, y luego él se iría con sus padres y yo con los míos, que ya han vuelto de sus vacaciones.

—*Per l'amor del cielo, ma cosa stai facendo? Sei proprio una testona! Che Dio ti dia un po' di buon senso!*[1]

---
[1] ¡Por el amor de Dios! Pero ¿qué estás haciendo? ¡Eres una cabezota! ¡Que Dios te dé un poco de sentido común!

—Nona, no hago nada. Solo salgo con un chico... ¿Te refieres a eso?

Miro a mi hermana, que se lo está pasando de maravilla, aguantando la risa.

—Tu hermana me ha presentado a Sondra, hemos hecho su carta astral y, sin duda, es la elegida para ella, su *spirito affine*, pero tú...

—Pensaba presentarlo más adelante, no vaya a ser que mis dos nonas lo asusten.

Me echo a reír y ella parece un duendecillo saltarín.

—Esta noche lo traes a cenar y conocerá a toda la familia. Y si no es así, haré un hechizo para que venga sonámbulo si hace falta.

—Pero...

—Ni peros ni peras —dice mi nona enfadada—. Pequeña mía, el linaje de las brujas es importante y tenemos que saber... si es el adecuado.

—Con saberlo yo es suficiente.

—Vamos, Libby —dice June—, lo pasaremos bien avergonzándote. Seguro que mamá cuenta esa anécdota de cuando te hiciste crecer un bigote para parecerte a papá.

Ellas se echan a reír y las doy por imposibles.

—Os esperamos a las siete en punto —dice marchándose.

June se encoge de hombros y me da un beso en la frente.

No puedo obligar a nadie a que se meta en una casa así como así. El teléfono me suena. Es Ethan. Está bien, se lo diré.

—Hola, preciosa. ¿Todo bien?

—Sí, ¿por?

—No sé, sentí que te disgustabas. Algo raro.

—Oh, vaya. Esto..., quería decirte algo.

—Yo también. Mis padres han ganado una noche de hotel en Nueva Jersey, así que se irán allí. No sé, esperaba pasar la Nochebuena contigo, si es posible.

—Precisamente..., yo también, pero debo ir a casa de mi

nona. ¿Quieres venir?

—¿Me harán algo? —pregunta riéndose.

—Solo si te portas mal —contesto de igual forma—. ¿Vienes a buscarme a las seis y media?

—¿Y qué tal a las cinco y así..., no sé..., nos metemos un ratito a la cama?

—Eso sería genial. Entonces, ven a comer, y así tenemos más tiempo.

Suena el timbre y abro la puerta. Lo veo con el teléfono en la mano y un ramo de rosas en la otra.

—No sé, pensé que...

Lo hago pasar, dejo el ramo en la cocina y lo beso hasta que él, riéndose, me toma en brazos y me lleva hasta el dormitorio, donde pronto desaparece la ropa. Y es que tenemos mucho que recuperar.

—Las siete en punto —digo al ponerme delante de la puerta.

Llevo un vestido de color azul, a juego con sus ojos, y él se ha cambiado antes de venir. Está nervioso, con su elegante traje de chaqueta y recién afeitado.

Antes de llamar, abre la puerta mi nona Esme y nos mira de arriba abajo. Le doy un beso y le presento a Ethan. Ella solo gruñe.

—Tranquilo —digo tomándole de la mano.

En la casa se escucha un buen alboroto. Mis primos están poniendo la mesa, mi madre viene corriendo a abrazarme y abraza a Ethan de seguido, sin ni siquiera presentárselo. Él sonríe, feliz del recibimiento.

—Vaya, la casa está preciosa —dice admirando todos los adornos navideños—, y huele de maravilla.

—Claro, seguro que habéis estado haciendo ejercicio y estaréis hambrientos —dice June, de mano de la muchacha. Ella sonríe, tímida.

—Te presento oficialmente a mi hermana Libby, la causante de todo, y a su alma gemela, Ethan.

—Oh, gracias —dice Sondra abrazándome—, soy la mujer más feliz del mundo y es por ti.

Yo, que me había sonrojado avergonzada, sonrío ampliamente, casi tanto como mi hermana.

Mi padre coge a Ethan del brazo y se lo lleva a un lado. Miro aterrorizada a mi hermana, que se encoge de hombros.

Al cabo de diez minutos, en los que mi nona Angélica me da dos palmaditas en la espalda, vuelve, con el rostro sereno. Mi padre sonríe. Respiro tranquila. Ni siquiera nos habíamos quitado el abrigo y ya le ha dado la charla.

Lo tomo de la mano y desaparecemos en el despacho de mi padre, donde dejamos los abrigos.

—¿Ha sido tan malo?

—No, qué va. Solo me ha dicho que, si necesito algo de ayuda para comprender lo que es amar a una bruja, que le pregunte. Ah, y también que si te hago daño, me cortará las pelotas.

Me echo a reír por su expresión y él acaba sonriendo. Nuestros labios vuelven a encontrarse, como si no se hubieran saciado hace unas horas. Mi primo Wallace entra y bufa.

—Primero tu hermana y luego tú, dais pena las Wilde.

—Oye, que tú también eres un Wilde.

—Bueno, pero no me voy besuqueando a todas horas.

—Tienes dieciséis.

—Lo sé. Bueno, salid, que si no a tu padre le va a dar un ataque.

Nos sentamos a la mesa y, después de rezar ciertas oraciones paganas y cristianas a la vez, comenzamos a comer con apetito. Hoy es la noche de los siete pescados y, poco a poco, van desapareciendo.

Las risas son frecuentes y también el interrogatorio de mi

padre. Le agrada que Ethan se gane el pan con sus manos y, gradualmente, con ayuda de la grappa, el ambiente se distiende.

No queda mucho para ir a la misa del gallo, pero mi nona Angélica nos lleva hasta su habitación, donde tiene una mesita. Nos hace sentarnos y que le demos la mano.

—¿Queréis saber en cuántas vidas habéis coincidido?

—No sé, ¿tú quieres?

—En realidad, me basta con haber coincidido en esta, Libby.

—Buena respuesta, marchad, marchad. Que ya sabéis que lo de las misas no me va. Me quedaré bebiendo a la luz de la chimenea con tu nona Esme.

Salimos hacia el comedor y él se para en el marco de la puerta.

—¿De verdad no quieres saber más?

—No es necesario. Te quiero ahora y para siempre, no necesito más.

Miro hacia arriba y sé que antes no había una ramita de muérdago. Tal vez sea cosa de mi madre, que anda riéndose hacia la cocina.

—Sé que te quiero, Libby. No es un amor a primera vista, es un amor de muchos años, así que no me gustaría esperar mucho para vivir juntos, para casarnos.

—Yo pienso lo mismo. Te quiero, Ethan. Es… como si hubiera vuelto a casa.

Me besa suavemente y luego, poco a poco, nos fundimos en un profundo abrazo.

—Venga, tortolitos, vamos a la misa —dice June—, y esta vez no estornudes demasiado.

—¿Por qué? —pregunta Ethan divertido mientras me sonrojo. June lo toma del brazo y empieza a reírse.

—Creo que deberías saber que mi hermana es una brujita un poco despistada…

Sondra me da la mano y partimos en procesión hasta la

iglesia. Bueno, quizá será mejor que sepa todo de mí. Lo bueno y lo malo.

Un coro de canciones de Navidad nos acompaña mientras caminamos. Giro la vista y veo un pequeño niño, el espíritu de la Navidad, que se ríe alegre mientras de sus manos salen un millón de estrellas que empiezan a volar por todo el vecindario. Me guiña el ojo y desaparece. Yo tomo a mi hermana del brazo y caminamos cantando todos juntos.

FIN

Yolanda Pallás (Anne Aband) es de Zaragoza (España), escritora. Desde pequeña ha sido una consumada lectora, y sus dos géneros favoritos son la romántica y la fantasía. Es por ello por lo que escribe básicamente de esos dos géneros. Casi siempre, mezclados.

Comenzó a publicar (que no a escribir) en 2016 y desde entonces ha publicado más de ochenta novelas de diferentes extensiones y temáticas.

Ha ganado varios premios literarios:

2018: Bubok (primer premio). Premio de novela romántica.

2019 y 2020: finalista con dos relatos de fantasía.

2020: Finalista en concurso Mil palabras & Woman de Mediaset (novela romántica).

Webs: www.anneaband.com o www.yolandapallas.com

Página de Amazon autor: https://www.amazon.es/Anne-Aband/e/B01H44HN1I

Instagram: **@anneaband_escritora**

RELATO 4
UN NUEVO TREN POR NAVIDAD

ANTONIO BARRADO CORTÉS

CAPÍTULO 1
Jaime

Odio la Navidad, no quiero que llegue la Navidad, estoy hasta las pelotas de la jodida Navidad. Si el genio de la lámpara me concediese tres deseos, los invertiría en hacer desaparecer la puta Navidad. Bueno, uno de ellos lo gastaría en recuperar a Bel…

Estaréis pensando que estoy un poco trastornado, y eso que me acabáis de conocer. La verdad es que un poco loco sí que puede que esté, y os recuerdo que aún estáis a tiempo de cerrar este jodido libro y mandarme a la mierda para siempre, como haría yo con las fiestas de pascua que ya os he comentado.

¿Por qué tengo ese gran odio a estas fechas?

Os cuento un poco mi acritud hacia este tema: frío de cojones; abrigos gruesos que reducen la movilidad; turrones de mil sabores del Mercadona; luces por todos los rincones de la ciudad; lotería gritada por niños; Papá Noel en todos los centros comerciales, antes de pasarle el relevo a los tres colegas que vienen del Lejano Oriente en camello; villancicos hasta en la jodida sopa; compras sin control alguno por Gran Vía; y la cuenta llena de deudas por la dichosa tarjeta de crédito, por cierto, qué felices éramos cuando solo teníamos la de débito, otra más que nos han colado.

Perdonad, que me despisto. Os estaba contando lo emocionantes y monótonas que siempre son estas fechas con las uvas protocolarias, el roscón de reyes con nata, las borracheras de adolescentes (y los que ya no son tan adolescentes), los regalos no acertados... Y, sobre todo, lo que más me horroriza de estos días de final y comienzo de año es la cena que los amigos de la infancia llevamos haciendo durante una década cada noche antes de Nochevieja. Esos diez años no parecen mucho, pero los melancólicos de mis amigos ya lo han convertido en tradición vitalicia.

Visto así, no parece una razón para estar tan negativo, soy consciente, pero si me dejáis unas líneas más, os daré mi motivo. Sí, motivo en singular, porque se llama Belén.

Belén es la persona más bella que conozco, por dentro y por fuera. Es mi amiga desde que nací, prácticamente.

Vivíamos en el mismo bloque, ella en el segundo B y yo en el primero C. Nuestras madres bajaban al parque de detrás del bloque a comer pipas y a hacer trajes a algún vecino o vecina, mientras nosotros jugábamos a todo lo que nos diese la imaginación. ¡La de veces que habré tocado su timbre para que bajase!

Solo con nombrarla y hablar de ella me pongo nervioso. Me gustaría que la vieseis... Estoy seguro de que me confirmaríais, en muy poco tiempo, que es un ángel con mechas de oro y ojos verdes de esmeralda. Su voz es una melodía mágica, su mente es más que inteligente y, sobre todo, es una persona soñadora.

Si nos metemos en el campo de la atracción sexual, puedo decir que tiene un cuerpo de diez; para mí es el cuerpo más perfecto que existe. Mi mente es con quien más veces ha jugado en su imaginación, pero esto último es un secreto del que más me vale que no se entere... Os lo pido por favor.

Creo que podría haber sido el amor de mi vida y, desde hace años, estoy enamorado de ella hasta los huesos.

¡Joder! Me está llamando al móvil, ¡qué puta casualidad! Perdonadme…

—¡Hombre, Bel! —contesto nervioso.

—¡Mi grandullón!

Belén siempre me llama así, no os penséis que es porque yo sea muy grande, porque no paso del 1,74 de altura y rondaré los setenta kilillos de poco músculo. Lo dice porque ella es más bien pequeña y, a su lado, siempre le he parecido enorme.

—¡Qué sorpresa que me llames! Ya queda bien poco para las fiestas y para vernos —disimulo mostrando ilusión.

—¡Sí! Qué ganas tengo de volver a Madrid y de veros a todos para achucharos sin compasión.

¿Os podéis creer que esas simples palabras me emocionan y también me ponen un poco? Cada palabra, cada suspiro, cada risa y cada silencio de ella me encantan y me enamoran más aún, si eso es posible.

—Acuérdate de la cena del treinta —recuerda ella.

—Claro que me acuerdo de la cena. ¿Lo dudabas? —cuestiono con una falsa sonrisa tras el teléfono—. Yo también tengo ganas de verte; bueno, a ti y a Arturo. —Puñetero Arturito—. Por cierto, ¿qué tal está?

—Jamás dudaría, su señoría.

—Más le vale a usted —contesto al juego.

Reímos a la par.

—¡Arturo está genial! —exclama pareciendo babear por sus huesos—. Le han ascendido en el banco y ahora lleva un equipo de treinta personas. Está un poco estresado, pero muy contento.

El rey Arturo es el yerno perfecto. Un tío grande, y ese sí que es grande de verdad, no como yo. Hay que reconocer que tiene una buena percha, el cabrón, y le queda todo bien. Si no me aplastase con un simple gancho, le partiría las piernas para que dejase de andar y de ponerse ropa que le lee perfectamente la musculatura tan definida que tiene bajo su cuello. Por si fuera poco lo perfecto que es físicamente Ken, como yo le llamo en la intimidad, también tiene pasta, el muy capullo.

—Qué contento debe de estar con el ascenso, me alegro mucho por él. —Mentira, no me alegro una mierda por nada de lo bueno que le suceda. Arturo está con el amor de mi vida y, aunque él no tenga culpa, jamás me voy a alegrar de las cosas buenas que le pasen.

—Sí, está muy emocionado con el nuevo puesto, algo obsesionado, pero imagino que serán los primeros meses— contesta orgullosa de su rey.

Una persona como Ken no puede ser tan perfecta, estoy seguro de que posee algún defecto, y ojalá que ella se dé cuenta de lo que sea y le mande a tomar por el culo. Ahora estaréis pensando que soy una mala persona, y seguramente lo sea. En el amor y en la guerra..., ya sabéis. Por una parte, le deseo lo mejor a mi amiga, pero, si estuvieseis tan coladitos como lo estoy yo, seguro que me entenderíais.

—Me alegro mucho por él, bueno, por vosotros. —Vuelvo a mentir sobre lo que siento—. Por cierto, ¿cuándo llegáis a Madrid?

—Gracias por alegrarte, mi niño —me dice de corazón, no como yo—. Pues llegamos el mismo día treinta porque yo trabajo en el laboratorio por la mañana, y, en cuanto salga, cogemos el Ave y a Atocha directos.

—Joder, qué faena que trabajes ese mismo día.

—No pasa nada, luego con vosotros se me pasa el cansancio.

Ojalá se le pasase el cansancio solo conmigo. Yo la llevaría de paseo todas y cada una de las noches por el cielo, y le presentaría a la luna y sus estrellas. Ojalá...

—Sí, eso seguro, nos tomamos unos vinitos antes de la cena y se te pasa todo.

—Ummm, cuánto echo de menos los vinos de Casa Pepe —afirma—. Oye, vienen todos, ¿no?

—Sí, creo que vienen todos, ya sabes que esta cena no se la pierde ninguno.

Al decir *todos*, se refiere a los cinco amigos de la infancia (Belén, Pedro, Claudia, Fede y yo) y sus respectivas parejas, los que tengan, porque yo ya no tengo. Os voy a ir poniendo un poco al día de quiénes son:

Belén y Arturo, que de algo ya los conocéis. Llevan, por desgracia (y porque fui un gilipollas), cinco años juntos. Hace tres que se fueron a Barcelona a vivir porque a Ken le ofrecieron algo muy suculento en su trabajo. Belén encontró trabajo en una farmacéutica enseguida y se adaptaron muy bien a esa bonita ciudad, y, encima, con playa. Granujas.

Suelen venir una vez al año porque están muy atados a su trabajo y, cuando no lo están, se suelen pegar unos buenos viajes por sitios de los que yo no había oído hablar en mi vida, y que a veces hasta dudo que existan. La parejita ha estado en todos los continentes. En breve empezarán a viajar por otros planetas, seguro.

Pedro y Marta forman la relación más veterana y campechana del grupo. Están hechos el uno para el otro y son una pareja de cuento. Llevan trece años juntos y les vaticino unos doscientos más, por lo menos. Son totalmente compatibles y doy por hecho que van a ser los primeros en hacernos tíos a no mucho tardar.

Pedro es un chico serio e introvertido, que trabaja en la frutería de un Ahorramás que hay en el barrio de San Blas, cerca de su casa.

Marta, que me cae genial, es extrovertida y no suele callar. Trabaja en una inmobiliaria del mismo barrio, que empieza por *tecno* y acaba por *casa*. Más pistas ya no os puedo dar.

Claudia y Miguel..., digamos que son los más pijos de esta película, o sea. Los dos son ingenieros de telecomunicaciones y viven en un pisazo en el barrio de Hortaleza.

Claudia no debe de tener menos de cincuenta pares de zapatos y treinta bolsos de marca, y creo que nunca la he visto dos veces con la misma ropa.

Miguel no se queda atrás y también calza sobre marcas caras, y buenos restaurantes. He de reconocer que, cuando quedamos todos, ellos se adaptan muy bien a nuestras posibilidades, y si tienen que comerse un bocata de calamares o una ración de oreja, lo hacen sin problema.

La relación entre Fede y Mónica es más complicada y a la que menos tiempo de vida le doy. Están siempre discutiendo y reprochándose cosas. Lo dejan una media de cinco o seis veces por año. Al tiempo de dejarlo y de cubrir sus necesidades sexuales con otras personas, terminan escribiéndose un wasap para un café y siempre acaban en la cama después de tomarlo. Se han creado un círculo vicioso del que, por el momento, no pueden salir.

Fede trabaja de electricista en una empresa de reformas y hay épocas en las que gana su buen dinerito.

Mónica es enfermera y trabaja en el hospital de Getafe, ciudad en la que residen desde hace un añito.

Por último estoy yo, Jaime, el puto solterón del grupo que dejó pasar su tren con Belén (creo que os lo contaré en el capítulo 2) y que se arrepentirá de por vida. Esto del arrepentimiento lo cuento en todos los jodidos capítulos, ya lo iréis comprobando...

Soy policía municipal de Madrid desde hace siete años y he de reconocer que tengo suerte porque me gusta mi trabajo. Desde muy pequeño quise ser poli y no paré hasta aprobar la oposición.

Vivo solo de alquiler en un pisito en Carabanchel, a diez minutos de la comisaría en la que trabajo. En un futuro espero poder comprar algo mío, pero, de momento, está la cosa jodida para los jóvenes.

—¡Qué contenta estoy de que nos reunamos todos en estas fechas! —exclama feliz.

Me he puesto a contaros un poco sobre los integrantes del

grupo y se me ha olvidado que tenía a Bel al teléfono, soy un desastre. Voy a hacerle un poco de caso y luego ya os iré contando más cositas de los chicos.

—A mí también me gusta mucho que nos juntemos— añado a su euforia.

Aunque odio la Navidad, el poder verla, aunque sea pegada a Ken, me da vida, me llena de oxígeno…, pese a que luego lloro a escondidas por no tenerla junto a mí.

—Bueno, mi grandullón, me toca volver al curro, te tengo que dejar.

—Ok, Bel, muy pronto nos vemos —musito con olor a tristeza.

—Sí, en nada estoy en mi Madrid con todos vosotros. Te quiero, mi niño guapo —se despide—. Hasta pronto.

—Yo también te quiero, niña bonita —termino de vestir la despedida—. Que pases un buen día.

Cada vez que me despido de ella, se me cristalizan los ojos y acaban desbordando varias lágrimas por las mejillas en forma de tristeza. Seguramente, algunos de los que me estáis leyendo sabéis el sufrimiento que supone estar totalmente enamorado de alguien y que la otra parte no te mire con los mismos ojos que lo haces tú.

Es duro, ¡qué cojones! Es muy duro.

Nunca he sufrido tanto por nada ni por nadie. Os puedo asegurar que el amor es una de las energías más potentes que existen, aunque a veces no lo valoramos, sobre todo, cuando lo tenemos y pensamos que todo es fácil.

CAPÍTULO 2
Jaime

Cinco años atrás

Me dio mucha pena ver a Clara llorando, pero es que mis sentimientos hacia ella no llegaban a florecer.

Me tiré todo el día pensando en aquel beso que me di con Bel hacía unos meses en Casa Pepe, aquella tarde en la que solo aparecimos nosotros dos.

Tenía un sabor agridulce. Por un lado, me sentía mal por Clarita, pero, por otro, noté un gran alivio por haber dado el paso de dejar una relación que nunca tuvo que ser. Por fin iba a poder mostrar mis sentimientos a mi Bel. Estaba deseando verla y contarle todo.

Llegué a Casa Pepe.

¡Joder! Tendría que haber cogido un taxi, venía sudando y no molaba nada estar así en mi primera cita con mi rubia, ya como soltero oficial. No sabía si ya estaría allí. Me dijo que andaba cerca cuando la llamé para vernos.

Casa Pepe era el centro de operaciones para todos

nosotros, un bar castizo con azulejos blancos por cualquier lado que miraras. Está situado en el barrio de La Latina y podíamos acudir a refugiarnos cualquier día de la semana, menos los domingos, porque estaba atestado de gente por su cercanía al Rastro.

Es una tasca grande, comparada con las que hay por la zona. Dicen los más antiguos del lugar que fue un almacén del café de estraperlo que pasaban por las diferentes fronteras que nos separaban de Portugal, allá por la época del Pleistoceno. De hecho, es verdad que tiene un ligero aroma perenne a café que no desprende ningún otro bar que yo conozca. Imagino que los restos de aquella época quedaron impregnados en paredes y techos para la eternidad.

Tiene unas tapas y raciones espectaculares, y su gerente, Pablo, nieto del ya fallecido fundador, Pepe, es la hostia de simpático y enrollado.

¿Que teníamos una buena noticia? A Casa Pepe.

¿Que había algo jodido que contar? A Casa Pepe.

¿Que no había ocurrido nada relevante? A Casa Pepe.

Pues eso..., a Casa Pepe para todo.

«Qué extraño», pensé. «Está sentada con un menda».

Me acerqué lentamente hacia ellos mientras escaneaba al tío guaperas con el que estaba.

—¡Jaime! —exclamó mientras levantaba la mano en forma de saludo.

—Hola, Bel —saludé mientras le daba el abrazo de siempre.

—¡Hola, corazón! —me dijo, arreándome un fuerte beso en la mejilla con marcas de carmín—. Mira, te presento a Arturo.

Con esos intercambios de miradas cómplices entre ellos, enseguida me di cuenta de lo que estaba ocurriendo. Aquel tipo con aires de Brad Pitt había robado el corazón de mi Bel, mi querida y ahora lejana Bel.

—Encantado —le dije con un apretón de manos y sonrisa

falsa.

—Tenía ganas de conocerte, Jaime. Belén me habla mucho de todos vosotros —añadió aquel chico tan perfecto y al que yo ya tanto odiaba.

—Arturo y yo llevamos saliendo unas semanas, lo que ocurre es que, hasta que esto no pasase de un simple rollo, no os quería decir nada —me explicó en forma de puñales para mis oídos.

—Anda, tenemos nueva pareja en el grupo —comenté con voz desaliñada—. Me alegro mucho. Te llevas a una joya, Arturo —les mentía mientras sonreía para tapar mi rabia, impotencia y tristeza.

Después de aquella tensa presentación para mí, Belén me invitó a sentarme con ellos y me preguntó qué era eso tan importante por lo que la había llamado para que acudiese a Casa Pepe. Decidí inventarme una tontería del trabajo, que no sé si se tragaron, porque no fue muy creíble. Les conté que había detenido a un capo de la mafia italiana el día anterior; no sé, fue lo primero que se me ocurrió al tener que descartar el contarles que había dejado a Clara porque estaba locamente enamorado de Bel. La hora que estuve con ellos me pareció el momento más largo de mi vida.

¡Manda cojones que me presentara a su puto novio perfecto una hora después de dejar yo a Clara por estar con ella!

La cagada fue mía cuando nos dimos aquel beso inesperado Bel y yo. No supe apreciarlo como debía. Yo llevaba apenas un mes con Clara y me pudo más el morbo que me daba el espectacular sexo que tenía con ella que lo que pudiera sentir mi corazón hacia mi rubia, mi Bel.

Según fueron transcurriendo los días y los meses, me di cuenta de lo que realmente quería, y de lo mucho que pensaba en ella y en aquel beso memorable. Fui un cobarde al no dar la cara cuando tuve que hacerlo ni haberlo dejado antes con Clara.

Ahora, por gilipollas, voy a pagarlo todos los putos días, teniendo que ver cómo el tal Arturo ese me roba los besos que yo pensaba que serían míos.

CAPÍTULO 3
Jaime

Presente

Estamos a veintisiete de diciembre y Madrid apesta a Navidad por todos sus rincones. Huele a Navidad, sabe a Navidad, suena a Navidad y llueven gotas con gorritos de Papá Noel.

Como hoy libro, me he ido a dar una vuelta por el centro. Está todo hasta arriba de gente, somos lo peor. En verano llenamos las playas, los chiringuitos y las heladerías del Mediterráneo, y en diciembre abarrotamos Cortylandia con los niños, la Plaza Mayor, la Puerta de Sol, La Mallorquina y su bollería, San Ginés y sus churros, Casa Labra y su bacalao, y cómo no, las interminables colas de la administración de loterías de Doña Manolita. ¿Cómo no van a dar premios con todo lo que venden? ¿Y cómo piensas que te va a tocar a ti, con la cantidad de números que reparten, iluso?

Somos lo peor, perdonad que os lo diga. Respeto que os gusten estas fechas, pero yo no consigo cogerles el gusto… Y, encima, es cuando vienen Bel y Ken a visitarnos. Creo que ese es el mayor motivo de mi animadversión hacia toda esta parafernalia.

Estoy paseando por Gran Vía. Cada paso que doy es una batalla ganada, después de cuatro o cinco perdidas. Jamás había visto tanta gente en Madrid. Menos mal que no me asignaron en ninguna comisaría de la zona centro porque esto me agobia mucho.

Estoy dando vueltas como un tonto; no es por gusto, es porque estoy buscando un regalo para Bel. Todos los años tenemos la tradición de regalarnos algo ella y yo. Aunque a Ken no le agrade la idea de nuestros regalitos, eso lo hacíamos antes de que ella le conociera y, por suerte, sigue en pie. Si le jode, que se aguante.

A punto estoy ya de marcharme a casa cuando veo en un escaparate algo que podría ser el regalo ideal. Se trata de un conjunto de bufanda y gorro blancos con unos renos rojos en relieve, que estoy seguro de que le van a encantar. A ella le gustan estas fechas y los renos son su debilidad. Más que decidido, me dispongo a entrar en la tienda: adjudicados y envueltos para regalo.

Con mi *agasallo* en mano, como diría mi abuelita Ximena, me cambia un poco la negatividad hacia todo lo relacionado con la Navidad. Parece mentira lo que puede variar una mente cuando hay una cierta ilusión que está por encima de todo. Me gusta mucho hacerle regalos a Bel y siempre me quedo puliendo mis uñas mientras espero su reacción. Ella pone buena cara con todo lo que yo le regalo. Es tan buena que jamás va a mostrar si algunos de los regalos no son de los más acertados.

En fin, que hoy me vuelvo a casa con otro semblante y creo que hasta tarareo algún puto villancico de los que salen por las puertas de las tiendas.

Llego a casa. Es algo tarde, pero no me da pereza buscar fotos suyas en sus perfiles de las redes y en mi galería del móvil, y disfrutar de su belleza y su cara angelical. Como podéis comprobar, estoy pillado por ella hasta la última célula de mi cuerpo. Alguno pensará que los *polis* somos tíos duros, y miradme a mí, que soy más blando que la mantequilla cuando se queda toda la tarde fuera del frigo.

Esta noche tengo una extraña sensación; siento que tengo que escribir a Bel, que debo darle las buenas noches, no sé cómo explicarlo. ¿No os ha pasado nunca que tenéis la necesidad de escribir a alguien para saber si se encuentra bien? Pues a mí me está ocurriendo. No existe en el planeta una persona más escéptica que yo, pero en este momento, algo raro se pasea por mi cabeza.

Cojo mi teléfono, que ya tenía en modo avión, pero lo vuelvo a conectar. Me meto en su chat de WhatsApp y veo que su última conexión ha sido a las tres de la tarde. Es muy raro que Bel lleve tantas horas sin escribir un mensaje, porque yo sé que por las noches les escribe a sus padres, a sus hermanas y a nosotros.

Me decido a escribirle en forma de buenas noches, aunque lo que quiero saber es si se encuentra bien. Cuando veo los dos *check* que confirman que lo ha recibido, me quedo mirando la pantalla rota del móvil sin apenas pestañear, mientras espero alguna respuesta por su parte.

Permanezco así durante una hora y por mi mente pasan mogollón de cosas que le podrían haber ocurrido, pero sé que también cabe la posibilidad de que esté dormida y que por eso ni lo haya leído, ni me conteste.

Con los ojos derrotados, dejo el teléfono en mi mesilla, sin el modo avión, por si acaso Bel me escribe. Me quedo frito casi sin darme cuenta y, a las siete de la mañana, me empiezan a llegar mensajes de ella. Las notificaciones de mi teléfono son como el sonido de una sirena, pero como si le faltase batería, algo muy desagradable de oír. Por el día jode mucho escucharlo, pero, cuando estás durmiendo, es lo peor, casi peor que la Navidad. Siempre digo que voy a buscar una melodía más sutil, pero es de estas cosas que vamos dejando pasar y que terminamos por nunca hacer. Soy un procrastinador nato, y creo que tú, lector, también lo eres.

Bueno, os sigo contando, que me desvío muy fácilmente...

Los mensajes de sirena baja de batería son de Bel dándome los buenos días. En ellos me cuenta que ayer tuvo mucho trabajo, que terminó tarde y agotada. Al leerlo, suspiro aliviado, no sé por qué tuve aquel mal rollo anoche. Creo que yo para pitoniso no me iba a ganar ni una *pela*, como decían los antiguos.

Le digo que a mediodía le doy un toque y hablamos, pero ella me contesta que casi no puede ni parar a comer, que está terminando una cosa para poder venirse una semana de vacaciones aquí, al jodido paraíso navideño.

> Vale, no te preocupes, cuando puedas, me llamas y hablamos. ✓✓

> Sí, corazón, cuando tenga un hueco te llamo. ✓✓

> Un beso y no curres mucho. ✓✓

> Igualmente, grandullón, un besito. ✓✓

CAPÍTULO 4
Jaime

Casi sin darme cuenta, estamos ya a día treinta y la dichosa Navidad no cesa de echar raíces por todos lados. Se propaga más rápido que el famoso virus que vino a visitarnos en 2020 y que aún no se ha querido ir.

Finalmente, Bel no me hace esa llamada que me iba a hacer cuando tuviese un hueco. Me parece extraño, pero entiendo que esté liada y que los ratos que tiene libres son para estar con Ken y descansar.

¡Hola, Claudia! ✓✓

¡Jaime! ¡Hoy es el día! ✓✓

¡Sí! A las nueve estaré en Casa Pepe. ✓✓

¡Ok! ¡Qué ganas! A las nueve estaremos Miguel y yo allí. ✓✓

¿Segura? Ya sabes que siempre sois los últimos en aparecer.

✓✓

Lo sé, pero este año me voy a poner las pilas y vamos a llegar en hora, ya lo verás. ✓✓

Ok, si llegáis antes de la hora, os invito a la primera ronda y si no, te toca a ti. ✓✓

¡Hecho! Jajaja. ✓✓

Ya tengo el primer vinito pagado, jajaja. ✓✓

No cantes victoria, amigo Jaime. ✓✓

Oye, cambiando de tema. ¿Sabes algo de Bel? ✓✓

Pues la verdad es que he hablado muy poco con ella esta semana. Me ha dicho que tenía mucho trabajo, pero, no sé, la he notado algo rara. ✓✓

Pues exactamente lo mismo que me ha pasado a mí. ✓✓

Bueno, hoy por fin la vemos en vivo y en directo, y a ver qué tal está. ✓✓

Es verdad, hoy la achuchamos y la desestresamos del dichoso trabajo. ✓✓

Eso es, al tercer vino ya se habrá olvidado hasta de dónde trabaja, jajaja. ✓✓

Jajaja. ✓✓

Llegaban a las siete a Atocha, ¿verdad? ✓✓

Creo que sí, pero me dijo que no hacía falta ir a buscarlos, que cogían un taxi allí. ✓✓

¡Ah! Ok. Bueno, mi niño, he de dejarte, que tengo que empezar a prepararme seis horas antes para ganar una apuesta con uno que este año va a perder. ✓✓

Ni empezando seis horas antes vas a llegar en hora y lo sabes. ✓✓

Ya lo verás. ✓✓

Le voy a pedir a Pablo el vino más caro que tenga, jajaja. ✓✓

Cabrito... ✓✓

Yo también te quiero. ✓✓

Nos vemos esta noche, un besito fuerte. ✓✓

Otro para ti y para Miguel, hasta luego. ✓✓

Ciao. ✓✓

Al terminar de hablar con Claudia, me guardo el móvil y me doy cuenta de cómo me están sudando las manos. Sé que ya estoy muy cerca de ver a mi deseada Bel. Ya sabéis, ese sabor agridulce entre su bonita cara y su odiado maromo rubio.

Desde que dejé a Clara por ella, pensando como un iluso que íbamos a poder estar juntos, he conocido a alguna chica, sí, pero ninguna ha podido traspasar la coraza que yo mismo me puse en mi ahora helado corazón. Bueno, *helado* para cualquiera que no sea Bel, porque, si pienso en ella, se me enciende con una llama tan potente que podría derretir el acero, y no exagero. En mi puta vida había tenido una sensación así de fuerte. Seguro que más de uno sabéis de lo que hablo. Es un sentimiento tan fuerte que por momentos pienso que no soy yo el que está dentro de mi cuerpo, de mi mente. La quiero, la amo, la deseo, pero de una forma infinita. Sé que tendría para darle amor unas tres o cuatro vidas seguidas.

Bel y yo somos amigos de la infancia y jamás hubiera imaginado que me pasaría esto con ella. Nos hemos visto crecer, nos hemos contado nuestros primeros besos con otras personas, hemos vivido nuestra primera borrachera juntos, hemos llorado y reído en infinidad de amaneceres, hasta la he visto cagar. Aunque esto último no sea muy romántico y parezca un poco soez, para mí, es hasta bonito. La conozco a la perfección, por eso sé de sobra que ella no está bien, algo le ocurre. Será el puñetero trabajo, o el estar tan lejos, en *Barna,* o que a lo mejor no es feliz con Ken, ojalá. Aunque suene un poco egoísta, es lo que siento.

A falta de cinco horas para la deseada y odiada cena, aún no he decidido un *outfit* adecuado para la ocasión. Sigo siendo el desastre que siempre he sido.

Casi sin pensarlo, cojo un Uber y me voy a un gran centro comercial que hay en el ensanche de Vallecas. Allí seguro que encuentro algo.

Efectivamente, va todo como esperaba. Soy de los que entra en una tienda a comprarse ropa y, si puedo, me compro todo en menos de cinco minutos, sin temor a equivocarme. Puede ser de las pocas ocasiones en que me siento seguro de elegir algo sabiendo que no me voy a arrepentir. A veces, los espantapájaros van más conjuntados que yo y, otras veces, parece que acierto y resulto tener hasta un sensible gusto para vestir.

CAPÍTULO 5
Jaime

Cuando el Uber está casi llegando a mi casa, me suena el teléfono. Es Bel.

—¡Hombre, la catalana! —exclamo—. ¿Por dónde vais?

—Hola, Jaime.

Al oír aquella triste respuesta por parte de Bel, mi corazón, que no estaba preparado para oírla con esa voz tan apagada, se encoge de angustia.

—¿Qué te pasa, Bel? —pregunto.

—Que, que… —Puedo sentir cómo le van cayendo las lágrimas por las mejillas—. Arturo y yo lo hemos dejado. Voy sola a Madrid.

—¿Cómo?

En aquel momento, tantas veces deseado, podría haber empezado a dar saltos de alegría por las palabras que acaban de derramar sus labios, pero no es así. La tristeza de su voz me invade sin avisar. El nudo de mi garganta se une a mi encogido corazón, provocándome cristales de dolor en los ojos.

—Estoy a una hora de llegar a Atocha, ¿te importaría venir

a buscarme? —ruega.

—Pues claro que no. Voy ahora mismo para la estación —respondo sin rastro alguno de duda.

—Gracias, mi niño.

Mientras mantengo esa breve conversación con Bel, el Uber ya me ha dejado en la puerta de mi casa. Subo a por las llaves de mi coche, ese que apenas uso, y me dirijo lo más rápido posible al garaje. Sé que tengo una hora de margen hasta su llegada, pero yo quiero llegar cuanto antes a la estación. Me siento nervioso. Vuelvo a tener una sensación agridulce que no puedo evitar. No dejo de imaginarme las lágrimas quemando su piel, pero, por otro lado, también pienso que a lo mejor no vuelvo a ver a Ken besando sus labios, aquellos que quisiera que fueran míos.

Al llegar a Atocha, me dirijo a las pantallas para ver la hora exacta de la llegada de su tren. Aún faltan veintidós eternos minutos. Me siento. Observo a mi alrededor, estoy seguro de que habrá miles de personas en la estación, pero yo no veo a nadie. Estamos solo la pantalla de información de salidas y llegadas, el banco en el que reposa mi trasero y yo. Los tres esperando su llegada. Mi pierna derecha no para de botar, el síndrome de las piernas inquietas me invade sin permiso. Hacía tiempo que no me sentía así, la angustia se está comiendo mis uñas hasta sangrar. No duele.

Los minutos pasan eternos, pero un siglo después, por fin, su tren llega. Mi corazón me aporrea el pecho sin control. Me levanto. Respiro profundo. Me coloco mi abrigo noruego y camino hacia la puerta por la que debe salir.

CAPÍTULO 6
Bel

Al montar en el tren en Sants, percibo cómo un extraño aroma invade mis sentidos.

Hacía tiempo que no viajaba sola. Todo es raro. Noto la inseguridad sobre mis hombros. Arturo se ha convertido, casi sin darme cuenta, en mi inseparable compañero, aunque mis sentimientos parecen no querer pasar de ese estado.

El vagón se llena por segundos y el murmullo de las personas es un hilo musical algo desagradable. A mi lado se sienta un hombre trajeado de pelo blanco y bigote oscuro. Toda la conversación se resume en un «hola». Por suerte, me toca ventanilla y puedo disfrutar de algunos paisajes en forma de cuadros de museo.

Mientras observo la mezcla de montañas de árboles junto a grandes extensiones de tierra llana, mi cabeza no cesa de dar vueltas a lo ocurrido estos días en casa con Arturo. He estado años intentando vivir una vida que yo no quería, aunque reconozco que elegí. Me conformé. He sido una estúpida al querer forzar unos sentimientos que siempre miraban de reojo hacia otro horizonte.

Seguramente no sea tan guapo, ni tan fuerte, ni tenga un importante puesto en un banco, pero, con su especial forma de ser, ha conseguido raptar mi corazón por encima de todo. Mi cabeza lleva años en la más absoluta locura, algo difícil de controlar. Él ya me dejó claro que no quería nada serio conmigo. ¡Qué ilusa soy! Después de inmortalizar aquel beso en Casa Pepe, me quedé esperando a que él me dijese que había dejado a Clara y quería pasar los días junto a mí. Esperé. Los días eran eternos, y en las noches tenía la ilusión de que, en una despedida en su portal, Jaime me confesase que a quien quería era a mí.

Los días pasaron sin más y la esperada noticia no llegó. Sin decir ni una palabra, él respondió a mi ya herido corazón. Mientras lo intentaba asumir, llegó Arturo, un tío apuesto que, desde el principio, hizo de enfermero para curar mis sangrantes heridas a causa de un amor no correspondido. Me cegué. Me equivoqué al elegir a alguien que supe desde un principio que no sería. Yo sabía el final antes de comenzar la partida, pero, aun así, continué. He sido una cobarde. Como me ha dicho Arturo, mis sentimientos no iban sentados junto a él, sino que querían ir de la mano de otra persona, Jaime.

Al fin llego a Atocha. Jamás se me ha hecho tan largo este trayecto. Estoy deseando ver a Jaime y darle un abrazo, aunque sea en forma de mi mejor amigo.

Recojo mi enorme maleta y, seguidamente, me dirijo a la salida por el pasillo del vagón. Me bajo. Suspiro. Cierro los ojos y continúo mis pasos hacia una diferente Navidad. Al fondo del largo pasillo de la estación veo asomar la cabeza de Jaime, mi grandullón. Según me acerco a él, comienzo a emocionarme, a llorar, a temblar, a sentir todo lo oculto.

El abrazo es eterno, se detiene el tiempo, que nunca para, y me siento segura en sus brazos de perfume Clinique Happy, su dulce aroma inconfundible, que casi podría percibir desde Barcelona. No tenemos prisa por acabar este deseado momento. Nos fundimos en silencio, yo me sumerjo en sueños de respiraciones desacompasadas. Después de un buen rato, abrimos los brazos y nos miramos. Sus ojos tienen una gran parte de sufrimiento, pero en ellos también se puede divisar ternura y cierta alegría. Sé de sobra que me quiere, pero nunca consigo descifrar cuál es la forma precisa en que lo hace.

—¡Grandullón! —le digo sin poder despegar mis ojos de los suyos.

—¡Bel!

—Qué ganas tenía de verte, capullo.

—Yo también, mi pequeñaja.

Nos volvemos a quedar en un silencio descarado, su perfume, él y mis nervios, mientras millones de personas viajeras pasan por nuestro lado con algunos regalos en forma de empujones con prisa y sin disculpa.

—Jaime. —Suelo llamarle por su nombre cuando me pongo en plan seria, y eso él lo sabe más que de sobra. Le presta máxima atención a lo que sueltan mis labios segundos después.

—Dime —me dice mientras me aparta un rebelde mechón que invade mi ojo izquierdo.

—No me apetece ir a la cena —confieso con la voz derretida.

—Pues no vamos a la cena y punto —añade sin pensarlo.

—No, no. Tú vas a la cena. Ya bastante que has venido a buscarme. A estas horas te deberías de estar preparando para ir a Casa Pe…

Apoya su dedo índice sobre mis labios y consigue frenar mis palabras.

—Calla, Bel, por favor. No pienso dejarte hoy sola —musita aún con el índice sobre mi labio superior.

Sin darse cuenta, su dedo me calma y me enciende en una misma proporción. Su protección me da seguridad y los poros de mi piel se encrespan de una forma que yo no sé cómo controlar. Menos mal que en plena Navidad no andamos con ropa de corto y no tengo que ocultar mi erizada piel.

—No es justo, Jaime, tú debes ir.

—No te preocupes, que habrá muchas más cenas. Además, tampoco tenía muchas ganas —añade justificando su decisión.

—Estos nos van a matar, me han llamado Pedro y Claudia. Fede también me ha escrito.

—No te preocupes que yo ahora llamo a los tres y les pongo alguna excusa que sea creíble, aunque no se la crean —me sugiere—. ¿Te apetece ir a ver a tus padres?

—Tengo ganas de verlos, pero de camino escribí a mi madre y le dije que finalmente llegaba mañana. Hoy pensé en cogerme una habitación de hotel —le confieso.

—¡Ni de coña te vas a coger una habitación de hotel! —exclama—. Hoy duermes en mi casa, que ahora tengo un sofá cama y es supercómodo. Duermo más días en el sofá que en mi cama.

Su mirada me convence, no tengo ganas de negar su ofrecimiento y asumo lo cabezón que es. No insisto en lo del hotel. Accedo a quedarme en su casa, pero con la condición de dormir yo en el sofá, porque, si no, no me quedo.

—Mira, vamos a mi casa y, mientras yo llamo a los chicos para que nos odien un poco por no ir hoy, tú te vas duchando y te relajas. Luego pillamos algo de cena y nos ponemos una peli de risa, que creo que hoy es necesario una de ese género.

—Gracias.

—¿Qué?

—Que gracias por ser así —repito.

Como siempre, mi grandullón me hace sentir bien, muy bien, cómoda y feliz.

Nos vamos a su apartamento y me meto en la ducha mientras él se enfrenta al marrón de hablar con los chicos y excusar nuestra ausencia en la cena. El agua caliente calma la tensión en mi cuerpo y relaja los nervios de estos días. El saber que Jaime está ahí fuera me da tranquilidad. Creo que es la persona en la que más confío. Aunque, de unos años para acá, hayamos distanciado nuestras vidas, él siempre ha estado a mi lado de forma incondicional.

—¿Qué te han dicho? —pregunto mientras me seco el cuerpo.

—Les ha jodido, pero ¡entienden que no estés bien! —exclama desde el salón—. Mañana cuenta con que te van a acribillar a preguntas.

—Lo imaginaba, les debo una disculpa en condiciones.

Me observo en el espejo y veo a una persona que ya casi ni conozco. El tiempo ha pasado muy rápido y los últimos años apenas me he alimentado.

¿Por qué me fui a Barcelona sin estar segura? ¿Por qué accedí a cambiar mi vida por completo? ¿Por qué huía? Todas estas preguntas me las tendría que haber formulado antes, no años después.

Arturo estaba harto, lo entiendo, no puedes estar con una persona que está pensando en otra. Sin darme cuenta, me tiraba todo el día hablando de mi infancia, de mi familia, de mi barrio, de mi grupo querido de amigos, pero, en especial, hablaba sin cesar del chico que está dejándome dormir hoy en su casa, el que siempre está para todo, o para casi todo.

El grandullón era mi mejor amigo y algo más. Los sentimientos que teníamos el uno por el otro eran puros, limpios, y encima eran recíprocos. Yo amo a Jaime, creo que siempre lo he amado, y pienso que quise escapar de aquí para no sufrir y para no volver a verlo feliz junto a otra persona que no fuese yo, como tuve que sufrir con Clara.

Me doy cuenta de lo cobarde que fui, pero aquel día del beso en Casa Pepe hizo que todo aquello que tenía tan escondido se asomase para no irse jamás. Pensé que sería el principio de algo perfecto, pero él siguió con Clara, demostrándome que, para él, no había sido tan importante como lo fue para mí.

Aún me acuerdo de verlos felices, agarrados, abrazados y besados. Todo aquello, sin querer, me creó la necesidad de abrir distancias con él. Parecía que no iba a cambiar su rumbo de pareja con aquella chica siempre sonriente. Yo lloré infinidad de noches. La impotencia de algo tan fuerte e inalcanzable me hizo poner un muro frente a aquel amor imposible de alcanzar. Meses después, conocí a Arturo, alguien que me dio todo lo necesario para conformarme, no para olvidar, pero sí para soñar en algo que podría ser real. Conseguí poner un velo para no sufrir tanto, aunque mis pensamientos no eran capaces de separarse por completo de Jaime, mi querido grandullón. Lo de irme a Barcelona me vino muy bien en aquel momento, la distancia haría más fuerte ese muro antiamor.

O eso creía yo…

CAPÍTULO 7
Bel

Cinco años y dos meses atrás

La tarde de otoño se iba poniendo oscura, y las pocas ganas de salir me invitaban de forma cordial a quedarme calentita y en pijama en casa. No sucumbí a tan suculenta incitación. Habíamos quedado todos en Casa Pepe y no quise faltar. Las últimas dos quedadas, no había podido asistir, una por el dichoso trabajo, que me tuvo raptada hasta bien tarde, y la otra fue por un fuerte dolor de ovario derecho, causado por mi inseparable y odiada menstruación.

Soplaba un aire enfadado por las calles de Madrid, y el polvo se metía por debajo de los párpados de una forma muy desagradable. Odiaba los días de viento, pero salí. Tarde, pero salí. Había quedado el grupo al completo, y al final se rajaron todos, menos Jaime, con diversas excusas poco creíbles; y yo, que fui la única en aparecer, llegué tarde.

Entré en Casa Pepe. Mis ojos estaban rojos por el molesto día de noviembre. Estaba hasta arriba de gente junto a murmullos indescifrables. Era el típico bar donde se quedaba siempre, el punto de encuentro donde se tomaban las primeras para ir calentando motores y decidir la ruta a seguir. Muchas veces también se tomaba la última. A algunos se les iba de las manos y, de tomarse una, pasaban a salir a gatas por la puerta. Era acogedor, Pablo tenía muy bien organizado el servicio y la cocina, sin olvidarme de las espectaculares tapas que ponían.

—¡Mi grandullón! —exclamé intentando disimular los treinta y cinco minutos que llevaba de tardanza.

—¡Hombre! Estoy a un vino del coma —me dijo junto a un abrazo, siempre bien recibido—. Estos son unos cabrones, han fallado todos.

Jaime nunca se enfadaba, poseía un humor envidiable y el rencor no cabía en él. Además, yo era su mejor amiga y me perdonaba todo.

—Ya lo he visto en el grupo. Pensaba que vendrían, como siempre. Si llego a saber que estás solo, no hubiera venido tan tarde —le dije en forma de excusa con pocos recursos.

—O sea, ¿estás reconociendo que vienes tarde porque te sale de ahí?

No supe qué contestar a algo tan obvio, y solo pude sonrojarme y taparme la cara en forma de culpable con muchos cargos.

—¿Si te invito a un vinito me perdonas?

—Tú invita y ya me voy pensando si te mereces el perdón.

Estábamos tan cómodos hablando y riendo que los vinos cayeron sin darnos cuenta. Hacía tiempo que no me lo pasaba tan bien. No paramos de contar historias de la infancia, y las carcajadas cada vez se oían más profundamente por los azulejos de Casa Pepe. El bar se iba vaciando y nosotros no parecíamos tener prisa por irnos a algún garito o a casa. Era sábado, y el reloj no nos avisaba de ninguna alarma para el día siguiente, por lo que la noche y nosotros éramos jóvenes.

—Bueno, que no me cuentas nada de Clara —pregunté con

descaro, sin filtros y con más alcohol por mis venas del que debiera—. Parece que te ha tocado la patata esa chica.

No supe descifrar su sonrisa a mi pregunta y esperé a sus palabras.

—Sí, parece que nos compenetramos bien —dijo con ápices de vergüenza en el rostro.

—Me alegro —añadí con ciertas dudas—, aunque me da pena que ya no te tenga tan cerca.

—Pero, Bel, siempre me vas a tener.

—Ya...

—¿Qué te pasa?

Una gran tristeza me envolvió de repente y noté como los ojos se me humedecieron. El vino parecía ayudarme a sacar ciertos sentimientos que, en cualquier otra situación, estarían a buen recaudo.

—Nada —contesté sin mirarle a los ojos.

—¿Por qué no me miras?

No quería mirarle, no sabía qué me estaba ocurriendo. Llevaba muchos años sintiendo algo muy fuerte y oculto hacia Jaime. Los vinos me estaban empujando a confesar. Luché contra ellos a vida o muerte. Levanté los ojos mientras pestañeaba de forma continuada, y, cuando llegué a la altura de los suyos, él se acercó lentamente hacia mí, y sus labios tocaron los míos con delicadeza y cierta duda. Puedo asegurar que fue el beso más bonito y deseado de mi vida, la sensación que recorrió mi cuerpo no la había tenido jamás con nadie. Jaime era especial y todo con él era maravilloso, aunque había un pero: que se le veía muy feliz con Clara.

No sé qué le llevó a besarme, aunque yo me moría por que lo hiciera.

Después de aquel momento tan especial, nos quedamos los dos cortados, nuestra energía parecía haberse escondido tras una trinchera, aunque nuestros ojos no podían ocultar la magia, la química.

Poco después, decidimos irnos a casa en un silencio sepulcral. Avergonzados, pensativos, sonrientes y mirándonos de soslayo. No sé si podríamos soñar con lo ocurrido o, por el contrario, deberíamos borrar lo que nunca debió pasar. Nos despedimos como niños de trece años, con un tímido beso de mejilla. Nos deseamos una buena noche y no nos atrevimos a decir que mañana hablábamos, por si la vergüenza y la duda no nos dejaban.

CAPÍTULO 8
Jaime

Belén está en mi casa, en mi baño, en mi ducha. ¿Cuántas veces habré soñado con este momento? Sin dudarlo, entraría y la besaría sin cesar por todo el cuerpo, pero sé que ella no está bien. Aún desconozco los motivos por los que lo ha dejado con Ken y le tengo tal respeto que mis fantasías se desvanecen sin más.

Sale de la ducha en forma de sirena, con una de mis toallas color salmón, que parece haber sido diseñada exclusivamente para cubrir y secar su precioso cuerpo. No sé cómo explicaros de una forma fina que estoy más cachondo que un mono. Lo siento, pero es así.

—¡Jo! ¡Qué a gusto me he quedado! Necesitaba una buena ducha —expresa enérgica—. ¿Tengo limpios los ojos o se me ha corrido el rímel? Es que, con el vaho que había en el baño, no he conseguido verme en el espejo.

Se acerca a mí para que le informe de los restos de maquillaje, y traspaso ciertas fronteras de seguridad. Cada vez que la tengo cerca, todas las alarmas se me disparan en sintonía.

La miro a la cara, mientras disfruto de cada una de sus

facciones y compruebo que no hay rastro alguno de aquel rímel puesto en la Ciudad Condal y quitado en la ducha en un humilde piso de Carabanchel.

—Nada, no tienes nada de pintura.
—Genial, gracias, mi grandullón.

Me quedo a las puertas de probar sus labios, pero tengo que contenerme, no quiero que piense que me estoy aprovechando de la situación.

—¡Oye! —exclama mirando a los lados del salón—. ¿No tienes ni una puta luz de Navidad? Tú como siempre.

En este momento me hubiese gustado tener todas y cada una de las luces que ponen en la ciudad de Vigo, y hubiera pagado la factura millonaria porque a Bel le hubiesen alumbrado sus soñadores ojos de espíritu navideño.

—Ya me conoces, Bel.
—No cambias, ¿eh?

Me quedo unos segundos avergonzado y pensativo hasta que en mi cabeza se enciende una de esas bombillas en forma de idea.

—¡Vístete! —clamo.
—¿Qué?
—Vamos a bajar a una tienda, que normalmente suelo odiar, a comprar todo tipo de adornos navideños. —Me parece increíble que yo esté diciendo estas palabras. Mañana puede que lo niegue todo.

—¿Me lo dices en serio? —pregunta incrédula.
—Corre antes de que me arrepienta.

Sale despavorida hacia mi habitación en busca de su maleta y se viste en poco más de dos minutos, aprovechando mi locura transitoria, como el título de uno de mis temas favoritos de ese grupo que imagino que conocéis. Si no os suena, buscadlo en Spotify, y ya me contáis qué os parece.

Bajamos a esa puta tienda, que por suerte cierra bien tarde en estas fechas, y compramos de todo y más. Poco más y tenemos que alquilar una furgoneta para llevarlo a casa.

Su cara y su sonrisa lo compensan todo. Insisto en pagar, por supuesto, y nos vamos cargados de bolsas.

—¡Joder, Jaime! —grita al entrar en mi apartamento—. Esto no me lo esperaba, me has dejado comprar todo lo que se me ha antojado para decorar tu casa. Gracias. Me vas a perdonar, pero un tanatorio tiene más alegría que esto. —Ríe junto a un guiño de ojo.

Primero montamos el árbol, que, aunque ya ha pasado Nochebuena, insiste en que es imprescindible para la decoración. He de reconocer que siento cierta emoción al colgar las luces y montar el Belén. Ese momento me remonta a mi infancia en casa de mamá y papá.

—Ahora sí que estamos en Navidad —afirma Bel mientras observa los tres millones de figuras y luces puestas minuciosamente por el salón—. ¿Qué tal han quedado las luces del balcón?

—Creo que bien, pero no te asomes, prefiero que bajemos y lo veamos desde la calle.

Sin pensarlo, nos calzamos y bajamos corriendo las escaleras del portal para verlas. Antes de salir a la calle, sujeto la puerta.

—Espera, que te quiero tapar los ojos. —Ella, sumisa, acepta.

Con mi mano derecha agarro las suyas, y, con la izquierda, tapo como puedo sus bellos ojos. Cruzamos la calle para poder observar el balcón desde una buena posición.

—¿Te gusta? —pregunto nervioso.

Bel se queda paralizada observando durante unos interminables segundos. Sonríe.

—Es, es…

—Sí, es un intento.

—¿Las has puesto en forma de corazón?

Asiento, sonrojado.

—A punto he estado de caerme por el balcón un par de veces, pero, finalmente, he conseguido hacer un cutre corazón en forma de churro —afirmo señalando con el índice y riendo—. Quiero que sepas que así se derrite mi corazón cuando te ve.

Al fin me decido a decirlo. Mis palabras entran por sus oídos y salen por sus ojos en forma de lágrimas enmudecidas.

—No digas nada —musito—. No me hagas caso.

Bel comienza a llorar más intensamente y yo no sé descifrar el significado. Pienso que la he cagado por mostrar mis sentimientos de una forma tan inesperada y tan indirectamente directa. Me acerco a ella y la abrazo en modo de disculpa, ella se limpia la cara y me mira fijamente con sus ojos de cristal de esmeralda.

—Jaime —me nombra tiritando.

—Dime, Bel.

—Que…

—Lo siento, no debí…

Antes de llegar a acabar la frase, que no sé cómo terminar, Bel acerca sus labios a los míos y los sella, sin dejar lugar a dudas, sin hacer falta más palabras. Este beso supera con creces al de hace cinco años en Casa Pepe. La gente pasa invisible a nuestro lado, nosotros estamos apartados del mundo en una acera de un barrio al sur de Madrid, en plena Navidad, una fecha ya no tan odiada.

CAPÍTULO 9
Bel

Deseaba tanto besarle que no he podido contenerme. Después de decirme que ese garabato en forma de corazón era el suyo derretido al verme, he de reconocer que se me cayeron hasta las bragas al suelo.

La escena es de película: dos amigos de la infancia que durante tanto tiempo sentían, pero no mostraban; que miraban, pero no se delataban; y que, en este preciso momento, deciden (o, en este caso, decido yo) tapar sus labios el uno con los del otro, dejando atrás pasados de Claras y Arturos, que nunca iban a llegar a nada ni a hacernos felices como lo podríamos ser mi grandullón y yo.

Cuando conseguimos despegar nuestros labios casi soldados, Jaime me agarra la mano y me lleva de nuevo hacia el portal. Subimos las escaleras riendo y maridados de emoción.

Entramos y nos volvemos a besar. Esta vez hay pasión y ganas de poseernos en esta noche que no queremos que acabe jamás.

Con todas las luces apagadas, menos las del árbol, nos

vamos despojando de la ropa, que ya nos sobra. Su piel con mi piel, su pecho con mi pecho, su erección con mi humedad. Su simple roce me genera orgasmos por todos los rincones de mi piel. Jamás había sentido mi cuerpo tanto placer sin aún haber llegado al sexo. Sus caricias me erizan, los besos nos provocan gemidos a ambos. La fría noche de diciembre parece convertirse en un cálido crepúsculo de agosto. Sudamos, gritamos, gozamos, reímos como nunca. Por lo menos, yo nunca había sentido esto, y, por la cara de Jaime, él tampoco ha debido de sentirlo, o eso quiero pensar.

Cuando te pasan estas cosas, te das cuenta de que ni los bonitos y esbeltos cuerpos, ni las perfectas caras, ni los grandes lujos compran ni venden el amor.

CAPÍTULO 10
Jaime

Creo que Bel ya os ha puesto un poco al corriente de cómo terminó aquella inolvidable noche. Seguro que alguno de vosotros os estaréis preguntando si finalmente le di el regalo que había comprado en Gran Vía aquella tarde. Pues fue tal la emoción vivida, que se me olvidó por completo en un cajón del armario y se lo di dos meses después. Sí, así soy yo, un puto desastre.

Hace ya casi tres años que ocurrió aquello, y no he dejado de ver a Bel ni de dormir con ella ni una sola noche. Ya era mi mejor amiga, mi confidente, pero, a partir de aquella noche, se convirtió en mi compañera de vida, la persona que más feliz me hace en el mundo. Suena un poco moñas, lo admito, pero esto nos ha pasado a todos, la diferencia es que algunos lo confesamos y otros no lo hacéis. Intento llevarla todas y cada una de las noches a pasear por el cielo, y ya le he presentado a la luna y sus estrellas, como ya os dije en una ocasión.

Seguimos juntándonos todos los amigos en Casa Pepe, donde continuamos solucionando el mundo junto a una cerveza o vino, y pasamos los días con grandes amistades.

Me siento afortunado, tengo a mi lado a la mejor persona que podría tener y unos amigos que no los cambiaba por nada del mundo.

Bel se pone en todas las cenas del treinta de diciembre, nuestro aniversario, el gorrito y la bufanda de los renos, para recordar nuestro beso y mi corazón derretido por el balcón. Aunque el regalo no se lo diese justamente ese día.

Os estaréis preguntando qué ha pasado con la puñetera Navidad. Pues bien, he cambiado mi opinión con respecto a ella. Dicen por ahí que tiran más dos tetas que dos carretas, y, en efecto, así es. En cierto modo, yo tengo a mi lado a Bel por culpa de la Navidad, algo que nunca se me va a olvidar, y ahora todos los años decoramos nuestra casa como si fuera la Feria de Abril, pero con renos, Papá Noel y un portal que hasta lleva su nombre. Sí, he sucumbido a las tan odiadas fiestas y ahora soy fan de ellas. Ahora soy de los que más se emociona cuando se acerca la cena del treinta de diciembre. Nunca es tarde para reconocer los errores y cambiar de opinión, hasta los más sabios lo hacen.

Nos ha encantado a Bel y a mí contaros nuestra bonita historia de amor. Esperamos que vosotros podáis sentir algo parecido a lo que hemos vivido nosotros.

Antes de llegar al final, os quiero dar un par de consejos. El primero, que jamás os privéis de decir o mostrar vuestros sentimientos hacia alguien, porque nunca sabemos lo que el destino puede tener preparado para nosotros.

Mi segundo consejo, y no menos importante, es que no dejéis de coger los trenes adecuados y así no os arrepentiréis toda la puta vida de no haberlo hecho.

FIN

Antonio Barrado Cortés

Nació el 27 de Julio de 1979 en el Hospital de la Paz, Madrid, España. Persona seria y pensadora, que en la intimidad muestra humor y cercanía. Siempre ha padecido cierta atracción por la escritura, no tanto por la lectura. Dicen que un escritor, antes de serlo, ha tenido que ser un gran lector, y él lo ha hecho al revés. Está en ello, conociendo de lo que escribe y aprendiendo de lo que lee. Con ciertos toques autodidactas crea sus dispares historias. Le gusta sumergirse en crear microrrelatos y relatos, pero lo que verdaderamente le obsesionan son las novelas.

Lleva autopublicadas tres novelas y ninguna de ellas sobrepasa las 70.000 palabras. Podemos asegurar que no es un escritor de novelas extensas.

Sus novelas están disponibles en Amazon y son:

El Ring de la Vida (Diciembre de 2021)

Escribiendo Sueños (Diciembre de 2022)

Destino de Boxeo (Abril de 2024)

Al no tener plazos de entrega, se toma el tiempo necesario para crear y para darlo a conocer. Se toma en serio lo que escribe, sin olvidar que, para él, es un hobby.

Puedes seguirlo en sus redes: **@antoniobarradocortesescritor**

RELATO 5
SIEMPRE SERÁS MI 25 DE DICIEMBRE

JESSY CM

Capítulo 1
Odio la Navidad

«Hola, soy Tara Petterson y odio la Navidad», esa debería haber sido mi carta de presentación cuando respondí al anuncio en el que buscaban compañera de piso. Quizás, de esa manera, me hubiese ahorrado los dolores de cabeza que me provoca la que, por norma general, es mi mejor amiga, Sarah.

Correteo por el pasillo con la goma del pelo en la boca, las botas en una mano y los pantalones en la otra.

Y aunque lo que vamos a hacer ni siquiera me apetece, me esmero en darme prisa.

Cierro la puerta de mi habitación, evitando a toda costa que mi amiga vea que estoy sin vestir y sin peinar. Según ella, deberíamos haber salido de casa hace media hora. Según yo, tenemos muchas de margen.

—¡Tara! —chilla Sarah aporreando mi puerta—. ¡Vamos a llegar tarde!

Quiero gritar que tenemos tiempo. Cada año es igual, así que ya estoy acostumbrada a estos episodios de histerismo por su parte.

En serio, no he visto a una persona capaz de ponerse tan nerviosa cuando llega diciembre. ¡Qué digo diciembre! Ojalá fuera el caso. Sarah entra en crisis a mediados de julio.

—¡Tara! —vuelve a vociferar.

A punto estoy de perder los nervios yo también. Por lo que decido encender el secador y silenciarla.

Cinco minutos después, salgo de mi habitación y me aparto el flequillo de la frente de un resoplido. Sonrío a mi amiga para calmar los ánimos. A punto estoy de decirle dónde he escondido su regalo de Navidad y desviar de esa manera su atención.

Sarah me agarra de la mano y me saca de casa a empujones.

—No he cogido... —No termino la frase, es inútil luchar contra ella en un día como hoy.

¡Qué barbaridad!

—Vamos —urge, apretando el botón de la planta baja del ascensor—. Toma.

Suspiro agradecida cuando me pasa el abrigo y mi gorro de lana.

No hay nada peor que el invierno en Nueva York. Y estar más de diez horas delante de un árbol hasta su encendido no es algo para tomarse a la ligera.

—Van a unirse Austin y Kevin.

Gruño interiormente. Lleva intentando emparejarme con su amigo desde... desde que la conozco. Y de eso hace ya cuatro años.

—No voy a salir con él —aclaro por millonésima vez.

—Está loco por ti.

Pongo los ojos en blanco ante sus palabras.

—Tara...

La detengo con la mano cuando veo aparecer el autobús que tenemos que coger. Pero mi amiga no se da por vencida, por lo que, ya subidas en nuestro medio de transporte, insiste:

—Es un buen chico, está loco por tus huesos y...

—No me atrae, Sarah. Sé que es una gran persona.

—No le has dado la oportunidad. No solo a él, sino a nadie. Y no será por falta de pretendientes.

—Vamos, ya hemos llegado. —Eso desvía su atención—. Más vale que nos demos prisa o no conseguiremos saciar tu sed navideña —añado.

Entrelazo nuestros brazos y tenemos que hacernos hueco entre la cantidad de personas que caminan por las calles. Algunas están trabajando, otras solo pasean. Los villancicos suenan en todas las tiendas. Nos cruzamos con cientos de Santa Claus. Tengo que reconocer que Nueva York en esta época es… mágica, y también que, unos años atrás, hubiese compartido el entusiasmo de Sarah.

Conseguimos un lugar privilegiado.

Estoy congelada y, cuando comienza la cuenta atrás, ya no siento las orejas. Creo que mi cuerpo ha entrado en estado de hipotermia.

Miro a mi alrededor, todos aquellos que me rodean empiezan el conteo y contienen la respiración en el último segundo, y chillan enloquecidos cuando el árbol se tiñe de muchas lucecitas de colores hasta llegar a la estrella que lo corona.

—¡Feliz Navidad! —grita Sarah dándome un gran abrazo.

Se lo devuelvo, en realidad, me gusta verla emocionada. En los cuatro años que hace que la conozco siempre muestra la misma felicidad el día en el que empieza oficialmente la Navidad en Nueva York, aunque haga semanas que las estanterías de los supermercados estén repletas de dulces navideños.

—Perdonad, ¿os importaría hacernos una foto?

Me giro y me encuentro con una chica muy pequeñita que me tiende su móvil con una sonrisa inmensa en la cara.

Menos mal que la multitud ha empezado a dispersarse, porque si no sería imposible que pudiera realizar una instantánea decente.

—Claro.

Se acerca a quien imagino es su pareja, y contengo la respiración.

—¡Jesús! —exclama Sarah al ver al chico en cuestión—. Acabo de enamorarme.

Enamorada está esa chica, que lo mira con adoración. Y no es para menos, es bastante más alto que ella y tiene el pelo negro disparado en todas las direcciones. ¡Es guapísimo!

Sacudo la cabeza y elevo el aparato para poder verlos a través de la pantalla.

El chico la inclina por la espalda y le planta un besazo que genera que Sarah lloriquee a mi lado. Los miro por el visor y todo lo demás desaparece. ¡Qué barbaridad!

Lo más llamativo es la manera en la que esa chica suspira cuando él la ayuda a incorporarse. Está enamoradísima.

—¡Muchas gracias! —exclama, acercándose para recuperar su teléfono. No es de por aquí, tiene un acento que me cuesta identificar—. ¡Feliz Navidad! —nos desea, sin dejar de sonreír.

—¿Nos vamos, Suspiritos? —pregunta el chico acercándose a nosotras.

De cerca, es mucho más guapo.

—Gracias de nuevo —dice ella, cogiendo su móvil—. ¿Te apetece sushi para cenar? —se dirige a su chico.

—Me apeteces tú. —Ella sonríe encantada con la respuesta y se abraza a él.

—Ojalá me miraran así una vez en la vida. ¡Tampoco pido tanto! —exclama Sarah.

Echo un último vistazo al árbol y empiezo a caminar. Voy a acostarme y rezar para que la dichosa Navidad termine pronto.

—¡Tara! —grita Sarah tirando de mi brazo, deteniéndome—. Mira esa otra pareja, le está pidiendo matrimonio.

¡Venga ya! ¿Todas las demostraciones de amor tienen que ser aquí y delante de mí?

La pareja se besa de una manera casi obscena después de una ristra de «síes» por parte de esa chica.

—¿Volvemos a casa? —Asiente ante mi pregunta y nos despedimos de Austin y Kevin, a los que no he prestado mucha atención.

En cuarenta minutos nos deshacemos del abrigo y corro a ponerme el pijama.

—¿Emocionada por volver a Texas?

—Más bien por la semana que voy a pasar con mis amigas, antes de eso. Hace cuatro años que no las veo. Ojalá hubieses podido venir.

—No todos tenemos la suerte de tener un trabajo que nos permita ejercer desde cualquier lugar con conexión a internet.

—Voy a echarte de menos —le digo.

—Y yo a ti.

CAPÍTULO 2
VUELVE A CASA, VUELVE...

Me bajo del avión y casi corro por los pasillos del aeropuerto para llegar cuanto antes a la salida. Brittany y Sophie ya me están esperando. No es como si no hubiésemos mantenido el contacto desde que nos fuimos a la universidad. He hablado con ellas por videollamada, pero el que yo apenas visite mi pueblo natal no ha ayudado a que las haya visto desde entonces.

—¡Tara! —gritan en el momento en que cruzo las puertas de seguridad.

Me lanzo a sus brazos. Las he echado de menos. Son mis mejores amigas desde niña. Quiero muchísimo a Sarah y desearía que estuviese aquí, pero Britt y Sophie son las de siempre.

—Estás guapísima —dicen a la par cuando nos separamos.

Niego con la cabeza sin dejar de sonreír mientras caminamos hacia el coche.

Soltamos las maletas en el maletero y me deleito con el parloteo de las dos. Gracias a Dios, son mucho más comedidas que Sarah en cuanto a la época en la que nos encontramos. Y, por ahora, solo están centradas en la semana que nos queda por delante en la cabaña que hemos alquilado con Justin y Ryan. Por fin, después de tanto tiempo, vamos a estar juntos de nuevo.

«Todos no», me recuerda amablemente mi subconsciente, y me centro en el paisaje. Siempre he adorado el estado del que provengo, por ese motivo me quedo absorta mirando a través de la ventanilla mientras la charla de mis amigas ameniza el trayecto.

Se acabó, voy a dejar de esconderme. Solo he necesitado una hora para darme cuenta de que quiero volver a casa. Mi aventura neoyorkina ha llegado a su fin. Me he graduado en la universidad, tengo un trabajo que me permite movilidad y, seguramente, él ya no esté ni aquí. Y, aunque lo estuviera, han pasado cuatro años.

Me bajo del coche cuando detienen el motor delante de una cabaña de madera, hay montoncitos de hielo alrededor. No es habitual y no ocurre todos los años, pero parece ser que este invierno ha traído nieve. Y no podría gustarme más.

—Ahora recojo el equipaje, necesito entrar al baño con urgencia.

Salgo disparada sin esperar respuesta y llamo a la puerta. Es Justin quien me abre, le doy un beso rápido en la mejilla y miro a mi alrededor, desesperada.

—Baño.

—Ahí, pero…

Ni lo escucho, abro la puerta y me encierro. Me desabrocho el pantalón a la carrera y, en el momento en el que me siento en el retrete, me fijo en el vapor y en el sonido de la ducha que se acaba de detener. La cortina se mueve y pego el grito de mi vida.

Lo peor no es la situación tan bochornosa en la que me encuentro, no. Lo peor es volver a ver esos ojos azules que una vez lo significaron todo para mí. Y duele como si hubiese sido ayer. Y lo odio. Odio sentirme así después de tanto tiempo.

—¿Qué haces tú aquí? —escupo con rabia.

—Siempre he estado aquí, Tara —contesta sin mirarme, agarra una toalla y se la anuda en la cintura.

Me limpio, me levanto arrastrando mis pantalones hacia arriba y salgo del baño dando un portazo. No miro a los cuatro pares de ojos que sé que me están observando. Abro la puerta y salgo al jardín sin dejar de pensar en la manera de largarme.

—¡Tara!

—¿Por qué no me habéis dicho que iba a venir? —pregunto cruzándome de brazos.

—Porque no hubieses venido —contestan al unísono.

—¡Es que no hubiese venido, joder! —estallo.

Llevo cuatro años intentando no encontrarme con él. Apenas he visitado a mis padres. Me he perdido cumpleaños, aniversarios y demás celebraciones para no llegar a este punto. Incluso he conseguido que mi padre se suba en un avión. Y todo por culpa de ese imbécil, que por mí se podría haber ahogado en la ducha.

—Mira, te diríamos que lo sentimos, pero no sería verdad. Hace mucho tiempo que no estamos todos juntos. Y pensamos que, quizás, después de tanto tiempo, podríais…

—Podríamos, ¿qué? ¿Ser amigos? ¿Comportarnos de forma civilizada? Pues siento deciros que no va a ocurrir.

—Hagamos un trato —intenta mediar Britt—. Pasemos esta noche, y si mañana quieres marcharte, nosotras mismas te llevaremos a casa.

¡A casa dice! Van a conducir las cerca de mil ochocientas millas que nos separan de Nueva York.

—Que no se acerque a mí —sentencio, adentrándome en la casa para buscar una habitación en la que poder dormir hasta que me largue de aquí.

CAPÍTULO 3
¿POR QUÉ?

No he podido marcharme. Ha caído una nevada espectacular durante la noche. Así que aquí estamos mis supuestos amigos, el imbécil y yo rodeando la mesa. La situación no podría resultar más incómoda. Menos mal que en media hora empieza mi turno.

—Voy a ponerme a trabajar —informo levantándome de la silla.

—He visto que en mi habitación está el *router*, quizás quieras conectar el ordenador por cable.

Si hay alguien igual de incómodo que yo, es Nathan, que no ha levantado la vista de su café.

—Gracias —digo saliendo de la cocina.

Abro la puerta del cuarto que ocupa casi con miedo. No es que espere que un puma me ataque, es más por lo que pueda provocar su olor en mi organismo.

Niego con la cabeza intentando centrarme y despliego todo mi equipo de trabajo. Menos mal que siempre viajo con un cable de *Ethernet* por si las moscas. Miro a mi alrededor buscando un lugar donde sentarme y es cuando me doy cuenta de que mis únicas opciones son el suelo o la cama.

Lo preparo todo cerca de la mesita, que es donde está la toma de Internet, y conecto el ordenador. Y, buscando un cojín sobre el que sentarme, mi vista repara en la pulsera que descansa junto a la lamparilla.

La cojo con un nudo apretándome la garganta. El grabado está desgastado y el pequeño abeto de Navidad apenas es visible. Ni el copo de nieve. Ni la inscripción que dice «Siempre serás mi 25 de diciembre».

La puerta se abre, sobresaltándome, y suelto la esclava, que cae a mis pies.

—¿Por qué? —La pregunta escapa de mis labios antes de que me dé tiempo a procesarla.

—Tara...

—Olvídalo.

Me siento en el suelo y agarro mi portátil para protegerme de él y de lo que me sigue haciendo sentir.

Las ganas de llorar incrementan cuando se sienta en la cama.

Se agacha y agarra la pulsera, que sigue en el suelo. Juguetea con ella, y me doy cuenta, por la manera en que la acaricia, que ese es el motivo por el que las inscripciones han desaparecido.

—¿De verdad quieres saberlo?

—Sí. —Me sorprende la seguridad que he impregnado a esa simple palabra.

Si me explica por qué me dejó, quizás pueda pasar página y volver a abrir mi corazón con la esperanza de que no lo vuelvan a pisotear.

—Porque si te explicaba lo que estaba ocurriendo, nada hubiese impedido que cogiera ese avión contigo. Y corría el riesgo de que tú...

Mi ordenador avisa de que tengo un cliente al otro lado de la pantalla, interrumpiendo de esa manera su explicación. Y, aunque quiero seguir escuchando, mi profesionalidad lo impide. Atiendo a la buena señora lo mejor que puedo. Tiene la duda de por qué su pedido no ha llegado si lo pidió ayer por la noche.

Hago una señal con la cabeza para que continúe. Observo cómo su espalda se tensa al incorporarse para sentarse en el suelo, justo enfrente de mí, imitando mi postura. Quiero pedirle que vuelva a la cama, ya que así no sería necesario que nuestros ojos estuvieran en contacto. Me remuevo inquieta con todas las emociones que transmiten sus iris.

Recorro su rostro con la mirada: los mismos labios mullidos, el hoyuelo tapado con una barba descuidada. Su mandíbula marcada. Sus ojos azules como el mar. Sigue siendo él. Una versión más madura, pero él.

Nathan parece estar haciendo lo mismo conmigo, por lo que vuelvo a removerme nerviosa. Y lo hago mucho más cuando abrocha la pulsera alrededor de su muñeca, con un movimiento tan aprendido que no necesita mirarla para hacerlo.

—El día de antes, acompañé a mi padre a recoger los resultados de unas pruebas. —El corazón se me acelera al escuchar sus palabras—. Cáncer.

Me muerdo el labio hasta hacerme sangre. No sé qué esperaba, sin embargo, esa confesión, no. He pasado los últimos años pensando que se arrepintió. He barajado un millón de posibilidades, a cada cual más dañina para mí. Pero jamás imaginé que ese fuera el motivo.

—¿Está...? —Ni siquiera puedo terminar de formular la pregunta.

—Sí. Sigue luchando, pero está bien.

Nos quedamos en silencio. No deja de mirarme y yo no sé qué pensar. Y, a pesar de todo, no entiendo qué le llevó a tomar la decisión de dejarme.

Daniel y Nathan… Siempre han estado muy unidos, quizás porque solo se tienen el uno al otro.

Pero eso no quita que, cuando las cosas se pusieron feas, me apartara de su lado. Fui la parte reemplazable. Me pasé horas sentada en el porche de mi casa con las maletas, esperándolo. Fui a buscarlo. Recorrí todo el maldito pueblo intentando dar con él. Lo llamé. Nunca respondió. Y me subí a ese avión, sola, después de recibir un único mensaje: «Hemos terminado».

—Gracias por explicármelo —digo observando la pantalla de mi ordenador, que se ha quedado en negro, como mi corazón—. Tengo que seguir trabajando.

—Tara…

—Nathan… —Respiro hondo cuando la rabia se me acumula en la boca del estómago—. Tengo que trabajar.

—Dejarte fue lo más jodido que he hecho en la vida —murmura poniéndose de pie.

—Aun así, lo hiciste —digo—. No —lo detengo cuando va a rebatir mis palabras—. No intentes adivinar cuál hubiese sido mi reacción. A estas alturas poco importa. Jamás sabremos si me hubiera quedado contigo, o si, por el contrario, me hubiese marchado a la universidad y regresado en Navidad.

Capítulo 4
LA CURA DEL ALMA, LOS AMIGOS

Apago el ordenador por fin. Mi turno, aparte de unas cuantas consultas para saber si el pedido llegará a tiempo para Nochebuena, ha transcurrido sin sobresaltos. Y lo agradezco, porque he de reconocer que no ha sido mi mejor día ni de lejos. No dejo de pensar en Nathan. El enfado no ha desaparecido por completo.

Escucho las risas de mis amigos en la planta baja, y aunque algo me pellizca por dentro, me veo incapaz de unirme y actuar con normalidad.

Observo el exterior por la ventana y veo a los tres chicos salir entre risas. Se van pegando empujones, hasta que se detienen junto a un fresno enorme. Ryan gesticula con las manos mientras explica algo, emocionado. Justin suelta una carcajada y Nathan se acaricia la pulsera de manera distraída.

Me giro a tiempo de ver a mis dos amigas en el quicio de la puerta.

—¿Sigues enfadada con nosotras? —pregunta Sophie.

Quisiera estarlo, de verdad que sí.

Niego con la cabeza y, de repente, me veo integrada en un abrazo a tres que me reconforta mucho más de lo que estoy dispuesta a admitir.

—¿Quieres irte? —Esta vez es Britt quien habla.

—Sí —contesto separándome de ellas.

—¿Vas a hacerlo? —Miro a través de la ventana sopesando qué responder.

—No sé qué hacer. No entiendo por qué, si sabía que yo iba a venir, lo ha hecho también. Él os ve más a menudo que yo. Y…

—Mira, no debería decirte esto, pero ha sido Nathan quien lo ha organizado todo y ha insistido para que tú también estuvieses.

Vuelvo a desviar la vista hacia afuera y sus ojos me provocan un microinfarto. Nos miramos por un tiempo indefinido, él no hace el intento por evitar el contacto y yo soy incapaz de moverme.

—¿Por qué ha elegido este mes? ¿Por qué no verano o Halloween?

—Porque vosotros siempre seréis el claro ejemplo de lo que es quererse en Navidad.

Eso es cierto. Yo siempre relacionaré a Nathan con esta época del año. Nuestro primer beso fue un 25 de diciembre. Justo un año después, vino el primer te quiero. Dos años más tarde, nuestra primera vez. Cada Nochebuena que estuvimos juntos aparecía en mi casa a las doce de la noche para ser mi primer regalo. Por eso empecé a odiar la Navidad, porque dejó de ser lo que era cuando rompió conmigo sin ninguna explicación. Creo que fue mi mecanismo de defensa.

Al final me dejo convencer y salimos de la habitación.

Alucino cuando veo a Nathan intentando prender la chimenea, a Ryan con las manoplas sacando algo del horno y a Justin preparando bebidas.

—¿Vas a irte? —pregunta este último tendiéndome una copa hasta arriba de cerveza.

No paso por alto la manera en la que Nathan se tensa, aunque no se gire para mirarme.

—No.

No me da tiempo de reacción, ni mucho menos a soltar la copa. Justin se agacha y, cogiéndome por sorpresa, me cuelga sobre su hombro. Me da la risa al recordar lo mucho que le gustaba hacer eso cuando íbamos al instituto.

Sale corriendo conmigo y nos lleva al exterior. No puedo dejar de reírme a carcajadas. Y por eso sé que he tomado la decisión correcta. Los amigos son la cura del alma, y yo he tardado mucho tiempo en regresar a ellos.

Me suelta y tiene que sujetarme por la cintura cuando trastabillo.

—Te hemos echado de menos, pequeña escapista.

CAPÍTULO 5
NO TE ODIO A TI, ODIO LA NAVIDAD

Cuando quiero darme cuenta, la semana ha llegado a su fin y estamos recogiendo para, ahora sí, regresar a casa. Debo reconocer que los días en este refugio con mis amigos han sido un remanso de paz. Nathan y yo no hemos interactuado demasiado. Y no por falta de ganas. A medida que los días se han sucedido y lo he visto sonreír, bromear y ser él, más me apetecía acercarme y disminuir la distancia que parece separarnos. Pero no sé cómo hacerlo y, por lo visto, él tampoco.

Me he dado cuenta de que, a pesar de que sigo dolida, añoro a mi amigo. Con el que podía sentarme durante horas a hablar de cualquier cosa que se me pasara por la cabeza.

Cierro mi maleta, asegurándome de que mi ordenador y todo el equipo de trabajo está a buen recaudo. Estoy oficialmente de vacaciones, pero no me apetece gastar dinero solo por el hecho de ser un desastre y dejarme algo atrás.

—¿Podemos hablar? —Me sobresalto al escuchar la voz de Nathan a mi espalda. Hago un gesto afirmativo con la cabeza—. ¿Te importaría si soy yo quien te lleva a casa?

Abro la boca y la cierro sin saber qué contestar. No lo esperaba. Aunque tengo que reconocer que una emoción como no he sentido en mucho tiempo se abre paso en mi interior. Y da miedo. Por eso estoy tentada de declinar la invitación, aunque esa emoción siga ahí, acelerándome el corazón.

—Vale.

No sé quién de los dos se sorprende más, si él o yo.

Estoy en serios problemas ahora mismo, y el mayor de ellos es ese hoyuelo en el lado izquierdo que, a pesar de la barba que lo cubre, parece estar riéndose de mí.

Me ayuda a bajar las maletas y observo a los demás, que a simple vista están cada uno a lo suyo, pero que, al mismo tiempo, no nos quitan los ojos de encima.

Lo sigo al exterior y suelto mi equipaje en el maletero. Y me arrepiento de haber aceptado. No es buena idea, van a ser dos horas hasta nuestro pueblo natal encerrados en un espacio muy reducido. No voy a saber de qué hablar. Y no va a ser como antaño, cuando me encantaba pasar horas con él recorriendo las carreteras solo por el placer de estar juntos.

—Nathan… —pronunciar su nombre me provoca algo extraño en el cuerpo—, creo que esto…

—Nosotros nos vamos ya, ¿nos vemos después de cenar en el bar de Peter? —interrumpe mis palabras de manera acelerada.

—Hasta esta noche —responden al unísono los traidores de mis amigos, dirigiéndose al coche de Britt sin mirarme.

Rodeo a paso lento el de Nathan, intentando retrasar nuestra partida. Y en el momento en que mis amigos salen de las inmediaciones de la casa, me doy cuenta de que no puedo hacerlo.

Nathan sigue doliéndome, y sé qué han pasado muchos años. Y me fastidia darme cuenta de que él ha pasado página y yo no.

Me enfado conmigo misma por sentirme así. Por lo que me giro y camino de vuelta a la casa. Intento abrir la puerta con desesperación. Agarro el picaporte con fuerza hasta que siento una mano sobre la mía. La calidez que me recorre de arriba abajo no es ni medio normal. Y quisiera que mi cuerpo rechazara esa percepción. Que hubiese olvidado por completo el recuerdo de su tacto.

Me obliga a girarme y me abraza. En un acto de rebeldía, tardo en elevar los brazos y agarrarme a su cintura.

—Voy a hacer todo lo posible para que dejes de odiarme —murmura.

—No te odio a ti. Odio la Navidad.

Odiar a una persona es fácil. Volcar las frustraciones y el dolor sobre él, sería sencillo. En cambio, odiar lo que representábamos, lo especial de nuestra relación, es otro tipo de suplicio más complicado de sobrellevar. La Navidad sigue ahí, año tras año. Mientras él ha estado ausente, he tenido que seguir acompañada de árboles con adornos, Santa Claus y regalos. Y eso ha sido mucho peor que no verlo desde que me dejó.

Me separo de él y respiro hondo, busco sus ojos, veo tantas emociones en ellos que no puedo hacer otra cosa que rendirme a él. Porque, a pesar de todo, era mi mejor amigo. Y lo he echado de menos.

Vuelvo a colgarme de sus brazos y, cuando me aprieta contra su cuerpo, es diferente a unos segundos atrás. Es un gesto cargado de cariño y añoranza. Cometió un error al sacarme de su vida de la forma en que lo hizo, más cuando teníamos tantos planes de futuro juntos, pero no puedo decir que no lo entienda. Si alguien me conocía bien era él, y jamás hubiera embarcado en ese avión de haber sabido lo que ocurría.

—¿Nos ponemos en marcha? —pregunta cuando doy un paso hacia atrás.

—Sí —respondo algo más tranquila.

—Vale, explícame qué ha sido de tu vida estos años —pide cuando salimos del camino de tierra para coger la carretera principal.

—¿Qué quieres saber? —pregunto manipulando los mandos para que suene Nate Smith.

—Todo, Tara. Quiero saberlo todo.

Lo miro mientras su vista está centrada en el camino que recorremos. Va vestido con una camisa abierta, de cuadros rojos y negros, que deja al descubierto una camiseta blanca. Los tejanos desgastados. No ha cambiado su manera de vestir y eso… me gusta. Más de lo que debería.

—Deja de mirarme y empieza a hablar.

—¿Por qué?

—Porque he echado mucho de menos el sonido de tu voz.

Me acomodo con despreocupación para que no se dé cuenta de lo que han supuesto esas palabras en mi traidor corazón.

Así que empiezo a hablar. Le explico mi etapa universitaria, lo que me tuve que esforzar para graduarme, ya que los estudios y yo nunca hemos sido muy amigos. La libertad que me da el trabajo que desempeño como asistente virtual; y de Sarah se lo explico todo. Le hago una radiografía para que Nathan la conozca de la misma manera que yo. Y hablo, hablo y hablo. Cuando quiero darme cuenta, el pobre muchacho no ha abierto la boca, porque he monopolizado la conversación.

Termino mi relato en el momento en el que el ronroneo del motor se detiene. Nos miramos a los ojos y abro la puerta del copiloto con una sonrisa.

—¿Vas a venir esta noche al bar de Peter? —pregunta bajándose del coche.

—¿Quieres que lo haga?

—Puede.

—Entonces puede que lo haga.

Cierra el maletero y me doy la vuelta con las maletas. No me giro cuando el sonido del motor me avisa de que Nathan se está alejando.

Antes de llegar al umbral de mi casa recibo un mensaje.

Nathan: Feliz Navidad, Tara.

Me dejo llevar por esa parte imprudente, que hace mucho tiempo que no veo, y le respondo con un emoji enseñándole el dedo corazón. Y la sonrisa aparece en mis labios cuando me manda uno llorando de la risa.

CAPÍTULO 6
DEL UNO AL DIEZ...

He decidido que el día veintiséis, después de pasar el día de Navidad con mis padres, regresaré a Nueva York. Sé que pensé que quería regresar, pero no puedo hacerlo, no desde que Nathan ha vuelto a mi vida. Ha entrado como un tsunami arrasando con todo a su paso, y me alegra haber recuperado mi amistad con él, de verdad que sí. El problema no es que mis sentimientos sigan estando ahí. El gran problema es que no dejan de crecer de la misma manera que mi bandeja de mensajes, a cuál más idiota, y que, además, me hacen sonreír como una quinceañera ante su primer amor. Tengo tantos enlaces a villancicos que, incluso, me he quedado sin emoticonos con los que mandarlo al infierno.

¿Sabéis que en España hay uno que se lo dedican a unos peces de río? ¿No? Yo tampoco estaba al tanto hasta que, dos días atrás, recibí la letra traducida.

Lo he visto todos y cada uno de los días que llevo en el pueblo. Y todos y cada uno de ellos, ha venido a recogerme para ir al bar de Peter. Creo que hasta el asiento de su coche tiene la forma de mi culo impresa en él.

Aparte de todo eso, lleva dos días fuera de la ciudad, y siento la misma añoranza de siempre, aun sabiendo que se ha ido para que le hagan pruebas a su padre. Supe que estaba en problemas cuando quise ofrecerme a acompañarlo y que no estuviera solo ante eso.

Para más inri, mi casa parece un museo conmemorativo a la época en la que nos encontramos. Mi madre se ha emocionado tanto por tenerme de regreso, que ha llegado a colgar guirnaldas verdes en la barra de la ducha. Casi muero de un infarto cuando, al levantar la tapa del retrete, me encontré un Santa Claus y su típico *Ho, ho, ho*! Vaya donde vaya solo hay luces, estrellas y villancicos sonando, y yo estoy empezando a tolerarlo, y eso me asusta. Es bastante deprimente darse cuenta de que sigo loca por la Navidad y ella solo quiere ser mi amiga.

Y hablando de amigas, cojo el teléfono cuando recibo una llamada de Sophie.

—Saca tu falda tejana y tus botas, esta noche nos vamos a bailar.

—¿Al bar de Peter? —pregunto socarrona.

—Por supuesto. —Suelta una carcajada—. Te recojo en un par de horas, ponte guapa. —Miro el teléfono, contrariada cuando cuelga sin despedirse.

Me levanto de un salto y, siguiendo el consejo de mi amiga, rebusco en mi armario hasta que encuentro una falda que me sirva. Mi culo no es que tenga el mismo tamaño que años atrás. Saco también una camisa de cuadros violetas, blancos y negros. Y mis botas.

Me miro al espejo y sonrío ante mi reflejo, hace mucho tiempo que no me vestía de una manera similar y me gusta. Me recojo el pelo en una coleta alta.

Salgo de casa disparada al recibir un mensaje de mis amigas, que ya me están esperando.

Me detengo abruptamente al ver a Nathan esperándome, en vez de a Sophie y Britt. Mi corazón se acelera sin venir a cuento al ver el modo en que sus ojos recorren mi cuerpo de arriba abajo. Y es insultante que me guste la manera en la que me observa.

—¿Cómo han ido las pruebas? —pregunto, acercándome a él.

—Está... bien. Parece ser que... ¡Joder, el cáncer está dormido!

Me lanzo a abrazarlo sin pensarlo. Estoy feliz por él y por su padre, al que siempre he querido muchísimo.

Me eleva con los brazos y me gira. Y creo que no hay nada que pueda compararse al ver su sonrisa llena de esperanza e ilusión. Tiene veintitrés años, pero ahora mismo parece un niño de cinco la mañana de Navidad recibiendo ansioso sus regalos.

—Me alegro muchísimo, Nathan —digo escondiéndome en su cuello—. Del uno al diez, ¿cómo estás de contento?

—Un veinticinco. —No puedo evitar que mi sonrisa se amplíe con su respuesta.

Ese número siempre será nuestro.

Me separo de él cuando me suelta en el suelo.

—Tara, lo siento —dice dando un paso en mi dirección.

—¿Qué? ¿Por qué?

—Por esto —sentencia antes de agarrarme por las mejillas y...

Pierdo el hilo de mis pensamientos cuando sus labios tocan los míos. Lo hace con tiento, como si esperara que me separase para pegarle una patada con mis botas *cowboy*. Al ver que eso no ocurre, profundiza el beso y yo... Yo vuelvo a volar, a sentir la Navidad y a ilusionarme. Mi corazón estalla envuelto en guirnaldas, estrellas y bolas de colores.

No puedo respirar y tampoco quiero. No quiero plantearme nada, porque hace cuatro años que no siento nada parecido a lo que me está haciendo sentir en este momento. Y lo intenté, pero está claro que solo él es capaz de generar que mi cuerpo vibre de esta manera.

Se separa sin soltar mis mejillas con la respiración acelerada de la misma forma en que lo está la mía.

—Esto ha sido…

—Un milagro de la Navidad —suelto sin pensar, aunque me esté refiriendo a su padre.

—Pensaba que odiabas todo lo referente a…

—Puede que ya no la odie tanto.

Vuelve a agachar la cabeza y a atrapar mis labios. Y yo me ilumino como un maldito árbol con sobredosis de adornos.

Nos ponemos en marcha cuando conseguimos separarnos.

Y al llegar al bar de Peter no me atrevo a salir del coche. No sé si ese beso ha sido fruto de la emoción al pensar que su padre está mejorando o porque él sigue sintiendo lo mismo que yo. No voy a ser capaz de actuar ignorando lo que ha pasado.

—¿Vamos?

—Sí, sí. —Respiro hondo para calmarme y no pedir que me lleve de regreso a casa—. Claro.

Entramos en el bar y se hace el silencio. Es lo que ha ocurrido cada vez que he llegado junto a él. Todo el mundo nos observa, pero lo que me pone en alerta es la mirada que nos dedica Peter y las risitas mal disimuladas de nuestros amigos.

—Tenéis dos opciones —anuncia el dueño con esa voz tan profunda que lo caracteriza—: u os besáis porque estáis debajo del muérdago o pagáis una ronda de *whisky* para todos.

—No puedes…

—Mi bar, mis normas, niña —interrumpe con una risotada.

Abro la boca, dispuesta a demostrar mi descontento, cuando Nathan me gira, y dejo de escuchar la música y los silbidos que nos animan a continuar, mientras sus labios se mueven sobre los míos.

—Feliz Navidad, Tara.

—Feliz Navidad, Nathan —respondo sin pensar.

Nos acercamos al lugar donde nos esperan nuestros amigos, que nos reciben entre abrazos, como si volviéramos a estar juntos. No sé qué significa todo esto. De lo único que soy consciente es de su mano envolviendo la mía. Me suelto porque no quiero seguir ilusionándome más de lo que ya lo estoy, y me acerco a Peter con los brazos en jarras.

—Me ha besado. —Señalo a mi espalda para dejar claro que no he sido yo quien ha provocado esta situación—. Así que me merezco ese *whisky* que querías hacerme pagar.

Me lo bebo de un trago en el momento en que me lo sirve y arrastro a mis amigas a bailar. Sé que quieren preguntar, pero no lo van a hacer. De todas maneras, no me da tiempo a dar ni el primer paso. Nathan tira de mi mano y me saca del bar. No se detiene hasta que llegamos a su coche. Abre la puerta del copiloto y me pide con un gesto que entre.

—¿Dónde me llevas? —pregunto cruzándome de brazos.

—Quiero enseñarte un sitio y hablar con tranquilidad. Ahí dentro no vamos a poder hacerlo.

No tardamos mucho en llegar, apenas unos pocos minutos. Me bajo confundida. Esperaba que me llevara a las afueras del pueblo o, viniéndome arriba, al lugar donde tantas veces nos perdimos de pequeños y luego me besó por primera vez. Sin embargo, me encuentro frente a un edificio de dos plantas y ladrillo rojo. Hay una persiana metalizada con un grafiti muy chulo de un coche y una moto. Parece ser que es un taller mecánico.

—Ven, es por aquí. —Me guía hasta un callejón en la parte derecha y abre una puerta.

Cuando entramos y enciende las luces, me doy cuenta de que estaba en lo cierto. Es un taller mecánico. Hay un viejo *Mustang* subido a una especie de grúa. Herramientas repartidas por el suelo. Las paredes están llenas de dibujos muy parecidos a los de la persiana delantera. Lo que más me llama la atención es una *Harley-Davidson*. Es un lugar increíble.

—Es mío —dice. Me giro como un resorte cuando termina de pronunciar esas palabras.

—Cuando mi padre enfermó, empecé a trabajar para el viejo Fergus. Necesitábamos el dinero. —Suspira haciendo una pausa—. El seguro médico no cubría todos los gastos y las facturas no dejaban de crecer, así que... Fergus me ofreció un empleo. Hace dos años, se jubiló y dijo que, si lo quería, era mío. No me lo pensé. Estudié lo poco que él no había podido enseñarme.

—Es...

—Sé que no es... mucho.

—Es un lugar increíble, Nathan.

Y realmente lo creo, es impresionante. Me alegra que, a pesar de todo lo ocurrido, luchara por forjarse un futuro. Que no se rindiera.

—Mira, ven.

Camina hasta la parte trasera, donde abre una puerta cerrada con llave y sube unas escaleras. Cuando quiero darme cuenta, estamos dentro de un apartamento. El comedor es bastante amplio y está ordenado. Los destellos del árbol de Navidad hacen que pueda ver que no hay nada fuera de su sitio.

Lo sigo a través de un pasillo y entramos en lo que creo que es la habitación principal, no me da tiempo a fijarme en ningún detalle. Desaparece por la ventana y correteo para seguirlo. Me asomo y sonrío cuando lo veo tumbado en el techo del porche trasero del garaje. Me apresuro a cruzar y me tumbo a su lado.

Miramos el cielo plagado de contaminación lumínica.

¡Qué barbaridad, no se ve ni una triste estrella!

—Háblame de Nueva York. ¿Cómo es?

—Caótica. Sí, creo que la palabra sería caótica. Sea la hora que sea, el día que sea, siempre está en movimiento. Va a parecer raro, pero es como si todos los sonidos se concentrasen en ese lugar del mundo. Es adictiva y, al mismo tiempo, genera rechazo.

—¿Crees que me hubiese gustado vivir allí?

Lo sopeso, porque no es algo que me haya llegado a plantear. Me centré tanto en intentar olvidar todo lo referente a Nathan que jamás me pregunté si realmente hubiese encajado allí.

—Creo que no.

—Fui a buscarte, Tara. —Gira la cabeza para poder mirarme a los ojos.

No es verdad, no vino. Ni tampoco me llamó. No supe nada de él durante cuatro años hasta que volví a verlo mientras estaba sentada en un retrete.

—Esas mismas Navidades.

¡Que no es verdad!

—El día 23 de diciembre, me enfurecí por haber tenido que dejarte atrás. Tú estabas viviendo en el lugar en el que deberíamos estar los dos. Los diagnósticos de mi padre no eran muy optimistas. Y solo era capaz de pensar en que quería estar contigo, verte y escucharte hablar. Conduje durante horas, dispuesto a pedirte que te casaras conmigo cuando terminaras la universidad. Quería… —Se pasa una mano por la cara antes de continuar, y a mí se me ha cerrado la garganta al escucharlo decir esas palabras—. Y el día 24…

«No, no, no», pienso con desesperación.

—Me viste —murmuro.

—Te vi.

Mi corazón se rompe en un millón de trozos.

Esa noche estaba tan desesperada por dejar de sentir que todo mi maldito mundo había perdido el sentido, que me metí en el primer bar que encontré disponible. No me costó encontrar a alguien que estuviera dispuesto a acompañarme durante esa noche.

—En ese instante me di cuenta de que había tardado demasiado en ir a buscarte. Volví a casa y me centré en mi padre y en forjarme algún tipo de futuro.

—Lo siento. —Y ni siquiera sé por qué estoy pidiendo perdón.

—No eres tú quien tiene que disculparse, Tara. Fui yo quien tiró toda nuestra historia por la borda y, cuando quise remediarlo, fue demasiado tarde.

—Nunca supe su nombre —digo avergonzada—. Esa noche me sentía demasiado sola, enfadada y… quería olvidarte. Es lo único que buscaba. Olvidarte.

Él resquebrajó los cimientos sobre los que se sujetaba nuestra relación y yo me encargué de destruirlos. Y no sé en qué lugar me deja eso.

—¿Lo conseguiste? —Niego con la cabeza ante su pregunta.

—¿Y tú?

—Yo no podría olvidarte ni aunque me lo propusiera. Pasé meses enfadado, pero no contigo.

—¿Dónde nos deja esto? —pregunto dibujando algo indefinido con el índice sobre la palma de su mano.

—Donde tú quieras que nos deje. Si quieres que seamos amigos, seremos solo amigos. Si quieres algo más… Joder, si quieres algo más, volveré a hacerte creer en la Navidad. Y si lo que quieres…

No lo dejo continuar, me muevo hasta sentarme en su regazo y lo beso. Levito cuando siento sus manos apretándome por el trasero. Lo agarra con posesión, nunca me había sujetado así, quizás porque cuando nos vimos por última vez no éramos más que unos niños, que se querían, sí, pero que tenían que crecer, aunque les tocara hacerlo por separado.

—Quédate conmigo.

Asiento poniéndome de pie sin saber si se refiere a esta noche o a todas en general. Sea como sea, la respuesta es sí a las dos opciones.

Entramos dentro de la habitación y… ¡estoy supernerviosa!

—Espera aquí.

Sale a la carrera y yo me siento en la cama. Elevo la mirada al escuchar un frufrú acercándose por el pasillo, y sonrío enseñando todos los dientes cuando lo primero que asoma por la puerta es una estrella seguida de un abeto lleno de adornos que no entra con facilidad. Suelto una carcajada al ver que varias bolas ruedan por el suelo mientras Nathan maldice entre dientes.

El árbol se abre en toda su amplitud una vez consigue pasarlo a la habitación.

—Ahora sí —sentencia triunfal al conectarlo a la corriente para que se ilumine—. Ven aquí. —Tira de mi mano y vuelve a besarme.

Caemos sobre la cama mientras yo brillo más que todas las malditas luces que están evitando que estemos en la más absoluta oscuridad.

CAPÍTULO 7
DOS DÍAS PARA NOCHEBUENA

Es veintidós de diciembre, quedan dos días para Nochebuena y no podría ser más feliz.

Los últimos días con Nathan han sido un sueño hecho realidad. No sabría ni definirlos. No nos hemos separado desde que me llevó a su casa. Levantarme con él y verlo, por fin, con los ojos somnolientos…

He descubierto que le gusta acostarse sin pijama. Que su cuerpo busca el mío en sueños, aunque luego se vuelva a girar para meter un brazo debajo de la almohada que le sirva de apoyo a la cabeza. Es divertido hablar con él mientras duerme. Anoche lo hicimos de ornitorrincos. Hacía mucho tiempo que no me reía tanto.

Además de que lo primero que hace es cepillarse los dientes. Yo, en cambio, primero me tomo el café y después me los lavo.

Verlo trabajar es una pasada. Me gusta su cara de concentración al buscar el problema del vehículo que esté arreglando. O la forma en la que me guiña el ojo cuando levanta la mirada.

—Estoy feliz, cariño —dice mi madre sentándose a mi lado.

He decidido que era buena idea hacer acto de presencia en casa.

—¿Sabíais lo que ocurría?

—Sí. Vino a hablar con nosotros la misma tarde en la que te marchaste.

—¿Por qué no me lo dijisteis?

—Primero, porque él se estaba sacrificando para que tú no perdieras tu futuro. Segundo, si lo hubiésemos hecho, nada te habría detenido y hoy no estaríamos tan orgullosos de la mujer en la que te has convertido. Y tercero, cuando quisimos explicarte lo que estaba ocurriendo, prohibiste que habláramos de él.

—No estuve muy tratable, ¿verdad?

—Era normal, Tara. Lo que hizo no estuvo bien, debería haber hablado contigo, aunque entiendo el motivo por el que tomó esa decisión. Y me alegro de que hayáis sabido encontrar el camino de vuelta, hija. —Suspira, creo que es la primera vez en estos años que hemos tenido una conversación de estas características—. ¿Cuándo vuelves a Nueva York?

Me remuevo en la silla con incomodidad. Sé que he dado muchas vueltas sobre el asunto.

—El veintiséis. —No paso por alto la manera en la que tuerce el morro—. Y posiblemente, el veintisiete esté de vuelta.

—¿Vuelves por él? No me malinterpretes, nada me haría más feliz que tenerte de regreso. Pero no quiero que…

—Sí y no. Ya me lo planteé cuando Sophie y Britt me recogieron en el aeropuerto. Quiero estar con él y podría estarlo viviendo en Nueva York, sin embargo, no es una ciudad donde quiera echar raíces. Como experiencia ha sido algo maravilloso, pero…

—No es tu lugar. —Niego con la cabeza ante esa afirmación.

—No, no lo es. Nunca lo ha sido.

Salto de la silla al escuchar un claxon desde el exterior.

Mi madre niega con la cabeza, divertida cuando termino mi café de un trago. Es tal el ímpetu que me atraganto y me salpico la camiseta.

—Anda, sube a cambiarte mientras yo limpio este desastre.

Salgo escopeteada. Me cambio, me retoco el maquillaje y corro a la calle.

Me tiro a sus brazos al llegar a su altura. Y estoy deseando compartir mi regreso con él. Lo haré esta noche cuando nos vayamos a dormir. A lo mejor se lo digo en una de nuestras extrañas conversaciones nocturnas para ver si es capaz de recordarlo por la mañana. No, esperaré al día de Navidad para darle la noticia.

Nos subimos al coche y conduce al bar de Peter, que es el lugar de reunión con nuestros amigos. Sé que, cuando regrese, los días no siempre van a ser así. Volveremos a la rutina, pero ahora estamos de vacaciones y las estoy disfrutando al máximo.

Entramos de la mano, y Peter, que parece que encuentra divertido torturarme, hace sonar una campana.

—¡Beso o ronda! —grita a pleno pulmón.

—¿Qué vas a poner cuando pase la Navidad y no encuentres muérdago? —replico.

—Algo se me ocurrirá, niña.

—Ven aquí —dice Nathan agarrándome de las caderas—. No seré yo quien se queje por tener que besar a mi chica.

Vuelven los gritos, los vítores y los silbidos. Yo lo silencio todo alrededor. Incluso el villancico que mágicamente suena cada vez que cruzamos la entrada. *All I Want for Christmas Is You* de Mariah Carey. Muy poco original, he de añadir, pero Peter es bastante siniestro con estos temas.

Las horas van pasando entre canciones *country*, baileteos con mis amigas y besos robados por parte de Nathan.

—Te vibra el móvil —murmura sobre mi boca.

Sonrío con emoción al ver el contacto de Sarah en la pantalla.

—Es Sarah, voy fuera o no podré escucharla. —Le doy un beso rápido y respondo antes de que se corte la llamada—. ¡Feliz Navidad! —exclamo ya en el exterior.

—Vale, ¿quién eres tú y que has hecho con mi mejor amiga? No, espera, espera... —divaga mientras me siento en la acera de la calle—. Carraspea dos veces si te han secuestrado y estás en peligro.

—Eres idiota —digo cachondeándome.

Nos quedamos en silencio, yo sopesando cómo decírselo y ella con miedo a hacer la pregunta. Es inteligente, sabe que el estado de mi felicidad se debe a él. No he necesitado confirmárselo.

—¿Cuándo vuelves a recogerlo todo?

—Tengo los billetes de avión para el día 26 —digo con pesar. Me duele saber que nuestra etapa juntas ha llegado a su fin. Siempre vamos a ser amigas. Pero la distancia va a estar ahí. Sé de lo que hablo, me ha pasado con Britt y Sophie.

—Voy a echarte de menos. Lo sabes, ¿verdad?

—Llegaré allí en cuatro días.

—Sí, pero para recoger tus cosas. —El silencio vuelve a apoderarse de la línea—. Estoy feliz por ti, Tara. Te mereces todo lo bueno que está por venir. Y ahora continua con lo que sea que estuvieses haciendo. Cuando te vea voy a darte un abrazo que va a durarte hasta que nos volvamos a ver.

—En unos días estaré ahí.

Me levanto del suelo con una sensación agridulce. Estoy segura de que he tomado la decisión correcta y de que quiero volver a Texas, aunque eso no signifique que no duela la vida que voy a dejar atrás.

Entro de nuevo y lo busco con la mirada, no puedo evitar fruncir el ceño cuando no lo veo. Dejo caer mi peso en la silla junto a Britt.

—¿Dónde está Nathan?

—¿No puedes pasar ni cinco minutos sin tu amorcito? —pregunta cachondeándose.

—Eres imbécil —digo golpeándole el hombro con el mío—. Voy a por un refresco.

—¿Dónde has dejado a Nathan? —cuestiona Justin al llegar a su lado.

«Algo va mal», es el primer pensamiento que cruza mi mente.

—No lo sé, he salido a hablar por teléfono y…

—Y ha ido detrás de ti unos minutos después.

Salgo del bar a la carrera.

«Tengo los billetes para el día 26». Estoy segura de que ha escuchado eso y… Me detengo justo en la plaza de aparcamiento que está vacía. La furia arrasa conmigo. Lo ha vuelto a hacer. Ha tomado una decisión él solo. Me ha apartado, otra vez. Y me gustaría estar equivocada. Pero no lo estoy. Sé que no lo estoy. Podemos haber estado separados durante cuatro años, aun así, lo conozco. Si piensa que mi futuro está en Nueva York, no va a hacer nada. No va a luchar por mí.

CAPÍTULO 8
DEL UNO AL DIEZ II

Entro en el bar con el cuerpo bullendo de rabia. Es injusto. Tengo claro que no voy a cambiar de idea. Esta vez no voy a volver a esconderme durante cuatro años. Va a tener que verme, y voy a hacer que se arrepienta. Y… voy a convertir a este maldito pueblo en un museo en conmemoración al Grinch. Cada uno de los habitantes va a odiar la Navidad de igual manera en la que la odio yo ahora mismo.

—¿Qué te pasa? —pregunta Sophie llegando a mi altura.

—Me ha vuelto a dejar —escupo haciéndole una señal a Peter para que me sirva algo fuerte.

—Tara…

—¡Ni se te ocurra defenderlo!

—Escucha, sé que estás nerviosa. Estoy segura de que…

—¡Me ha vuelto dejar! —grito, llena de rabia—. Se ha largado sin dejar que le explique…

Se hace el silencio y no precisamente porque Nathan me esté besando, más bien es por el grito que acabo de dar, que ha debido de escucharse en el estado vecino. Esto es humillante.

Pasan unos buenos diez minutos hasta que todos vuelven a sus conversaciones. Suspiro aliviada cuando eso ocurre.

—¿Quieres que nos vayamos? —pregunta Britt.

—No. No voy a volver a darle ese poder. Y ahora, por favor, contadme algo divertido que me haga reír antes de que me eche a llorar.

Me hacen caso y no paso por alto la mirada de preocupación que me dedican. Me centro en sus voces, aunque no llego a oírlas.

Los minutos se convierten en una hora y después en dos. Algo dentro de mí me pide que lo espere, que va a volver. Que, a pesar de todo, no va a rendirse porque crea que voy a marcharme.

No sé el rato que ha pasado cuando las conversaciones cesan, hasta la música deja de sonar. Sé que ha vuelto. Necesito unos segundos antes de poder girarme para mirarle a los ojos.

—La has liado, chaval. —No voy a reconocerlo, pero estoy de acuerdo con Peter.

—Del uno al diez, ¿cómo de enfadada estás?

—Un cincuenta. —Sonríe con mi respuesta. Yo no lo hago.

Si cree que voy a tirarme a sus brazos a la primera de cambio, está muy equivocado. No voy a hacerlo, aunque las ganas me puedan y tenga que contenerme.

—Lo siento —dice dando un paso hacia mí—. Te he escuchado...

—Y has decidido irte antes de hablar conmigo. Otra vez. Sin darme la oportunidad de explicarte si voy a recoger mis cosas.

—¿Vas solo a...? —pregunta dando otro paso.

—No —miento—. Me voy para no volver.

—Me voy contigo.

—¿Qué?

—Que me voy contigo. Mira, soy un imbécil, pero no voy a perderte de nuevo. Ni dejar que pasen otros cuatro años para volver a verte. Te quiero demasiado como para llegar a planteármelo. Y sí, me he dejado llevar por el miedo… —Da el último paso hasta detenerse a centímetros de mí—. No va a volver a pasar.

Todo el bar sigue pendiente de nosotros.

—No es necesario que vengas conmigo. No iba a irme o, por lo menos, no de manera definitiva. Solo iba a recoger mis cosas.

—Del uno al diez, ¿cómo de cabreada sigues conmigo? —No puedo evitar sonreír ante su pregunta.

—Un veinticinco.

El bar estalla en vítores cuando me agarra por las mejillas para besarme.

—Cásate conmigo.

Mi corazón responde latiendo muy rápido, parece que tiene muy clara la respuesta.

—¿Y el anillo, chico? —La voz de Peter trona provocando que los que seguían celebrando nuestro beso se queden en silencio, otra vez.

—¡Mierda! —exclama Nathan, echándose las manos a los bolsillos intentando encontrar un anillo que sé que no tiene.

Por eso sé que la petición ha sido espontánea y limpia. Las cosas que se hacen sin pensar, a veces, son las más sinceras. Y, quizás por eso la siento más real. Más nuestra.

—Solo tengo esto —dice avergonzado sacando un objeto plateado del bolsillo.

—¿Me estás pidiendo matrimonio con una tuerca?

—Sí, bueno… Es esto o una bujía.

No puedo evitar que la sonrisa me parta la cara en dos.

No respondo, no me parece mala idea hacer que sufra un poco por las dos horas que me ha hecho pasar.

—¿Cuándo?

—Pasado mañana.

—¿Quieres que nos casemos el día de Navidad? No vamos a encontrar a nadie que nos case ese día, Nathan.

—Mi primo es el pastor de la iglesia, me debe un favor, ya tenéis quien os case. —Creo que es la voz de Rita la que dice eso.

—Y yo tengo una floristería. —Eso viene de Harriet.

—Yo una tienda de vestidos donde seguro que encuentras algo.

—Y yo un bar que puede servir como salón de convites.

Uno a uno, nuestros vecinos se ponen manos a la obra a organizar una boda a la que ni siquiera he accedido. Mis amigas me miran emocionadas, Justin y Ryan han cruzado al otro lado de la barra para servir bebidas, y yo no puedo apartar la mirada del chico que sigue esperando una respuesta.

Saco el teléfono y le doy al contacto de Sarah. No voy a casarme sin ella a mi lado.

—Del uno al diez —hablo cuando descuelga la llamada—, ¿cómo de enfadada estaría tu madre si no pasas el día de Navidad en casa?

—Me desheredaría de por vida, ¿por qué?

—Para asistir a una boda. —El bar vuelve a estallar en gritos.

—Amiga, estoy de camino.

Cuelgo el teléfono y lo guardo de nuevo en el bolsillo.

—Mi tuerca —exijo abriendo la mano.

—Voy a comprarte un anillo. Esto solo ha sido como medida de emergencia.

—Nathan, dame la tuerca. —Me la pasa y lo miro de nuevo—. Sí quiero.

CAPÍTULO 9
25 DE DICIEMBRE

Un año después

—No vamos a llamarlo Navidad —digo con cansancio acariciando la cabeza que descansa en mi regazo.

—Venga, Tara.

—No. Todos van a reírse de él.

Acabamos de intercambiar nuestros regalos, no sé si de Navidad o aniversario.

No puedo creer que este año haya pasado tan rápido. Parece que fue ayer cuando caminaba hacia el altar del brazo de mi padre, mientras sonaba *Here's To Hometowns* de Nate Smith a través de los altavoces de la parroquia donde nos dimos el «sí quiero». Hasta para elegir la canción que sonaría en nuestra boda tuvimos que ser diferentes.

Todo el pueblo se volcó para que ese día fuera maravilloso. No hubo canciones románticas propiamente dichas, nuestro primer baile fue uno *country,* acompañados de todos nuestros amigos, familia y vecinos. El día no pudo ser más perfecto.

—En Barcelona tenían un gorila llamado Copito de Nieve —insiste.

—No vamos a llamarlo así.

—Tara...

—Nathan... Ni tampoco Estrella, ni Bola de Navidad. Ni Muérdago.

Un ladrido me hace agachar la mirada.

—Pues parece que le gusta Muérdago.

El traidor de mi cachorrito mueve el rabo con emoción al escuchar ese nombre.

—Pues ya lo tenemos. —Se acerca para besarme—. Feliz Navidad, Tara.

—Feliz Navidad, Nathan.

Y a pesar de esas palabras, nos estamos deseando un feliz aniversario, pero supongo que es lo que tiene celebrar un día así el 25 de diciembre.

—Deberíamos ponernos en marcha. Tienen que estar esperándonos.

—Dime por qué tenemos que pasar el día en el bar de Peter.

Suelto una carcajada, lleva toda la semana intentando evitar que hoy salgamos de casa.

—Hiciste partícipe al pueblo entero en nuestra boda. — Dejo a Muérdago en el suelo y me pongo de pie—. Ya te lo avisó Rita.

Sale de la cama, renegando, aunque, cuando agarra sus vaqueros para vestirse, puedo ver la sonrisa que le cruza la cara.

Desde aquel día, el pueblo ya no se prepara para la Navidad, bueno, sí, solo que también esperan celebrar nuestro aniversario todos juntos. El bar de Peter lleva semanas con el techo lleno de muérdago. Nathan ha tenido que darme tantos besos que aún no sé cómo nuestros labios siguen en su sitio. No me estoy quejando, que conste.

Este año a su lado ha sido maravilloso. Ha conseguido que yo lleve decorando la casa con adornos navideños desde San Valentín. Me he vuelto una copia de Sarah, que, por cierto, se ha mudado al pueblo. Se lleva genial con Britt y Sophie, y yo no puedo estar más contenta por tener a las tres cerca. Además, creo que tiene un lío con Justin, aunque no lo he podido confirmar.

Me visto y me dirijo a la cocina para recoger el chili con carne que preparamos anoche entre los dos.

Vivimos en el apartamento de Nathan, aunque estamos en trámites para comprarnos una casita a las afueras del pueblo.

No sé si de haberse venido conmigo en su momento a Nueva York seguiríamos juntos. Quizás sí, quizás no. Lo único que me importa es saber que, a pesar de lo rápido que hicimos las cosas el año pasado, no puedo ser más feliz. Me dejé llevar por el corazón, y parece que no ha ido del todo mal.

—Del uno al diez, ¿cuán feliz eres? —pregunta abrazándome por la espalda.

—Un cien —digo escondiendo mi sonrisa.

—¿Cómo que cien? ¿Vas a dejarme?

—¿Qué respuesta esperabas?

—Un veinticinco, por lo menos.

—Tú siempre serás mi 25 de diciembre, Nathan —digo acariciando la tuerca que cuelga de mi cuello.

Me inclina sobre mi espalda, de la misma forma que hizo aquel chico en el árbol del Rockefeller un año atrás, y me besa.

Y sé que ahora yo tengo la misma sonrisa de enamorada que la chica en cuestión.

—Tú siempre serás la definición de Navidad, Tara.

FIN

Jessy CM

Mi nombre es Jessica, aunque suelen llamarme Jessy o Jess, depende del país donde me encuentre. Nacida en Barcelona, resido en Reino Unido desde hace nueve años con mi marido y una camada de zorros que han hecho de mi jardín su hogar.

Soy una apasionada de los libros y es raro el día en que no tengo uno en la mano.

Aparte de escribir en el tiempo libre del que dispongo, trabajo en una fábrica de chocolate y me paso el día entre bombones, nubes de colores, huevos de Pascua y figuras de Navidad.

Si quieres saber un poquito más de mí, puedes seguirme en mis redes sociales.

OBRAS PUBLICADAS:
Luna de Hiel
Tú, yo y un salto al abismo
Hasta que nos volvamos a encontrar

Sígueme en Instagram y en Facebook: **@jessy_cm_writer**

RELATO 6
EL DESTINO DE LA MARIPOSA

PEBÖL SÁNCHEZ

CAPÍTULO 1
EMIDANA

«La Navidad es la época del año más importante de la Tierra. En Asperis, las cosas son muy diferentes. Quizás en el pasado las hadas fuéramos volando de un lado a otro haciendo regalos, ahora nuestro mayor regalo es la supervivencia. Para los faes, la Navidad es el Solsticio de Invierno, donde la madre Tierra nos bendice con su nieve. Es ahí donde reside la magia de verdad».
Scorpia, Escriba de Elasha.

Asperis, mi querido hogar, tierra de hadas. Hubo un tiempo en el que la magia corría por cada brizna de hierba, raíz o espora. Diferentes criaturas de ensueño habitaban nuestros bosques y ríos, dándole al todo un equilibrio infinito.

Hace cinco mil años, mis antepasados disponían de alas capaces de emprender el vuelo y con el poder suficiente para dotarlos del don para conjurar hechizos. Pero entonces, las líneas ley, las arterias del mundo, se rompieron, segregando energía pura y provocando la deformidad de todo lo conocido. A ese evento le llamaron el Cataclismo y se registró en el *Elasha*, el último árbol sagrado que permanece en pie, una biblioteca eterna donde la historia del mundo se mantiene protegida por los últimos resquicios de magia. Asperis, mi querido hogar, tierra de hadas sin magia…, la eterna olvidada por los dioses, pues no estuvieron ahí para protegernos.

Hadas, faes, seelies… Antaño nos llamaron de muchas formas. Ahora solo somos un recuerdo de lo que una vez fuimos. Las hadas y los duendes nos hemos resignado a aceptar lo que somos, respetando las normas de nuestros líderes. Asperis ya no es un paraíso de magia y sueños, sino una tierra devastada, peligrosa y mortal.

Los grandes reinos fueron gobernados por las cuatro cortes: Primavera, Verano, Otoño e Invierno. Pero esos nombres solo son un recuerdo escrito en tinta, ahora no existen los reyes ni las reinas, menos aún las coronas.

—¡Dana, corre! —me grita Arina, cargada con un montón de tomos antiguos—. ¡Vamos a llegar tarde!

Camino desenfadada, sin prisa y sin ninguna intención de que el Consejo de Ancianos me apruebe en mi tercer intento por graduarme como exploradora. Y no es que no sepa luchar, soy diestra con la espada y la ballesta. De hecho, no me han obligado a repetir las pruebas físicas en esta última convocatoria. Un alivio, porque he pasado de los entrenamientos durante toda la temporada.

El problema es el sello que se empeñan en poner en mis diplomas una y otra vez: SFP (Sin un Futuro Prometedor). En resumen, que no creo en los cuentos que nos obligan a estudiar desde que tenemos uso de razón.

Me niego a soñar con unicornios, sirenas y árboles parlantes. ¿Cómo es posible que en mil años no se haya regulado el temario que nos imparten a las hadas y duendes jóvenes?

El gobierno de la Nueva Crisálida se fundó hace dos milenios, y las cuatro agujas se pusieron de acuerdo para mantenernos obnubilados con una historia que es imposible de creer.

¿En serio nacimos de Astal y Selia? ¿Pretenden que creamos que somos hijos e hijas de dos dioses que se intuyen en los tallados antiguos del Elasha?

Es como si nos obligaran a creer que nuestros antepasados estuvieron a punto de convertirse en monos si no aceptaban la existencia de la magia.

Arina camina con tanta ligereza que casi parece que va a echar a correr en cualquier momento. Yo me limito a observar las alas semitransparentes que surgen de sus omoplatos y caen a través de las aperturas de su ropa. Estas se sacuden acorde a sus movimientos, como dos pedazos de seda a merced del viento. Si alguien piensa que eso es una herencia digna, es que no ha probado a dormir boca arriba ni se ha despertado enredada en extremidades que existen por pura genética. Ni siquiera tenemos opción a articularlas.

Suena cruel decirlo, pero Arina no es mi amiga, incluso podría decir que no tengo ninguna, ella es mi *Balanza*. El consejo de ancianos cree que el estudio y el adiestramiento se tiene que desarrollar en equipos de dos, un equilibrio entre dos partes, como hicieron el Rey Astado y la Reina Mariposa. Otra vez con esa estúpida historia. Hasta hace diez años, obligaban a formar dúos de duende y hada para respetar la tradición. Por lo menos, eso ha cambiado.

Así que sí, Arina y yo somos inseparables hasta el momento de nuestra graduación, por lo que se podría decir que es mi tercera *Balanza* en lo que llevo en la academia.

En el momento en el que el Consejo de Ancianos vuelva a suspenderme, me asignarán a otra, y así hasta que supere la edad de exploración y me asignen el mono gris de las obreras de la Aguja. No tengo nada en contra de ellas, tienen un trabajo relajado, no ponen su vida en peligro y se dedican a que todo esté bien. Limpian todas las plantas de nuestro hogar, reparten las raciones de comida y sustituyen las ropas sucias por otras limpias. Mi madre era un hada obrera y no hay nada malo en ello. Si no fuera por ella, no estaría donde estoy.

—Tranquila, las pruebas físicas te las darán por superadas —pronuncio con los ojos en blanco mientras llegamos hasta la puerta que me separa del veredicto final.

—¿Tú crees? —Arina está tan nerviosa que no deja de subirse las gafas. Y no lo hace porque se le estén cayendo por la superficie de la nariz, lo sé porque he pasado un año entero con ella, día y noche. Es lo que hace siempre para evitar que la ansiedad se apodere de ella.

—Claro… —suspiro aburrida mientras ella baja la manilla para entrar en el aula—. A las ingenieras no os exigen una gran puntuación en gimnasia. Después de todo, no vais a salir de vuestro lab…

Mis piernas se detienen en un intento por echar a correr. Diez hadas y duendes se mantienen pegados al tablón con el registro de aprobados de la temporada. Solo cinco dúos nos hemos examinado esta vez, por lo que no me hace falta acercarme al listado de suspendidos para observar que no hay ni un solo nombre escrito. Lo que significa que he…

—¡Emidana, Emidana! —Arina clama mi nombre justo antes de agarrarme el brazo y arrastrarme hasta mi nombre enmarcado con mi nueva titulación—. ¡Vas a ser un hada exploradora! ¡Vas a salir de la Aguja!

CAPÍTULO 2
AGUJAS Y HADAS

«En Asperis existen portales ocultos hacia otros mundos. Prinna II afirmó ante el Consejo de Ancianos haber viajado a la Tierra. Gracias a su testimonio, pudimos saber que la Navidad es un festejo de lo más especial. Quizá se podría comparar con la despedida de nuestros exploradores. Los gobernadores salen de su confinamiento para despedir a aquellos que se atreven a cruzar los límites de las Agujas. Prinna dijo que los gobernadores eran como Papá Noel, se le ve una vez al año y siempre trae regalos».
Echo, Escriba de Elasha.

Las Agujas son nuestro hogar y el último resquicio de feéricos en el mundo. Existen cuatro, repartidas según los puntos cardinales, el recuerdo de las cuatro regiones que una vez reinaron en Asperis. Edificios rectangulares con la altura suficiente como para acariciar las nubes; torres repletas de cristales con vistas directas al bosque infinito que invade el dominio de las cuatro cortes. Los ingenieros ven a la naturaleza como una opción para reinventarse, los protectores rezan porque la amenaza que se oculta entre los árboles no se acerque nunca a las Agujas, y los exploradores estamos destinados a morir bajo las copas de los árboles.

—La Corte de la Libélula enviará un escuadrón de exploradores para presentarlos al resto de cortes bajo la bendición del *Elasha* —anuncia mi nueva jefa—. Preparaos cuanto antes, llevamos retraso en la formación de un escuadrón con nivel suficiente como para abandonar nuestras protecciones. Va a ser el solsticio de invierno y no podemos faltar a la primera nevada.

Ella me sonríe y yo juego con el cuchillo de bota de manera despreocupada. La conozco bastante bien como para saber que podríamos ser grandes amigas. Nos parecemos lo suficiente como para saber que cuanto más lejos estemos la una de la otra mejor.

Nissa tiene el cabello largo, liso y oscuro, como yo. A diferencia de mí, que lo suelo llevar peinado en forma de coleta alta e inmóvil, ella siempre lo lleva suelto. Ha sido la encargada de negociar mi nota con el Consejo de Ancianos, la misma que ha insistido en mi suspenso en los exámenes anteriores.

No me hace falta ser muy inteligente como para saber que se ha encargado de mi aprobado con la única motivación de poder enviar, aunque sea, a un grupo de exploradores. De otra manera, Las Tierras de Verano no tendríamos representación. Seríamos el hazmerreír, la deshonra de nuestra especie y objeto de burlas, por lo menos, hasta la próxima temporada. ¿Acaso no somos ya suficientemente ridículas creyéndonos especiales por llevar dos alas inútiles?

—A partir de ahora, vuestras *Balanzas* serán vuestros compañeros de equipo —continúa ella señalando los tríos que ha creado de manera improvisada—. Vuestra supervivencia dependerá de ellos. Habéis sido escogidos por vuestras habilidades únicas, por vuestra manera de luchar y por vuestra personalidad. Los ancianos y yo hemos pensado que podéis crear una buena sinergia. ¡¿Estáis preparados?!

—¡Sí! —vitorean los exploradores que están frente a ella.

Un grito prácticamente sectario.

—Sí… —comento con retraso sin ánimo de que se me oiga demasiado.

Reconozco a algunas hadas y duendes recién graduados, pero también hay otros que llevan un ciclo entero aguardando el momento en el que puedan partir. Dicen que a los exploradores nos agobia estar encerrados en la Aguja y que nos aburren los entrenamientos y los juegos de agilidad que elaboran para entretener a los obreros.

Pues están en lo cierto, todo es real. Me aburre vivir encerrada todos los días de mi existencia mientras me repiten una y otra vez que los cuentos que hablan de que las dríades nacieron en el mundo cuando los feéricos abusaron de su poder son completamente reales. ¡Y una mierda!

—¿Por qué estás nerviosa? —pregunta Pelcan, un duende de cabello rizado y ojos verdes, que es conocido por tener siempre una sonrisa de oreja a oreja.

Lo primero que hago es mirar sus alas. Como está dando saltitos, me confunde y me hace pensar que las puede mover a voluntad.

—¿Yo? No…, ya era hora de que me dejaran sal… —Carraspeo mientras me corrijo a mí misma—. Quiero decir, que ya era hora de que nos dejaran salir. —Después, miro al duende que está junto a él—. ¿En serio? ¿Me han puesto con Airde?

—Siento la misma alegría que tú, Dana —responde él poniendo los ojos en blanco mientras se casca los nudillos.

—Emidana —le corrijo, captando la atención de su mirada oscura—. Para ti Emidana.

—Emidana Crisol, sé perfectamente cómo te llamas. —Me mira con provocación, como si pretendiera golpearme.

—Pues que no se te olvide… —No me achanto, sigo hablando sin miedo a iniciar una pelea.

—¡Eso es! —Pelcan se pone en medio y nos agarra de las manos para empezar a bailar—. No nos olvidaremos de los nombres del resto del grupo ¿vale? Después de todo, vamos a estar juntos durante el viaje.

—¿Estás borracho? —le pregunto, pero me ignora por completo.

El duende consigue que nos callemos mientras el resto de los escuadrones, tres contando con nosotros, aprovechan el momento para conocerse mejor. Miro a Airde para darme cuenta de que, al igual que yo, él no parece un feérico de las Tierras de Verano. Su rostro se mantiene serio, como una escultura de piedra; su mandíbula trabajada resalta bajo la barba recortada que lo perfila. No celebra nuestra primera misión como lo están haciendo el resto de los grupos, ni siquiera hace un falso intento por sonreír. Incluso va vestido con un conjunto de cuero negro, como yo. Imagino que, al igual que mi madre, sus progenitores también migraron de las Tierras de Otoño cuando los bosques del oeste empezaron a marchitarse.

—Me encanta tu cabello —dice Pelcan mientras acaricia la coleta que cae hasta mi cintura—. ¿Y esos piercings significan algo?

—Que si me vuelves a tocar el pelo te mataré. —Automáticamente, da un paso atrás y yo le sonrío con ironía. Después torno mi voz en una imitación barata de la suya para añadir con simpatía—. Vamos a ser el mejor escuadrón de la Libélula. ¿A que sí?

El duende se queda completamente bloqueado, incluso creo que le he dado miedo. Airde se echa a reír, lo hace de manera sincera y consigue que Pelcan se ría también. Nissa nos observa con detenimiento mientras el orgullo se dibuja en su rostro. Quizá la sinergia entre hadas de la que hablaban no ha sido del todo un error.

Al cabo de una hora los exploradores nos subimos en el ascensor que nos lleva hasta la penúltima planta. Y no, no subimos por arte de magia, es más bien un sistema de poleas, cuerdas y piedras. Los ingenieros crearon los planos y los obreros lo pusieron en marcha. Así nos ahorramos las agujetas que causan las escaleras del demonio que nos han obligado a subir y bajar durante los entrenamientos.

El duende que se encarga de girar la manivela que pone en funcionamiento todo el invento es lo suficientemente callado como para ignorar nuestros intentos de conversación. Va de gris, como todos los de su facción, y no parece estar muy contento con su oficio. Tiene el cuerpo lo suficiente trabajado como para haber sido un protector o incluso un explorador. Tiene músculos fuertes, pectorales poderosos y una cintura potente. Tengo la extraña manía de analizar a mis enemigos por si se da la ocasión de un enfrentamiento. Tendría que estar muy loca, o muy borracha, para pelearme con él.

Al cabo de largos minutos y del sonido constante de los mecanismos, el ascensor se detiene justo en el momento en el que su estructura de madera golpea el techo. A pesar de ser la penúltima planta, el acceso a la siguiente nos está completamente vedado.

Las Agujas tienen normas estrictas para poder visitar el hogar de sus gobernadores. Varey es la encargada de que todo en la Corte de la Libélula funcione. No sé muy bien qué es lo que hace, pues nadie nos lo ha explicado con claridad. Está ahí porque tiene que estarlo, y con eso me tengo que conformar. De alguna manera, si ella no estuviera ahí confinada durante toda su legislatura, las Semillas de Crecimiento no llegarían a germinar nunca. En resumen, si no tuviéramos a una de las nuestras apartada de la sociedad, las hadas y duendes no podrían nacer. ¿Es extraño, verdad? Pero, como no lo entiendo, prefiero no preguntar.

CAPÍTULO 3
LA BENDICIÓN DE VAREY

«La nieve trae pureza, frío y unión. Cuanta más nieve cae, más unidas están las familias, abrazadas para refugiarse de las bajas temperaturas. El mejor vino puede alterar la mente de tal manera que nos hace soñar. Hay duendes que dicen cabalgar renos voladores antes de perder el conocimiento. Todos ellos afirman haber conocido al gran maestro, un duende con el poder de traer la verdadera felicidad».
Bracken, Escriba de Elasha.

Nissa nos va entregando nuestro armamento sin dedicarnos ningún tipo de palabra de ánimo u honor. Es como si estuviera tan acostumbrada a ver a sus exploradores partir sin regreso que ha perdido las ganas de cogernos cariño. No la culpo, yo estaría haciendo desfilar a mis alumnos uno tras otro, incluso les daría un azote en el culo para que aligeraran el paso.

—Con treinta virotes tendría que ser suficiente —me dice cuando me engancho el carcaj en el muslo—. En *Elasha* podrás reponer la munición. ¿Quieres una espada para apoyarte en el combate cuerpo a cuerpo?

—Con el cuchillo de caza estoy bien —comento señalando el arma de mi bota.

—¿Estás segura? Lo que hay ahí afuera no tiene nada que ver con los entrenamientos.

—Eso espero, estoy harta de las prácticas —pienso en alto, lo que provoca que Nissa sonría.

Uno a uno, las hadas y duendes nos vamos equipando con nuestras únicas herramientas para sobrevivir al otro lado de las defensas de la Aguja. Allí donde un obrero tiene un martillo, los exploradores disponemos de nuestras armas, la mía: una ballesta. Llevo practicando mi puntería desde que tengo uso de razón. He pasado tanto de los entrenamientos con espada que casi se me ha olvidado cómo empuñar una. Ignoro a los demás escuadrones, todos ellos carecen de interés cuando mis únicas salvaguardas van a ser mis nuevas *Balanzas*.

Pelcan escoge dos espadas de hoja curva, una elección más que recurrente en el resto de los exploradores. Airde, en cambio, opta por un arco y un carcaj con treinta flechas. «¿Ves?, nos parecemos más de lo que pensaba. ¿Acaso somos parientes lejanos?».

—¿Nos volveremos a ver, verdad? —me pregunta Arina con *Mecanismos y Destrezas Feéricas Tomo III* sobre su regazo.

Estamos sentadas en un banco de madera de roble contemplando las vistas del bosque de palmeras infinito, mientras el resto de los exploradores se despiden de sus viejas amistades. El hada entorna la mirada y contempla el gran árbol que surge por encima del resto, con un brillo especial, en la lejanía.

—Me hubiera encantado graduarme como exploradora para poder visitar el *Elasha*.

—Tú y tu adicción a la lectura —comento como si la conociera de toda la vida.

No considero que Arina sea mi amiga, no creo tener

ninguna, pero sí que es verdad que me ha ayudado mucho a afrontar los exámenes teóricos.

—¡¿Sabes la de libros que tiene que haber ahí?! Seguramente haya tomos de magia antigua.

—Sí…, escritos en la lengua muerta de las hadas —suspiro, he escuchado la historia infinidad de veces.

Arina se graduó como ingeniera porque piensa que puede fabricar algún tipo de invento que se acerque lo máximo posible al funcionamiento de la magia. Una vez dijo que haría de nuestras alas algo funcional.

—Si salgo viva de este viaje, robaré un libro para ti —le susurro al oído con picardía mientras sus mejillas se sonrojan a niveles desorbitados.

—¡¿Qué?! —Mi amiga, «ups, lo he dicho», se levanta de un brinco. Se hace el silencio en la sala, la multitud nos mira y ella se sonroja mucho más.

—Siéntate, idiota —la insulto en broma, como un código que tenemos entre nosotras.

—No puedes hacer eso —me susurra en un tono casi serpentino—. Te cortarían las alas o cosas peores.

—¿Y para qué las quiero? Si son inútiles. —Cojo una de mis extremidades semitransparentes y la dejo caer como si nada.

—¡Dana! —Su dedo choca directamente contra mi frente—. Cuando resurja la magia, podremos volver a volar. Te lo he dicho mil veces, zopenca.

—No va a resurgir nunca, nos han engañado.

—¡Ja! Ya me darás la razón.

—Lamento interrumpir vuestras despedidas, pero tenéis una visita muy especial —anuncia Nissa a tiempo de que todos los presentes nos giremos hacia ella.

Nuestra jefa está señalando a la puerta de madera de roble blanco que se sitúa al fondo de la estancia. Hay una gran libélula tallada en ella, un insecto que se divide en dos cuando se abre.

Varey aparece con un caminar lento, elegante y majestuoso.

Lleva un vestido blanco lo suficientemente llamativo como para que mi boca se abra de par en par. Es la primera vez que veo a nuestra gobernadora, la primera vez que la veo en carne y hueso, quiero decir. Su cabello es rubio y está peinado en un moño que acompaña el porte perfecto. Varey es hermosa, mucho más que en los retratos que aparecen en nuestros libros.

—Pellízcame, porque creo que estoy soñando —pronuncio obnubilada—. ¡Ay!

—¿Lo decías en serio, no? —Arina se ríe por lo bajo.

—Creo que me he enamorado —murmuro sin poder apartar la mirada de los ojos azules que se acercan a nosotros.

—Te enamoras de todas las hadas mayores que tú…

Ignoro a mi amiga por completo. Poco a poco, todos los exploradores nos separamos de nuestras amistades para caminar hacia ella.

Las alas de Varey son tan grandes que mis teorías sobre fisionomía y genética empiezan a flaquear. Todas las hadas y duendes tenemos alas similares: alargadas, semitransparentes y con hebras en forma de surcos en el interior. Pero la gobernadora dispone de dos extremidades redondeadas que caen a través de su vestido, complementando la elegancia de su figura. Si realmente pudiéramos volar, ella tendría la suficiente fuerza como para levantar vendavales.

—¡Nuevos exploradores de la Libélula! —Alza la voz, provocando que todos nos pongamos firmes. Debe de tener algún tipo de poder sobre nosotros, de otra manera, no me lo puedo explicar—. Para mí es un honor que las Tierras de Verano puedan enviar nuevos escuadrones hacia *Elasha*. Una paloma mensajera ya está en camino hacia las otras cortes para que no inicien el ritual del Solsticio de Invierno hasta que lleguéis. —Uno a uno, va acariciando nuestros rostros. En el momento en el que su mano se desliza por la superficie de mi piel, siento un escalofrío recorriendo todo mi cuerpo. No sé si es fanatismo, excitación o mariposas en el estómago, pero tengo la necesidad de cumplir con mi misión por encima de todas las cosas—. Tenéis que sobrevivir, mis faes, tenéis que demostrarles a nuestros antepasados que somos dignos de recuperar el esplendor de la magia antigua.

No se queda mucho más, es como si interrumpir su confinamiento la pusiera débil. Por ello, camina de nuevo hacia la puerta de roble blanco y se pierde en las escaleras que ascienden a su hogar.

—¡¿Quiénes somos?! —grita Nissa teniendo la máxima interacción con sus alumnos.

—¡La Corte de la Libélula! —gritamos a coro con los corazones ardiendo en la esperanza con la que la gobernadora los ha llenado.

CAPÍTULO 4
HIJAS DE LA TIERRA

«Los faes existimos desde que el mundo es mundo, así como lo hacen las dríades. Tenemos alas fuertes que nos permiten adquirir la velocidad del viento. Nos gusta decorar los árboles más altos para recordarnos a nosotros mismos que somos un regalo de la naturaleza. Lo mejor de alcanzar los lugares más elevados es que podemos cazar pavos reimei, aves que saltan de rama en rama y se niegan a pisar tierra firme. Asados están de lo más deliciosos, y sus plumas potencian nuestras flechas».
Bim, Escriba de Elasha.

Nuestros pasos son mudos cuando la vegetación amortiza nuestro peso y oculta nuestra presencia de los animales que habitan el bosque. Llevamos diez días recorriendo el Bosque de Verano, nueve noches durmiendo en refugios improvisados. El camino ha sido tranquilo, una caminata con conversaciones esporádicas sobre la complejidad de los últimos exámenes. Pelcan ha conseguido asimilar que tiene que mantenerse callado cuando Airde y yo no tenemos ninguna intención de socializar.

Todo lo que nos rodea es una selva de palmeras y plantas tropicales. Tenemos claro que las flores más hermosas son las más venenosas, por ello, las ignoramos por completo. La Ópera Negra es la más peligrosa, grandes lirios que escupen sus esporas a cualquier contacto. A diferencia de los monos y loros, que no suponen ninguna amenaza, las serpientes y sanguijuelas ya han pasado por la hoja de nuestros cuchillos.

—¿Habéis escuchado eso? —pregunta Airde concentrándose en sus orejas afiladas.

Nosotros nos mantenemos en silencio, forma parte de nuestro entrenamiento. Afinamos el oído y avanzamos a paso lento. La madera cruje a escasos metros de nosotros, nos aseguramos de que no es el paso de un tigre o el abrazo de una anaconda ocupada en alguna de sus cacerías. El crujido se repite, después un golpe sobre el suelo y, a los pocos segundos, el arrastre de algo pesado.

—Dríade... —susurro mientras apartamos las hojas de la selva para observar al enemigo principal de los feéricos.

A simple vista parece un hada con el cabello extremadamente largo y el caminar de alguien que ha bebido más de la cuenta. Podría ser yo perfectamente lamentando que la gobernadora Varey me ha dado calabazas.

Si afino la vista, puedo distinguir las ramas de sauce marrón que forman su pelo, sus piernas de madera y el barro que segrega a cada paso que da. Un escalofrío recorre mi columna vertebral y sacude mis alas. Es la primera vez que veo una bajo la luz del sol y da bastante miedo.

—¿La atacamos? —Pelcan ya ha sacado sus espadas y su cara ha borrado todo rastro de alegría. No he tenido oportunidad de verle en sus pruebas de combate, estaba demasiado ocupada tumbada en una hamaca y haciendo nada, pero Nissa ha debido de ver algo en él para aprobarle.

—No, espera..., puede que esté en fase de fotosíntesis —

explica Airde adquiriendo un tono estratégico y profesional.

En el momento en el que las aberraciones de la naturaleza se alimentan de los nutrientes de la tierra y de la energía del sol, son inofensivas.

—Tendremos que enfrentarnos a una dríade tarde o temprano. —Yo ya tengo el primer virote cargado en mi ballesta de madera con tallados de aves volando en ella.

Algo cruje detrás de nosotros. Cuando nos queremos dar cuenta, hay otra acercándose. No nos ve porque las ramas que ocultan su rostro tapan su mirada. Mis ojos se abren de par en par mientras intento pensar en algo. No podemos movernos porque está demasiado cerca como para percibir el peso de nuestras pisadas sobre la tierra con la que está vinculada.

—Somos vida, somos muerte... —susurra la dríade con una voz ronca, anciana y con ecos de ultratumba. No estábamos en su camino hasta que su cuerpo se gira hacia nosotros—. Estamos malditas, queremos venganza.

La apunto con la ballesta y me fijo en el hueco entre las ramas de su pelo para tener un tiro certero.

El monstruo avanza sin darnos opción a escapar. Airde carga una flecha en su arco y tensa la cuerda. Nos miramos y nos preparamos para disparar. No hacen falta las palabras cuando nuestras vidas corren peligro. Justo en el instante en el que tenemos a la dríade a tiro, algo pasa por nuestro lado.

Pelcan se adelanta a nuestros movimientos, se abalanza sobre la criatura e inicia el baile de sus espadas. Las ramas salen despedidas por los aires mientras la dríade grita desesperada. Abre sus manos, no en forma de ataque, sino más bien como si estuviera asustada, y después abre sus cuatro ojos con furia.

—¡Encargaos de la de atrás! —grita el duende mientras esquiva los zarpazos de su enemiga.

En el mismo instante en el que nos giramos, Airde y yo descubrimos a la segunda dríade corriendo hacia nosotros. Las ramas de su cabello se sacuden como tentáculos mientras la tierra bajo sus pies tiembla. De la nada surgen zarzas e insectos que se dirigen directamente hacia nosotros.

—¡Ahora! —grito a tiempo de disparar nuestros proyectiles.

Las flechas y los virotes asestan directamente contra los ojos de la criatura. Ese es el primer punto que hay que destruir antes de proseguir con la lucha contra la aberración. Las dríades disponen de una mirada con la capacidad de marchitar a los feéricos, es su arma más peligrosa.

El Consejo de Ancianos determinó que las hadas y dríades surgimos de la tierra con las primeras luces de la creación. Al ser hijos de Asperis, tenemos la capacidad de destruirnos mutuamente.

Yo pienso muy diferente. Si el Rey Astal y la Reina Selia crearon a las hadas y los duendes con su amor, ¿por qué no puede existir otro dios envidioso que esculpió a las dríades como muestra de su retorcido poder? ¿Acaso todo lo que ha ocurrido en el mundo está escrito en libros? ¿Quién ha estado ahí para verlo?

Puede que los feéricos nos entretengamos para luchar contra ellas, pero las aberraciones tienen gran facilidad para destruirnos. Por eso los exploradores nunca regresan, puede que incluso las hojas muertas que pisamos al caminar sean restos de sus cadáveres descompuestos y marchitos.

Pelcan es un experto en el combate físico. Su agilidad es tan asombrosa que sabe posicionarse en el lugar oportuno para que las ramas de la dríade formen un obstáculo entre ambas miradas. Si el duende no la mira directamente a los ojos, su maldición no surtirá efecto. Ahí está la principal diferencia entre los luchadores a distancia y los que pelean directamente cuerpo a cuerpo. Sin duda, él es como una máquina de matar, un asesino ágil y mortal. Ahora sé por qué Nissa le aprobó.

Por otro lado, Airde y yo combatimos codo con codo. Nos separamos para complicar el ataque de la aberración. Saltamos, giramos y damos volteretas para esquivar las zarzas que amenazan con atravesar el cuero para llegar a la piel.

No puedo seguir disparando, no mientras la plaga de insectos venenosos me persiga. Cojo el cuchillo de mi bota y asesto estocadas al aire mientras algunos van cayendo al suelo. La dríade consigue mantenerme ocupada mientras se centra en el duende de cabello negro. Airde sigue disparando sus flechas directamente al pecho. Con cada intento, la madera se resquebraja y da paso al brillo rojo que forma el corazón del monstruo.

Utilizo mis cualidades físicas sobrehumanas que me otorga mi naturaleza feérica para saltar de tronco a tronco y esquivar el enemigo más molesto contra el que jamás he luchado. El cansancio se empieza a hacer efectivo cuando los primeros insectos me pican y me roban el aliento.

De pronto, caigo al suelo y lucho por respirar. Poco a poco, el enjambre se va posando sobre mi piel y cabello, cubriendo cada centímetro de mi ser. Siento los picotazos en el cuello, los hombros, los brazos, las piernas y las alas. Los bichos cubren mis ojos, mi nariz y mi boca.

Por primera vez en mi vida, descubro por qué los otros exploradores nunca regresaron, pues tengo claro que yo tampoco regresaré.

CAPÍTULO 5
EL BESO DEL HADA

«Nacemos de semillas que brotan bajo las raíces del Elasha, el gran árbol. Seguimos el ciclo de la vida germinando cuando otros caen en el exterior. Empiezo a pensar que los exploradores existen para poder seguir con el ciclo de la vida feérico. Nuestras semillas aparecen bajo el árbol como regalos de invierno».
Orea, Escriba de Elasha.

Mi mundo se desvanece en un santiamén, los recuerdos de mi pasado me inundan a modo de picores, escozores y dolor. Hace cincuenta años, cuando era tan solo un hada adolescente, empecé mis entrenamientos como protectora de la Corte del Escarabajo, en la Tierra de Otoño:

«Vivía felizmente con mi madre, una obrera como otra cualquiera. Mi padre había fallecido en una misión de exploración y por eso le prometí que jamás saldría de la Aguja. Nadie sabe cómo ocurrió, ni siquiera el Consejo de Ancianos ha podido sacar

algo en claro, pero el Desprendimiento se cobró la vida de muchos.

La torre se empezó a resquebrajar durante una de las noches más oscuras que he vivido. No había estrellas, ni luna, ni nada. Las primeras grietas fueron imperceptibles. Gorión, nuestro gobernador, no pudo verlas a tiempo, y, cuando las alarmas saltaron, ya era demasiado tarde. Los cimientos de la Aguja se desplomaron hacia la basta naturaleza ambarina.

Los que sobrevivimos al estallido nos vimos obligados a huir hacia el Elasha, permanecer perdidos en el bosque significaba caer bajo las garras de las dríades. Mi madre se aseguró de que nunca viera uno y por eso sacrificó su vida para protegerme. Solo unos pocos conseguimos llegar al gran árbol y aguardamos el momento en el que los exploradores de las otras tierras vinieran a rescatarnos.

Se llegó al acuerdo de que los supervivientes del Desprendimiento nos separásemos en las otras tres cortes, así habría un mejor control de la población y los recursos de cada una. Gracias a eso llegué a la Libélula y me prometí a mí misma que acabaría con los monstruos que mataron a mis padres. Fallé a la promesa de mi madre, pero cumpliré con mi venganza».

—¿Ha muerto? —Escucho una voz familiar a pocos metros de mí—. ¿Tenemos que cubrirla con las hojas?

—Cállate, Pelcan, ¿no ves que nos están ayudando? —comenta Airde al mismo tiempo que siento como un par de manos acarician mi cuello.

Mis párpados pesan tanto que me cuesta abrir los ojos. Aun así, puedo percibir todo lo que me rodea. Mis *Balanzas* no están solas, lo sé porque oigo pasos y murmullos por todos lados. De pronto siento una caricia en mis labios, el tacto de la carne con la carne mientras el extraño me insufla aire. El corazón me late con fuerza, segregando impulsos de energía y nerviosismo a cada segundo. Cuando abro los ojos me topo con una cabellera rubia y el beso de un hada completamente desconocida para mí.

—¡Estoy bien, estoy bien! —grito con las mejillas al rojo vivo.

—Tranquila, no te muevas, tienes el cuerpo lleno de picaduras —me explica la extraña mientras sus ojos verdes me atraviesan la piel—. Estás a salvo, Emidana. Has llegado al *Elasha* sana y salva. Tus compañeros también.

Por mucho que intente hablar, estoy completamente bloqueada. No puedo dejar de mirar el techo que nos ampara, los arcos de madera tallada con textos en lenguas antiguas. Todo es blanco con grandes cristaleras ovaladas, cuyas vistas son pura naturaleza. El olor a flores me trae recuerdos que creía olvidados. Ya he estado aquí, sí, durante mi adolescencia, durante los largos días que esperé para que me llevaran a un nuevo hogar. Recuerdo cada minuto callada, sin ni siquiera soltar una lágrima, en *shock*, intentando encontrarme a mí misma. Me perdí en el instante en el que mi madre murió tras el Desprendimiento. Incluso, a día de hoy, dudo mucho haberme encontrado.

—Me llamo Milea —pronuncia el hada con una voz recta y segura—. Habéis sido los únicos supervivientes de las Tierras de Verano.

—¡¿Qué?!

—Llevabais semanas ahí afuera, no había ni rastro de la Corte de la Libélula, así que los de la Mantis acudimos a buscaros —explica mientras se preocupa de que los vendajes de mi cuerpo estén en perfecto estado—. El solsticio de invierno comenzará esta noche, no podemos esperar más.

—Gra… gracias…

—Llevábamos meses sin ver dríades en las Tierras de Primavera, al norte también afirman no haberse encontrado con ellas durante su trayecto de ida al *Elasha*.

—Había dos...

—Tres derrotamos cuando os encontramos —me interrumpe Milea, asegurándose en todo momento de que estoy bien—. Más las que acabaron con los otros dos escuadrones que salieron con vosotros.

—Son una plaga.

—Están tramando algo…, nunca se han organizado así.

El hada me cuenta que proviene del sur de Asperis, que vino con otros once duendes y que, en total, somos veinte los feéricos que estamos en el gran árbol.

Pelcan y Airde me visitan en un par de ocasiones, me traen néctar gris, uno de los principales alimentos de nuestra raza. Milea no se separa de mí en ningún momento, no tiene ningún pudor a la hora de cambiarme los vendajes y verme completamente desnuda. Tiene una media melena rubia, su mirada es de un verde intenso y lleva un piercing en la ceja. A pesar de que me dé conversación constantemente, no tiende a mirarme directamente a los ojos. Creo que la pongo nerviosa.

—¿No hay hadas en la Corte de la Mantis? —pregunto recordando que ella ha venido acompañada solo por duendes.

—Ingenieras y obreras, incluso alguna protectora. Pero nada de exploradoras. —Me ata las vendas nuevas y se asegura de que todas las picaduras están cubiertas por el ungüento de aloe vera—. Soy la única.

—Eso significa que serás una leyenda.

—Como la gran Nissa. —Escuchar sobre mi mentora me deja totalmente confundida.

—¿Conoces a Nissa?

—¿Y quién no? Es la exploradora con más cacerías de dríades a la espalda.

—¿En serio?

—¿Qué os enseñan en Verano?

Empezamos a reírnos con la confianza de alguien que se conoce desde hace años. Pasar rato junto a ella me hace acordarme de Arina y sus libros infinitos. De alguna manera descubro que con Milea me siento segura. Está curando mis heridas sin pedir nada a cambio. ¿Cómo debería sentirme?

CAPÍTULO 6
LUCHIES

«La magia es el oxígeno de la vida en Asperis. Solo los escribas tenemos la capacidad de aprender a dominarla, y puede adquirir infinitas formas. Aunque eso requiere un estudio que puede llevarnos a la locura. Si un hada o duende no supera la prueba de la magia, se quedan completamente mudos, ignorantes de aquello que los rodea. También ganan el don de hablar con el mundo y transcribir sus historias. Yo una vez creí escuchar esa voz, por eso decidimos adornar el gran árbol».

Stela, Escriba de Elasha.

Los primeros copos de nieve se quedan pegados en las cristaleras de mi habitación. Esa es la señal más que suficiente como para saber que el solsticio de invierno tiene que empezar.

—¿Es precioso, verdad? —pregunta Milea observando la estampa—. Saber que hay algo tan pequeño y necesario para nuestra especie.

—Cuando era niña, mi madre me contaba que los feéricos bailaban desnudos bajo el vendaval para agradecer a los dioses antiguos el que Asperis siga en pie una temporada más. Siempre soñé con poder vivirlo en mi propia piel.

—Y lo vivirás. —El hada me agarra las manos y me dedica una sonrisa. Por primera vez en toda mi vida, mi corazón se detiene. No sé si Milea y la gobernadora Varey tienen algún tipo de parentesco, pero lo que tengo claro es que los sentimientos que levantan en mi interior son los mismos—. Venga, haz un esfuerzo. No has venido hasta aquí para quedarte en la cama.

—Tienes razón —comento nerviosa mientras me incorporo con cuidado.

—Despacio, Emidana, despacio.

—Dana...

—¿Qué?

—Que puedes llamarme Dana. —Ella se queda paralizada mientras el rubor tiñe sus mejillas—. Me has salvado la vida, has rescatado a mis *Balanzas* y has cuidado de mí todo este tiempo...

—Nos acabamos de conocer...

A Milea no le falta razón, no nos conocemos lo suficiente como para llamarnos con *luchies*. En la sociedad de los feéricos, solo se otorgan los *luchies* o diminutivos cuando hay una confianza tan fuerte como la unión familiar. Esos nombres nos los conceden nuestros progenitores, y solo aquellos que son dignos pueden hacer uso de ellos. Arina me pidió utilizarlo al cabo de medio año, me pareció bien. Después de todo, estábamos todo el día juntas. Ella me dijo el suyo, Mothra, pero nunca lo llegué a utilizar. ¿Para qué? Si no creo que vuelva a verla en mi vida.

—Me has salvado —repito con entereza mientras empiezo a caminar hacia el pasillo—. Después de todo, te debo la vida, así que permite que mi pago sea mi propio *luchie*.

El *Elasha* es inmenso, toda la madera de su interior está tallada con textos antiguos que, según dicen, cuentan la historia de nuestro origen. Más allá de todo eso, las paredes están formadas por grandes estanterías a cuyos libros todos tenemos acceso. Para mí carecen de importancia. Por más que intente leerlos, no los voy a entender. Para eso están los escribas, hadas y duendes cuya única función es registrar el paso de las eras en el interior del árbol. Parecen mudos, pues nunca hablan con nadie, van de un lado a otro sin intención de hacer amigos. Se dice que nacieron en una de las cuatro tierras, pero eso carece de importancia, pues ahora sus vidas le pertenecen al *Elasha*.

—Mel —dice el hada cuando estamos recorriendo la escalera de caracol que nos conduce hasta el patio exterior—. Mi *luchie* es Mel. No sería justo que yo supiera el tuyo sin tú saber el mío.

—Entonces es un placer conocerte, Mel. Te debo mi vida.

—Tendrás que salvarme cuando tengas ocasión —se jacta con simpatía—. Pero primero hay un ritual que llevar a cabo.

CAPÍTULO 7
SOLSTICIO DE INVIERNO

«Navidad, Nativitas, Atis... nacer. Estamos destinados a existir mientras el sol siga brillando y la madre tierra se siga nutriendo con él. Las estaciones transcurren como lo hace el tiempo, infinitas».
Citronelis, Escriba de Elasha.

Recorremos los pasillos que serpentean a través de la silueta del gran árbol, no le pongo especial interés a los libros que se anidan a cada lado. Dudo mucho que los tomos de magia estén expuestos con tanta facilidad. Si quiero llevarle un regalo a Arina, tendré que esforzarme más.

El atardecer va dibujando sus últimas estelas en el horizonte. En cuestión de unos minutos todos los feéricos del *Elasha* nos hemos reunido en un jardín situado bajo sus ramas eternas. Los escribas también están aquí. A pesar de parecer fantasmas vinculados a este lugar, todos se han situado en un semicírculo con las vistas fijadas en el gran árbol.

Reconozco a las hadas y duendes de las Tierras de

Invierno, sus cabellos tienden a ser albinos, sus ojos claros y su tez pálida. Los de Verano tenemos un ligero bronceado y los de Primavera pecan de vestir colores llamativos. Pelcan y Airde se reúnen con nosotras cuando los primeros copos de nieve empiezan a teñir el verde que nace bajo las raíces del *Elasha*. Con un toque de nieve todo se vuelve blanco y frío.

En el momento en el que el cielo roza mi piel con sus lágrimas de invierno, mi corazón se acongoja y mi respiración se corta. La paz me invade como si no hubiera nada más en el mundo que el regalo de vivir. No siento el dolor de mi pasado ni el peso de los recuerdos. No hay nada más que el *Elasha*, cuyas hojas se han teñido de blanco, y las criaturas inmortales que le rendimos culto a todo lo que significa.

Mel entrelaza sus dedos con los míos y me aprieta la mano con fuerza. Cuando la miro, veo sus ojos completamente blancos, igual que todos los presentes bajo la nevada. Estamos extasiados, experimentando lo más cercano a la magia de Asperis, esos mismos cauces de energía que nos abandonaron tras el Cataclismo.

Me concentro en sentir todo lo que nos rodea, este debe de ser el verdadero encanto del solsticio de invierno, la llegada de la llamada Navidad.

De pronto, percibo la vida de los bosques latentes en las cuatro Tierras de Asperis, sus raíces nutriéndose de la tierra, sus ramas meciéndose y los animales que habitan en ellos. Es como si, de alguna manera, mi subconsciente se hubiera convertido en un animal pequeño y rápido, capaz de sobrevolar el mundo entero sin ser visto. Un animal hermoso, inofensivo y veloz. Una mariposa de alas negras con toques dorados.

Lo hemos estudiado durante nuestro tiempo de formación. El Consejo de Ancianos se ha encargado de que los libros que nos tocaba memorizar fueran lo suficientemente útiles como para saber los estados por los que puede pasar un hada. A esto lo llaman Visión Lejana y era una costumbre entre las videntes de los antiguos reinos feéricos, aunque yo sigo pensando que se ponían hasta las cejas y lo utilizaban para aconsejar a los reyes sobre el futuro de nuestra especie.

Contemplo las Tierras de Otoño, los bosques devastados que me vieron crecer. A pesar de que todo conserva su belleza en forma de colores naranjas, amarillos y marrones, hay algo perturbador entre sus árboles. Un silencio incómodo, una calma extraña y una sombra que se cierne sobre mi antiguo hogar.

Espero ver las ruinas de la Aguja que me vio crecer, los cimientos destruidos de la torre que amparó a las hadas y duendes de Otoño, pero lo que me muestra la Visión Lejana es mucho más retorcido de lo que esperaba. La edificación está en pie, la destrucción que sufrió en el Desprendimiento ha sido solventada por medio de raíces y enredaderas. Sea quien sea el que se ha encargado de ello, lo ha hecho de manera sobresaliente.

La mariposa se introduce a través de su puerta y recorre sus pasillos hasta llegar al hueco del ascensor. Todo está en perfectas condiciones, todo está limpio y colocado, como si alguien viviera allí. El animal asciende planta tras planta hasta llegar a la penúltima. Las vistas acristaladas muestran al *Elasha* resplandeciendo con una luz blanquecina y nívea.

Me doy cuenta de que tengo pleno control del insecto cuando veo la puerta de madera blanca, tallada con el escarabajo, completamente abierta. Atravesamos (la mariposa y yo, o solo la mariposa, o solo yo..., no sé explicarlo) el umbral con la ilusión de ver un lugar prohibido, el hogar de nuestros gobernadores. Todo es blanco, hermoso e impoluto. La habitación tiene las dimensiones de cuatro apartamentos, algo que me resulta injusto. En las Agujas, las familias disponemos de pequeños apartamentos donde hacemos vida, estancias con escasez de muebles y ausencia de aseos. Por ejemplo, en la Tierra de Verano recibimos racionamiento de néctar de flores para el alimento y los cuartos de baño son generales, hay varios en cada planta.

¿Qué es lo que hacen los líderes feéricos que les obliga a estar encerrados en estancias tan amplias? La curiosidad impulsa cada batida de alas de la mariposa, atravesamos las patas de una silla, nos deslizamos por encima de una mesa y esquivamos los libros apilados sobre ella. Pasamos desapercibidas frente a la cama, las grandes estanterías y una fuente cuya agua cae sobre un estanque lleno de nenúfares. No hay puertas que separen los diferentes ambientes de la habitación, sino arcos a través de los cuales se puede intuir lo que hay al otro lado. Hay una bodega repleta de néctar, un tablero de ajedrez, cuya partida se desenvuelve olvidada, un caballete con una pintura inacabada y un vestidor repleto de prendas de alta costura.

De repente, veo algo que me provoca un escalofrío desde la punta de mis alas. En uno de esos espacios hay un trono de madera blanca, un trono hermoso y tallado con la lengua antigua. Hay un hada sentada sobre él, una mujer de largos cabellos negros y brillantes ojos verdes. Su mirada se mantiene perdida en el infinito mientras sus manos están fusionadas con la madera del asiento en el que se mantiene absorta. Veo luces en sus venas, pequeñas luciérnagas que surgen de los poros de su piel, como si fuera la savia de un árbol herido.

—¡No, espera! —grito al ver cómo la mariposa sigue el curso de las luces y se aleja de la mujer—. ¡Espera, por favor!

Las luciérnagas se deslizan por los cimientos de la Aguja y se pierden en el interior del mundo. Más allá de descubrir la verdadera función de los líderes feéricos, lo que me hace salir del trance de los copos de invierno es el simple hecho de haber visto a mi madre sentada en el trono de Otoño.

Mi madre, como la gobernadora de la Corte del Escarabajo, la elegida para darle vida a la tierra situada bajo la Aguja. Pero yo lo vi con mis propios ojos, vi cómo las dríades se la llevaban de mi lado y la atravesaban con sus ramas. Yo la vi morir, de eso estoy completamente segura.

Capítulo 8
Nuevas balanzas

«Queda terminantemente prohibido vestir el color rojo, pues no pertenece a ninguno de los reinos. Solo aquel con el poder de dominar la magia podrá vestir este color. Incluso se le otorgará un sombrero».
Wood, Escriba de Elasha.

—¿Qué te pasa, Dana? —Mel es la única que vuelve en sí para verme llorar. Qué vergüenza.

—He visto a mi madre, he visto a mi madre... —pronuncio de manera agitada. No puedo ocultarlo, no tengo por qué hacerlo.

—¿Le ha pasado algo? ¿Está herida? —Hay algo en el hada que me hace confiar en ella. No sé si es su inocencia o su cercanía, pero siento que, desde que me dijo su *luchie,* estamos unidas.

—Está muerta —sentencio de golpe, provocando que ella ahogue un grito—. Murió hace años con el Desprendimiento de la Aguja del Escarabajo.

—Entonces, ¿la Navidad te ha regalado una visión de ella?

—No, los copos de nieve me han mostrado dónde está.

No pierdo el tiempo, ignoro a las hadas y los duendes que están extasiados viviendo la Visión Lejana que el solsticio de invierno les está mostrando. Acudo a mi habitación mientras Milea me sigue de cerca. Me intenta calmar, pero no lo consigue. Mis profesores siempre dijeron que era una maldita cabezota, están en lo cierto y ahora mismo nadie me puede parar.

—Tienes que esperar, habla con tus *Balanzas* —dice el hada mientras yo cojo las flechas y la ballesta.

—Voy a marcharme, Mel. Tengo que hacerlo.

—Pero... —De pronto siento como su mano me agarra del brazo y me detiene—. ¡Te matarán!

—Puedo superarlo, esquivaré a las dríades, seré sigilosa.

—Lo he visto... La Navidad me lo ha enseñado.

—Pues entonces ven conmigo y ayúdame —insto a tiempo de zafarme de su agarre y dirigirme a la salida del *Elasha*.

—Ir... ir contigo... Yo...

Cierro los ojos, cojo aire y me doy la vuelta. Miro a Milea directamente a los ojos, observo la dulzura que se oculta debajo de su piel de exploradora. Sostengo sus manos con suavidad, coloco mi frente sobre la suya, un gesto que mi madre hacía muy a menudo.

—Si vuelvo con vida, seremos grandes amigas —pronuncio casi en un susurro. No quiero hacerle daño, no quiero preocuparla, pero mi decisión está por encima de todo lo demás—. Ahora que sabemos nuestros *luchies*, nuestros destinos están entrelazados.

—Quédate, Emidana..., no podemos sufrir más pérdidas.

—Mel..., durante toda mi vida me he sentido fuera de lugar. En la Corte de la Libélula se me ha mirado siempre con rareza, como si no perteneciera a la Aguja. Y yo siempre he sabido que mi hogar está bajo las hojas amarillas y los campos marrones. Si la Navidad me ha enseñado esto, es por algo y tengo que averiguarlo. Necesito respuestas.

—Yo no te conozco...

—Nunca he creído en la magia, ni en los cuentos, ni siquiera en las historias sobre que en el pasado podíamos volar...

—Iré contigo —me interrumpe con convicción, después me pide que la espere unos minutos.

Aprovecho su ausencia para ir a la bodega y coger varias botellas de néctar. No negaré que cojo un par de cervezas de lirio, por si el ánimo decae durante el trayecto. Y justo cuando me pongo la mochila, Milea aparece a mi lado.

El hada se ha equipado con una espada y un escudo, un conjunto de armas más común entre los protectores que entre los exploradores. Debe de ser lo suficientemente fuerte como para seguirme en carrera sin ralentizar su paso con tanto peso.

No hablamos más, no intercambiamos más palabras, al menos durante las primeras horas. Cruzamos el arco de rocas que delimita la vegetación sana que crece bajo las raíces del *Elasha*, de las Tierras de Otoño. Tenemos que detenernos para recobrar el aliento, al menos yo, porque Milea parece haber tenido un entrenamiento mucho más exhausto que el mío. Supongo que haber malgastado toda la temporada pasando de todo y de todos me está pasando factura.

—Mi padre murió durante la primera guerra contra las dríades —empiezo a hablar después de darle un sorbo a mi botella de néctar. Ella me mira, asiente con la cabeza y me deja continuar. Milea no me avasalla a preguntas como haría Arina, un detalle que me demuestra por qué mi vieja amiga se ha hecho ingeniera—. Mi madre y yo nos quedamos solas durante varios años. Vivimos bien hasta que la Aguja del Escarabajo se derrumbó. Aún recuerdo el grito de las hadas y los duendes que vieron a sus familiares morir. Nosotras tuvimos la suerte de sobrevivir a la caída, pero la huida hacia el *Elasha* fue verdaderamente aterradora...

—No hace falta que sigas...

—Necesito que sepas más de mí, que confíes en que no te haré daño y que no estoy loca. Te he arrastrado hasta el peligro y ni siquiera tienes un motivo para quedarte a mi lado. Te he separado de tus *Balanzas* y te estoy alejando de tu familia.

—Está bien, continúa.

—Los árboles crujían mientras las dríades acudían ansiosas a por su alimento. Muchos murieron sin ninguna opción a defenderse, otros perdieron sus extremidades, y los pocos que llegamos al gran árbol lo hicimos porque sacrificamos mucho en el camino.

—Tu madre...

—Me salvó dando su vida y ahora está en la Aguja completamente sola.

—Llegaremos hasta el final para descubrir la verdad de la Visión Lejana.

Nos ponemos de nuevo en marcha. Lo hacemos juntas, como un equipo, como si alguien se hubiera encargado de crear una sinergia entre nosotras. Cruzamos el curso del río, ignoramos los pantanos que se ocultan en la frondosidad del otoño y luchamos contra los animales salvajes que nos atacan.

Milea utiliza su escudo para defenderse y su espada para acabar con la vida de aquellos que buscan nuestra muerte. Salta de un lado a otro y me da la protección necesaria como para afinar mi puntería y asestar tiros certeros. Los lobos, osos y venados corruptos caen ante nosotras. Nunca he sentido una complicidad tan grande con alguien, quizá el habernos revelado nuestros *luchies* ha hecho que algo nos una. Y me niego a mí misma el creer en la magia, pero hay veces que no le encuentro otra explicación.

—Ni una sola dríade —comenta ella mientras se apoya en un árbol para descansar—. ¿Por qué no hay ninguna en esta zona?

—Porque no tienen hadas para cazar —deduzco haciendo la primera guardia mientras la noche lo oscurece todo—. Descansa, yo me quedaré alerta.

Milea no dice nada más, se recuesta sobre la capa de hojas de otoño y se queda completamente dormida. No puedo evitar mirarla. Sin que ella lo sepa, está consiguiendo calarme hondo. ¿Cómo una extraña se ha podido convertir en amiga? Me ha salvado la vida y lo sigue haciendo con cada minuto que permanece a mi lado.

—Yo nunca tuve amigas. —La voz del hada se propaga como un susurro al cabo de unas horas. Cuando me giro, la veo sentada y mirándome con dulzura, mi guardia ha terminado—. Supongo que ser la hija de un miembro del Consejo de Ancianos me aseguraba mi futuro en la sociedad de la Aguja, pero se me negaba el privilegio de las relaciones sociales.

—¡Qué hijos de...!

—Así que pasé toda mi niñez jugando sola, esperando entusiasmada a que mi padre llegara para contarme cómo había ido su día. Intenté estudiar para seguir sus pasos, pero era incapaz de memorizar los densos textos que era obligatorio aprenderse. Por ello, aprovechaba mi soledad para espiar a los protectores durante sus entrenamientos militares y practicar sus movimientos a escondidas. Cuando tuve ocasión, me presenté a la guardia feérica, pero me rechazaron una y otra vez. No entendía por qué, hasta que descubrí a mi padre hablando con el instructor y negociando mi suspenso.

—¡Qué injusto!

—Al final me di cuenta de que, como exploradora, nunca me podrían rechazar, las Agujas nos necesitan tanto que no pueden perder la oportunidad de aceptarnos. Así pues, aprobé, me asignaron unas *Balanzas* y me soltaron al exterior.

—¿Tu padre te dejó partir con tanta facilidad? —Ahora soy yo la que se sienta junto al árbol y ella la que hace de vigilante nocturno.

—Me encerró en nuestro apartamento, o al menos lo intentó, pues no tenía ni idea de todo lo que había aprendido en mi soledad.

—No hemos tenido las mejores vidas... —comento justo antes de bostezar.

—Pero Asperis ha hecho que nos encontremos y emprendamos este viaje juntas —apunta ella apoyada sobre su escudo—. Descansa, mañana nos espera un largo día.

CAPÍTULO 9
LA CHISPA FEÉRICA

«Solo aquellos tocados por el Solsticio de Invierno pueden pedir un deseo. Se recomienda comer doce uvas, una por cada elemento mágico».
Sunset, Escriba de Elasha.

Los días transcurren entre largas caminatas y la lucha contra las bestias que nos atacan. Me pregunto si lo hacen por hambre o por temor. Aun con esas, no tenemos otra opción que derrotarlas. Milea se va sincerando conmigo, cada descanso que tomamos significa escuchar su historia.

—¿Qué hay de tu madre?

—Bueno..., ella...

—Disculpa si te he incomodado, yo no...

—No, no, es que es complicado —suspira. Clava su espada en la tierra y habla sin mirarme a los ojos—: Fue una importante ingeniera de Primavera, pero decidió encomendarse al *Elasha* cuando yo aún era un bebé.

—¿Es una escriba? —Mis ojos se abren de par en par mientras la cerveza sale despedida por mis labios—. ¿Pudiste verla?

—Sí, pero casi preferí no hacerlo. —Me quedo callada mientras espero a que ella continúe. Tarda varios minutos en romper el silencio, incluso escucho sus sollozos. Está sufriendo y no sé qué puedo hacer—. Ha perdido todo su ser, no parecía ella, no era ella..., es como si no existiera.

—Los escribas del gran árbol hacen un sacrificio exagerado por darle a Asperis el sentido de la historia —intento consolarla, pero no se me da bien.

—Pierden el habla y la vista por escribir las historias que el *Elasha* les incita a ver. Eso y estar muerta no se diferencia en nada. Así que... —Su voz se acalla mientras sus lágrimas caen sobre las hojas marrones del suelo—. Así que he tenido que aceptar que mi madre está completamente muerta, muerta en vida.

Entonces me levanto, en silencio, me acerco a su espalda y la rodeo con mis brazos. No sé qué más puedo hacer, por ello decido demostrarle que estoy aquí, que, a pesar de todo, yo también la acompañaría hasta el infinito para ayudarla. Milea apoya sus manos sobre las mías, se gira suavemente y coloca su frente sobre la mía.

Permanecemos así durante largos minutos, me pierdo en la inmensidad de su mirada, en el jardín verde que crece en ella. Por un momento, me pregunto si estará sufriendo el aliento de una borracha, luego ocurre algo que me da un golpe de realidad. Milea me besa, no lo hace como si quisiera socorrerme, así fue como la conocí, sino que lo hace desde el corazón. Su beso es suave y ligero, pero soy yo la que inicia un baile de salvajismo y caos.

De repente, me descubro ansiando sus labios, un sentimiento que se remonta al preciso instante en el que aceptó acompañarme. No sé si esto es amor, ni siquiera sé si las hadas pueden amar, pero, de alguna manera, siento que a su lado estoy viva. Nuestras lenguas se acarician tímidas justo antes de que la pasión se apodere de ellas y nos obligue a juntar nuestras caderas.

Hace calor, hace tanto calor que no podemos evitar quitarnos la ropa y restregarnos completamente desnudas. Nuestros pechos entrechocan con fuerza mientras un extraño brillo surge de nuestras alas, un resplandor que pasa inadvertido. Nos perdemos en un baile de sensualidad, lujuria y pasión. Por primera vez en nuestra existencia, solo estamos las dos, y el resto de Asperis carece de importancia. Que se desprendan todas las Agujas si puedo conseguir que este momento sea eterno. De pronto, estallan las cascadas de nuestros cuerpos y nos humedecen por completo.

—¿Esto es por el *luchie*? —pregunto recostada sobre su regazo. Seguimos desnudas, como si fuéramos animales salvajes del bosque.

—¿No decías que no crees en la magia? —se jacta ella jugando con mi cabello—. Esto es por nosotras, por todo lo que tenemos en común y por todo el cariño que nunca nos han dado.

—Entonces, tendremos que amarnos entre nosotras.

—Solo si te quedas a mi lado —susurra con nuestros corazones latiendo al unísono.

—Que así sea —sentencio antes de que nuestros labios vuelvan a juntarse y nuestros cuerpos inicien una danza de caricias, saliva y el desbordamiento de un río que lleva días deseando salir de su cauce. En ese instante, nuestras alas vuelven a brillar.

CAPÍTULO 10
EL EQUILIBRIO DE LAS AGUAS

«Y cuando la Navidad llegue a su fin y la nieve se derrita, todo se habrá purificado y la magia podrá resurgir de nuevo. Así es como funcionan las estaciones, aunque en algún momento el ciclo se detendrá».
Petal, Escriba de Elasha.

Cuando nuestros pasos se detienen frente a la Aguja del Escarabajo, mis rodillas empiezan a temblar. Milea me sostiene de la mano para darme la seguridad suficiente para entrar. La torre está tal y como la vi durante la Visión Lejana del solsticio de invierno. Recorremos los pasillos de mi antiguo hogar para llegar a las escaleras. No podemos volar como hacía la mariposa, por lo que nuestro recorrido es largo y pesado.

Nos detenemos en un invernadero donde las flores están perfectamente cuidadas. Nos recostamos sobre un jardín de césped verde y permanecemos mirándonos sin decir nada. Nos acariciamos las manos con los dedos e ignoramos las primeras gotas de los aspersores que se encienden de manera automática. El agua empapa nuestras vestimentas, nuestros cabellos y nuestra piel. Pero no nos importa, sabemos que estamos cerca de nuestro destino y queremos aprovechar este momento un poco más.

Al cabo de una hora, decidimos reincorporarnos, caminar y abandonar nuestro querido jardín interior. Recorremos la gran escalinata deseando ver el final. Lo hacemos despacio, sin prisa, con la sensación de que algo puede atacarnos en cualquier momento. Pero no ocurre nada, llegamos a la penúltima planta y descubro la misma estampa que vi durante la Visión Lejana.

—¡Dana, espera! —grita ella cuando emprendo una carrera para cruzar la puerta blanca.

De repente el acceso se cierra detrás de mí y nuestras vidas se separan por completo. El hada golpea la madera con fuerza, incluso lo hace con su espada, porque escucho el filo intentando llegar a mí.

—¡No te preocupes, cariño! —le grito desde el otro lado—. Voy a estar bien, encontraré la forma de llegar a ti.

—¡Espérame! ¡No hagas ninguna locura!

Pero ya estoy avanzando, ya estoy recorriendo la gran estancia para llegar al trono. Todo está tal y como lo vi: la fuente con los nenúfares, la mesa llena de libros, la cama... Entonces me quedo completamente paralizada. Mi madre no está, no hay nadie sentado en la butaca de madera.

—¡Mamá! —grito visitando todos los ambientes de la habitación, pero estoy completamente sola.

La respiración se me entrecorta mientras el corazón me va a mil. Miro incluso debajo de la cama, pero es inútil, no hay nadie ahí. La ansiedad me acaricia la piel mientras la preocupación se apodera de mí. Estoy sola, como siempre lo he estado, no hay nadie a mi lado. Me siento débil, tanto que tengo que soltar la ballesta, las flechas y la mochila. De repente, la última botella de néctar se rompe y el jugo se desliza por el suelo como si tuviera vida propia. El líquido muestra un río hasta el trono, una ruta que parece marcar mi verdadero destino. Entonces aparece una mariposa de alas negras y doradas, un insecto que revolotea alrededor de mí y se dirige hacia el asiento.

—Lo entiendo... —susurro a tiempo de leer el texto antiguo tallado en el trono—. Los reyes y reinas de Asperis son necesarios para mantener el mundo en pie. La magia sigue existiendo, nunca se fue, se anidó en los corazones más puros. Sin un hada o duende en el trono, el mundo se desmorona.

Entro en un trance que mueve mi cuerpo solo, me siento en el trono y dejo que la magia brote de mí. En el momento en el que mis brazos se apoyan en la madera, mi cuerpo se fusiona con ella y mis alas empiezan a resplandecer, poderosas. Mis venas muestras los mismos brillos que vi en mi visión, extrañas luciérnagas que me abandonan para alimentar los cimientos del mundo. Entonces me doy cuenta de que lo que vi no fue a mi madre, sino a mí misma envejecida y consumida por mi propio sacrificio. No sé si cualquier feérico puede ocupar un trono de Asperis, solo sé que mi vida es necesaria para que el mundo no sea destruido. El Consejo de Ancianos siempre lo ha sabido, un trono por cada corte, un líder que se sacrifique por el bien común.

Nunca entendí lo que hacían los gobernadores de los cuatro reinos, ahora sé que son preparados desde niños para aceptar el sacrificio por el bien del todo. Solo los corazones más puros son portadores de la magia antigua, y yo soy la dueña de uno de ellos. Este es el final de mi historia, si tengo que hacerlo por proteger todo lo que conozco, que así sea. «Te seguiré amando Milea, lo haré, aunque nuestra historia no haya podido ser más larga. Deseo que rehagas tu vida y que tengas hijos, pues así yo podré protegerlos como si fueran míos. Ahora soy un alma más del Elasha, un espíritu de los que le otorgan al gran árbol el poder suficiente como para darnos vida. Soy un hada del Otoño, soy Emidana, soy una reina».

FIN

Pebol Sánchez

Nací en Salamanca y me crie en un pueblo llamado Carbajosa de la Sagrada. Desde muy pequeño me han atraído las historias llenas de magia. No me considero un buen lector, de hecho, prefiero crear antes que leer y siempre tiendo a leer novelas que me llaman la atención. Libros de esos que ves y de pronto los necesitas en tu vida.

Mis grandes referencias son *Las crónicas de Narnia* de C.S. Lewis, *Los juegos del hambre* de Suzanne Collins y la más reciente *Una corte de rosas y espinas* de Sarah J. Maas. Me considero un soñador y siempre estoy dispuesto a que otros sueñen conmigo. En mi adolescencia fui un adicto del anime y de la cultura japonesa.

En mi adultez eso evolucionó a una fuerte pasión por la cultura asiática y, en especial, la coreana. Corea del Sur es un país que se ha ido romantizando con los años y, como no podía ser menos, yo me he dejado encandilar por sus grupos de música (Blackpink y Babymonster, en especial), sus series (*El Juego del Calamar*, *La Gloria*, *Kingdom*), y sus películas (*Parásitos*, *El Huésped*, *Tren a Busán*). Durante la pandemia no pude evitar enfrascarme en el estudio de su idioma y su cultura, teniendo como pretexto poder viajar algún día a ese maravilloso país.

También adoro la mitología griega y todas las historias que se gestan en ella, la magia de los dioses, el poder de la inmortalidad y la idea de que el amor lo puede todo. Adoro las historia de amor originales con giros argumentales que te dejan roto y con personajes inolvidables. Por eso todas mis historias tienen un desarrollo de protagonistas y un *worldbuilding* que nunca antes se ha visto. Siempre tengo un mapa hecho guardado en un cuaderno y una guía del mundo por si algún día me quiero mudar allí a vivir.

Puedes encontrar toda la información sobre mis novelas en mis redes: **@pebolsanchez.**

RELATO 7
NAVIDADES EN LA PLAYA

M.R. FLOWER

CAPÍTULO 1

Jimena sintió de golpe cómo algo blando le daba en la cara y la despertaba de un profundo sueño. Se sobresaltó, alzándose de la cama como un resorte sin entender nada.

Miró hacia los lados, como si negase con la cabeza, para encontrarse a su derecha con su amiga Amanda, que tenía una almohada en las manos y una sonrisa de suficiencia en los labios.

Jimena parpadeó y se rascó un ojo, agotada por el sueño, antes de levantarse de la cama.

—¿Se puede saber cómo has entrado en mi piso? —preguntó encendiendo la calefacción de su dormitorio, ya que, al levantarse, sintió el frío de diciembre, que provocó que se le erizase la piel.

—Con la llave que me diste para emergencias, y esto lo era —respondió alzando los hombros como si eso lo explicase todo.

—¿Y qué emergencia había? ¿Se estaba quemando mi casa y por eso me has despertado con esa brusquedad?

—No, pero hoy nos vamos de viaje y no quería que te quedases dormida.

Jimena miró la hora en el móvil que tenía en la mesita de

noche.

—Amanda, faltan seis horas para que cojamos el vuelo. Tenía la alarma puesta para dentro una hora. No iba a quedarme dormida.

—Por si acaso. —Su amiga se encogió de hombros y volvió a dejar la almohada en la cama.

Jimena suspiró poniendo los ojos en blanco y se dirigió a la cocina para prepararse el desayuno. Pensaba dormir más tarde de lo habitual ese día. Estaba cansada de madrugar, pero, como Amanda, su mejor amiga, la había despertado, iba a aprovechar el tiempo para dejarlo todo bien atado antes de irse.

Ambas amigas decidieron que ese año harían un viaje lo más lejos posible de todo. Estaban hartas de aguantar las típicas Navidades con familiares a los que no veían desde hacía meses, pero que, por alguna extraña razón, prácticamente las obligaban a asistir a esas reuniones en las que lo único que había eran falsas muestras de cariño, hipocresía y muchas críticas hacia personas que no habían asistido. Ella, en concreto, avisó a su madre con meses de antelación. Y, si bien esta no se lo tomó demasiado bien al principio, acabó cediendo y deseándole unas felices vacaciones.

Desde luego, era una adulta que no necesitaba el permiso de sus padres para ir a donde quisiese, pero tampoco quería que su madre se disgustase con ella.

—No veo la hora de que estemos por fin en Aguas Dulces. —Amanda aplaudió como una niña pequeña, dando saltitos—. Qué ganas tengo de salir de este frío invernal y estar ya sentada en una hamaca con el bikini puesto, un coctel en una mano y deleitándome con los cuerpazos de unos cuantos tíos.

—Ya veo que tienes ganas... —Jimena, riendo, señaló el lazo del bikini amarillo de su amiga que sobresalía por encima de su jersey de lana gris claro—. Podrías haber esperado a estar en el Caribe para ponerte el traje de baño.

—Estoy deseando llegar para deshacerme de esta prenda tan gruesa y dejar ver el vestido que llevo debajo. —Se subió el jersey para confirmar lo que acababa de decir, revelando un vestido de flores que llevaba puesto bajo el pantalón vaquero—. En cuanto estemos subidas en el avión, me quito esto en el baño.

Jimena no pudo evitar poner los ojos en blanco y negar con la cabeza.

—Estás loca, ¿lo sabías? —Rio mirando a su amiga.

—Loca no, solo soy una visionaria.

Jimena se encogió de hombros y empezó a depositar en la mesa de la cocina todo lo que iba a tomar para desayunar.

Las horas hasta que tuvieron que irse para el aeropuerto pasaron volando, preparando todo lo que se iba a llevar esos diez días que iban a estar de viaje.

Una isla paradisíaca, perdida en el mar Caribe, les pareció el entorno ideal para desconectar de la rutina. Era una isla pequeña, pero que estaba dando mucho de qué hablar por sus fiestas y la buena acogida que tenía el turismo en aquella zona, que era, principalmente, de lo que vivían los isleños del lugar. Se iban el veintidós de diciembre y volverían el dos de enero, después de Año Nuevo.

—¿Y tu equipaje? —preguntó Jimena a Amanda, al ver que ella salía con su maleta y, sin embargo, su amiga iba totalmente de vacío, salvo por el bolso.

—Es lo que llevo encima. —Amanda se encogió de hombros como si aquella respuesta lo explicase todo.

—¿Piensas llevar la misma ropa durante diez días? —Arrugó la nariz extrañada—. ¿No vas a cambiarte ni de bragas?

—Si necesito algo, puedo comprarlo allí y, si no, para eso voy con mi amiga del alma que, probablemente, llevas ropa para un mes en esa maleta gigante.

—No pienso dejarte mis bragas.

—Créeme cuando te digo que pienso estar más tiempo sin bragas que con ellas puestas. —Alzó las cejas esbozando una sonrisa pícara—. Lo más probable es que ni me ponga. Pienso catar a más de un guaperas de Aguas Dulces.

Jimena suspiró alzando la cabeza, resignada. Definitivamente, su amiga no tenía remedio.

Se montaron en el taxi y pusieron rumbo al viaje. Comenzaba la aventura.

CAPÍTULO 2

Tras catorce horas de vuelo, llegaron a su destino. Con el desfase horario de ocho horas de diferencia, llegaron a las diez de la noche. Estaban tan agotadas que tomaron un taxi en el aeropuerto y se fueron directas al hotel.

A pesar de que era de noche, el calor era sofocante, con nada más y nada menos que veintinueve grados.

El hotel que habían escogido era espectacular y estaba decorado para la ocasión con un enorme árbol de Navidad en el centro del *hall*, y varias bolas y centros de mesa aquí y allá.

En la recepción, les pusieron las pulseritas de todo incluido cuando fueron a registrarse.

Jimena soltó su maleta en la habitación, y Amanda las prendas de ropa que se había quitado en la suya, que era contigua a la de su amiga. Las habitaciones tenían todas las comodidades que una persona podría imaginarse y la amplia terraza gozaba de unas espléndidas vistas al mar. Una caja de galletitas de jengibre, con formas navideñas, estaba puesta en una de las mesitas junto con una tarjeta del hotel que le deseaba felices fiestas.

No habían escatimado en nada cuando reservaron el viaje, llevaban casi un año ahorrando para que las vacaciones fueran inolvidables.

Salieron para disfrutar de una cena ligera en el restaurante del hotel y, de paso, pidieron que les llevasen unas copas para tomárselas en la terraza de la habitación.

—Pienso darme un baño en la enorme bañera de hidromasaje en cuanto me vaya a mi habitación —dijo Amanda dando un sorbo a su copa mientras estaban sentadas en las hamacas.

A Jimena le parecía muy relajante el sonido del mar y la quietud de la noche. Miró hacia arriba para observar un cielo estrellado como nunca antes lo había vislumbrado. Vivir en una gran ciudad conllevaba que nunca podía ver ese tipo de cosas.

Tras un rato de charla, Amanda se despidió de ella y se marchó a su estancia.

Jimena entró en el dormitorio y comenzó a llenar la bañera para darse un buen baño, como Amanda había sugerido. Tomó uno de los botecitos de gel y lo vertió en su totalidad, provocando que comenzara a formarse una suave espuma por toda la bañera.

Una vez se hubo llenado del todo, se desnudó y se introdujo en esta, dejando caer la cabeza hacia atrás. Cerró los ojos, deleitándose con el placer de la relajación.

Así estuvo una hora, hasta que casi se quedó dormida. Salió de la bañera, se envolvió el cuerpo en una toalla limpia, recogió todo lo del baño y se fue a la cama.

Quería estar bien descansada para el día siguiente.

Nada más despertarse, Jimena oyó unos toquecitos en su puerta. Al abrir, se encontró a Amanda, que entró deprisa en la habitación.

—Querida amiga… —comenzó a decir con voz melosa tras darle los buenos días a Jimena.

—Sí, Amanda, puedes coger lo que quieras de mi maleta

—la interrumpió resignada—, pero el vestido blanco corto no, que es el que me voy a poner yo.

Amanda eligió un vestido verde claro de tirantes, que se puso encima de su bikini amarillo con flores.

—Hoy me voy a comprar algo de ropa, te lo prometo —aseguró Amanda—. Anoche lavé el bañador en el lavabo y por la mañana ya estaba seco.

—No tienes remedio —rio Jimena poniéndose el traje de baño y el vestido blanco.

Bajaron a uno de los restaurantes del hotel para desayunar. Había una gran variedad de platos para escoger. Se decantaron por un poco de fruta de la zona, unos zumos, café y unos dulces que parecían una delicia. Eran de hojaldre, espolvoreados con azúcar glas y rellenos de algún tipo de mermelada.

—He estado investigando y, según internet, lo más recomendable es contratar un guía para pasear por la isla. Por lo visto es algo muy habitual, el propio hotel puede contratar uno en nuestro nombre —explicó Jimena una vez se sentaron con los platos para desayunar—. Nada mejor que alguien de aquí, para enseñarnos los bonitos lugares que esconde esta isla.

—Vale, sí, me parece buena idea. —Amanda estuvo de acuerdo—. Pero también quiero tirarme en la playa todo un día y no hacer absolutamente nada. Solo tomar cócteles y conocer a algún que otro *surfero*.

—Las aguas aquí son muy tranquilas, vas a encontrar pocos *surferos* —bromeó Jimena.

—Pues bañistas o lo que sea. No quiero estar todo el día de acá para allá, con horarios de excursiones, etc. Para eso ya tengo el trabajo.

—Vale, prometo no estresarte mucho. Pero también quiero ver cosas de esta isla, así que al guía lo contratamos sí o sí.

Cuando terminaron de desayunar, Jimena fue a la recepción para contratar al guía turístico. La chica del mostrador le dijo que haría unas llamadas y que muy probablemente tardaría alrededor de una hora en llegar.

Jimena le propuso a Amanda que esperasen en la piscina a que les avisasen cuando el chico hubiese llegado.

Se dieron un baño rápido y se tumbaron en unas hamacas a tomar el sol.

Las vacaciones, oficialmente, habían comenzado.

CAPÍTULO 3

Ambas amigas salieron a la entrada del hotel en cuanto un empleado de este les avisó de que el guía las estaba esperando fuera.

Nada más salir, uno de los chicos más guapos que habían visto en toda su vida estaba apoyado en un *Jeep* de color verde, con un cartel en las manos con el nombre de ambas escrito.

Tenía el pelo peinado hacia atrás, la piel tostada y, cuando se quitó unos instantes las gafas de sol, descubrió unos ojos cristalinos del color del mar que los estaba rodeando en ese instante. Un cuerpo bien trabajado se dejaba ver a través de la camisa, con algunos botones desabrochados y las mangas remangadas hasta los codos. Un pantalón de estilo militar y unas botas negras acompañaban el atuendo.

Jimena se quedó impresionada, pero Amanda estaba por completo hipnotizada.

Cuando volvió en sí, le dio un golpe en el hombro a su amiga antes de decir:

—Me lo pido.

El chico, al ver que ambas se acercaban a él, esbozó una sonrisa que dejó ver una dentadura totalmente blanca. Desde luego, ese hombre era la perfección hecha carne.

—Hola, señoritas. Mi nombre es Raúl y voy a ser vuestro guía —se presentó el chico.

Ambas chicas lo saludaron con una timidez para nada normal en ellas. No se esperaban a semejante adonis nada más empezar el viaje.

Raúl les abrió la puerta trasera del coche y ambas entraron.

—Esa voz con acento latino ha sido el remate para acabar de mojar las bragas —dijo Amanda en cuanto Raúl cerró la puerta y empezó a rodear el coche para montarse en el asiento del conductor.

—Calla, que te va a oír —susurró Jimena entre dientes.

Una vez al volante, Raúl se giró hacia atrás para mirarlas.

—Bueno, señoritas, ¿tenéis algún lugar en mente al que queráis ir? ¿O preferís que yo os sugiera algún sitio?

—A decir verdad, venimos a ciegas —explicó Jimena—. Podrías mostrarnos los lugares que más te gusten a ti.

Raúl lo pensó unos instantes.

—Veo que lleváis traje de baño. Si queréis, y os gusta la naturaleza, puedo acompañaros a la cascada de Santa Julia, es un pequeño paraíso perdido. Lo único es que no puedo entrar con el coche, hay que caminar un poco.

—A Amanda las excursiones…

—Me encantan —la interrumpió su amiga de sopetón—. Me encantaría visitar ese lugar que tanto te gusta, Raúl.

Jimena se mordió el labio para no soltar una risotada. Amanda odiaba con todas sus fuerzas lugares que incluyesen naturaleza, caminar en exceso e insectos que seguro que encontrarían. Pero parecía que, con tal de conseguir acostarse con ese chico, sería capaz de saltar caimanes si fuese necesario.

Raúl asintió y condujo hasta ese sitio perdido.

Amanda no paró de hacerle preguntas a Raúl en todo el trayecto y de reírse con todo lo que él decía, motivo por el cuál

Jimena puso los ojos en blanco en más de una ocasión.

—¿Y qué vas a hacer para Nochebuena, Raúl? —Fue una de sus múltiples preguntas—. ¿Vas a cenar con tu familia, tu novia...?

—No tengo ni familia, ni novia —respondió este mirando al frente—. Normalmente ceno con unos amigos, pero la verdad es que este año no tengo planes.

—¿No tienes a nadie? —preguntó Jimena sintiendo algo de pena por él.

—No, me crie en un orfanato. Los niños de aquel lugar se podrían considerar mis hermanos, pero cada uno está haciendo su vida en diferentes lugares. En la isla creo que solo quedamos Víctor y yo. También tenemos a Nana, pero a ella no le gustan estas fiestas. Comemos con ella los domingos y le contamos qué tal nos ha ido la semana.

—¿Quién es Nana?

—Es la mujer que nos cuidó en el orfanato. Nos hizo hombres de bien, como ella dice. Es la mujer más buena del mundo. Está algo viejita, pero nos sigue tratando como si fuéramos niños, incluso para regañarnos.

En los labios de Raúl se alojó una sonrisa al hablar de aquella mujer. Se notaba el cariño que le profesaba.

—¿Y por qué no os venís Víctor y tú al hotel? Será divertido pasar la festividad los cuatro juntos. —Amanda estaba deseosa de que Raúl aceptase.

—Amanda, lo acabamos de conocer y lo estás poniendo en un compromiso. —Jimena le dio un toquecito en el hombro—. Además, no conocemos de nada al tal Víctor, ni él a nosotras. Lo más probable es que ni acepte.

—Vale, chicas, tranquilas —rio Raúl—. Puedo hablarlo con Víctor, igual se anima.

—Si es la mitad de guapo y simpático que tú, estaré encantada de conocerlo —dijo Amanda triunfante—. Y seguro que Jimena también.

Esas palabras provocaron que la aludida la fulminase con la mirada.

Jimena pensó para sí que no era ninguna desesperada en busca de cualquier tío que le hiciese un poco de caso. Y que Amanda, con sus palabras, estaba provocando que pareciese precisamente eso, cosa que no le gustaba para nada. Ella solo había ido a esa isla a divertirse y cambiar de aires, no a tirarse a todo hombre viviente.

Tras una hora de caminata en plena selva, después de dejar el coche en una explanada de tierra, llegaron al lugar más mágico que Jimena podría imaginar. Una hermosa cascada caía entre unas rocas. El agua cristalina, junto con la luz del sol, proyectaba un arcoíris tan nítido que parecía que se pudiese tocar con las manos. Ese lugar, en medio de la arboleda, era precioso. Un recuerdo que Jimena atesoraría en su memoria toda la vida.

Sin poder aguantarlo más, se quitó el vestido y se lanzó al agua sin pensarlo dos veces. Al volver a la superficie, sonrió con alegría nadando hasta la cascada, donde dejó que el agua que caía le salpicase en la cara.

La siguió Raúl, contagiado de su entusiasmo, y hasta Amanda se animó a bañarse, alejando sus pensamientos de los animales que pudiera haber en el agua.

Después de pasar el día allí y almorzar en un restaurante típico de la zona, en el que degustaron unos deliciosos platos, Raúl las llevó de vuelta al hotel.

—¿Os gustaría ir por la noche a algún lugar con buena música y magníficos cócteles? —las animó el chico.

—Nos encantaría, pero ¿tú no habrás dejado de trabajar para entonces? —preguntó Jimena.

—Sí, pero me caéis bien. Esto sería una salida en plan amigos.

—Sí, claro que nos apuntamos. Me encantará bailar contigo, Raúl —dijo Amanda coqueta.

—En ese caso, os recojo después de la cena, a las once de

la noche, y salimos a rumbear.

    Ambas chicas salieron del coche y fueron directas a las habitaciones, para luego pasar el resto de la tarde tiradas en la playa relajadas, riendo y recordando todo lo que habían hecho ese día.

CAPÍTULO 4

Raúl fue muy puntual. A las once de la noche las estaba esperando en la puerta del hotel. Tanto él como las dos mujeres se habían vestido para la ocasión. Amanda se mordió el labio al ver a Raúl tan guapo, vestido con unos vaqueros y una camisa. Ella se había ido de tiendas y se había comprado todo lo necesario para pasar esos días. Además de una maleta, se llevó también, de paso, un «te lo dije» de su amiga Jimena.

Fueron caminando hasta el lugar que Raúl les quería enseñar. No estaba lejos del hotel en el que se alojaban. De hecho, descubrieron que prácticamente todo estaba cerca, ya que la isla era pequeña.

Aquel establecimiento era muy bonito. Parecía una cabaña de madera llena de luces estroboscópicas de muchos colores y con buena música que se oía desde fuera.

Raúl pidió disculpas y se alejó unos instantes de ellas para saludar a unos amigos. Jimena, por su parte, se entretuvo mirando la pizarra que había en la puerta, en la que señalaban los tipos de cócteles que servían.

—Oye, prueba esto, está muy rico —la sorprendió Amanda por detrás.

Su amiga llevaba en la mano una especie de palo de madera, en el cual había insertados unos caramelos de colores, pero que, al morderlos, era como comer algodón de azúcar aplastado.

—Está delicioso —dijo Jimena, al meterse una de las bolitas de caramelo en la boca—. ¿Dónde los has comprado?

—Me los ha dado aquella señora mayor tan entrañable a cambio de la voluntad, por supuesto. Le he dado el equivalente a unos dos euros —explicó Amanda tomando otra de las bolitas.

Jimena asintió satisfecha y cogió otra de otro color. Todas sabían igual, pero estaban increíblemente dulces.

Raúl, al verlas, corrió hacia ellas y le dio un manotazo a la mano de Amanda para que soltase el palo, que cayó al suelo.

—¿Qué hacéis? ¡No comáis eso! —El rostro de Raúl era de alarma.

—Pero ¿por qué? —preguntó Jimena sin entender.

—Es una droga muy potente, más de un turista ha picado ya. Pierdes totalmente el contacto con la realidad y aprovechan para robarte todo lo que tienes.

—¿¡QUÉ!? —dijeron las dos al unísono.

—Pero ¡si yo no me he drogado en mi vida! —aseguró Jimena por completo asustada.

—¿Voy a morir? —Amanda entró en modo pánico.

—Bueno, hasta ahora, solo ha muerto una chica, pero porque se comió dos de esas cosas —quiso aclarar—. Vosotras habéis compartido uno, así que no creo que os afecte mucho.

Amanda miró hacia donde estaba la mujer para señalarla, pero esta había desaparecido por completo.

—Lo mejor será que vayamos a la clínica, ellos sabrán lo que hay que hacer en estos casos. No está lejos, venid conmigo.

Caminaron por el paseo marítimo unos minutos hasta que, de pronto, Jimena se paró en seco y comenzó a mirar desorientada hacia arriba.

—¿Lo oís? Son las estrellas, son preciosas, parecen

fuegos artificiales y me hablan.

En la realidad que Jimena estaba viendo en ese instante, unas estrellas explosionaban de una forma preciosa, con dulces voces que parecían de sirenas cantarinas.

—Jimena, vuelve, no es real. —Raúl le tomó el rostro entre sus manos, intentando que volviese en sí.

Jimena parpadeó lentamente con las pupilas dilatadas.

—Es real, es muy real. Me están mostrando el mar. Quieren que vaya hasta allí. —Señaló el agua, el rumor del suave oleaje parecía llamarla.

Se zafó de las manos de Raúl y comenzó a caminar hacia el mar.

Este intentó impedírselo, pero, de pronto, notó cómo Amanda se le subió encima por detrás, rodeándole el cuello con los brazos.

—¿Qué pasa? ¿Que te gusta mi amiga más que yo? —Se notaba que también estaba muy drogada—. La tocas a ella antes que a mí. Pues no te haces una idea de lo que puedo hacer en la cama. Ibas a flipar, te lo aseguro.

—Amanda, suéltame, por favor, tu amiga está a punto de meterse en el mar y se puede ahogar, tengo que impedírselo. —Raúl intentaba separarse de ella sin hacer demasiada fuerza para no hacerle daño.

—No le va a pasar nada, sabe nadar, echemos nosotros un polvo en la arena o en aquella cama con luz que hay en el centro de la playa, se ve muy cómoda.

Raúl no veía la cama por ningún sitio. Estaba claro que esa droga no tenía límites.

De casualidad, pasaron dos hombres uniformados de policía. Raúl agradeció por una parte y maldijo por otra. Sabía que las chicas iban a meterse en problemas, pero era mejor eso a que alguna de las dos acabase muerta.

—Agentes, necesito vuestra ayuda. Por favor, tenéis que alcanzar a esa mujer de allí. Está drogada y a punto de meterse en el mar, puede ocurrirle algo. —Señaló a Jimena que estaba empezando a desabrocharse el vestido, con los pies ya descalzos tocando el agua.

Uno de los policías corrió hacia ella para evitarlo, mientras el otro ayudaba a Raúl a desprenderse de Amanda, que parecía no querer soltarlo.

Tras un forcejeo por parte de ambas chicas, los policías consiguieron meterlas en el coche policial para llevarlas a comisaría.

—¿Quién está de guardia en la delegación? —preguntó Raúl a los dos agentes.

—El capitán Rodríguez —respondió el oficial que estaba conduciendo.

Raúl respiró aliviado.

—¿Adónde nos llevan? —preguntó Jimena, aún atontada por la droga.

—El tráfico de sustancias nocivas está fuertemente penado por la ley aquí. El presidente de la isla no tolera tales prácticas, aunque hay quien opina que los castigos son demasiado injustos —explicó Raúl—. Si el oficial al mando determina que comprasteis las drogas por voluntad propia, podríais acabar en la cárcel.

—¿Qué? ¡Pero eso no fue así! Yo no sabía lo que estaba tomando, tienen que creernos. —Se dirigió a los agentes del coche—. Nos engañaron, pensábamos que era una simple golosina.

Amanda solo pudo ponerse a llorar, estaban empezando a sufrir el bajón propio de dicha sustancia.

—Calmaos, chicas, yo estoy de testigo y, además, el oficial es un buen amigo mío. Le explicaré lo que ha pasado.

Cuando llegaron, las metieron en el calabozo. Raúl solicitó quedarse con ellas, ya que estaban muy nerviosas y asustadas. Le pidió a uno de los agentes que llamase a su superior y este se fue a buscarlo.

—Todo irá bien. —Quiso tranquilizarlas a través de las

rejas.

A los pocos minutos, de lejos, vieron acercarse a un hombre de complexión fuerte, con los rasgos marcados, los ojos castaños, la piel tostada por el sol y el pelo negro muy corto. Llevaba una camisa con un par de botones desabrochados, unos vaqueros y un cinturón en el que llevaba colgada la placa de policía.

Probablemente fuesen todavía los efectos de la droga, pero Jimena podría haber jurado que ese hombre tan atractivo, con su rostro serio que rebosaba autoridad, caminaba a cámara lenta mientras se escuchaba de fondo la canción *Sexy and I know it*, de LMFAO.

—Pero ¿qué os dan de comer aquí para que estéis así de *buenorros*? —Amanda también había visto a aquel agente y no pudo evitar soltar aquella pregunta.

Jimena estuvo de acuerdo con ella, ese hombre, fuera quién fuese, estaba demasiado bueno.

CAPÍTULO 5

Al día siguiente, Jimena, al despertarse en la habitación del hotel, suspiró de alivio. Tras el interrogatorio por parte del capitán Rodríguez en la comisaría, y gracias a la ayuda de Raúl, el policía llegó a la conclusión de que habían sido engañadas, que no habían cometido ningún crimen y que podían salir de allí sin problemas.

Raúl las llevó de vuelta al hotel y, tanto ella como Amanda, se fueron directamente a la cama, esperando que el día siguiente fuese mejor.

Nada más levantarse, fue a coger un analgésico de su mochila. Tomó una de las botellas de agua del minibar y le dio un sorbo para poder tragarse la pastilla. La cabeza le dolía mucho y eso la calmaría.

Decidió también darse un baño para liberar tensiones y relajarse. Aún estaba nerviosa por todo lo acontecido el día anterior.

Justo cuando iba hacia la bañera, llamaron a la puerta con unos suaves toques.

Fue a abrir sin más demora, con el pijama de pantalón corto y tirantes que llevaba puesto. Mientras caminaba, se recogió su pelo rubio rizado en una coleta.

Probablemente sería Amanda para hablar de todo lo que había pasado.

Lo que nunca imaginó fue que se encontraría al capitán Rodríguez en la puerta de su habitación. Jimena abrió mucho los ojos por la sorpresa, y él no pudo evitar echarle una ojeada de arriba abajo, para luego apartar la mirada, avergonzado, ya que era más que evidente que ella no llevaba sujetador.

Jimena se dio cuenta de lo mismo y, antes de que aquel hombre pudiese abrir la boca, encajó la puerta con la cara colorada por el bochorno y salió corriendo para ponerse el albornoz del hotel para estar más tapada.

Volvió a abrir a los pocos segundos y él seguía allí, intentando evitar que se le escapase una sonrisa por lo que acababa de pasar.

—Capitán Rodríguez, ¿cómo usted por aquí? —preguntó Jimena sin entender.

—Por favor, señorita, llámeme Víctor. Estoy en mi día libre, tenemos casi la misma edad y que me hable de usted me hace sentir viejito —explicó él.

—Lo haré, siempre y cuando tú me llames por mi nombre —aclaró ella.

—Está bien. Jimena, pasaba por aquí y he decidido traerte el pasaporte. Te lo dejaste en la delegación.

A decir verdad, el hotel le pillaba bastante lejos de donde vivía y no tenía ningún motivo para pasar por allí. Podría haber mandado a cualquiera de sus hombres a llevarle la documentación, pero se moría de ganas de volver a verla. Esa chica le había gustado desde el mismo instante en que la vio. Nunca le había pasado eso con nadie y le encantaba la sensación que recorría su cuerpo. Ahora, al volverla a ver, sintió eso de nuevo, y al encontrarla con ese fino pijama, le entraron ganas de cogerla en brazos, encerrarse en aquella estancia y no salir hasta quedar saciado de ella. Evidentemente, se contuvo para que no lo tachara de loco pervertido.

—Muchas gracias, de verdad. No me había dado ni cuenta, menudo lío habría sido al querer volver a España. Ayer estaba tan asustada que en lo único que pensaba era en salir de allí. Se me habría olvidado cualquier cosa. —Jimena cogió el pasaporte de las manos de Víctor y se rozaron sin querer. El calor de él le provocó un cosquilleo en el estómago y deseó que el roce hubiese durado un poco más.

—¿Te doy miedo? —preguntó él, deseoso por saber la respuesta.

—Tú, no —quiso aclarar ella—. Me refería a todo lo que pasó ayer. Nunca me habían detenido, y la posibilidad de ir a la cárcel por un delito que ni siquiera había cometido hizo que entrase en modo pánico. Tú me caes bien. —Al decir esas últimas palabras, se sonrojó como una adolescente ante el chico que le gustaba.

Él sonrió y empezó a pensar de forma rápida, para ver si se le ocurría algo más que poder decirle y, así, alargar el momento. Fue entonces cuando la puerta contigua se abrió y apareció Amanda con el pelo castaño algo revuelto y un albornoz del hotel puesto, que hacía evidente que no llevaba nada debajo.

—Vaya, capitán, ¡qué alegría me da volverlo a ver! —Amanda tenía un rostro cómplice—. Por pura casualidad no habrá pasado la noche con mi amiga, ¿no?

—¡Amanda! —Jimena la fulminó con la mirada—. Víctor solo ha venido a traerme el pasaporte, nada más. Ha pasado la noche en su casa.

—En la delegación, en realidad —quiso aclarar Víctor—. Llegué a mi casa a las siete de la mañana, dormí unas horas y, ya que iba a hacer unas diligencias, me pasé por aquí para traerle el pasaporte —explicó a Amanda. Entonces, dirigiéndose a Jimena, añadió—: Espero no haberte despertado.

—No, para nada, ya estaba despierta —sonrió Jimena.

—¿Dónde te has ido, preciosa? —Una voz masculina salió del dormitorio de Amanda. Acto seguido, un Raúl desnudo de cintura para arriba salió por la puerta—. Te atrapé —dijo tomando a Amanda por la cintura justo antes de darse cuenta de que tenía público. Soltó a Amanda avergonzado, se puso recto, saludó de forma torpe y carraspeó sin saber qué decir.

—Esto…, es que, anoche, volvió para ver cómo estaba, se nos hizo un poco tarde charlando y decidimos que podía quedarse a dormir… —intentó explicar Amanda.

—Yo creo que en el sofá no ha dormido precisamente —insinuó Jimena—. Es más, me atrevería a decir que ni tan siquiera habéis dormido.

Ambos se sonrieron cómplices, recordando lo que había pasado la noche anterior.

—Por cierto, Raúl va a pasar la Nochebuena con nosotras —Amanda cambió de tema—. Víctor, anímate y apúntate a la fiesta, nos lo pasaremos genial los cuatro.

—No te sientas obligado si no quieres —quiso aclarar Jimena, avergonzada por lo directa que era su amiga.

—¿Tú quieres que vaya? —preguntó Víctor agachando la cabeza.

—Yo estaría encantada de que vinieses. —La ilusión iluminó el rostro de Jimena—. Lo que no quiero es que eches por tierra tus planes.

—Mis planes eran tomarme una cerveza con este tipejo. —Señaló a Raúl—. Pero se ve que me va a dejar tirado.

—No iba a dejarte solo. Iba a proponerte que te vinieses con nosotros —aclaró Raúl.

—Pues entonces no hay más que hablar —dijo Amanda—. Quedamos los cuatro en el restaurante de abajo a las nueve.

Fue una afirmación, más que una pregunta.

—A las nueve estaré esperándote abajo. —La respuesta de Víctor fue dirigida a Jimena y esta asintió con una sonrisa que le sonrojó las mejillas levemente.

Víctor se despidió hasta la noche. Amanda y Raúl volvieron a meterse en la habitación, y Jimena corrió hacia su maleta a buscar el mejor vestido que pudiera tener.

CAPÍTULO 6

Amanda y Jimena entraron en el ascensor para bajar al restaurante un poco antes de las nueve de la noche.

Ambas chicas se habían vestido para la ocasión con unos preciosos vestidos de gala.

—Pensaba que no te vería hoy —rio Jimena—. ¿Raúl y tú habéis salido en algún momento de la habitación?

—Fuimos a comprar comida y, hace un par de horas, se fue para cambiarse. ¿Por qué no le dijiste a Víctor que se quedase contigo? Seguro que lo que hubierais hecho habría sido más interesante que lo que hayas hecho sola.

—Mi día ha sido bastante entretenido, que conste. Fui con otras personas a ver las ruinas de una civilización antigua. He hecho algo que a mí me encanta y a ti no —aclaró Jimena—. Además, a Víctor apenas lo conozco. Me iba a tachar de loca si le proponía…

—¿Ir contigo a una excursión? Sí, yo también te tacharía de loca —continuó Amanda riendo.

—Amanda, yo no soy tan lanzada como tú. Necesito tiempo y conocer un poco más a los chicos para poder intimar con ellos.

—Jimena, nos vamos en ocho días, tiempo es lo único que no tienes. No se trata de entablar una relación. La cosa va de divertirse y echar un buen polvo. Tú solo relájate y disfruta. Cambia el chip, que el de profesora de educación infantil respetable ya lo tienes en España. Aquí tienes que ser, simplemente, Jimena, la chica alocada.

Nada más salir del ascensor, se encontraron con Raúl y Víctor, muy elegantes vestidos, que las estaban esperando en la puerta del hotel.

Ambos hombres habían comprado una entrada a la cena para poder estar con ellas, ya que no hacía falta estar alojados para asistir.

Amanda, sin ningún tipo de pudor, rodeó el cuello de Raúl y unió sus labios con los de este. Él, por su parte, aceptó gustoso el recibimiento, abrazándola.

—Estás muy guapa —dijo Víctor, dirigiéndose a Jimena, y obviando el hecho de que su amigo y Amanda estaban empezando a dar el espectáculo.

—Tú también —respondió Jimena.

Ambos no sabían muy bien qué decirse.

—Chicos, creo que lo mejor sería ir entrando a la cena. —Jimena le dio un toque a su amiga en el hombro para que reaccionase—. Luego podéis seguir haciendo esto en vuestra habitación.

Amanda se separó de Raúl y tomó la bolsa de plástico que él llevaba en las manos, sabiendo ya de antemano lo que llevaba dentro.

Sacó de esta unos gorros de Navidad rojos puntiagudos, con la borla blanca al final, que le había encargado a Raúl que comprase. Sin más demora, puso uno en la cabeza de cada uno de sus acompañantes, antes de colocarse el suyo propio.

—¿Eres plenamente consciente de que estamos a treinta grados? —preguntó Jimena, cuyo gorro ya empezaba a darle calor.

—Sí, pero es Nochebuena y es una tradición navideña

llevarlos —respondió Amanda—. Además, en el restaurante vamos a estar con el aire acondicionado.

Jimena puso los ojos en blanco y se colocó el gorro adecuadamente. Víctor le hizo un gesto para que pasara delante de él, con una espléndida sonrisa en los labios. Él pensó que, a decir verdad, el gorro le sentaba bastante bien a su compañera de cena. Estaba muy bonita con él puesto.

El camarero del restaurante los llevó hasta la mesa asignada, y Amanda hizo que Víctor se sentase al lado de su amiga, alegando que ella prefería estar sentada con Raúl. Jimena veía sus intenciones a kilómetros de distancia, pero no sabía si se veía preparada. Además, tampoco estaba segura de sí Víctor quería algo, o simplemente era amable con ella.

Tuvieron una animada charla mientras comían. Para conocerse un poco mejor, se contaron unos a otros anécdotas que les habían pasado.

—Feliz Navidad a todos —brindó Amanda llegada la medianoche, uniendo su copa con las de sus amigos—. Por que todas estas noches que estemos juntos sean así de divertidas.

Todos repitieron sus palabras y dieron un sorbo a sus bebidas.

Tras la cena, fueron al bar de copas del hotel para seguir con la fiesta. Víctor se armó de valor y tomó la mano de Jimena para bailar con ella, como Raúl y Amanda estaban haciendo. Bailaron unos minutos, y Jimena le propuso salir a la terraza para tomar un poco el aire, ya que empezaba a hacer mucho calor dentro, con tanta gente bailando.

Se sentaron en el borde que delimitaba el bar de la playa.

—Así que profesora de educación infantil —continuó Víctor con la conversación que estaban manteniendo—. Tiene que ser un trabajo muy bonito.

—Lo es, aunque a veces es muy agotador. Pero me encanta serlo, para mí son mis pequeños. Sus caritas de triunfo cuando logran hacer bien los deberes que les mando, sus risas…, son encantadores. —Jimena hablaba con mucha ternura—. ¿Y tú, Capitán?

—Yo siempre quise ser policía, desde pequeño. En el orfanato, tenía la firme convicción de que conseguiría encontrar a mis padres. Pensaba que habría una justificación de por qué me habían dejado allí. Cuando creces, te das cuenta de que, a veces, no hay un motivo para hacer lo que hacemos. Fue cuando decidí hacerme policía para acabar, de alguna forma, con las injusticias del mundo. Poner mi granito de arena y hacer de la isla un lugar más seguro.

—Eso es maravilloso. Eres un buen hombre, Víctor. —Por pura inercia, Jimena entrelazó su mano con la de él.

Víctor agachó la cabeza para verlas, y sintió un calor muy agradable recorrer su cuerpo y llegar hasta su corazón. Jimena, al darse cuenta de lo que había hecho, intentó separarlas, pero él se lo impidió.

Víctor se dio la vuelta para tomar, con la mano que tenía libre, una flor de uno de los maceteros. Una flor preciosa de color rojo y naranja. Con cuidado, la puso encima de la oreja de Jimena, dejando una caricia en su mejilla con el dorso de la mano al terminar.

—Eres una rubia muy linda —susurró Víctor, acercando su rostro un poco más al de ella, sin poder evitar mirar esos labios que lo estaban incitando demasiado a besarlos. Ella se acercó también un poco más, pero, entonces, un sonido, que salió del bolso de ella, interrumpió lo que fuese a pasar. Se soltaron de las manos y ella cogió su teléfono.

Era una llamada de Amanda que, al no encontrarlos, quería saber dónde estaban y, de paso, comunicarle que Raúl y ella se iban a su habitación.

—Entonces, supongo que yo debería irme —dijo Víctor cuando ella colgó la llamada. En realidad, no quería moverse de donde estaba.

—O podríamos tomar una copa en mi habitación si te

apetece —sugirió Jimena de forma inocente.

—Eso suena muy bien. —Víctor sonrió.

Jimena salió del bar con Víctor tras ella. Subieron en el ascensor y llegaron a la habitación.

—Víctor, tengo que confesarte algo —dijo Jimena nada más cerrar la puerta y dejar las cosas en una mesa—. Nunca he hecho esto, no suelo ser la chica que tiene rollos de una noche. He tenido amigos con derecho y algún que otro novio, pero nunca he estado con un hombre al que acabo de conocer.

—Si quieres que me vaya... —empezó a decir él.

—No, no quiero que te vayas. Lo que pretendo decir es que contigo quiero hacerlo, es decir, me quedan ocho días en esta isla y, si tú aceptas, quiero pasarlos contigo. Sin más pretensión que un poco de diversión, no sé si me explico...

—Creo que lo entiendo.

—Quiero vivir el momento, sin pensar en qué pasará mañana.

Víctor tragó saliva y asintió.

Se acercó a ella, tomó su mentón con una mano para alzar su rostro y unió su boca con la de ella en un lento y apasionado beso. Con la mano libre, rodeó su cintura y acercó su cuerpo al de él. Ella no sabía qué hacer, así que se limitó a rodearle el cuello con los brazos. Él aprovechó el movimiento y, sin dejar de besarla, la tomó en volandas, caminó con ella hasta la cama y la acostó con sumo cuidado, tumbándose encima de ella.

Jimena empezó a desabrocharle los botones de la camisa, se quitaron los gorros, riendo entre besos, que empezaban a darle demasiado calor. Víctor tiró su camisa al suelo, dejando ver un cuerpo bien trabajado. Ella no pudo evitar la tentación de darle un beso en la clavícula. Un beso que Víctor sintió como fuego en la piel y que le hizo cerrar los ojos de puro deseo.

Le quitó el vestido, dejándola solo con las bragas. Cogió las manos de Jimena para ponerlas por encima de su cabeza y descendió su boca hasta llegar a los pezones, que estaban pidiendo a gritos ser lamidos.

Jimena se retorció de placer al sentir cómo esa boca hacía maravillas en sus pechos. Primero en uno, y después en el otro.

—Quiero tocarte, Víctor —suplicó ella, que seguía con las manos aprisionadas por él.

Cuando él la soltó, ella aprovechó para llegar, entre caricias, hasta sus pantalones. Desabrochó el cinturón y desabotonó los pantalones. Él la ayudó a bajárselos junto con los calzoncillos, quedándose completamente desnudo.

Jimena no sabía si excitarse o asustarse al ver la enorme erección que Víctor tenía entre las piernas.

—Tranquila, iré despacio —rio Víctor al ver su reacción.

—Es que es… es… —Jimena no sabía cómo decirlo.

—Soy tu primer chico latino, por lo que veo —bromeó él.

Jimena no pudo hacer otra cosa más que asentir.

—Relájate, te va a gustar.

Dicho eso, Víctor le quitó las bragas con rapidez y bajó hasta quedarse entre las piernas de Jimena.

Comenzó lamiéndole el clítoris, provocando que un jadeo saliese de los labios de ella. Tras ese primer contacto, continuó devorando el centro de su placer, aferrándose a sus piernas para tener mejor acceso. Usó la lengua, los labios e incluso los dientes, dejando leves mordiscos. Jimena se sintió arder. Suplicaba que no parase y, al mismo tiempo, estaba deseando tener aquel miembro erecto entre sus muslos. Notaba cómo la humedad inundaba su zona íntima y cómo, poco a poco, se iba abriendo para él.

El orgasmo recorrió hasta el último punto de su cuerpo, haciendo que se desplomase con un último grito. Fue entonces cuando Víctor se alzó y tomó un preservativo de uno de los bolsillos de su pantalón, que aún seguía en la cama. Se lo puso y se colocó justo entre las piernas de Jimena.

—Ahora viene lo mejor —susurró en los labios de ella.

—¿Lo mejor? Si casi me matas de placer con lo que me acabas de hacer.

—Pues a ver qué te parece esto.

Se introdujo en su vagina despacio, esperando a que ella se acostumbrase a su invasión. Ella se mordió el labio, sintiendo cómo él entraba en su interior.

—¿Todo bien? —le preguntó él, cuando estuvo dentro por completo.

—No pares, Víctor —gimió ella.

Él la besó, metiendo la lengua en su boca mientras se movía en su interior, cada vez más rápido.

Ella volvió a sentir cómo alcanzaba el clímax, aferrada a su espalda y ahogando los gemidos en la boca de él.

En el mismo instante en el que ella llegó, Víctor aceleró el ritmo y se dejó llevar por su propio orgasmo.

Nada más acabar, fue al baño para tirar el preservativo a la papelera. Volvió a la cama con Jimena y se acostó junto a ella. Estaban abrazados, uno frente al otro, mientras Víctor le daba tiernos besos en el rostro.

Jimena se acurrucó en su pecho y deseó que aquella noche no acabase nunca.

CAPÍTULO 7

La noche había sido bastante movidita. La prueba de ello eran los distintos envoltorios de preservativos esparcidos por el suelo y algún que otro en la cama. Víctor, incluso, decidió llevarse la papelera que había bajo una mesa y ponerla junto a la cama para no tener que dar tantas vueltas.

Era casi mediodía, y Jimena miraba a Víctor con el mentón apoyado en su pecho y los brazos cruzados sujetándose la cabeza.

—Como me sigas mirando así, rubita linda, voy a tener que comerte de nuevo —advirtió él.

—¿Acaso crees que me importaría? —insinuó ella—. Lo estoy deseando.

—No me lo digas dos veces —amenazó él, dispuesto a atacar.

—Pero me gustaría pedir algo para desayunar. —Jimena se levantó antes de que él la pudiese atrapar y cogió el teléfono para llamar a recepción.

Pidió un poco de todo para compartirlo con Víctor, incluyendo dos cafés y dos vasos de zumo.

Acercó una mesa junto a la cama y comieron en ella

mientras hablaban.

—Me gusta tu tatuaje, ¿tiene algún significado?

Jimena acarició el antebrazo de Víctor en el que había dibujados unos símbolos. Uno parecía un dragón, otro un lobo, también había un perro o una especie de zorro. Todos estaban tintados con trazos negros y entrelazados de alguna forma. Había que fijarse muy bien para distinguirlos. De lejos, parecían simples líneas en su piel.

—Son símbolos celtas —explicó Víctor rozando la mano que lo estaba tocando con cariño—. Se le ocurrió a Nana. Cuando acabé en la academia de policía, quise hacerme un tatuaje para celebrarlo, y ella me dijo que, ya que me iba a pintar el cuerpo, me hiciera algo que me protegiera y no cualquier cosa. Entonces vi estos símbolos y me gustaron.

—El tatuador hizo un buen trabajo.

—Sí que lo hizo.

Unos besos con mucha ternura llevaron a otra conversación.

—¿Cuánto tiempo llevas detrás de la anciana que droga a los turistas?

—Unos dos meses, más o menos. Es muy escurridiza esa señora. Esta es una isla pequeña y tranquila en la que no suele pasar nada. Y no sé cómo ha entrado esta banda. —A Víctor se le veía bastante fastidiado con el tema.

—¿Banda? —preguntó Jimena.

—Sí, son varios. La anciana vende la droga a los turistas y otras personas son las que les roban. Los afectados están tan confusos que no recuerdan quiénes son. Unos dicen que hombres gigantes con garras. Otros que son mariposas que hacen cosquillas. Puras locuras. Solo recuerdan a la mujer mayor, y no hemos visto a nadie con esa descripción en toda la isla. Tampoco sabemos cómo entra esa droga desconocida aquí. Hemos descartado todas las drogas más famosas y hemos llegado a la conclusión de que es una completamente nueva. Tengo muchas ganas de atrapar a esos malnacidos.

—Quizás yo podría ayudar. —A Jimena se le estaba ocurriendo una idea.

—¿Cómo?

—Amanda y yo podríamos hacer de cebo. Al menos, para atrapar a la anciana. Podríamos ir…

—No —la interrumpió él.

—Puede ser una buena idea, y la isla volvería a estar segura.

—No voy a exponer a ningún civil al peligro. Y mucho menos a ti.

—¿Qué me iba a hacer una señora de noventa años?

—Ella quizás nada, pero tiene a más gente vigilando. Podrían atraparos y a saber lo que os harían.

—Pero…

—Jimena, el tema está zanjado —dijo cortante—. Tarde o temprano cometerán un error, y ahí estaré yo para pillarlos. —Víctor empezó a vestirse—. Tengo turno de tarde en la comisaría y debo ir a mi casa a prepararme.

—¿Nos veremos después? —preguntó ella esperanzada.

—Por supuesto, rubita linda. —Se acercó a ella para depositarle un dulce beso en los labios, un beso que se estaba prolongando demasiado—. Con mucho gusto me quedaría en esta cama contigo. Aún no me he ido y ya tengo ganas de volver a estar a tu lado de nuevo. —Unió su frente a la de ella.

—Acaba tu turno, Capitán. Yo estaré aquí esperándote.

—Prometo no demorarme más de lo necesario.

Se despidieron con un último beso y Víctor salió de allí.

Jimena no se dio por vencida, algo se le tenía que ocurrir y, para ello, tenía que hablar con Amanda y Raúl.

CAPÍTULO 8

Al llegar la noche, Víctor se presentó en la puerta de Jimena rebosante de alegría. Tenía muchas ganas de estar con ella, quería llevarla esa noche a cenar a su restaurante favorito. Esa chica lo hacía sentirse bien, incluso cuando no se encontraba con ella. Permanecía en sus pensamientos todo el día desde que la vio por primera vez en la comisaría.

Nada más abrir ella la puerta, vio que estaba lista para salir. Estaba preciosa, con el pelo largo ondulado recogido en un moño con algunos mechones sueltos. A Víctor le entraron ganas de quedarse allí encerrado con ella y deshacerle ese recogido lentamente, mientras se la comía a besos.

La tomó por la cintura y unió su boca a la de ella de forma muy apasionada. Sintió que iba a tener que parar o no lo iba a hacer hasta hundirse en ella.

—Vaya, me gusta tu forma de saludarme —rio Jimena.

—Pues ya verás lo que tengo reservado para después —insinuó él.

—Eso me gustaría descubrirlo. Pero mejor, por ahora, ¿por qué no damos un paseo por la playa mientras Amanda y Raúl terminan de prepararse? Como sigamos aquí, los que no vamos a salir somos nosotros.

Víctor asintió y salieron de allí. Cuando ya llevaban un rato caminando por la playa, cogidos de la mano, Jimena se atrevió a decirle lo que estaba planeando.

—Se que no querías, pero Amanda y yo hemos decidido buscar a la anciana por nuestra cuenta.

—Jimena, ¿otra vez vas a hablarme del mismo tema? —Víctor empezó a enfadarse—. He dicho…

—Sé lo que has dicho —lo interrumpió ella—, pero piénsalo bien. Es una buena oportunidad para dar con ellos. Nosotras no nos vamos a exponer a nada. Solo vamos a interpretar a dos inocentes chicas. Y antes de que objetes algo más, déjame decirte que tú vas a estar allí para lo que pueda ocurrir. Puedes llamar a alguno de tus hombres para que también vigilen el entorno. Hemos pensado ir a todos los bares posibles, hasta que demos con ella.

Víctor parecía muy disgustado, se soltó de su mano y empezó a dar vueltas meditando la situación. El plan era bueno, pero si a Jimena le ocurría algo, no se lo perdonaría en la vida. Solo con pensarlo, un pinchazo atravesó su pecho. Él quería protegerla, no exponerla al peligro.

—Aprovecha la oportunidad, Víctor. Ni siquiera nos han visto juntos en público. Es el momento perfecto.

Tras un rato, Jimena acabó convenciéndolo. Ella dio saltos de alegría y eso lo molestó aún más, ya que no era ningún juego.

Jimena y Amanda empezaron a recorrer los distintos lugares de copas buscando a la mujer, bajo la atenta mirada de Víctor y Raúl, que permanecían ocultos entre el gentío, pero no tuvieron suerte en toda la noche. Víctor, por una parte, se sintió aliviado, hasta que Jimena le pidió otra oportunidad al día siguiente.

No fue hasta la segunda noche que dieron con ella en el tercer bar que visitaron.

Allí estaba la anciana, en una esquina, sentada en un taburete, con los palos de caramelos en las manos.

Las chicas interpretaron su papel, fingiendo que se hacían fotos para fotografiar a la mujer y riendo como bobas inocentes que no tenían idea de nada.

—¡Ey! Mira, Jimena, es la señora que nos vendió los caramelos esos tan divertidos. —Amanda empezó a acercarse a la mujer.

—¡Es verdad! Es usted.

—¿Qué queréis? —preguntó la señora a la defensiva, dispuesta a salir corriendo.

—Pues más caramelos —respondió Jimena en su mejor papel—. Fue alucinante, disfruté mucho de un baño en el mar y me encantaría repetirlo.

Los policías no podían intervenir hasta que la anciana no les vendiese las golosinas, para que fuese pillada con todas las pruebas.

—Y yo eché el mejor polvo de toda mi vida esa noche. —Amanda obvió decir que la droga no tuvo nada que ver—. Por favor, queremos dos esta vez.

Amanda sacó unos billetes de su bolso de fiesta que equivalían a unos cincuenta euros, dejando ver, de paso, que llevaba mucho más.

La mujer se relamió de gusto al ver el dinero. Les vendería la droga y podría, además, robarles luego, cuando estuviesen desorientadas.

La señora asintió satisfecha e hicieron el intercambio. Nada más acabar, Víctor salió corriendo hacia la anciana. Esta lo reconoció enseguida y empujó a las dos chicas para salir a toda prisa de allí. Ambas se sorprendieron de la fuerza y ligereza de aquella mujer, como si fuese más joven de lo que aparentaba.

Lo que no sabía aquella señora era que había más de un policía oculto por allí, y acabaron atrapándola. Intentó zafarse de los agentes, pero le fue inútil hacerlo.

Cuando ya estaba metida en el coche patrulla, Víctor se acercó a Jimena.

—Gracias por esto. Espérame en el hotel. Iré en cuanto acabe el interrogatorio.

—Te esperaré el tiempo que haga falta. —Jimena depositó en las manos de Víctor una de las tarjetas que abría su habitación.

Víctor la besó antes de montarse en el coche patrulla con su compañero.

Amanda, Raúl y ella se fueron al hotel y brindaron entre risas por el éxito de la misión.

Los tres estuvieron esperando a Víctor bastante rato, hasta que, al ver que no volvía, decidieron acostarse.

Casi al amanecer, Jimena sintió el calor de unos labios en su hombro. Se dio la vuelta para ver a Víctor, que se había desnudado y tumbado a su lado. En cuanto lo miró, él besó sus labios con dulzura.

—¿Cómo ha ido? —preguntó Jimena con curiosidad.

—Ha sido difícil, pero nos lo ha contado todo. La droga la extraen de una planta que solo crece en la isla. Nos ha dicho el nombre de los otros secuaces y quién está de detrás de todo. El tipo se echó a temblar en cuanto le dije que lo iba a meter en la peor cárcel que encontrara.

—¿El tipo? ¿Era un hombre? —Jimena no se lo podía creer.

—Se disfrazaba de mujer mayor porque así era más fácil engañar a los turistas. Pero era un hombre unos pocos años mayor que yo —explicó Víctor—. No dejo de pensar que, si te hubiese hecho daño, yo…

—No pienses en eso —lo calló Jimena con un dedo en sus labios—. No ha pasado nada y ahora la isla es segura. Quédate con eso.

—He pedido días libres hasta año nuevo para pasar todo el tiempo posible a tu lado. —Víctor se quitó la mano de Jimena de la boca para hablar—. Ahora que todo se ha calmado.

—No sabes lo bien que suena eso. —Jimena estaba muy ilusionada con la idea—. Me encantará que pasemos estos días juntos.

No hubo más palabras en unas cuantas horas; solo deseo, caricias y muchos gemidos.

CAPÍTULO 9

Esos días que estaban pasando juntos para Jimena fueron los mejores de toda su vida. Víctor era atento, le encantaban las visitas turísticas tanto como a ella, era muy cariñoso y, sobre todo, muy apasionado.

La llevó a uno de sus restaurantes favoritos, en el cual degustaron unos platos exquisitos.

El tiempo que pasaban juntos era, simplemente, maravilloso.

Un día, al llegar la tarde, Víctor decidió llevar a Jimena al que, para él, era el lugar más especial de la isla: su hogar.

Jimena se quedó embelesada al ver, en una parcela a pie de playa y rodeada por un mullido césped, una gran cabaña hecha entera de madera. Era fantástica por fuera, y estaba deseando ver cómo era el interior.

—Es preciosa, Víctor —no pudo evitar decir.

—Lo es —respondió él mirándola a ella y haciendo que Jimena se sonrojase con timidez—. Ayudé a construirla, me encanta saber que mi casa está hecha con mis propias manos.

—Eso es muy satisfactorio. —Jimena se sentía orgullosa de él.

Si bien por fuera era de madera, por dentro las paredes eran de hormigón y ladrillo, recubiertas con yeso y pintadas en color blanco. La madera de fuera era solo un revestimiento.

Tenía un salón con cocina abierta, una isla que separaba las estancias y una pequeña mesa a un lado con cuatro sillas, que hacía de comedor. También tenía tres habitaciones y un baño. Las vistas del atardecer desde el porche eran espectaculares.

Acababa de entrar y Jimena ya se sentía en casa. Era un poco absurdo pensarlo, teniendo en cuenta que se iría en tres días. Pero estar allí, contemplando el mar desde aquel hermoso lugar, con Víctor abrazándola por detrás, le provocaba un calor muy agradable en su interior. Se sentía en casa.

Víctor sintió algo parecido. Se imaginaba a Jimena y a él viviendo juntos en aquella casa, disfrutando de la compañía, de los momentos íntimos y con un hijo o dos. Quería tener por fin una familia y quería tenerla con ella.

Sintió pena por saber que ella se iría en unos pocos días y que, probablemente, nunca la volvería a ver.

Entraron, y Víctor empezó a preparar la cena. Ella se ofreció a ayudarle, pero él se negó.

—La cocina para mí es mi templo sagrado, cuando estoy en ella solo yo puedo cocinar. —Sonrió cogiendo los ingredientes de la nevera.

—Oído cocina, dios del cucharón. —Jimena hizo el gesto de los militares a modo de broma.

Víctor le sirvió una copa de vino y empezaron a hablar animadamente.

Después de la cena y de recogerlo todo, se fueron al sofá.

Jimena no pudo evitarlo más y se montó a horcajadas sobre Víctor, sorprendiéndolo en el acto. Empezó a desabrocharle la camisa y él le quitó la blusa. En cuestión de minutos, estaban los dos desnudos, con ella encima de él cabalgándolo como una amazona experta. Los jadeos se ahogaban entre los besos que se daban con desesperación. Como si los necesitasen como respirar.

Llegaron a la culminación del placer prácticamente a la vez.

Al acabar, se tumbaron desnudos en el sofá, Víctor la abrazó con cariño y le dejó un reguero de dulces besos por todo su rostro.

A él le quedaba clara una cosa: se había enamorado de esa mujer en pocos días y, muy pronto, iba a tener que dejarla ir.

CAPÍTULO 10

Nochevieja llegó más pronto de lo que los cuatro amigos hubiesen querido. La cena fue similar a la de Navidad, aunque, esta vez, el restaurante estaba decorado con tonos dorados y negros. Un enorme cartel con el año que se avecinaba estaba al fondo de la sala.

La tradición de las uvas era muy similar a la de España, con la diferencia de que ellos pedían doce deseos mientras las comían, y todos se felicitaron el nuevo año nada más dar las doce campanadas.

Para Jimena, aquellos días habían sido los mejores de su vida y solo pensaba que todo lo que quería era parar el tiempo. Que se quedasen Víctor y ella congelados como estaban en ese momento. Abrazados, bailando, con las frentes unidas, al ritmo de una canción lenta.

Se fueron temprano a la habitación. Pero la realidad era que ella no quería estar allí. Esa estancia tenía todas las comodidades, pero era fría, desprovista del calor del hogar.

—Llévame a tu cabaña, Víctor. —Las palabras de Jimena parecían casi una súplica—. Quiero pasar el tiempo que nos quede juntos allí, solos los dos.

Víctor tragó saliva y asintió, él quería exactamente lo mismo.

Nada más entrar en la casa, Víctor la tomó en brazos y la llevó hasta el dormitorio. La desnudó despacio, mientras iba besando cada porción de piel expuesta. Lo hacía todo con sumo cuidado y lentitud, como si así el tiempo fuese a ir más lento.

Jimena agradeció que todo estuviese en penumbra, porque así Víctor no pudo ver cómo una lágrima traicionera rodó por su rostro hasta perderse entre las sábanas. Una vez ella estuvo desnuda por completo, él se levantó de la cama para quitarse la ropa. Cuando terminó, se reunió con ella en el colchón, colocándose encima de ella. Estimuló el centro del placer de Jimena unos instantes antes de penetrarla. Una vez por completo en su interior, se quedó quieto, disfrutando de su suavidad.

Hicieron el amor prácticamente toda la noche y el amanecer los descubrió abrazados, en el sofá balancín del porche, tapados con una fina sábana, con la cabeza de Jimena apoyada en el pecho de Víctor, mientras este la rodeaba con sus fuertes brazos.

—Casi se me olvida darte esto. —Víctor sacó de algún sitio un pequeño paquete cuadrado envuelto en papel de regalo rojo y verde—. Quería que tuvieses un recuerdo mío.

Jimena lo abrió y descubrió un colgante de una pequeña caracola marina en oro blanco con unos discretos diamantes en el borde.

—Es preciosa, Víctor. Muchas gracias.

Víctor se la puso y contempló lo hermosa que estaba con aquel pequeño detalle. Su rubita linda era una belleza.

—Yo no te he comprado nada —dijo Jimena apurada.

—Tenerte unas horas más entre mis brazos es regalo suficiente, yo…

Jimena acalló con un beso lo que él fuese a decir.

—No hablemos de sentimientos, Víctor —suplicó Jimena—. Eso solo empeoraría las cosas y mañana, en un par de horas más, estaré en un avión de vuelta a España. Lo mejor será que disfrutemos del día que nos queda y no pensemos en nada.

Víctor asintió con el semblante muy serio.

Ese día hicieron todo lo que se pudiese hacer: fueron a la playa, disfrutaron de unos helados, se bañaron en el mar, comieron juntos e hicieron el amor en algún que otro momento.

Fue un día perfecto.

CAPÍTULO 11

Las despedidas no eran fáciles para Jimena y esta era la más difícil que podía tener. Víctor las llevó en su coche, junto con Raúl, al aeropuerto.

Jimena y él estuvieron cogidos de la mano todo el tiempo, incluso durante el trayecto, soltándose solo en momentos puntuales.

Llegaron hasta la puerta de embarque y se abrazaron con fuerza. Ella llevaba puesto el colgante que él le había regalado y lo tocaba con nerviosismo mientras se decían adiós.

—Tienes mi número, puedes hablarme cuando quieras. Siempre que te apetezca —le quiso recordar ella. Cogió el teléfono de su bolso y tecleó algo enviándole un mensaje—. Y esta es mi dirección, por si algún día te animas a visitar España. Mi ciudad no es tan espectacular como esta isla, pero puedo llevarte a muchos sitios bonitos.

—Rubita linda, voy a echarte mucho de menos— respondió él.

—No me digas eso, que ya está siendo bastante complicado todo para mí.

—No me olvides, ¿de acuerdo? —suplicó él con tristeza.

—No podría aunque quisiese, Víctor. Ojalá viviésemos más cerca. Para poder vernos, aunque fuese los fines de semana. —Las palabras de Jimena sonaban con mucha pena.

—Vas a estar siempre aquí, rubita linda. —Se puso la mano de ella en el pecho. La piel de Víctor quemaba a través de su camiseta de manga corta—. Eso dalo por seguro.

Sin separar la mano de la de ella, unieron sus labios en un beso, que fueron profundizando y que ninguno de los dos quería que acabase.

El aviso a los pasajeros, a través del altavoz del aeropuerto, fue lo que los hizo reaccionar.

Separaron lentamente sus manos.

—Tienes que embarcar —dijo Víctor—. Y será mejor que me lleve a Raúl antes de que monte un espectáculo con tu amiga aquí en medio.

Jimena miró hacia Amanda, que se estaba morreando con Raúl de tal forma que solo les faltaba tirarse al suelo y acabar saliendo en todas las noticias o detenida por escándalo público.

Las dos amigas apenas intercambiaron palabra en el camino de vuelta. De vez en cuando se secaban alguna lágrima o hablaban para pedir comida u ofrecerse algún pañuelo.

Durante días estuvieron bastante taciturnas hasta que, poco a poco, se fueron viniendo arriba.

Tenían que volver a la normalidad, el viaje navideño había acabado, y el maravilloso sueño que habían vivido también.

EPÍLOGO

Dos meses más tarde

Marzo llegó con un calor inusual, parecía que el verano iba a adelantarse ese año, al menos durante unos días.

Jimena había quedado esa tarde de viernes con Amanda en su casa para comer y echar el día juntas.

—¿Qué me has dado? —preguntó Amanda tumbada en el sofá sujetándose el estómago, en el cual sentía mucho ardor—. ¿Qué le has echado a las fajitas? Siento que voy a vomitar.

—Yo le he puesto lo de siempre, te dije que no le echases tanto picante, te has pasado con el tabasco —respondió Jimena desbloqueando su móvil, para volverlo a bloquear instantes después.

—¿Estás esperando algún mensaje? No has parado de mirarlo en todo el tiempo que estamos aquí.

—Es que Víctor lleva dos días sin hablarme y me resulta un poco extraño.

Jimena y él habían hablado cada día en los últimos meses, desde que se despidieron. El primer mensaje se lo envió él, unos días después de su llegada a España y, desde entonces, no habían parado de llamarse, mensajearse y enviarse fotos de lo que comían o de lo que estaban haciendo en ese momento. Pero todo indicaba que Víctor estaba empezando a cansarse de aquello, y eso la entristecía.

—Puede que esté ocupado con algún caso, dale unos días. —Amanda intentó animarla.

—Sí, tienes razón. —Jimena soltó el teléfono y decidió dejar de autocompadecerse. Si él ya no quería saber nada de ella, poco podía hacer—. ¿Quieres un chupito de licor de hierbas? Te vendrá bien.

—Sí, por favor. Siento como si tuviese un volcán a punto de entrar en erupción en el estómago.

Jimena fue a la cocina de su apartamento para servir un par de chupitos para Amanda y para ella. Oyó desde lejos una notificación en su móvil.

—¿Puedes mirar mi móvil, Amanda? —Volvió a guardar la botella en la nevera.

—Es un mensaje del director, tenemos una reunión en el claustro de profesores el lunes por la tarde —respondió Amanda.

—A saber para qué tontería será. Ese hombre hace reuniones para todo.

Al llegar al salón, vio que Amanda no estaba en el sofá.

—Estoy en la terraza —respondió Amanda cuando Jimena la llamó.

Puso los chupitos encima de la mesa y fue a ver lo que su amiga estaba haciendo. Esta estaba asomada fuera mirando algo y parecía muy contenta.

Cuando Jimena fue a ver de qué se trataba, casi se cae por la sorpresa.

—Rubita linda, ¿vas a abrirme la puerta o me tengo que quedar aquí a esperar a que salgas? —dijo Víctor con una sonrisa pícara en los labios. Traía consigo una enorme maleta con ruedas.

A Jimena no le salían las palabras, estaba completamente atónita, deseando que aquello no fuese un sueño. Le hizo un gesto con las manos para que esperase y salió disparada hacia la puerta.

Bajó las escaleras del primer piso lo más rápido que pudo y abrió la puerta de la entrada al edificio a toda velocidad.

Nada más llegar hasta él, se paró en seco unos segundos y se lanzó a sus brazos con tanta fuerza que Víctor se tambaleó antes de recuperar el equilibrio.

—No te haces una idea de lo que te he extrañado —confesó Jimena sin poder evitarlo.

—Y yo a ti, mi rubita linda. —Víctor la rodeó con sus brazos.

—¿Cuánto tiempo te quedas? —preguntó Jimena.

—Pues eso depende de ti —respondió él, separándose un poco para que pudieran mirarse—. Si me rechazas, un avión me llevará de vuelta en cuatro días a la Isla. Pero si me aceptas…

—Si te acepto… —lo instó ella.

—Si me aceptas, me buscaré un piso donde vivir y espero empezar a trabajar en alguna comisaría de por aquí, ya me he informado de cómo lo puedo hacer.

—¿Te vas a quedar en España por mí? —Jimena seguía sin creérselo.

—Eso he dicho. No sé si ha quedado bastante claro —respondió él riendo—. Por lo pronto, he rentado una habitación de hotel hasta que pueda encontrar algo más permanente.

—¡Jimena tiene una habitación libre! —gritó Amanda desde la terraza antes de que esta pudiese hablar.

—Amanda, ¿podrías darnos un poco de intimidad? —pidió Jimena mirando hacia arriba.

—Vives en un primero, si vivieses en un quinto, no me enteraría de nada —respondió Amanda como justificación.

Jimena negó con la cabeza. Su amiga, desde luego, no tenía remedio.

—Llevas el colgante que te regalé —afirmó Víctor ilusionado.

—Nunca me lo quito, duermo sujeta a él, imaginando que

es a ti a quien abrazo.

—Pues ya no tienes que imaginar más. —Besó los labios de Jimena con todas las ganas que tenía desde hacía más de dos meses.

—Aún no me puedo creer que estés aquí. No te haces una idea de lo feliz que estoy ahora mismo.

—Yo también estoy muy feliz de estar aquí contigo.

—Te sugiero que canceles esa reserva de hotel porque sí que tengo una habitación libre —dijo Jimena con timidez—. O un hueco en mi cama. Tú decides dónde quieres dormir.

—¿Es cómoda tu cama? —Víctor fingió indecisión.

—Es muy cómoda y me tendrás a mí a tu lado.

—Eso suena de maravilla. —Víctor volvió a besarla con ganas y ella le rodeó el cuello con los brazos.

—De nada. —La voz de Amanda los hizo separarse. Ella estaba al lado de ambos, muy contenta por su amiga—. Toma las llaves, te las has dejado arriba. Has salido tan deprisa que no sé ni cómo no te has dejado atrás a tu sombra —bromeó—. Os dejo solos, tortolitos, yo me voy a casa a lamerme las heridas porque Raúl no ha dado señales de vida, ni para mandarme un mensaje. Y, de paso, voy a ir a la farmacia a por sal de frutas. Víctor, ni se te ocurra comerte las sobras de las fajitas que ha hecho esta envenenadora. Vas a acabar como yo, retorciéndote por el ardor.

—Te sigo diciendo que te has pasado con el picante —quiso defenderse Jimena.

—Tú, por si acaso, tira los restos —se despidió Amanda.

Víctor y Jimena volvieron a mirarse.

—¿Quieres que te enseñe el piso? —preguntó Jimena, acabando con el silencio que se había alojado entre ellos.

—Me encantaría, podríamos empezar por el dormitorio —sugirió él de forma inocente.

—Eso suena muy bien, así pruebas la cama y puedes ver si te gusta.

Víctor rio, caminaron hacia la entrada y subieron el

primer piso mientras charlaban.

Cerraron la puerta del apartamento y no la volvieron a abrir en todo el fin de semana.

FIN

M.R. Flower

Nací en un pequeño pueblo de Cádiz. Desde muy pequeña, me encantaba leer e imaginarme historias. Aún resido en el mismo pueblo junto a mi pareja y, para mí, es toda una alegría poder dedicar mi vida a la escritura. Es un sueño hecho realidad.

Para saber más de mis otras historias sígueme en **Instagram @rosmary_flower y en TikTok @rosmaryflower.**

RELATO 8
UNA NAVIDAD NAPOLITANA

ALBERTO GUERRERO

CAPÍTULO 1

El rellano de la tercera planta del edificio Westbrook era, sin duda, el más decorado de todo el bloque. La puerta del 3ºA, hogar de Ben Mitchell, quien acababa de cumplir treinta y dos años y seguía persiguiendo el sueño de convertirse en guionista, contaba con un elegante lazo de terciopelo rojo.

A su lado, la puerta del 3ºB, perteneciente a la familia Miller, captaba toda la atención. Jack y Claire Miller, ambos profesores, vivían allí junto a sus dos hijos: Tim, de once años, y Jenny, de siete. Una gran corona navideña hecha de ramas de pino, adornada con lazos rojos, piñas, bayas e incluso luces, ocupaba casi toda la puerta. Junto a ella, un muñeco de nieve de unos cincuenta centímetros daba la bienvenida a todo aquel que se acercara.

En el 3ºC, la puerta de Holly Bennet, la joven y atractiva psiquiatra de veintiséis años, estaba adornada con unas campanas navideñas que sustituían el timbre habitual, tintineando cada vez que alguien llamaba. Sin embargo, aquel bonito rellano estaba invadido por un molesto olor a quemado que provenía, precisamente, de la puerta de Holly.

—¿Cómo he podido ser tan tonta como para quemar el

pavo? —se lamentaba Holly con los ojos llenos de lágrimas mientras los demás la observaban con incredulidad.

—Tranquila, cariño, es algo que le podría pasar a cualquiera —intentó consolarla Claire Miller, tratando de restar importancia al desastre ocurrido minutos antes.

—A papá no, él ni siquiera sabe dónde está la cocina —apuntó con rapidez Tim, quien recibió una colleja instantánea de su padre.

Claire, al oírlo, los miró de reojo, pero lo único que encontró fue a un padre y un hijo sonriendo inocentemente, como si nada hubiera pasado.

—Bueno, al menos hemos descubierto que los detectores de humo también forman parte de la decoración navideña —dijo Jack, intentando disimular ante su esposa.

La puerta del piso se abrió y entraron Ben Mitchell, apuesto como siempre, y la pequeña Jenny, con sus coletas saltarinas, continuando la conversación que habían iniciado en el apartamento de Ben.

—Te dije que no tenía ningún juego de mesa en mi piso —dijo Ben, con algo de desconcierto.

—¡Pero podríamos haber traído ese de dados con el hombre y la mujer dibujados! —respondió Jenny, desilusionada.

Una sonrisa traviesa se dibujó en el rostro de Jack, que viajó mentalmente a algún momento de su juventud, no tan lejana, en la que dados similares le habían proporcionado experiencias inolvidables. Ben, por su parte, sintió cómo la vergüenza lo invadía y sus mejillas se enrojecían. Tim, observando la escena, los contempló a ambos una y otra vez.

—¡Sois unos marran…! —empezó a decir Tim.

—¡Cállate, Timmy! —gritaron Ben y Jack al unísono.

—Entonces, ya sé a qué vamos a jugar —sentenció Jenny con los labios fruncidos, haciendo una mueca de falso enfado.

Claire, que había estado consolando a Holly, quien seguía contemplando el pavo chamuscado, decidió intervenir.

—¡Olvidad los juegos! Hoy, aquí y ahora, tenemos la oportunidad de salvar la Navidad y hacer que sea una celebración que recordaremos con orgullo. Si cada uno de nosotros da lo mejor de sí mismo y ponemos todo nuestro corazón y esfuerzo en ello, este día se convertirá en leyenda. ¡Juntos haremos que esta Navidad brille más que nunca! —proclamó con arrojo, tratando de encender la chispa de la determinación en el resto.

Pero, al ver sus caras, comprendió que estaba luchando sola contra la apatía.

—¿Salvar la Navidad nosotros? No me veo protagonizando ninguna epopeya navideña —murmuró Jack, mirando resignado a Ben.

Para Jack y Ben, la visión perfecta de aquella tarde incluía relajarse en el sofá, charlar, beber y ver la televisión. Claire pretendía ventilar sus aspiraciones, de igual modo que trataban de hacer con el humo de la cocina. Se convertirían en ayudantes de cocina de una mujer poseída por la imperiosa necesidad de demostrar que aquella celebración jamás debió de salir de su casa. Aquella responsabilidad le venía muy grande a Holly, a pesar de su buena voluntad y de querer impresionar a Ben.

—¿Y si pedimos unas pizzas? —sugirió Tim, alzando la voz lo suficiente para que todos pudieran oírlo.

—¿Votos a favor? —añadió rápidamente Jack, levantando la mano de inmediato. Ben y Tim no tardaron ni un segundo en hacer lo mismo.

La pequeña Jenny, en cambio, parecía dudar. Le encantaba ayudar a su madre en la cocina, pero solo cuando se trataba de galletas o pasteles. Su mano se movía indecisa ante la mirada severa de su madre y la esperanzadora de los demás.

—Tendremos más tiempo para jugar a ese juego que querías —le susurró Ben, sonriendo con dulzura.

—¿Al que yo quiera? —preguntó Jenny con emoción en sus ojos.

—Por supuesto —respondió, confiado.

Sin pensarlo más, Jenny levantó la mano con una sonrisa traviesa, como si acabara de cometer una travesura con el apoyo de su vecino, su hermano y su padre, que no parecían inmutarse ante la mirada fulminante de Claire.

—Pues no se hable más. Además, estoy seguro de que la pizza es un clásico navideño… en alguna parte del mundo —bromeó Jack, acercándose al teléfono para hacer el pedido.

Los niños gritaron de alegría al ver cómo aquella aburrida comida se transformaba en una tarde de pizza: ¡de pizza en Navidad! Ben, riendo ante la escena, cogió una cerveza y se dejó caer en el sofá. Cuando estaba a punto de alcanzar el mando a distancia para encender la televisión, Claire se plantó delante de él con una expresión seria.

—Ben, por favor. Holly se ha esforzado mucho en que este día sea especial —dijo con un tono lleno de reproche—. Deberías saber que ella…, cuando tú…, ya sabes —añadió atorada.

Ben, sin perder la calma, sonrió con complicidad.

—Confía en mí, Claire. Te prometo que Holly nunca olvidará este día —respondió, mientras su mano rozaba el bolsillo de su chaqueta, asegurándose de que las entradas para el concierto de Bruce Springsteen, con las que planeaba invitar a Holly a una cita, estaban a buen recaudo.

Sabía que aquella sería la sorpresa que convertiría ese día en inolvidable.

CAPÍTULO 2

—¡Lo habéis prometido! —gritó Jenny con su aguda y penetrante voz.

—Vale, vale… —se rindió Ben, tapándose los oídos—. Pero creo que eres algo pequeña para jugar a verdad o reto.

Todos estaban sentados alrededor de la mesa. Jenny era la única impaciente por empezar a jugar, pues le habían advertido que solo duraría hasta la llegada del repartidor. Las primeras rondas fueron sucediéndose con fluidez, entre retos tontos y preguntas inocentes. Sin embargo, cuando llegó el turno de Ben y eligió "verdad", Tim se apresuró a preguntar sin tener en cuenta al resto.

—¿Te gusta Holly?

Tanto Ben como Holly escupieron sus sendas bebidas al mismo tiempo, mientras una mano voló directa a la cabeza del niño. El sonido de la colleja resonó, y Tim protestó de inmediato:

—¡Mamá!

Tim se quedó de piedra al darse cuenta de que esta vez era su madre quien le había pegado.

—¡Te la mereces! ¿Cómo se te ocurre hacer semejante pregunta? —susurró Claire, casi gritándole, como si de aquella manera pudiera borrar lo sucedido.

—Está obligado a responder, ha elegido verdad —añadió Jenny, sin entender por qué la pregunta había causado tanto revuelo. A ella, claro que le gustaba Holly.

Ben se secó la cara y las manos con una servilleta, observando las miradas expectantes de los presentes. El mismo sentimiento de vergüenza que le impidió convertirse en actor y lo arrojó hacia la escritura, volvió a adueñarse de él.

—Holly es una persona maravillosa, y estoy seguro de que algún día encontrará a alguien con quien ser feliz —respondió finalmente, tratando de evitar cualquier implicación personal.

Los preciosos ojos de Holly se abrieron de par en par y se humedecieron. La joven se levantó de su asiento y, sin decir una palabra, desapareció tras la puerta de vaivén. Antes de que esta pudiera detenerse por completo, reapareció con el pavo en brazos.

—Será mejor que saque la basura... de mi vida —dijo Holly en un tono casi inaudible, con un nudo en la garganta.

Jack, que había estado observando en silencio, miró a Ben con incredulidad.

—Chico, eres tonto —le dijo, levantándose sin saber muy bien para qué—. Y tú, hijo —añadió mirando a Tim—, deberías considerar ser periodista, tienes un don para las preguntas incómodas... y para meterte en problemas.

—Bueno, al menos no me ha lanzado el pavo a la cabeza —susurró Ben, más bien para sí mismo que para los demás.

—No me des ideas... —sentenció Claire al pasar junto a él, dirigiéndose tras Holly.

Debido a la insistencia de Jenny, tuvieron que continuar con el juego. Ben, desconcertado por lo ocurrido, optó por elegir solo retos de ahora en adelante. Para su mala suerte, ya le había tocado cantar a pleno pulmón y comer mayonesa.

Unos minutos después, Claire regresó decidida y se sentó con una maliciosa sonrisa en el rostro. Jack la miró de reojo, reconociendo de inmediato esa expresión que solo significaba una cosa: algo estaba a punto de suceder y no sería nada bueno para

Ben.

—¡Vuelvo a jugar! —exclamó Claire, acomodándose junto a Jack, con la mirada fija en su vecino.

—¿Qué tramas? —susurró Jack a su lado.

Claire, con una sonrisa que casi era un desafío, murmuró:

—Voy a poner las cosas en orden.

CAPÍTULO 3

Holly, sentada en la escalera, pensaba en lo sucedido. Tal vez hubiera reaccionado de manera exagerada ante las palabras de Ben, pero, al menos, siempre podría alegar que no había hecho más que tirar aquel maldito pavo. Prometió que, a partir de ahora, intentaría tomarse las cosas con algo más de perspectiva. Quizás la respuesta de Ben fuera su forma de salir airoso del compromiso en el que lo había metido Tim, pero también cabía la posibilidad de que, indirectamente, le hubiera querido dejar claro que no existía la más mínima posibilidad de estar juntos, al menos en un futuro cercano. Aun así, ella albergaba la esperanza de que, en un futuro lejano, algo pudiera suceder.

Si pudiera viajar al pasado, sin duda, volvería a aquel día, tres años atrás, cuando Ben le propuso tomar algo poco después de conocerse y ella, de manera algo tajante, lo rechazó. Desde entonces, muchas habían sido las copas compartidas, pero cada una de ellas solo había servido para consolidar su amistad y reducir cualquier oportunidad de algo más.

—¡Feliz Navidad! —La suave voz la devolvió al doloroso presente.

Delante de ella, subiendo las escaleras, apareció una figura ataviada con un anorak rojo con franjas negras y una gorra de los New York Mets, cargando tres grandes cajas de pizza. Holly se levantó para dejarle paso y, al hacerlo, descubrió que aquel repartidor era, en realidad, una repartidora, algo que no resultaba tan común.

—¡Feliz Navidad! Menudo día para trabajar, ¿no? —preguntó Holly, más por educación que por interés.

—Es el precio de la independencia —contestó la repartidora con una sonrisa fatigada tras subir tres pisos—. Traigo unas pizzas para el 3ºC. Por lo visto, ha habido un pequeño accidente y alguien tenía que salvar la Navidad... o al menos eso es lo que le han contado a mi compañera.

—Creo que soy la razón por la que te has convertido en nuestra heroína. He quemado el pavo —confesó Holly con tono de resignación en su voz.

La repartidora soltó una pequeña carcajada y, al quitarse la gorra, dejó al descubierto una melena rubia que caía en suaves ondas. Sus ojos azules brillaban, resaltando un rostro casi perfecto, dominado por unos labios carnosos y una expresión angelical. Si California hubiera establecido el prototipo de la chica californiana ideal, ella lo hubiera superado con creces, a pesar de encontrarse en Nueva Jersey.

—Si te sirve de consuelo, una vez que cociné hice que mi familia permaneciera pegada al baño durante dos días. Desde entonces, ya no me invitan a las comidas familiares y me obligan a trabajar —bromeó la repartidora. Al ver la expresión de asombro de Holly, añadió rápidamente—: Lo de que me obligan a trabajar es mentira, pero lo del baño, tristemente, es cierto. La recordamos como la «Navidad de mier...».

—Me hago una idea —dijo Holly con una leve sonrisa, interrumpiéndola antes de que pudiera continuar.

—¿Te las dejo a ti para que te lleves el mérito de salvar la Navidad? —preguntó la chica, alzando las cajas.

—Creo que me quedaré aquí unos cuantos minutos más —

respondió Holly, aún pensativa.

—Como quieras. Pero créeme, nada de lo que haya pasado allí dentro es tan grave como para arruinarte la Navidad —dijo la repartidora mientras caminaba hacia la puerta indicada. Justo antes de irse, se dio la vuelta y le tendió la gorra de los Mets a Holly—. Es el regalo de esta semana. Quédatela, solo espero que no seas de los Yankees.

Holly aceptó la gorra sin demasiado entusiasmo.

—No hace falta que llames, te están esperando —le dijo Holly.

La repartidora se dirigió hacia la puerta del piso de Holly y, justo cuando estaba delante, esta se abrió de golpe. Ben apareció como una exhalación y, sin pensarlo, se abalanzó sobre la repartidora y la besó en los labios.

Las cajas de pizza y la gorra cayeron al suelo, y desde el interior del apartamento, Claire observaba la escena, completamente atónita. Ella misma había provocado aquello al retar a Ben a besar a la primera persona que entrara por la puerta. ¿Cómo iba a imaginar que no sería Holly? A su lado, Jack, boquiabierto, alternaba su mirada entre su mortecina esposa y el apasionado beso entre Ben y aquella desconocida.

—¿Y a ella no le vas a dar una colleja? —preguntó Tim, rompiendo el silencio.

—Debería, pero creo que lo que acaba de hacer ya es suficiente castigo para ella —respondió Jack.

Ben abrió los ojos y, al darse cuenta de que la mujer a la que estaba besando no era Holly, se apartó rápidamente, completamente avergonzado.

—¡Lo… lo siento! —tartamudeó Ben.

—¡Menuda propina! —respondió ella con una sonrisa nerviosa.

Holly, aún en shock, permanecía inmóvil en el rellano, al borde de las lágrimas. Pero no dejaría que sus emociones la controlaran, al menos en ese momento. Puede que llorara esa noche, pero sería la última vez. Después, nunca más, y menos por alguien capaz de besar a una desconocida sabiendo lo que ella sentía por él, porque Ben lo sabía; las señales siempre habían sido muy obvias.

Holly caminó hacia las cajas de pizza caídas en el suelo, las recogió y, apartando a Ben de un empujón, entró a su apartamento.

—¡Todo el mundo a comer! ¡Es a eso a lo que habéis venido, ¿no?! —gritó con frustración, antes de sentarse a la mesa.

El resto se quedó inmóvil, expectante, sin saber cómo reaccionar.

—Gracias por las pizzas —logró articular Ben, cerrando la puerta lentamente detrás de él.

—Acepto esa propina tan especial, pero aún me debes los 45 dólares de las pizzas —le recordó la repartidora con una sonrisa.

—Sí, claro. Perdona... —Ben empezó a buscar en sus bolsillos, pero no encontró nada de dinero. Se giró, claramente con la intención de pedirle a alguien que le prestara.

—Un consejo... Será mejor que invites tú, si no quieres empeorar las cosas.

Ben asintió, sabiendo que tenía razón. Tras una nueva e infructuosa búsqueda en sus bolsillos y, tras meditarlo unos segundos, sacó las dos entradas para el concierto de Bruce Springsteen y se las ofreció a la joven.

Ella las miró con sorpresa.

—¡Asientos numerados! —exclamó—. ¿Estás seguro de que quieres pagar la pizza con esto?

—Creo que ya no las necesito —respondió Ben con aire melancólico.

—Bueno, valen mucho más que las pizzas, así que solo me quedaré con una —dijo la repartidora, devolviéndole la otra entrada—. Supongo que nos volveremos a ver.

Ben no supo qué decir, así que simplemente asintió.

—Por cierto —añadió la joven—, acabo de mudarme a la

ciudad y estoy buscando un apartamento, por si sabéis de alguno.

—Resulta que el 3ºD está en alquiler desde hace años —dijo Tim, acercándose veloz a la puerta.

—Pero ¿qué dices, hijo? No hay ningún 3ºD en este rellano —replicó Jack, extrañado.

—Claro que lo hay, mirad.

Intrigados, todos se asomaron al rellano, excepto Holly, que seguía comiendo su pizza con poco entusiasmo. Y allí estaba, una puerta con el número 3ºD claramente visible.

—¿¡Desde cuándo está eso ahí!? —preguntó Jack, tan sorprendido como el resto.

—Además, creo que el alquiler está superbarato. Podrías mudarte aquí —añadió Tim, emocionado ante la idea de tener a una vecina joven y guapa.

Desde el interior del apartamento, con la boca llena de pizza, se escuchó un grito ahogado:

—¡Cállate, Timmy!

CAPÍTULO 4

Aquella fue la primera vez que interpreté el papel de Lisa Carter, esa joven repartidora con una mochila repleta de sueños por cumplir, que acabaría instalándose durante una temporada en el 3°D del Edificio Westbrook de la sitcom *Vecinos por Destino*. La productora SkyLine Entertainment tuvo la brillante idea de que mi personaje se entrometiera en la relación que todos los espectadores ansiaban ver entre Ben Mitchell y Holly Bennet. Temían que, si esa relación finalmente se concretaba, la audiencia perdiera interés en la serie. Así que crearon a Lisa Carter, para poner algo de picante y tensión en el edificio.

El especial de Navidad se emitiría el 25 de diciembre, pero lo grabamos en septiembre. Justo al finalizar ese día de rodaje, uno de los creadores de la sitcom, Ethan Carmichael, se acercó a felicitarme y, entre risas, me sugirió que aprovechara los meses hasta la emisión para hacer todas esas locuras que solo pueden hacerse desde el anonimato, pues pronto mi rostro sería reconocido en todo el país. Jamás creí que aquello sucediera, pero le hice caso.

La serie continuaba con su calendario de grabaciones. Yo no tenía que volver al set hasta dos semanas más tarde, así que decidí hacer un viaje con dos amigas a Las Vegas. Tenía veintidós años, y debo admitir que en ese viaje cometí algunas de las mayores locuras de mi vida. Disfrutaba del sol, de las noches interminables, de la compañía de mis amigas y de ese anonimato que no creía que llegaría a perder. Pero, en el fondo, mi corazón deseaba estar en el set de *Vecinos por Destino*, junto a mis compañeros y, sobre todo, junto a Michael.

Él... era un compañero fantástico, capaz de ayudarte con tus líneas durante horas y la mar de divertido. Poseía una de aquellas voces que no podías dejar de escuchar, grave con un tono ronco y terriblemente seductora. Además, era guapísimo. En eso, todas estábamos de acuerdo. No existía mujer, y probablemente tampoco hombre, que no se sintiera fascinado por Michael Preston. Pues ¿sabéis una cosa? Yo estaba perdidamente enamorada de él.

Aún puedo sentir cómo se me eriza la piel al recordar aquel primer beso. Lo vieron millones de personas, pero lo que ellos no vieron, lo que jamás podrían haber imaginado, fue el amor infinito que le entregué en esos breves segundos. Tampoco vieron la desesperación que me invadió cuando se alejó, como si al apartarse se llevara un pedazo de mí. Amaba a Michael mucho antes de compartir set con él. Hay quienes creen que han besado a su verdadero amor, pero no se engañen: por cada amor que encuentra su destino, hay cientos, tal vez miles, que nunca verán la luz, pero igual de intensos, igual de reales, a pesar de ser invisibles. El amor puede ser tan hermoso como desgarrador. Así que me considero afortunada. A mi corta edad, besé al hombre que amaba. No en la intimidad que hubiera deseado, sino ante los ojos de toda América. Pero lo que sentí en ese beso, lo que de verdad significó para mí... solo yo lo sabré.

La verdad era mucho más cruel de lo que cualquiera podría imaginar. Tenía el trabajo soñado, en el set deseado y junto a la persona amada, pero su corazón ya pertenecía a otra: Sarah Collins. Sarah poseía una belleza sencilla y deslumbrante, capaz de contagiar alegría con su sonrisa luminosa. Era esa "vecina de al lado", comprensiva, siempre dispuesta a permanecer junto a ti en los momentos difíciles. Tal vez no fuese una chica de ensueño, pero si lograbas conocerla realmente, su dulzura y generosidad te atrapaban de tal manera que resultaba imposible no enamorarse de ella. Eso fue exactamente lo que le sucedió al público estadounidense, que la bautizó como su "novia televisiva". Lamentablemente, también le pasó a Michael. No era solo el guion de la serie el que insistía en que sus personajes, Ben y Holly, acabaran juntos. Parecía que el guionista de nuestras vidas también había decidido que esa era la única historia que podía escribirse.

Casi nadie lo sabía. La productora había pedido discreción, preocupada de que un romance entre los actores pudiera arruinar la magia de la serie. Ben y Holly eran el tipo de pareja que siempre estaba al borde de algo más, pero nunca llegaba a concretarse. Había tensión, chispas, miradas cargadas de significado, pero también malentendidos y distancias insalvables. Era una relación de idas y venidas, de momentos en los que parecía que por fin estarían juntos, solo para que, en el último segundo, todo se desmoronara. Y en la serie, yo fui el huracán que estuvo a punto de acabar con cualquier atisbo de amor entre ellos.

A pesar de todo, nunca dejé de esperar. Cada mirada compartida frente a las cámaras, cada sonrisa que intercambiábamos, cada línea de diálogo que nuestros personajes compartían avivaba una esperanza que probablemente no tuviera sentido. Algunos actores se refugian en el alcohol, en el juego o en noches de pasión fugaces para escapar de sus propios demonios; mi carga, en cambio, era el dolor silencioso de mi alma. Día tras día acudía al trabajo con esa herida abierta, diciéndome a mí misma, con un anhelo desesperado, que tal vez, algún día, el guion de nuestras vidas tomaría otro rumbo.

CAPÍTULO 5

Casi todos los episodios de *Vecinos por Destino* se grababan en el plató. Rara vez teníamos que rodar en exteriores, y cuando lo hacíamos, era como abandonar la seguridad del hogar para lanzarse a la vorágine caótica de la ciudad. Si recordáis, en el episodio de mi debut, el personaje de Ben pagaba las pizzas salvadoras con una entrada para un concierto de Bruce Springsteen. Por supuesto, no nos llevaron realmente a ver a *"The Boss"*. Las pocas escenas del concierto fueron sacadas de archivo, y las partes en las que nuestros personajes parecían disfrutar del espectáculo se grabaron en el estudio. Sin embargo, al final del episodio, paseábamos por una de las calles más icónicas de Nueva York: Bleecker Street. Esa sí la filmamos en exteriores.

Era una noche fría, de esas que te recuerdan que el invierno está a la vuelta de la esquina. Las primeras luces navideñas ya colgaban de las fachadas, y el ambiente festivo se sentía en cada esquina. Mientras paseábamos, Ben, siempre atento, me ofrecía su abrigo. Hablábamos de lo "vivido" aquella noche, mientras las cámaras captaban cada palabra, cada mirada, sugiriendo el comienzo de un posible romance. Por otro lado, Holly añadía el toque cómico al episodio, esperándonos en casa como si de una madre preocupada se tratara.

Entre toma y toma, mientras el equipo ajustaba los últimos detalles, Michael y yo encontramos un momento de calma.

—¿No es curioso cómo una serie puede hacerte sentir como en casa? —dijo Michael, mirándome con una sonrisa suave, casi melancólica.

—Lo es —respondí, recolocando su abrigo que aún llevaba sobre mis hombros—. A veces parece que pasamos más tiempo aquí que en nuestras propias vidas.

—Y, aun estando rodeados de gente todo el tiempo, a veces... —Su voz se apagó un instante mientras su mirada se perdía entre sus zapatos—. A veces es difícil no sentirse solo.

Aquella confesión me sorprendió más de lo que esperaba. Lo entendía perfectamente. El bullicio del set, las luces, las cámaras... Todo ese movimiento a tu alrededor no evitaba que, al final del día, existiera un vacío que ni la fama ni el éxito lograban llenar. Era como si compartiéramos en silencio el peso de esa soledad.

—A mí también me pasa —admití, observando las luces navideñas que adornaban las ventanas cercanas—. Es gracioso..., siempre soñé con esto, con estar aquí. Pensaba que, una vez lo lograra, todo sería sencillo, que no habría lugar para esa sensación. Pero la realidad no es tan fácil.

—¿Y ahora? —preguntó, con un tono más suave, como si temiera romper la delicada burbuja en la que nos encontrábamos—. ¿Sigues soñando?

Me quedé en silencio un instante, reflexionando. No estaba segura de si se refería a mis sueños profesionales o a algo más profundo, algo que tuviera que ver con nosotros.

—Supongo que siempre habrá algo por lo que soñar. Aunque no siempre se pueda conseguir —respondí de manera ambigua, adrede.

Michael asintió, y, por un momento, sentí que estaba a punto de decir algo más. Tal vez algo que podría cambiar el curso de esa noche, de nuestras vidas, pero en lugar de eso, sonrió. No fue la sonrisa que todos conocían, fue genuina, cargada de una tristeza que solo alguien cercano podría percibir.

—Bueno, tal vez algún día hallemos esas respuestas —dijo, casi en un susurro.

Sentía la conexión, era palpable, pero ninguno de los dos quiso romper la magia de aquel instante. Irremediablemente, el momento se desvaneció con el frío de la noche, con la tenue luz de las farolas y con la esperanza de que, tal vez, algún día, el destino nos regalara otra escena juntos.

Las cámaras volvieron a rodar y, de inmediato, nos convertimos de nuevo en Ben y Lisa, dos personajes que, a diferencia de nosotros, sí acabarían juntos. Lisa no tenía miedo. Lisa tendría a Michael. Deseaba ser Lisa eternamente.

CAPÍTULO 6

Los meses siguientes fueron una montaña rusa de emociones. La tensión en el set era palpable, al menos para mí. Cada mirada furtiva, cada sonrisa compartida, cada escena romántica en la que nuestros cuerpos se rozaban mínimamente, me hacían sentir que estábamos cruzando una línea imaginaria. Empecé a preguntarme si Michael sentía lo mismo o si todo era una estúpida ilusión nacida de mi deseo. No podía dejar de pensar en ello, pero me aterraba cualquier verdad diferente a la ansiada.

Un día, después de grabar una escena particularmente intensa, reuní el valor necesario para ir a su camerino. La excusa, en realidad, era irrelevante; cuando dos personas se desean, ninguno se plantea los pretextos. Lo único que quería era estar cerca de él. Anhelaba esa chispa que había surgido entre nosotros durante nuestro paseo por Bleecker Street, esa chispa que desde entonces ardía en mi interior.

Lo encontré con los ojos cerrados, descansando en su sillón, con la cabeza inclinada hacia atrás y masajeándose las sienes.

—¿Te pillo en mal momento? —susurré, asomándome con timidez desde la puerta.

—No, no, pasa —dijo sin abrir los ojos, pero sonriendo levemente al reconocer mi voz.

—Si molesto, podemos hablar después —añadí, aunque no había nada que quisiera menos que salir de allí.

—Emily, tú nunca molestas —respondió con esa voz que tanto me atraía. Se levantó del sillón con energías renovadas y se acercó, mirándome directo a los ojos—. ¿Qué puedo hacer por ti?

Mi corazón galopaba con fuerza mientras inventaba una excusa torpe.

—Tengo algunas dudas sobre cómo interpretar la escena... —mentí, sintiendo el calor apoderarse de mis mejillas.

Michael sonrió, pero no de la manera relajada que solía mostrar en el set. Esta vez fue una sonrisa nerviosa, como si también estuviera cargada de secretos inconfesables. Su mirada y sus gestos me recordaron a Ben, siempre atrapado entre lo que deseaba expresar y lo que realmente decía.

—No deberías preocuparte —dijo, como intentando tranquilizarme—. La magia de la televisión hará que todo parezca mucho más intenso de lo que realmente será. —Se detuvo un momento y añadió, con una sonrisa traviesa—: Hasta parecerá que estamos desnudos.

Me reí ligeramente ante aquella ocurrencia.

—No es eso lo que me preocupa... —dije en un susurro—. Me preocupa cómo hacer que se sienta real.

Michael me miró con intensidad y, de repente, cambió el tono, más decidido.

—Hagámosla ahora —dijo, tomando el guion que descansaba sobre el sofá y buscando la escena. Lo tendió hacia mí, pero yo lo dejé a un lado.

Sabía esa escena de memoria. No por haberla estudiado, sino porque cada palabra parecía haber salido de mi propio corazón.

Comenzamos a ensayar. Las líneas salían con fluidez, pero con cada palabra la tensión crecía. Las frases del guion parecían hablar más de nosotros que de nuestros personajes. No era la escena la que nos acercaba el uno al otro, era el deseo.

—«No puedes seguir ignorando tus sentimientos» —dije, interpretando mi línea.

Michael dio un paso hacia mí, sus ojos se clavaron en los míos, intensos, ardiendo. Su voz fue un susurro cuando respondió, siguiendo el guion:

—«¿Y qué se supone que debo hacer?».

Su proximidad era demasiado real, demasiado íntima. Su cálido aliento envolvía mi piel. Mi corazón latía desbocado. No fue Lisa quien respondió, sino yo, Emily.

—Te amo.

El silencio que siguió fue eterno. Sus ojos se agrandaron por la sorpresa, pero también había algo más, algo oculto durante demasiado tiempo.

—Eso no está en el guion —murmuró, su voz ronca mientras su mirada buscaba una señal en la mía.

Mi respiración se volvió pesada, mis manos temblaban ligeramente mientras respondía en un susurro:

—Debería estarlo.

Y entonces, el mundo se desmoronó a nuestro alrededor. Michael se acercó más y me besó, con una intensidad que jamás habría imaginado. Era un beso real, crudo, lleno de todo lo que habíamos reprimido. Sentí sus manos deslizarse por mi cintura, acercándome aún más a él. Mis dedos se enredaron en su cabello mientras nuestros cuerpos se fundían en uno solo.

Cada caricia, cada roce, era una descarga que recorría nuestros cuerpos. El calor crecía, nuestros cuerpos bailaban en una danza que ni el guion ni la vida real nos habían permitido tener hasta ese momento.

Pero entonces, el sonido de la puerta al ser golpeada nos arrastró a la realidad. Nos separamos de golpe, jadeando, entre respiraciones entrecortadas y pulsos acelerados.

—Michael, ¿estás ahí? —La voz de Sarah asesinó el

momento.

La adrenalina seguía corriendo por nuestras venas, el fuego de lo sucedido aún ardía en nuestras miradas, pero sabíamos que debíamos disimular.

Rápidamente me aparté, ajustándome la ropa, intentando recuperar la compostura.

—Sí, Sarah, aquí estoy —respondió Michael, con una calma que me sorprendió.

CAPÍTULO 7

Jamás volvimos a hablar de lo sucedido aquel día. Michael seguía siendo el mismo de siempre: profesional, amable, con esa sonrisa constante capaz de desarmar cualquier atisbo de tensión. Y cuando finalmente rodamos la escena, la química entre nosotros fue la misma, casi como un eco de lo ocurrido en privado. Empecé a preguntarme si todo había sido un ensayo más, una interpretación demasiado intensa. El miedo a la realidad me hizo callar. Temía que, si le preguntaba, todo se desmoronaría: nuestra amistad, la armonía en el set, y lo peor de todo, la ilusión de que entre nosotros había algo más. Tenía pánico de perderlo.

Me conformé con verlo a través de los ojos de Lisa, siendo su pareja en *Vecinos por Destino*. Mientras nuestros personajes vivían una relación estable que atormentaba a la pobre Holly, yo, en la vida real, sentía esa misma agonía al verlo escaparse. Los episodios avanzaban, al igual que los meses, y comencé a ver el final de temporada como una forma de desintoxicarme de Michael. Tal vez, pensé, ese descanso me ayudaría a superar lo que sentía por él.

Pero, en el fondo, sabía que no sería tan fácil.

CAPÍTULO 8

La fiesta de aniversario de la cadena fue uno de esos eventos inevitables, aunque, sinceramente, hubiese preferido quedarme en casa viendo cualquier película clásica que dieran en la televisión. Los directivos, vestidos con trajes impecables, paseaban por el salón como dioses sabedores del poder que tenían sobre el resto. A mí me imponían respeto, pero lo que realmente me hacía sentir fuera de lugar era la presencia de esos grandes rostros: actores, presentadores y periodistas que habían sido mi inspiración para perseguir la vida que ahora tenía. Y allí estaba yo, compartiendo canapés con ellos, pero sintiéndome como una niña que se había colado en una fiesta de adultos.

Me alejé de las conversaciones vacías y sonrisas falsas, junto a mi copa de champán. El balcón del salón de actos, poco concurrido, ofrecía el respiro que necesitaba. Un espacio para contemplar la ciudad de Nueva York, que se extendía ante mí, inalcanzable. Mientras disfrutaba de la vista, una voz conocida rompió el silencio.

—¿Estás disfrutando de la noche? —preguntó Michael, acercándose lo suficiente como para sentir su calor en aquella fría noche.

—Ahora sí —respondí sin apartar la vista de la ciudad.

—A mí también me gusta estar contigo —dijo suavemente, con una sonrisa que apenas pude percibir, pero que sentí.

De repente, volvíamos a ser solo Michael y yo, como si el bullicio de la fiesta se hubiera quedado atrapado en otra dimensión. Nos quedamos en silencio, contemplando juntos las luces de la ciudad, compartiendo ese momento íntimo, tal vez mágico.

Pero entonces, Michael rompió el silencio.

—Sabes, a veces me pregunto cómo sería todo esto sin ti. Me siento muy afortunado de tenerte como compañera... y como amiga. —Su voz se suavizó, casi como si confesara algo que llevaba meditando mucho tiempo.

Mi corazón dio un vuelco. Las palabras «como amiga» me golpearon con una intensidad que no estaba preparada para soportar, un recordatorio de la barrera invisible que había entre nosotros. Mi mente se aceleró, y el champán hizo el resto. La cercanía de Michael, el ambiente, las luces de la ciudad, todo me impulsaba a decirle que eso no era suficiente, que el destino debía tener otro plan para nosotros.

Respiré hondo, sintiendo cómo mi corazón desbocado palpitaba dentro de mi pecho. Las palabras estaban en la punta de la lengua, listas para hacerse realidad, pero justo cuando reuní el valor suficiente, Michael empezó a hablar:

—Creo que lo correcto es contártelo a ti antes que a nadie —dijo, con una sonrisa que me hizo estremecer—. Voy a pedirle a Sarah que se case conmigo.

El mundo se detuvo.

Mi confesión se desvaneció, ahogada por un dolor que no esperaba. Sentí cómo mi corazón se rompía en mil pedazos, y el aire me comenzó a faltar, pero luché por mantener mi rostro sereno, por no permitir que viera mi alma rota. Debía sonreír, fingir que todo estaba bien, que me alegraba por esa noticia devastadora. Así que lo hice: me coloqué la máscara con la mejor de mis sonrisas dibujada, cuando la realidad era que estaba muerta en vida.

—Eso... eso es maravilloso, Michael. Me alegro muchísimo por ti —logré decir, a pesar de que mi voz temblaba levemente.

—Gracias —respondió, con una sinceridad que hacía que todo fuera aún más doloroso—. Sabía que podía contártelo, Emily. Siempre has estado a mi lado.

Me abrazó, y yo me acurruqué como una niña pequeña en él. Luchaba por no derramar una sola lágrima, por evitar que aquel momento terminara, a pesar de saber que no existía ninguna posibilidad de que viviéramos la historia de amor que tantas veces había soñado.

—No me hagas esto, Michael —susurré sin pensar, ahogada por los sollozos que ya no podía contener.

Sentí cómo sus brazos se apretaban con fuerza alrededor de mí, y sus manos suaves acariciaban mi espalda en un intento por consolarme. Mi rostro estaba apoyado en su hombro, y pude notar su respiración temblorosa entre mi cabello. Él también estaba llorando. Fue en ese instante cuando no pude aguantar más y dejé escapar todo lo que había reprimido durante meses.

—¡Ojalá todo hubiera sido diferente! —susurró, con la voz rota, cerca de mi oído.

Esa noche, mientras ambos llorábamos abrazados bajo el cielo estrellado de Nueva York, supe que todo había terminado.

Lo que pudo haber sido, jamás sería.

CAPÍTULO 9

A la mañana siguiente, tomé la decisión de que no podía continuar en la serie. Comunicar mi deseo de abandonarla fue una de las conversaciones más difíciles que he tenido nunca. A pesar de que todos sabían que la relación entre Ben y Lisa acabaría tarde o temprano, tenían grandes planes para mi personaje. De hecho, estaban considerando la posibilidad de que Lisa siguiera viviendo en el 3ºD, dado lo querida que era por el público. Sin embargo, yo no podía afrontar aquella situación. No podía soportar la idea de ver a Michael cada día, de ver cómo su amor con Sarah se hacía real ante el mundo, era un dolor innecesario. Tenía que irme por mi propio bien.

El final de temporada ya estaba grabado, pero decidieron filmar unas cuantas escenas para justificar mi marcha en el primer episodio de la siguiente temporada. Lisa rompería con Ben para aceptar una oferta de trabajo irrechazable en la otra punta del país. La despedida entre nuestros personajes fue fría, agridulce y llena de reproches. Un adiós bien calculado para la televisión, pero una auténtica agonía para mí.

El taxi me esperaba frente al Edificio Westbrook. Me había despedido de los Miller, que al completo esperaban mi partida. El taxista, con una calma irritante, colocaba mi equipaje en el maletero mientras yo, desde la distancia, no podía dejar de desear que Ben apareciera en el último segundo para despedirse, a pesar de haberme dejado claro que no quería volver a verme.

Holly, claramente impaciente y desesperada por la lentitud del taxista, tomó el resto de mis maletas y comenzó a arrojarlas al maletero con una mezcla de prisa y frustración.

—¡Esto tiene que terminar ya! —masculló Holly, mientras golpeaba una maleta para que encajara.

Cuando por fin todo estuvo en su sitio y Holly soltó un suspiro de alivio, la puerta del edificio se abrió de golpe, apareciendo Ben.

—¡Suba y arranque! —exigió Holly al taxista, desesperada por evitar cualquier despedida.

—¡Espere, por favor! —gritó Ben desde la entrada, rompiendo con su cálida voz el frío de la mañana.

—¡Maldita sea! —susurró Holly, visiblemente molesta.

Ben caminó hacia mí, pero sus pasos se volvieron lentos a medida que se acercaba. Su rostro reflejaba una tristeza profunda, consciente de que nuestra relación no había terminado de la manera en que ambos sabíamos que debía hacerlo. Cuando estuvo a escasos metros, ya no pude contener más las lágrimas. Que yo llorara no estaba escrito en el guion y provocó que el público presente esa mañana dejara escapar un gemido colectivo que fue captado por los micrófonos.

Ben se acercó aún más y, sin decir palabra, colocó sus manos en mis mejillas, con suavidad, como si quisiera grabar mi rostro en su memoria. Y entonces me besó. Fue un beso tierno, cargado de dolor, de despedida, pero también de algo más profundo. Más real de lo que cualquiera podría imaginar.

—Siempre te querré —susurró, mirándome a los ojos con una sinceridad que me partió el alma.

Aquello tampoco estaba en el guion. Y en ese momento supe que era Michael quien hablaba. Sentí cómo una sonrisa triste se dibujaba en mi rostro, mezcla de amor y una profunda melancolía. Sabía que debía responder, aunque me pesaran las palabras:

—Siempre te querré —dije, con todo mi corazón.

Era la última vez que besaría a Michael Preston, y lo sabía. Con el alma desgarrada, caminé hacia el taxi sin atreverme a mirar atrás. No podía permitirme añadir más dolor a mi vida.

Mientras subía al taxi, Tim, con su característico descaro infantil, decidió romper el emotivo momento:

—Y allí se van nuestras pizzas gratis —dijo, cruzado de brazos y con expresión resignada.

—Lo peor es que tendremos que volver a comer las de mamá —añadió Jack, que acto seguido recibió una colleja de su esposa.

Con esa mezcla de humor y tristeza, el taxi arrancó, llevándome lejos del Edificio Westbrook, de Ben, de Michael, y de la historia que nunca fue.

CAPÍTULO 10

Han pasado más de cuarenta años, y si algo puedo decir con certeza es que la vida me ha tratado bien. He disfrutado de una larga carrera profesional que me ha otorgado el reconocimiento de mis compañeros y el cariño del público. En lo personal, he sido inmensamente feliz junto a mi marido Andrew, el amor de mi vida, y nuestros tres hijos, que son mi mayor orgullo. Ojalá él pudiera estar aquí para ver en las maravillosas personas en las que se han convertido. No cambiaría nada de la vida que he tenido.

Sin embargo, Michael siempre estuvo ahí.

A veces me horroriza admitirlo, pero es la verdad. Tras la muerte de mi esposo, hace diez años, en medio de mi dolorosa soledad, fantaseé con la idea de que tal vez, de alguna forma extraña, el destino hubiera querido que tuviera hijos con Andrew, pero que ahora, con ese propósito cumplido, yo pudiera estar con Michael. Como si todo lo vivido hubiera sido un camino necesario hasta llegar a ese punto.

Tal vez algunos piensen que mis palabras son una especie de traición a la vida que he tenido, pero yo no lo veo así. Los sentimientos no siempre se ajustan a la razón. Ese amor que sentía por Michael me acompañó en silencio, sin interferir en el que sentía por mi familia. Vivió oculto bajo la rutina diaria, bajo la felicidad de una vida plena, pero siempre presente, como un faro en la distancia que, de algún modo, me hizo quien soy.

Pero el fallecimiento de Michael y Sarah en ese horrible accidente de tráfico de la semana pasada ha despertado en mí algo que creía enterrado para siempre. Tengo 65 años y nunca pensé que volvería a sentir este tipo de dolor, el dolor de una despedida que nunca llegó a producirse de verdad, una despedida privada, íntima.

Recuerdo cada día junto a él en el set de *Vecinos por Destino*. Recuerdo cómo su sonrisa iluminaba todo el estudio, cómo sus ojos parecían decirme cosas que nunca alcanzó a pronunciar. Siempre supe que lo que sentía por él no era un enamoramiento pasajero; era algo más profundo, algo que solo quienes han amado de verdad pueden llegar a entender. Estoy convencida de que Michael también me quiso, a su manera, y que, tal vez, en otras circunstancias, se hubiera atrevido a cruzar esa línea. En nuestros silencios, en las miradas que compartimos, siempre existió una verdad que solo nosotros conocíamos, pero que, por respeto a nuestras vidas, decidimos dejar sin pronunciar. Quizás ambos creíamos que el tiempo nos daría otra oportunidad.

No me malinterpreten, no cambiaría nada de lo que he vivido. Amé profundamente a mi esposo y a mi familia, y siempre lo haré. Pero el amor por Michael fue diferente, un amor silencioso, escondido en los rincones de mi corazón, esperando, sin pedir nada a cambio.

Cuando recibí la noticia de su muerte, no pude hacer otra cosa que buscar fotos viejas del set. Todo parecía posible, entonces. Teníamos la vida por delante y el reloj no corría a tanta velocidad. Y, por primera vez en mucho tiempo, lloré por él. Por los besos que nunca llegaron, por los momentos que nunca vivimos, por no luchar.

Mi historia estuvo ligada en silencio a la suya, pero no puedo olvidarme de Sarah; mi adiós también es para ella. Siempre la respeté, siempre la admiré, y ambos ocuparán un lugar en mi corazón.

Pero, a mis sesenta y cinco años, hoy me permito por fin ser sincera, al menos conmigo misma, en esta entrevista. El mundo recordará a Michael Preston como un gran actor, como una persona íntegra, como alguien a quien admirar. Yo lo recordaré como el amor que nunca fue, pero que siempre será.

FIN

Alberto Guerrero es un escritor español conocido por su versatilidad y su habilidad para explorar diversos géneros literarios. Interesado en los rincones más oscuros y emocionantes de la mente humana, plasma en sus historias un realismo cautivador que atrapa al lector desde la primera página. Su obra más destacada, *La Piedra de Eva*, ha conquistado a los lectores con su mezcla de aventura, misterio y elementos históricos, convirtiéndose en un thriller imprescindible para los aficionados a las narrativas envolventes.

Además de su éxito con la novela mencionada, también ha demostrado su talento en el género del terror con su inquietante colección de relatos *En mi macabra cabeza*. Este libro presenta una serie de historias cortas que abordan desde fantasmas y zombis hasta vampiros y asesinos en serie, sumergiendo al lector en escenarios escalofriantes y sobrenaturales. Con una prosa que no escatima en detalles perturbadores, ha sido elogiado por su habilidad para crear una atmósfera de tensión constante y mantener al lector al filo del asiento. Actualmente sigue trabajando en nuevas obras que prometen continuar sorprendiendo y desafiando a sus seguidores.

Es activo en redes sociales, donde comparte su proceso creativo y mantiene una relación cercana con sus seguidores.

Contacto: alberto.guerrero.corral@gmail.com

Instagram: @aguerrerocor

Threads: @aguerrerocor

TikTok: @aguerrerocor

Twitter: @aguerrerocor

RELATO 9
LA NAVIDAD ES DE DICKENS

M. M. ONDICÖL

Capítulo 1
Marley

Es curioso ver cómo los humanos tienen tan poca delicadeza a la hora de denostar conceptos que ni siquiera parecen comprender. En este sentido, no se me ocurre un concepto más maltratado que el de «SUERTE». La suerte encarna un hecho, suceso o situación que tendrá un desencadenante fortuito, y esta parece ser la razón por la que los humanos tienden a depositar en dicho hecho sus más grandes y, en ocasiones, las más nimias de sus esperanzas.

Ante un nuevo evento incierto, esta especie «superior», tal y como les gusta percibirse, se desea suerte. En este humilde acto que muestra consciencia sobre sus propias limitaciones, dan a entender que dejan la consecución de dicho evento al azar y que aceptarán lo que se disponga en él, sea cual sea el resultado. Sin embargo, ellos llevarán siempre una idea preconcebida y, si la situación no se resuelve como esperan, entonces, el individuo habrá tenido «mala suerte». Oh, pero, en caso de resolverse en base a sus designios, entonces el individuo habrá tenido «buena suerte».

¿No os parece, hermanos, un acto de ego solo a la altura de esta especie?

Y luego está la parte en la que vinculan la suerte con nosotros, las criaturas mágicas, esperando que concedamos todos sus deseos y caprichos. Es como tener que educar a un niño al que, a cada segundo, constantemente, se le antoja algo y debes hacerle ver que no siempre lo que quiere es bueno para él. ¿Cuándo entenderán que a veces lo que ellos etiquetan como «mala suerte» es en realidad todo lo contrario? Y, en ocasiones, es incluso un paso necesario para guiar sus destinos en busca de la auténtica felicidad.

Humanos, si de verdad queréis tener suerte, entonces, dejad que los expertos nos ocupemos; aunque, a veces, como en el caso de este relato, debamos intervenir de una forma más drástica para que el humano en cuestión pille la indirecta.

CAPÍTULO 2
LA VISITA

Miro el reloj. Al final tendré que asumir que, efectivamente, tengo una habilidad innata para llegar tarde a todas partes. Aunque ponga todo mi empeño en evitarlo, siempre pasa algo que interfiere en mi puntualidad. Es como si estuviese gafada, aunque no solo me ocurre con el tiempo... La ley de Murphy debería llevar mi nombre: si algo me puede salir mal, saldrá mal.

—*Ursäkta, far vi aka snabbare? Mitt flyg är om sju minuter.*[2]

—*Nej.*[3]

—*Ok, öm vi är rättvisa du har kommit fem minuter senare än det som star i appen...*[4]

—*Nej.*

—*Nej...* —repito con tedio en un infructuoso intento de que

---

[2] Voz sueca: Disculpe, ¿podría ir un poco más rápido? Mi vuelo sale en siete minutos.
[3] Voz sueca: No.
[4] Voz sueca: Bueno, siendo justos usted ha llegado cinco minutos más tarde de lo que decía la aplicación.

el conductor se apiade de mí y cambie de parecer.

—*Nej.*

—Ok. Tack. [5]

Finalmente consigo llegar al aeropuerto, a pesar de la negativa del hombre, que no duda en añadir el recargo del destino. ¿Dónde está el espíritu navideño? Estos días la gente debería estar de mejor humor.

Respiro profundamente y pago con mi teléfono por el viaje. No tengo tiempo para ser orgullosa ni para iniciar un debate/discusión con él. Vamos, es casi Navidad.

A toda prisa, me dirijo a la puerta de embarque. Parece que me he salvado por los pelos y por no tener equipaje que facturar, algo que tuve que aprender a las malas después de perder un vuelo Madrid destino Tenerife por haber llegado media hora antes de la hora de embarque, en lugar de cuarenta y cinco minutos antes. Bostezo, no he dormido nada. Un escalofrío me recorre el cuerpo al recordar la noche anterior, supongo que me encontraba bastante sugestionada por las circunstancias. A pesar de las fechas, mi casera falleció hace unos días, y ayer mismo se celebró el sepelio por el rito católico. Claro, que tampoco es que tengamos la opción de elegir cuándo nos viene bien morir para evitar fechas señaladas...

Mariña llevaba viviendo en Suecia casi sesenta años, incluso se casó con un sueco, pero era española, católica y devota. Al menos, sus hijos se preocuparon por cumplirle eso, a no ser que, en realidad, se encargase de ello su abogado, cosa que no descarto.

En definitiva, que hoy tenía que coger un vuelo a primera hora y ayer mismo estaba guardando luto como señal de respeto, acompañando a la familia hasta bien entrada la noche. Para ser honestos, no era tan tarde, pero, en pleno mes de diciembre, aquí es de noche a las cuatro y, además, una espesa niebla envolvió el camino de vuelta a casa haciendo que mi mente imaginase cosas

---

5 Voz sueca: Vale, gracias.

que no quería ver.

Cuando llegué a la vivienda, ignoré la entrada principal. Ya no habría nadie allí para recibirme, así que subí las escaleras del lateral, que el esposo de mi casera construyó cuando decidieron dividir ambas plantas y arrendar una de ellas. Yo ocupo la planta superior desde hace tres años, y no negaré que me dio algo de *yuyu* hacerlo sabiendo que Mariña había fallecido apenas unos días atrás en su sillón de estampado floral de la planta baja. La imagen de la mujer, totalmente gélida sobre el féretro, mientras se producía un goteo escaso, pero continuo, de familiares y conocidos —ya lo decía ella: «amigos, lo que se dice amigos, *poquiños*»—, me asaltó la mente en el momento de introducir la llave en la cerradura. Casi creí verla reflejada en el pomo, redondo y dorado, de la puerta. Diablos, aquella no era la mejor de las visiones para ese momento.

Intenté esbozar una pequeña sonrisa al recordar a Mariña: bajita, algo regordeta, con cara de pocos amigos y pesetera como ella sola. Una mujer única, la verdad. No era la típica abuelita tierna, ni mucho menos agradable, pero era fácil tratar con ella si te ceñías a lo importante, era clara y directa, sin medias tintas; y mientras yo pagase el alquiler y respetase las normas de su casa, todo iba bien. A pesar de ese carácter suyo, creo que llegó a cogerme aprecio y, en ocasiones, me obsequiaba con repostería casera para la hora del *fika*[6], lo que siempre es de agradecer.

En el entierro tuve el placer de conocer a casi toda su familia y, la verdad, casi hubiera preferido que no hubiera sido así, aunque supongo que es de entender que para ellos se cierra una etapa más. Y, cuando el hijo mayor, que acababa de llegar desde Lugo, se me acercó, ya sabía lo que iba a decirme.

—Perdona que te moleste, Megan, pero es que hay un asunto del que necesito hablarte antes de que te marches mañana…

Total, que cuando vuelva a casa tras pasar las Navidades en

---

[6] Tradición sueca que consiste en una pausa para disfrutar café o té acompañado de algo dulce, fomentando la socialización y el descanso.

España junto a mi familia, tendré apenas unos días para desalojar el piso y encontrar algún otro lugar decente y asequible en el que vivir teniendo en cuenta el complicado mundo inmobiliario de los alquileres en Estocolmo.

Por fin, es una sensación extrañamente placentera la que se siente cuando pones un pie en la moqueta del avión. Es una especie de «todo va bien», has llegado a tiempo, ahora solo queda sentarse y esperar a que el piloto nos lleve a todos sanos y a salvo hasta nuestro destino.

Antes de pasar a mi asiento, junto a la ventana, algo cae del portamaletas y me da directamente en la cabeza.

—*Ursäkta mig, jag ber om ursäkt. Jag skulle flytta min bagage och jag hade inte sett att det flyttade pa den barns ryggsäk.*[7]
—Un chico se disculpa, mientras una mujer recoge la mochila de *Bluey* y me mira como si el accidente hubiese sido culpa mía, asegurándose de que mi enorme cabezota no haya roto nada del contenido. Me siento ofendida.

—No te preocupes, soy un imán para atraer este tipo de situaciones ridículamente vergonzosas —contesto al chico poniendo los ojos en blanco.

Él sonríe, supongo que sin saber muy bien qué responder a eso, y se gira para tomar asiento sin añadir nada más. Aprieto los labios como en un acto reflejo y luego hago lo propio, avanzo de lado —el espacio entre asientos es cada vez más estrecho— y acabo depositando mis nalgas en el 25A.

Sentada en el lugar que indica mi tarjeta de embarque, suspiro y cierro los ojos. El vuelo durará unas dos horas y me da tiempo a echarme una cabezada. Anoche ni siquiera ponerme el edredón cubriendo la cabeza a modo de escudo me ayudó a conciliar el sueño. Mi mente no dejaba de imaginar cosas mientras parecía esperar ver la cara de mi casera en modo espectro

---

[7] Voz sueca: Perdona, lo siento, he ido a colocar mi maleta y no he visto que empujaba esa mochila infantil

atravesando la pared.

Tras las vibraciones típicas del despegue, el avión se pone de nuevo en posición horizontal, y yo me siento en paz.

—Mis hijos son unos desvergonzados. —Una voz, que me resulta familiar, hace que abra los ojos, sobresaltada—. Sobre todo, el mayor, Sabino, porque la otra… Bueno, la otra es que es tonta, directamente. Ya siento decirlo, porque la parí yo, pero bastante tiene la pobre con hacer todo lo que dice el eunuco de su marido. Mira que se lo dije: «este no es trigo limpio». Nunca me gustó de muchacho, pero es que los años no han hecho más que darme la razón. Ni en mi entierro pudo comportarse como un caballero. Y bueno, no puedo hablar mejor del otro, aunque este sí sea sangre de mi sangre, mira que decirte que tienes que irte el mismo día en que me están dando sepultura… No había otro momento, no. Pues espera a que abran el testamento, que lo mismo se llevan una sorpresa.

El corazón me late a mil por hora. Las luces del avión se han atenuado. Viaja muy poca gente dadas las fechas que son y hubiese jurado que no había nadie sentado a mi lado al despegar. Lentamente, giro la cabeza en dirección al sonido de la voz. Por dentro, grito y casi me quedo sin voz, sin embargo, no sale sonido alguno de mi garganta. Me va a dar un infarto, lo noto, el corazón se me va a salir del pecho y voy a morir.

Ella me mira, las cuencas violáceas de sus ojos combinan a la perfección con su tez azulada. Puedo ver ligeramente a través de ella y creo que voy a vomitar ante esa visión espectral.

—¡Vaya cara! Ni que hubieses visto un fantasma —dice riendo, plenamente consciente de su situación.

—¿Mariña?

—Ay, niña, en mala hora vino a por mí la parca…

—¿Estoy soñando? Sí, debo de estar soñando.

—Míralo como más te guste —dice encogiéndose de hombros—. Yo he venido a traerte un mensaje, a ver si con esto me gano el cielo.

Sus palabras me dejan perpleja y busco con la mirada a alguien en el avión que pueda confirmarme si lo que estoy viendo es real, o no lo es.

—¿Eh?

—Como me he muerto antes de Navidad, no he podido darte tu regalo.

—¿Mi regalo de Navidad?

—En la noche más mágica del año.

—Es decir, que tiene que ser ahora.

—*Escóitane ben cativa, vouche facer o agasallo máis valioso que recibirás xamais. Vas recibir a visita de tres espíritos. Presente, pasado e futuro encontraranse na noite de Nadal.*[8]

Y dicho esto, el asiento que ocupaba vuelve a estar libre.

—¿Pero qué coj...?

---

[8] Voz gallega: Escucha bien, pequeña, te voy a hacer el regalo más valioso que jamás recibirás. Vas a recibir la visita de tres espíritus. Presente, pasado y futuro se encontrarán en la noche de Navidad.

CAPÍTULO 3
PASADO PISADO

Ha tenido que ser una pesadilla. Estoy cansada, ¡no!, estoy agotada y veo visiones. Eso justifica perfectamente el hecho de que me haya parecido ver a mi casera ocupando un asiento a mi lado en el avión; y que me haya hablado en gallego, una lengua que puedo llegar a entender, pero que no soy capaz de hablar, eso ya es otra cosa.

Intento calmarme, cerrar los ojos y volver a dormir, descansar es definitivamente una cuestión de necesidad si quiero mantenerme cuerda. Parece que lo logro, pero los abro de sopetón al sentir movimiento en los pasillos. Una niña ha cruzado corriendo la distancia que separaba su asiento de los baños, despertando a la mitad del avión y haciendo que mi corazón vuelva a querer abandonar mi cuerpo atravesando el pecho. Me recuesto en mi asiento y miro la hora. Pienso en volver a intentarlo, cerrar los ojos de nuevo y dormir algo, pero veo que las azafatas nos traen algo de comer.

Me planteo entonces el pedir un café bien cargado, a sabiendas de que no cumplirá mis expectativas, porque, si no puedo dormir, al menos tal vez me ayude a ser persona hasta que llegue a mi destino. Para acompañar esa taza de agua caliente ligeramente teñida de marrón, me entregan un sándwich de pan negro con queso y creo que mantequilla. Jamás me acostumbraré a esta mezcla de lácteos. Con energías renovadas por el sándwich, el café no cumple su función y logro dormir hasta el momento del aterrizaje.

No quiero ni mirarme en un espejo: ojeras, moño deshecho, un cuadro.

Sigo las señales del aeropuerto de Ámsterdam y me dirijo a mi próxima puerta de embarque. Aún quedan unas tres horas para que salga el vuelo, pero el itinerario de la otra ruta que encontré al comprar el billete era aún peor.

Busco un lugar donde sentarme y me dejo caer sin demasiada gracia en el asiento. No sé qué me da más pereza, si la espera que me queda por delante o saber que en España debo asistir a la fiesta de Navidad que mi hermana ha organizado este año, y en la que ha prometido sorprendernos a todos con una gran noticia. La cuestión es que va a reunir tanto a su familia, la mía, como a la familia de su novio, Ricardo, es decir, a la familia de mi ex, ya que yo estuve saliendo con su hermano. Y supongo que él también estará allí. Alguien a quien no veo desde hace unos ocho años, cuando tomó la decisión de cancelar nuestra boda al volver de un Erasmus. Nunca me dijo la razón y la verdad es que tampoco esperaba que lo hiciese. ¿Cuernos? Juró y perjuró que no era nada de eso, simplemente nuestro hogar de toda la vida se le quedaba pequeño.

Levanto la mirada y, a lo lejos, veo las tiendas Duty Free. Esta noche es Nochebuena y mañana Navidad, tal vez debería pasarme y comprar algún detalle para mis padres y mi hermana. Además, aquí hay un puesto que vende *Stroopwafel* de un montón de sabores, caramelo y sal es mi favorito, pero el de manzana y canela también está impresionante. Me recorro todas las tiendas. En esta estación del año es todo tan bonito y la decoración tan navideña que sube el ánimo, así que me permito detenerme más de lo normal a disfrutar de ello. A fin de cuentas, tengo tiempo de sobra. Finalmente, llego hasta la perfumería. A veces los regalos navideños son así: sota, caballo y rey. Perfumes, pañuelos o bufandas y libros.

—¿Necesitas ayuda?

Cuando me giro, me quedo ligeramente paralizada. Normalmente las personas que trabajan en perfumerías suelen ser guapas, pero lo de esta chica es absolutamente impresionante: tiene el pelo negro y brillante, como la obsidiana, y la tez morena, del color del caramelo. Me recuerda un poco a la actriz Jameela Jamil, pero tiene los ojos verdes como la esmeralda, yo diría que incluso le brillan. Lleva un traje uniformado de falda impoluto, y yo tiro de mi jersey intentando disimular lo desastre que voy con mis vaqueros *oversize*, camisa y jersey a rayas también *oversize*, y lo peor, mis Converse de hace casi diez años, que ya muestran signos de estar listas para jubilarse. Tal vez debería haber invertido unos minutos en adecentarme un poco en el baño.

—Sí, bueno, buscaba un perfume para un regalo. Algo sutil, pero elegante… con un toque dulce.

—Creo que puedo ayudarte.

La dependienta me hace seguirla hasta una zona totalmente decorada con ambiente navideño, hay hasta un trenecito recorriendo las estanterías que lleva muestras en sus vagones. Tras oler unas cuantas opciones, me decanto por un perfume de Dior que sé que le va a gustar a mi hermana, pero antes de ir a la caja, la dependienta me rocía con el contenido de un frasco del mismo color de sus ojos.

—Este se llama Navidades pasadas. Con el ligero aroma a nostalgia que aporta la canela, la acidez de la sanguina o naranja roja, y el punto amargo de la verbena. Espero que lo disfrutes.

Por un momento, su sonrisa no me da buena espina. Aunque tal vez solo quería ser amable, me ha parecido un tanto inoportuno, incluso algo tétrico, como si se tratase de un personaje sacado de *Los mundos de Coraline*. ¿Nostalgia, acidez y amargura? Alguien debe despedir al responsable de esa campaña de marketing.

Regreso a mi zona de embarque oliendo a esa mezcla navideña grotesca, pero con un toque relajante, y tomo asiento en un lugar distinto cuando encuentro ocupado el que abandoné al irme a hacer mis compras. Al principio solo me siento y me detengo a observar a las personas que hay en la sala, una vieja costumbre. Siempre que veo en las películas al típico oficial preguntando por la identidad o los rasgos de algún sospechoso, o si estuvieron en este o en aquel lugar y la hora aproximada, alucino con los testigos que dan algo de información. Así que miro la hora y, después, intento recoger imágenes fotográficas en mi mente, fijarme en los pequeños detalles, esas cosas. Por suerte, la policía nunca me ha invitado a declarar, bueno, no sé si eso es suerte, es decir, no quiero verme involucrada en un delito de asesinato o en un secuestro, pero admito que le daría algo de vidilla a mi rutina.

Mientras fantaseo con ser interrogada por el poli más atractivo de Holanda, me fijo en el contenido del libro del chico que está a mi derecha, reconozco ese texto y lo releo para mis adentros. Cuando pasa la página antes de haber terminado, dejo escapar inconscientemente el aire entre mis labios en un claro gesto de fastidio, sin embargo, continúo leyendo. Después de un rato en el que he conseguido seguir su ritmo de lectura, lo cierra de golpe. Justo cuando se había puesto interesante, ¡qué fastidio!

Pienso que el chico se va a marchar o va a guardar el libro, sin embargo, se gira hacia mí con las cejas bajas.

—¿Estás leyendo por encima de mi hombro? —pregunta en un claro tono acusador, y yo intento poner una expresión de sorpresa, como si me sintiese incluso ofendida.

—¿Disculpa?

—He sentido como resoplabas en algunas escenas y he podido imaginar casi todas tus reacciones faciales por cómo me llegaba el aire tras la oreja.

El comentario me deja desarmada. Quiero contestar, pero ¿qué puedo decir a eso? Entonces, el muchacho entrecierra los ojos y me mira confuso.

—Ey, ¡eres la chica con el imán para situaciones vergonzosas!

—¿Como esta, por ejemplo? —pregunto con una sonrisa queda y él asiente con expresión un tanto lastimera. ¿Le estoy dando pena?

Arrugo la nariz.

—Pues sí que era verdad… —añade antes de estallar en carcajadas y extenderme la mano—. Soy Rubén, mucho gusto.

—Megan.

—¿Viajas a Madrid?

—Sí, aunque mi destino final es un pueblecito de la sierra. ¿Tú también?

—No, viajo a Viena. Las escalas de los vuelos en estas fechas son una locura.

—¿Vives allí? —inquiero.

—No, qué va, vivo en Estocolmo. Viajo por trabajo.

—¿En Navidad?

—Hay una feria el veintisiete de diciembre en la que espero lograr sorprender con un proyecto que requiere de una gran financiación —dice, poniendo un tono entre interesante y divertido.

Definitivamente ha captado mi atención. Me dispongo a preguntarle de qué se trata cuando escucho mi nombre en la dirección contraria al chico de ojos avellana y sonrisa Profident. La voz me suena desagradablemente familiar.

—¿Megan?

Levanto ligeramente la mirada, y ahí está, mi fantasma de las Navidades pasadas. Creía haberme preparado para encontrarme con él en la fiesta de mi hermana, pero ahí llevaría puesto el despampanante vestido rojo que compré para la ocasión e iría, al menos, peinada. No es que ocho años después se vaya a arrepentir de haber roto conmigo por un vestido, pero ese tipo de cosas afectan a la seguridad que una misma proyecta.

—¡¿Enrique?! —digo con un tono de voz estridente que me hace quedar fatal a la vez que me levanto y él se inclina para darme dos besos.

—¡Cuánto tiempo! ¿Cuánto hace que no nos veíamos?

—Mmm, no estoy segura. ¡Ah, sí! Rompiste nuestro compromiso un mes antes de la boda, justo al volver de tu Erasmus y eso iba a ser... ¿Hace ocho años, más o menos? —Se hace un silencio incómodo y siento que tal vez haya sonado resentida—. Pero dime, ¿qué tal te va? ¿Conseguiste lo que querías?

—Pues a decir verdad...

—¡*Honey*! —Una mujer de estas que te dejan sin palabras nos interrumpe para asirse a su brazo, luego me mira, como si acabase de percatarse de mi presencia—. *Hi*, soy Catherin.

—Megan.

La chica es realmente espectacular: alta, con una melena rubia de anuncio Pantene y unos ojos azules como el océano. Demasiado para este Enrique que ha empezado a quedarse calvo.

—Es mi... mujer. —Es él quien habla y no entiendo su tono al hacerlo. ¿Piensa que se la voy a robar? Admito que es una mujer impresionante de entrada, pero me temo que las de mi género no son mi tipo—. Ella es Megan, la hermana de Sara.

—Ah, ¡qué casualidad! —exclama dándome un abrazo como si ya fuésemos casi hermanas solo por eso.

¿En serio? ¿Eso es lo que soy? ¿La hermana de Sara?

Hago de tripas corazón y me planto con mi mejor sonrisa.

—¡Oh, enhorabuena! ¿Lleváis mucho tiempo casados?

—Cinco años. —Es ella quien responde, lo hace en un español básico que denota que no es su lengua materna—. *Pero todo empezar hace unas... ¿nueve anos?* Nos conocimos en Erasmus en Bélgica hace mucho tiempo y... —Le dedica una mirada cómplice cargada de picardía—. *Ya sabes cómo ser ese tipo de experiencias cuando joven...*

—No, la verdad es que no lo sé —digo mientras mi mirada de desconcierto pasa de ella a él—. Intensas, supongo.

—Mucho —responde ella con complicidad. Tras un silencio incómodo, mira por la ventana y sus ojos se abren como platos—. ¡Mira, *honey*! ¿Pero en qué momento ha empeorado tanto *la tempo*? Como siga *neviando* así, van a *cancelar vuelo*.

—Uy, eso me recuerda que el mío debe de estar a punto de salir. Me ha encantado verte de nuevo, Enrique. —Mentira, y ambos lo sabemos—. Un placer, Catherin —digo antes de girarme hacia Rubén, casi le he dejado con la palabra en la boca—. Rubén, ha sido…

—Retrasado —responde a la vez que se pone en pie y señala una pantalla enorme—. Todos los vuelos tienen el aviso de retraso.

—Oh, vaya… —lamento mordiéndome el labio.

—¿Por qué no vamos a tomar algo? Todos —propone Catherin refiriéndose a los cuatro, incluido Rubén. Entonces, se acerca a presentarse, ha debido de dar por hecho que estábamos juntos o algo así—. Encantada, soy Catherin.

—Rubén —responde él sin inmutarse.

—Perdón, no me había dado cuenta de que… —duda Enrique señalándonos.

¿Habrán pensado que somos pareja? De ser así, me sentiría un poco mejor, especialmente después de que su mujer me haya dejado claro que, mientras yo estaba con los preparativos de la boda, él estaba explorando Bélgica entre sus piernas. Que pensase que un chico alto y guapo como él es mi pareja, aliviaría bastante la sensación de ridículo que tengo ahora metida en el cuerpo. Bendita mi suerte.

Miro a Rubén y me muerdo el labio. No sé si él estará interpretando la situación del mismo modo que yo, y tampoco es que piense que un desconocido vaya a aceptar hacerse pasar por mi pareja delante de mi ex y la mujer con la que me puso lo cuernos. La verdad es que estaba lo bastante cerca como para haberse enterado de toda la película, hasta de los detalles más vergonzosos para mí. Por suerte, estaba avisado sobre mi imán. Rubén no responde nada, así que, por no alargar más ese silencio incómodo, decido intervenir.

—No, él es solo…

—Sí, vamos. ¿Por qué no? A fin de cuentas, han retrasado el vuelo —se anima Rubén.

—He visto cafetería allí. —Catherin señala un punto y la pareja se adelanta.

Yo miro a Rubén y él me devuelve la mirada, no sé si lo ha pillado o simplemente se apunta por la invitación de Catherin, y que no tiene nada mejor que hacer.

—¿Te parece bien? —pregunta.

—Es que no sé si has entendido la situación…

—He entendido que tu ex fue un poco deshonesto. Aunque seas un imán para las situaciones incómodas, creo que no pasa nada por echarte un cable y que sea él quien se sienta un poco incómodo.

Su respuesta me sorprende, parece que, sin necesidad de suplicárselo, este desconocido ha decidido ayudar al karma y ponerme en una situación distinta a la de «ex, soltera y sin compromiso, abandonada a un mes del "sí quiero", descubre la razón ocho años después».

—Gracias…

Rubén resulta ser alguien increíble, es quien lleva la voz cantante de la conversación, y tengo que decir que me encanta ver la cara de Enrique ante los gestos de asombro de su mujer reaccionando a casi cualquier cosa que el chico comenta. Además, está demostrando ser alguien inesperadamente interesante. Es ingeniero biomecánico y, precisamente, viaja a Viena a una feria tecnológica para el sector de la salud. Su proyecto consiste en fabricar unos nanobots que, instalados en el cerebro, puedan enviar una señal a las prótesis, igual que harían las neuronas con un miembro no amputado, para que la respuesta pueda ser más inmediata.

—Vaya, es muy interesante eso que comentas… Pero tengo curiosidad, ¿cómo os conocisteis? —Enrique parece más interesado en nuestra relación que en su profesión.

—Pues no lo vais a creer, fue precisamente en un avión. Fui a colocar mi maleta, y un pequeño bolsito de una niña cayó sobre su cabeza —dice girándose para mirarme con una sonrisa socarrona—. Es una locura cómo pasa el tiempo… Lo recuerdo como si hubiese ocurrido esta misma mañana. Pero, oye, basta de hablar de nosotros. ¿Qué hay de ti? ¿A qué te dedicas?

Una carcajada casi me delata al escucharle cuando sus ojos se cruzan con los míos y sus labios dibujan una de esas sonrisas que no pasan desapercibidas.

—Catherin y yo somos abogados, como Megan. De hecho, también nos hemos mudado recientemente a Estocolmo, aunque no estaremos mucho.

—¿Y eso?

—Tenemos un bufete que se dedica a las grandes cuentas, ya sabes, gente con mucha pasta, grandes empresas y multinacionales. Parece que en Suecia tienen un problema con una pequeña abogada activista que está paralizando un proyecto de miles de millones de euros. Nos han llamado para, ya sabes, solucionar el problema. Parece que es buena, pero no creo que tardemos demasiado en resolverlo.

—¿Eres el nuevo abogado de Ragnar Copco? —pregunto sorprendida.

—Vaya, veo que estás bien informada.

—En realidad, solo sabía que un nuevo equipo de abogados vendría a hacerse cargo, ya que los anteriores no han podido conmigo.

—¿Tú eres la abogada activista? Aún no tenía ninguna información sobre ti, de hecho, este viaje ha sido solo una primera toma de contacto. La verdad es que… te pega. Una lástima que inviertas así tu talento.

—Bueno, pues ahora ya lo sabes, supongo que tu primer paso sería dar la orden de que escarben en mi vida personal en busca de algo turbio para desacreditarme —replico con desdén—. Porque la verdad es que algo así… te pega. Adelante, tengo intriga por saber qué eres capaz de utilizar para ganar. Yo, por mi parte, continuaré defendiendo los intereses de los vecinos de Sundsvall.

Enrique me mira entrecerrando los ojos. Le conozco bien, no le gusta que le planten cara y digamos que siempre ha tenido el mismo defecto, el de creerse la última Coca-Cola del desierto. Lo que en su momento yo creía que era ambición, es en realidad soberbia, aunque tuvo que dejarme para que yo fuese capaz de verlo. Por un momento, la tensión se palpa en el ambiente y la verdad es que no sé por qué seguimos sentados en la misma mesa.

—Necesito ir al aseo, vuelvo enseguida.

No quiero ser descortés con mi nuevo aliado, pero no me preocupa dejarlo solo con esos dos. Catherin está encantada de conocerle y, bueno, tal vez él pueda aprovecharse de sus contactos si juega bien sus cartas. Llego al cuarto de baño y, después de expulsar el litro de agua que me he bebido mientras hablábamos, me dirijo al lavamanos. No me siento muy bien y me lavo la cara con abundante agua fría, luego la seco con toallitas de papel, que extraigo de un dispensador cercano.

Ese olor… El aroma del perfume que me ofreció la dependienta del Duty free se intensifica, a pesar de que hayan pasado ya unas horas desde que me lo puso. De repente, es como si una niebla color esmeralda me rodease. Siento que no me encuentro bien…

CAPÍTULO 4
EL PASADO EN EL PRESENTE

Cuando abro los ojos, me siento algo desubicada. Intento recordar dónde estaba y qué estaba haciendo hace un momento, pero todo es confuso.

Miro a mi alrededor, todo está como debería, pero para mí no tiene sentido, es extraño. Me encuentro en una habitación decorada en tonos claros, las paredes son de un gris suave y los acabados de puertas y ventanas son de color blanco. Me acaricio la frente, tengo las manos muy suaves y una manicura en tonos *nude* y hueso, absolutamente perfecta. Al incorporarme, veo mi reflejo en el tocador. Por un lado, se me hace extraño verme con el pelo rubio, pero por otro, no lo siento como algo nuevo. Se me notan las raíces oscuras, pero tengo mechas gruesas por todas partes en distintos tonos claros; me queda bastante bien.

—¡Mami, mami! —Una niña de unos cuatro años irrumpe en mi dormitorio y me sorprendo a mí misma respondiéndole.

—¿Qué ocurre, cielo?

—Papá, me ha pedido venir a ver si estás despierta, hemos preparado el desayuno.

—Bajo enseguida.

La niña sale corriendo, feliz. Se llama Cleo y tiene tres años y medio. No sé por qué conozco este dato, pero la cuestión es que lo conozco.

Salgo de la cama, me dirijo al cuarto de baño y es realmente impresionante. Decorado en tonos negros y blancos, cuenta con dos lavabos integrados unidos en una encimera de una especie de mármol, o tal vez sea cuarzo. Hay una ducha y una bañera blanca con patas negras en medio de la estancia con la grifería en cobre. Es absolutamente precioso, además, todo está impoluto y dan ganas de quedarse aquí a vivir.

Cuando salgo del baño, me pongo una bata y bajo las escaleras. Escucho a Cleo riñendo al gato por algo que ha debido de molestarle, y al primero que veo es a Teté, de catorce meses, sentado en su silla y rindiendo buena cuenta de unos gofres con algo de fruta. Él, mi marido, se encuentra de espaldas a mí, y solo la isla de nuestra cocina abierta de diseño nos separa.

—¿Tienes hambre? —Esa voz… Algo no va bien, esto no tiene sentido—. Cielo, pregunto si tienes hambre.

Cuando se da la vuelta, me mira confuso.

—¿Tú?

—Megan, ¿qué pasa? ¿No has dormido bien?

Miro de nuevo mis manos, yo no me hago la manicura y el reflejo que me devuelven los electrodomésticos cromados también me miente.

—Catherin.

—¿Cómo dices?

—Yo… Tú… Yo no soy tu mujer, es Catherin.

—Megan, me estás asustando y vas a asustar a Cleo. Ven, siéntate.

Me acompaña hasta el sofá, un gran sofá color blanco roto, amplio y espacioso. Yo me siento, confusa y desubicada. Levanto la mirada hacia él: sí, es él, es Enrique y es mi marido. Con sus entradas en la frente y los párpados caídos que tuvo siempre.

Tenemos un bufete de abogados de éxito y por eso los niños tardaron en llegar tras nuestra boda, hace ocho años. ¿Pero quién es Catherin?

Levanto la mirada, esta es mi casa, lo sé porque así lo siento, y esta es mi familia. ¿Por qué, entonces, tengo la sensación de que todo es una mentira? Tengo que calmarme.

—Lo siento, es que he tenido un sueño, o tal vez una pesadilla... Era como si tú y yo nunca hubiésemos llegado a casarnos.

—Oh, pero qué tonta. No pienses esas cosas —dice cogiéndome de la cara—. Esta es tu vida, cielo, la vida que siempre quisiste.

—¿Mamá?

La niña me mira y puedo ver preocupación en sus ojos, así que intento disimular, por ellos.

—Oye, Cleo, ¿dónde está ese desayuno prometido?

—Tengo una idea —interrumpe Enrique—. ¿Qué os parece si hoy pasamos el día en el centro comercial? Con motivo de la Navidad, seguro que hay un montón de cosas que ver y hacer.

—Pero íbamos a ir al lago a jugar con la nieve —protesta la pequeña.

—¡Hoy es Nochebuena! Mamá y yo tenemos el día libre, así que podemos hacer ambas cosas. —Enrique responde con entusiasmo y la pequeña, emocionada, salta de alegría.

Juntos, llevamos a cabo todas esas actividades que tanto Cleo como Enrique han planeado. A última hora, merendamos en un Foster's Hollywood y volvemos a casa con los adornos que hemos comprado para incorporar a nuestro árbol.

Cleo y yo preparamos pastas de mantequilla para colocarlas antes de irnos a dormir junto a un vaso de leche para Papá Noel. Luego acostamos a los niños y llega el momento en que Enrique y yo nos quedamos solos. Es lo que hacemos todas las noches, no sé por qué me siento extraña en la intimidad con él. Aún es temprano, pero subimos al dormitorio. En cuanto me tumbo en la cama, se acerca a mí, buscando esa complicidad que buscan las parejas, y comienza a besarme. Yo respondo a sus besos y acaba colocándose sobre mí. La excitación nos embriaga pronto, aunque yo me siento algo extraña, confusa. Como si quisiese hacerlo, pero no. Entonces, suena mi teléfono y yo doy un brinco, no quiero que los niños se despierten. Llego hasta él y descuelgo, apenas me dan tiempo a responder.

—¡¿Dónde estás?! —La voz de mi mejor amiga suena al otro lado.

—En casa, ¿dónde quieres que esté? Es Nochebuena.

—Otras Navidades, no sé, pero, en concreto esta, no querías estar en casa y por eso quedamos en la cafetería de siempre. ¿recuerdas?

Sí, lo recuerdo, tengo una sensación desagradable en la boca del estómago y siento angustia. ¿Por qué quería verme hoy con Flori?

—¿Va todo bien? —Enrique rodea mi cintura con su brazo y me besa el cuello. Sonrío.

—Oye, espérame ahí, ¿vale? Llego en veinte minutos —digo antes de colgar—. Olvidé que había quedado con Flori para algo importante, me tomo un café con ella y vuelvo enseguida.

—No tardes mucho, mañana es Navidad.

—Tranquilo, estaré aquí en una hora y media —digo dándole un ligero beso en la mejilla—. Te quiero, enseguida vuelvo.

De camino a la cafetería en la que hemos quedado, intento recordar qué era eso tan importante que debíamos tratar, pero no se me ocurre nada. Cuando entro en el local, deja la taza que sostenía sobre la mesa y levanta la mano, yo me siento frente a ella mientras me quito el abrigo y lo coloco a mi espalda. Una camarera se acerca y le pido un café moka. En cuanto volvemos a estar solas, Flori me coge de la mano.

—Lo primero es lo primero, ¿cómo estás?

—Pues…, ahora que lo dices, no sabría qué responder a

eso, es como si me sintiese una extraña en mi propia piel. Menos mal que tengo a Enrique y a los niños para ponerme los pies de nuevo en el suelo y hacerme disfrutar de las cosas simples de la vida. Hemos pasado un día en familia precioso, es extraño, siento como si hiciera mucho tiempo que no estábamos así.

—Estás de coña, ¿no? —Su respuesta me deja helada, pero es la expresión de su rostro la que realmente me paraliza. Me mantiene fijamente la mirada hasta que desvía sus ojos en dirección a la camarera que trae mi café—. Gracias —dice, y vuelve a mirarme cuando la joven se aleja—. Entonces, ¿has decidido hacer como si no hubiera pasado nada? ¿Le perdonas y sigues adelante? ¿Habéis llegado a hablarlo siquiera?

—Es que no sé de qué me estás hablando, Flori.

—¿En serio? Te recuerdo que fuiste tú la que me llamó llorando hace unos días y pidiendo vernos. —Mi amiga frunce el ceño—. Las facturas. ¿Recuerdas?

—¿Las facturas?

—La factura de electricidad que llegó a tu casa, a nombre de tu marido, con una dirección de suministro que desconocías. Llamaste a la compañía y no te dijeron mucho, así que empezaste a hacer tus propias averiguaciones. Enrique paga los gastos de un piso en el centro de la ciudad, fuiste allí y lo viste. —Debo de parecer confusa ante sus palabras, porque ella no da crédito a mi reacción—. Megan, me contaste que Enrique tiene una amante a la que paga un piso en pleno centro desde hace más de un año.

Algo en mi cabeza se desbloquea y lo recuerdo todo. Recuerdo ver a Enrique saliendo de ese piso de la mano de una mujer, se besaron y luego se despidieron. Busqué en la contabilidad de la empresa. Ha estado manteniendo a esa mujer falseando las cuentas de nuestro negocio, la mantiene con mi trabajo. Comienzo a hiperventilar. Cleo, Teté, ellos no se merecen esto; yo no me merezco esto.

—Megan, ¿estás bien? —Flori se acerca a mí—. Vamos, amiga, eres fuerte, puedes con esto y más. Enrique es un miserable, sabes que quiero ir y arrancarle los huevos con esta cucharilla de té… Pero tú tienes que estar bien, por favor, por los niños.

La miro. En realidad, la he oído, pero no la he escuchado. Siento los oídos como si se hubiesen taponado por la presión, siento que voy a desmayarme. De nuevo ese olor, huele al perfume color esmeralda, el de canela, naranja roja y verbena. Puedo verlo, es como una bruma de ese color verde intenso a mi alrededor: nostalgia, por lo que pudo haber sido y no fue; acidez, porque, aunque dolió, de haber sido, hubiese dolido más; y amargura, porque me demuestra que he perdido demasiada energía intentando entender qué hice mal, en qué fallé, cuando a veces, sencillamente, el amor se acaba. Otras, nos unimos a personas que no saben amar incondicionalmente.

Capítulo 5
Poner candado y echar la llave

La voz masculina de la megafonía me devuelve a la realidad, haciendo que me encuentre de nuevo con mi rostro reflejado en el espejo del baño del aeropuerto. Mi pelo vuelve a ser castaño oscuro, llevo mis gafas y sigo despeinada. Miro mis manos, nada de uñas acrílicas.

—¿Pero qué coj…?

Salgo del baño y voy directa hasta la mesa de la cafetería en la que aguardan mi ex, su mujer y mi novio falso. No sé cuánto ha durado esa esperpéntica visión, sueño, o más bien pesadilla, en la que estaba casada con este personaje, así que no sé cuánto tiempo he estado ausente.

—Oh, aquí estás. —Rubén se gira para mirarme y yo le sonrío colocando la mano sobre su hombro al sentarme. Enrique está apartado hablando por teléfono—. ¿Estás mejor? Parecías algo indispuesta.

—Sí, estoy muy bien, la verdad —aseguro y, por fin, soy

plenamente consciente de que me siento liberada.

Es como si le hubiese puesto un cierre a un capítulo de mi vida, que fue doloroso en su momento y del que creo que aún no había podido librarme. Muchas veces me preguntaba «¿Qué habría pasado si…?». Ahora entiendo que no tenía sentido pensar en ello. Que no fue, sin más, y que casi debo agradecer que no ocurriese así.

Enrique cuelga el teléfono y se acerca a nosotros.

—Bien, he conseguido reservar dos habitaciones en el hotel más cercano al aeropuerto, pero hay que estar allí en media hora. ¿Vamos? Podemos compartir el taxi.

—¿De qué hablas? —pregunto confusa.

—Han cancelado todos los vuelos hasta mañana a primera hora por fuertes ventiscas, los aviones no pueden despegar. —Es Rubén quien me responde—. Ya le dije que no era necesario, que a nosotros no nos importaba quedarnos aquí…

—¿Cómo vais a dormir en el aeropuerto? Nos vamos, nos aseamos… —Por alguna razón, Enrique me mira al decir eso—, y mañana será otro día.

—Sí, venga, vamos. —Catherin me coge del brazo y avanza hacia la salida—. *Honey*, ¿por dónde hay que salir?

Miro a Rubén que, resignado, coge sus cosas. Esto se está complicando más de lo que pretendía. Aunque tampoco parece incómodo del todo con la situación. Supongo que prefiere pasar la noche en un hotel antes que en un aeropuerto, y tengo toda la intención de asumir yo el coste económico de la encerrona de Enrique.

Subimos al taxi y sí, es cierto que el viento es terrible, pero tampoco entiendo que hayan cancelado los vuelos. Una vez en el hotel, nos dan las llaves, y Catherin y Enrique desaparecen al fin. Pedirán algo para cenar en la habitación, lo cual agradezco. Un pequeño golpe de suerte entre toda esta serie de catastróficas desdichas.

—Disculpe —le digo a la recepcionista—, ¿podrían

cambiarme la habitación por una doble con camas individuales?

—Lo siento, con la cancelación de los vuelos ya no nos queda nada disponible. ¿Quiere dejar la habitación? Tenemos lista de espera…

—No, no, nos quedamos con esta, gracias.

Rubén me sigue hasta el ascensor sin decir nada. La verdad es que tiene cara de buena persona, pero no deja de ser un desconocido.

—Parece que el asunto se nos ha ido un pelín de las manos, ¿no? —dice al fin, como para romper el hielo.

—Lo siento mucho… Bueno, ya no tienes que fingir más, puedes bajar a cenar solo si quieres.

—No lo sientas, está siendo una experiencia de lo más inesperada, pero mucho más divertida que quedarme esperando catorce horas hasta que salga mi vuelo. No todos los días le surge a uno la oportunidad de fingir ser el novio de un imán para las situaciones extrañas. Parece que estando cerca de ti es difícil aburrirse.

—Oh, ya veo… Me alegro de que al menos alguien se esté divirtiendo con esto.

—Se me ocurren más ventajas.

—¿Por ejemplo?

—Pues mira, ahora podré darme un baño y cenar algo decente —responde con las manos en los bolsillos, luego su mirada dibuja un arcoíris en el techo del ascensor y me mira de reojo—. Ya que no me has dejado pagar mi parte de la habitación…, ¿puedo invitarte yo a cenar?

Levanto la cabeza, porque Rubén es bastante más alto que yo, casi parece un actor de un k-drama con su estilo informal y su corte de pelo a la moda. Hace una mueca con la boca que me resulta muy graciosa y me doy cuenta de que es alguien que genera confianza.

—De acuerdo, pero yo me ducho primero.

—Eh, que soy un caballero.

Llegamos hasta la habitación y está bastante bien, aunque solo hay una cama.

—Vale, el suelo es moqueta, puedo dormir ahí si me dejas el edredón y un cojín —ofrece acompañando sus palabras con gestos, parece que la situación sí se le hace algo incómoda llegados a este punto.

—No te preocupes, la cama es bastante grande, podemos poner un almohadón a modo de muro de contención. Voy a ducharme.

—Vale, perfecto.

Me doy una ducha no demasiado larga y al rato le cedo el baño. Busco en mi maleta qué ponerme, no gastaré la carta del vestido rojo de mañana, pero tampoco quiero ir en vaqueros. Entre las opciones encuentro un vestido negro que, si bien es bastante sencillo, es multifuncional y, dependiendo de cómo lo combines, puedes armarte un *look* casual o algo más elegante. Me suelto el pelo y me maquillo un poco, sin pasarme. El chico es mono, pero tampoco quiero que parezca que voy a por todas.

—¿Estás lista? —Su voz a mi espalda me sobresalta y sé que me quedo un momento con la boca abierta al verlo.

Él también era de vaqueros ajados, camiseta blanca de base y camisa azul abierta por encima, sin embargo, se ha puesto un jersey fino en color crema con un pantalón de pinza gris que le marca lo suficiente justo en los lugares que debe. Aún lleva el pelo algo mojado y el jersey deja ver lo bastante de su pecho como para querer ver más. Carraspeo.

—Sí, vamos.

Llegamos al restaurante y nos dan una mesa junto a la ventana. Dentro, la temperatura es la ideal y las luces cálidas del local, esas cortinas de luz recordando que es Navidad (una decoración sutil, pero acorde a las fechas), contrastan con la estampa nevada que puede verse al otro lado.

—¡Qué bonito es todo! —exclamo, realmente fascinada con el entorno.

—Me has quitado las palabras de la boca. —Sin embargo, él me mira solo a mí.

Sonrío y el camarero llega para entregarnos la carta y hacer algunas recomendaciones. Pedimos algo ligero y de nuevo se marcha.

—Así que eres abogada de causas perdidas —observa, desatando en mí una carcajada.

—En realidad soy abogada medioambiental y asesoro a ayuntamientos, así que sí, puede ser casi lo mismo.

—¿Tus guerras tienen siempre que ver con el medio ambiente?

—No exactamente, en ocasiones tiene que ver con bienes patrimoniales de interés cultural.

—Vaya, muy interesante.

—¿Y tú qué? ¿Diseñas prótesis?

—Eso es rasgar solo la superficie. —Acompaña sus palabras con un gesto de manos—. Pero sí, todo se resume en eso. Investigación, ciencia, poco reconocimiento y menos dinero.

—Algunas cosas no se hacen por dinero… Y parece que tú también eres de los que plantan cara por lo que creen justo —digo, y veo por su expresión que sabe a lo que me refiero.

El camarero nos interrumpe para servirnos la comida. La velada resulta amena y muy interesante. Aunque al principio todo era algo extraño, poco a poco he empezado a sentirme cómoda en la situación. Terminamos de cenar y creo que hacía mucho tiempo que no disfrutaba tanto de la compañía de otra persona. Lo cual me sorprende. En los últimos dos años he tenido las citas suficientes como para poder comparar, incluso había dejado que los fracasos comenzasen a robarme la esperanza de acabar con mi soltería.

—¿Te apetece una copa? —pregunta mientras paga la cena, señalando la barra de cócteles.

No estoy muy acostumbrada a beber, pero ¡qué demonios!, hoy lo necesito y solo me tomaré una. La cosa empieza suave, a medida que el alcohol comienza a hacer su efecto, siento que ambos nos encontramos más cómodos el uno con el otro, y Rubén tira de anécdotas que me hacen reír a carcajadas.

—Vamos, que, como ves, yo también tengo un pequeño imán para verme involucrado en situaciones surrealistas, aunque no tengan nada que ver conmigo. —Le da un trago a su copa—. Necesito ir al servicio, ¿me disculpas un momento? Vuelvo enseguida.

Asiento con la cabeza y dirijo la mirada a mi bebida para descubrir con cierta pena que está vacía. Entonces, la camarera coloca una copa fina y elegante estilo coctel delante de mí. Tiene un color morado muy intenso y brillante, como si hubiese purpurina girando en su interior, resulta casi hipnótico.

—Yo no he pedido... —comienzo, ella me mira como sorprendida y su cara me resulta familiar, lo que no logro adivinar es de qué—. Tú...

La camarera sigue mirándome, como esperando que acabe alguna de las frases que he empezado. Es muy muy guapa. Tiene la piel morena, el pelo negro y sus ojos... son extrañísimos. Diría que tiene los ojos de color violeta. Lleva los labios delineados y pintados en un tono rojo que combina a la perfección con su piel y se parece un poco a la actriz de *The Good Place*, ¿cómo se llamaba?

—¿Está todo bien? —pregunta ella al fin.

—Es que yo no había... ¿Sabes qué? Da igual, ¡a tu salud! —Brindo en el aire antes de darle un trago al coctel, que, por cierto, resulta ser una de las cosas más deliciosas que he probado en mi vida—. Está buenísimo, ¿cómo se llama? ¡Mi acompañante tiene que probarlo!

—Navidades Futuras: Martini blanco, que aporta calidez; licor de moras, que pone el tono dulce, y unas gotas de lima, para darle frescura y la chispa necesaria.

Me quedo embelesada mirándola mientras habla, porque me siento extraña, es como si un aura magenta se moviese de forma sinuosa en torno a ella. Dije que iba a tomar una copa y esta debe de ser la tercera. ¿Se me está subiendo el alcohol a la cabeza?

—Ya estoy aquí. —Me giro hacia Rubén y, cuando devuelvo la mirada a la *bartender* para pedirle a él otra de Navidades Futuras, ya no está ahí.

—¿Dónde se ha metido? Quería pedirte a ti otra de estas —aseguro levantando la copa hacia él—. ¿Quieres probar?

Rubén le da un trago y asiente.

—Demasiado dulce para mi gusto, pero no está mal.

—¿Quieres otra copa? A esta invito yo. —Y no sé si es por el alcohol o que he estado muy a gusto toda la velada que parece que busco el roce con él con mis movimientos.

—No, pero te lo agradezco, la verdad es que dos son mi tope —dice acompañando sus palabras con un gesto de manos.

Aprieto los labios y entonces me percato que de fondo suena *Lose Control*, de Teddy Swims.

—¿Tienes miedo a perder el control? —provoco divertida, o así me creo yo en estos momentos, no descarto que la realidad sea ligeramente diferente.

—No parece que tú estés muy acostumbrada a beber tampoco.

—¿Tanto se me nota? —digo y me río de mi propio chiste antes de apurar la copa de moras. Estaba buenísima, una lástima que no fuera más grande—. Bueno, pues si no quieres nada más, creo que podemos dar la velada por concluida.

—Sí, creo que será lo mejor.

Juntos abandonamos el pub, él es todo un caballero y camina a mi lado, colocando la mano tras mi espalda, pero sin llegar a tocarme, cuando subo o bajo escalones. Entramos en el ascensor y la dichosa canción sigue sonando. Cierro los ojos y mi cabeza comienza a moverse al ritmo de la música hasta ese estribillo, ese estribillo que me hace abrir los ojos de nuevo y buscarlo. Cuando mi mirada se encuentra con la de mi acompañante, por primera vez sobran las palabras. Doy un paso adelante y coloco las manos en su cintura, tirando de las trabillas de sus pantalones hacia mí justo cuando él pasa las suyas tras mi cabeza, y comenzamos a besarnos. Nunca, jamás en mi vida, y eso que tengo treinta y un años, he perdido el control con un desconocido, pero esta vez quiero hacerlo, veremos a dónde nos lleva esto.

Mis manos comienzan entonces a explorar lo que oculta ese jersey. Su piel es suave y recorro su espalda con las yemas de los dedos, notando todos sus músculos. Él coloca su mano en mi cintura y empiezo a sentirme mareada. Una bruma magenta envuelve todo a mi alrededor y, aunque intento centrar la vista, dejo de verle.

Capítulo 6
Yo nunca, nunca...

Abro los ojos algo conmocionada, siento que he tenido un sueño muy extraño, pero la verdad es que no recuerdo mucho. La habitación que me rodea está decorada con buen gusto, aunque siento que con poco presupuesto. Sin embargo, tiene un ventanal enorme desde el cual puedo ver un jardín y árboles.

Escucho ruido en la sala contigua y la puerta se abre, dando paso a un tío impresionante descamisado, pero con un pantalón deportivo lo suficientemente fino como para marcar sus atributos, y al que no puedo ver la cara porque se está secando la cabeza con una toalla. Cuando la aparta, veo su sonrisa y me la contagia al instante.

—¿Ya te has despertado? —Cuando se acerca para darme un beso rápido, hay algo que no me encaja.

—¿Desde cuándo tienes canas?

—Eh…, ¿en serio? Yo diría que empezaron a salirme hace unos dos años, junto con estas arrugas de aquí —dice señalando unas arrugas de expresión en ojos y cachetes que hacen que se vea realmente sexy. Me muerdo el labio—. Esa es la reacción que me gusta.

Entonces, me besa de nuevo y el contacto comienza a intensificarse.

—Mmm, ¿hacemos otro bebé antes de que se despierten los niños? —propone, y yo me quedo entonces totalmente congelada.

—¿Otro bebé? ¿Los niños?

—Sí, aún nos quedan... —Empieza a contar con las manos—. Cuatro, para alcanzar a la familia Telerín.

—¿De qué hablas? —inquiero, dejando escapar el aire en una sonrisilla nerviosa que me delata.

—Oye, ¿te pasa algo? Primero lo de las canas, ahora lo de los niños...

—¡Mamá, mamá! ¡Papá, papá!

—Vaya, se nos jodió el plan —suelta con una sonrisa, a la vez que me acaricia el muslo, y se gira hacia la niña, que de un brinco se sube en la cama.

—¡Esta noche viene Papá Noel!

—¿Cleo? —adivino. Cleo y Teté, de ahí el chiste de la familia Telerín.

—Vamos, Cleo, deja a mamá, debe ir a la oficina hoy. ¿Qué te parece si bajamos a prepararle el desayuno juntos?

—¡Sí!

—¿Se ha despertado ya Teté?

—No sé —responde la niña encogiéndose de hombros.

—Vamos a ver.

Antes de salir de la habitación con la niña, Rubén coge una chaqueta deportiva y se la pone encima con una sonrisa cómplice, acompañando el gesto de un guiño de ojo. ¿Qué me pasa? Es verdad, conocí a Rubén hace unos seis años en un aeropuerto y, año y medio después, nos casamos. Tenemos dos hijos y vivimos en una casa preciosa junto a un lago a las afueras de Estocolmo. Dejé el activismo y me uní a un reputado bufete de abogados que, por cuestiones de responsabilidad social corporativa, no acepta el tipo de casos contra los que yo iba antes.

Me meto en la ducha y pienso en lo afortunada que soy por haber encontrado un hombre como Rubén. Le ofrecieron millones por vender su patente a una multinacional farmacéutica, pero él no quería que se convirtiese en algo inaccesible para las personas de bajos recursos, así que acabó liberando la patente para que todo el mundo pudiera acceder a ella. La parte buena es que consiguió un nuevo trabajo donde hace lo que le gusta y le pagan bastante bien.

Me meto en la ducha y me preparo. No estaré mucho en el despacho, hoy es Nochebuena y quiero pasar la tarde con mi familia, hornear galletas con Cleo y ver una película con mi marido cuando los niños se acuesten. Quién sabe, quizás le apetezca retomar lo que empezamos esta mañana.

Las horas en el despacho me resultan bastante productivas y aprovecho para cerrar un par de asuntos antes del descanso navideño. A la hora del almuerzo decido que ya es suficiente y comienzo a recoger cuando mi secretaria irrumpe en el despacho.

—Su cita de la una está aquí. —Frunzo el ceño, no creí haber citado nada para esta mañana.

—Que pase.

Cuanto antes lo despache, antes podré irme. Un hombre bien trajeado y con el pelo engominado hacia atrás se detiene en la puerta, hasta que mi secretaria cierra tras él. Entonces, avanza. Rondará los cuarenta y alguno. Lleva un aire muy seguro de sí mismo y me sonríe de un modo que me desagrada. Es esa clase de sonrisa confiada de alguien que es consciente de su atractivo, con la ceja levantada, como si posase continuamente para una revista. Lleva una bolsa en la mano y la coloca sobre mi escritorio.

—Feliz Navidad, *Ho, ho, ho…*

¿Y a este qué le pasa?

—Navidad es mañana.

—Y tú y yo hemos quedado.

—¿Mañana? No lo creo.

—¿No recuerdas que íbamos a tratar el tema de esa… urbanización que tiene algunos problemillas por culpa de esos mini

Gretas Thunberg?

—Parece que intenta sonar despectivo y no le sigo. La verdad, me extraña mucho que hayamos quedado el día de Navidad para tratar asuntos de trabajo.

Él suelta una carcajada y se acerca confiado a mí, demasiado confiado. De hecho, se ha apoyado en la mesa con los brazos cruzados, a mi lado del escritorio, invadiendo totalmente mi espacio. Me levanto y con una postura rígida le señalo uno de los dos asientos libres que hay al otro lado.

—Estará más cómodo si se sienta ahí, entonces trataremos lo que tengamos que tratar.

—Ey, ¿desde cuándo te muestras tan distante conmigo? —dice levantando la mano para acariciarme la mejilla, pero yo me aparto—. Venga, abre tu regalo.

Lo miro frunciendo el ceño, intento entender de qué está hablando, pero algo en mi mente tiene la información sobre él bloqueada. Es como si esto fuese una novela y debo descubrir lo que se trae entre manos al mismo tiempo que lo hace el lector.

Vacilo, pero, al final, cojo la bolsa y saco su contenido, una caja fina en color negro con un lazo rosa. No parece que sean bombones. Aparto el papel de seda que envuelve el contenido y extraigo algo de mucho encaje y poca tela…

—Esto está totalmente fuera de lugar, ¿quién se ha creído que es? ¡Salga de mi despacho inmediatamente!

—¿Pero qué te pasa, estás loca o qué?

—¡He dicho que te largues! —rujo sacando los dientes.

—Mira, zorra, no vengas a joderme ahora. He invertido mucho dinero en este bufete en el que trabajas para que mis negocios puedan seguir prosperando, y no voy a largarme de aquí cuando lo diga una simple empleada. Tenemos algo entre manos y, si me jodes, yo te jodo a ti —dice levantando su teléfono móvil, mostrándome unas imágenes que me dejan paralizada.

Somos él y yo, en actitud… podríamos decir íntima, en este mismo despacho.

¿Cómo he podido? ¿Cómo he podido hacerle algo así a Rubén? Con más arrestos de los que pensé que tenía, logré largar a aquel tipo de mi despacho junto a su regalo. Sin embargo, aún no he encontrado el valor de volver a casa y estoy dentro del coche, detenida, a un par de manzanas de mi casa. Tengo que contarle a Rubén lo que he hecho. Si soy honesta con él, si de verdad le muestro el arrepentimiento que siento, tal vez me perdone.

¿Pero cómo va a perdonar que le cuente algo así un día antes de Navidad? ¿Cómo he podido estropearlo todo de esta manera?

He estado llorando desde que salí del despacho, lo va a notar, no puedo disimular cómo me siento, y entonces, tendré que contárselo.

Vale, Megan, apechuga. Doy al contacto del coche y lo arranco. En menos de un minuto estoy en mi casa y dejo el coche en la entrada, bajo la cubierta para la nieve. Cuando abro la puerta de casa, los niños están solos en el comedor, Teté dentro del parque y Cleo viendo una película.

—¡Mamá! —La niña corre a abrazarme y yo bebo de ese abrazo como si fuese el maná que me de la fuerza para lo que me espera.

—¿Dónde está papá, cielo? —pregunto mientras me quito los zapatos.

—Le han llamado y luego ha subido a vuestra habitación, dijo que ahora venía.

Me acerco al bebé para darle un beso en la frente y le pido a Cleo que cuide de su hermano hasta que su padre y yo bajemos. Subo las escaleras, admito que con miedo. Está todo muy en silencio, no sé quién le habrá llamado, pero ahora no parece estar hablando con nadie. Abro la puerta del dormitorio, que estaba entreabierta. Él está sentado en la cama, frente al ventanal y me da la espalda. Entonces, lo escucho: los gemidos, está viendo la grabación en su teléfono.

—¿Rubén?

Cuando se gira, tiene los ojos rojos de tanto llorar y la cara totalmente descompuesta, esa sonrisa que tanto me gusta ha desaparecido. Aprieta los labios y niega con la cabeza sin dejar de mirarme, está roto y eso se lo he hecho yo.

Las piernas me fallan y caigo al suelo llorando, arrepentida e igual de rota. No es fácil que te hagan daño, duele cuando te traicionan y te rompen el corazón, pero saber que le has hecho daño a alguien bueno, a alguien que no lo merece, a alguien a quien quieres, y todo por… nada. Eso me rompe y las lágrimas acaban nublándolo todo, envolviendo el ambiente en un gas de color magenta.

Capítulo 7
EL PRESENTE ES UN REGALO, POR ESO LO LLAMAMOS "PRESENTE"

Cuando abro los ojos vuelvo a estar en la habitación del hotel. Estoy en la cama, pero aún conservo el vestido. Busco con la mirada a mi acompañante de esta noche, pero no le veo; sin embargo, escucho su voz en el pasillo.

—Muchas gracias y disculpen las molestias.

Cuando entra de nuevo en la habitación, parece que se sorprende al verme despierta.

—¿Te encuentras bien? Te desmayaste en el ascensor.

—Sí… ¡Dios mío, qué vergüenza! Lo siento mucho. —Me cubro la cara con las manos.

—Tranquila, todo está bien, ¿vale? Descansa, si necesitas algo… —ofrece bordeando la cama—. Yo estaré tras el almohadón de contención.

Sonríe y yo le devuelvo la sonrisa. Sí, no debería haber pasado mi límite de alcohol. Me sentía lo suficientemente aventurera como para probar experiencias nuevas, pero las cosas no han salido como esperaba. Y encima, he tenido ese sueño/visión desagradable. Bueno, en verdad, todo era perfecto, hasta que mi yo de esa historia decidió cargárselo todo.

Suspiro, nerviosa. Entonces, siento una mano que se coloca suavemente sobre la mía. Siento que es un «estoy aquí», y la imagen de su rostro roto por el dolor vuelve a mi cabeza. Si ese sueño era una especie de premonición, no merezco a alguien así. Me giro y, aunque deseo sentir su tacto, lo rechazo.

A la mañana siguiente, todo ocurre como en la primera parte de mi sueño, solo que Rubén aparece con una toalla atada a la cintura, que hubiese estado encantada de arrancarle con los dientes si lo de anoche no hubiese acabado de forma tan abrupta. Eso por no hablar de lo mal que me sentía después con respecto a él por algo que, en realidad, no he hecho.

—Buenos días, ya tienes libre el baño, parece que hoy brilla el sol —dice mirando hacia la ventana—. No podemos retrasarnos o perderemos nuestros vuelos.

—Sí, tienes razón. —Cojo mis cosas antes de encerrarme en el baño.

Intento que el agua caliente recorriendo mi cara haga que las ideas se me aclaren. Normalmente me funciona, pero esta vez me recreo en lo que habrá pensado tras mi rechazo de anoche. Puede incluso haber creído que fingí mi desmayo.

Otra cosa que tiene mi mente, envuelta en una maraña de nudos, es lo que vi y las consecuencias que esa visión han tenido en mi presente.

Cuando salgo del baño, Rubén está sentado en la cama leyendo un libro. Lleva un pantalón negro y un jersey fino en tonos granate, a este chico todo le queda bien.

—Cuando quieras, yo ya estoy lista.

Abandonamos la habitación y salimos a coger un taxi. Desayunaremos en el aeropuerto cuando conozcamos la hora exacta de salida de nuestros respectivos vuelos. Tengo que decir que me alegra no haber vuelto a encontrarme con Enrique. El viaje de vuelta es extraño, yo diría que incluso incómodo. Él no habla y yo tampoco lo hago, debe de pensar que soy algo bipolar. En un momento nos estábamos besando y al siguiente rechazo una muestra de cariño.

—Parece que mi vuelo está a punto de salir —dice al fin—. Ha sido… un placer conocerte, he estado muy a gusto en tu compañía.

«Vamos Megan, mírale a la cara, para él no ha ocurrido eso que te impide hacerlo».

Reúno el coraje suficiente y lo miro, encontrándome con esos ojos avellana tan expresivos. Un calor me recorre por dentro al recordar el momento del ascensor, aquella mirada segura y confiada de quien acepta al fin rendirse a sus más bajos instintos. Sus manos acariciando mi espalda, y siento el tacto de su piel en mi cintura.

—Gracias por… todo lo de ayer.

—No tienes por qué darlas, disfruté de tu compañía y he pasado la noche en un hotel con agua caliente y una cena decente, en lugar de quedarme en este frío y solitario aeropuerto.

—Te deseo suerte en la feria de medicina y electromecánica.

—Gracias. —Se hace un silencio incómodo, aunque toda esta despedida ha sonado como una conversación de besugos—. Bueno, ya me voy.

Parece que va a marcharse, pero vuelve a girar sobre sus talones.

—¿Sería muy extraño que quisiera volver a verte? —pregunta, y el corazón me da un vuelco.

—¿Lo dices en serio?

—¿Hay alguna razón por la que no debería querer?

—Bueno, es que después de lo del ascensor, pensé que lo había estropeado todo.

—¡Qué tontería! No estropeaste nada, de hecho, me pareció bastante tierno. Aunque no sabía qué pensarías tú después de que me sobrepasara —dice, y acto seguido, frunce el ceño, algo confundido por la interpretación que se le pueda dar a sus palabras—. Ya sabes, apartaste la mano y creí que tal vez me había excedido con ese gesto.

Una camarera de una cafetería cercana, con los colores de la bandera sueca, se acerca a nosotros para ofrecernos una muestra gratuita de pequeños trozos de *kanelbullar*[9].

—¿Les apetece probar Navidades Presentes?

Me giro hacia ella tras escuchar el nombre del dulce.

—¡Tú!

El bullicio del aeropuerto se detiene, todo el mundo se queda parado, como en *stand-by*, incluido Rubén, que mira con aceptación los pedazos de rollito de canela.

Confundida, miro a mi alrededor, solo la dependienta y yo parecemos respirar en ese momento.

—Tú eres la dependienta de la perfumería, y la *bartender* del pub del hotel. Estoy segura porque tu cara es… inconfundible.

Miro sus ojos, de un ámbar brillante, y recuerdo que el color de ojos de las otras chicas no era el mismo.

—Parece que has conocido a mis hermanas: Moira y Kali. Yo soy Marley.

—Sí, ¡y me han drogado! —protesto visiblemente enfadada—. He tenido visiones o sueños, o una mezcla de ambas cosas, porque así lo sentía… No podía vivir la situación como un mero espectador, sino que, para mi yo de ese momento, todo tenía sentido sin tenerlo. Aunque parezca que no tiene sentido lo que digo.

—Oh, en realidad lo tiene, y mucho. Tal y como has dicho, en ocasiones vivimos situaciones en la fase REM del sueño que, para nuestras auténticas identidades, no tienen sentido, pero que somos capaces de vivir como una realidad. Este es el regalo que el espíritu de Mariña quería para ti.

---

[9] Rollo de canela.

La miro perpleja, me está hablado de sueños, fantasmas, o de todo a la vez, pero yo no me estoy enterando de nada.

—Come un poco.

—De eso nada, paso de que vuelvas a drogarme.

Marley suspira.

—¿Y cómo demonios esperas entender el fin de todo esto?

—No hay ningún fin. Es simple, tuve una alucinación en la que creí ver cómo hubiese sido mi vida si mi ex no hubiera cancelado nuestro compromiso para largarse con su *liguerasmus*. Pero nada de eso era verdad, porque sí rompió conmigo.

—Cielo, el pasado es pasado, no podemos hacer nada para cambiarlo. Pero sí, Moira puede mostrar lo que pudo haber ocurrido si un hecho se hubiera producido de un modo diferente, ya que, aún en otra línea temporal, se habría producido. Así que sí, si tu novio no te hubiese dejado, eso es exactamente lo que hubiera pasado en el tiempo presente.

—Acaba de estallarme la cabeza.

Marley se golpea en la frente.

—Sí que eres dura de molleras. Ahora es el momento presente. ¿Correcto?

—Correcto.

—Bien, imagina una línea recta y marca un punto que corte esa línea y que será el momento presente. Todo lo anterior ha ocurrido, y ha ocurrido tal y como lo recuerdas dentro de esa misma línea, lo cual no quiere decir que no se pudieran haber dado otras alternativas que Moira es capaz de ver y de mostrar. Lo que Moira te mostró fue un presente alternativo si aquella boda se hubiese llegado a celebrar. Eso es exactamente lo que hubiera pasado, porque eso es el presente de esa alternativa. ¿Lo entiendes?

—Creo que sí. ¿Y qué hay sobre la visión de mi futuro?

—Eso es otra historia —suelta en tono cómplice—. Vuelve a la línea imaginaria que te dije antes, a partir del punto que corta la línea ya escrita. Imagina un sinfín de ramificaciones que pueden llevarte a un sinfín de destinos diferentes.

—¿Y por qué vi el que vi?

—Porque era el que necesitabas ver... Y porque Kali es un poco traviesa, hasta el punto de llegar a ser cruel.

—¿Entonces, ese futuro no va a darse?

—Ese futuro es una de las cientos de miles de opciones que podrían darse. No existe un único destino, cielo. Depende de ti y de las decisiones que tomes y ¿sabes cuándo debes tomar esas decisiones?

Lo medito un segundo, creo que estoy entendiendo la lección de todo esto...

—En cada momento presente...

—Exacto. ¡Por fin lo has entendido, cariño! Ya estás lista para recibir tu regalo de Navidad —asegura chasqueando los dedos—: el presente.

Vuelve el ajetreo, vuelve el movimiento, y Rubén coge un pedazo de *kanelbullar* a la vez que Marley se aleja guiñándome un ojo. Pero no le doy tiempo de que se lo lleve a la boca. En lugar de eso, tiro de su bufanda para atraerlo hacia mí y uno mis labios a los suyos en un beso que está plagado de intenciones. Él está a punto de perder el equilibrio por el tirón que le he dado, pero pronto se recompone y pasa sus manos tras mi cintura sin soltar el *kanelbullar*.

Siento que lo que he vivido en la noche de Navidad me ha llevado a valorar el presente, a dejar atrás el pasado y a decidir sobre mi futuro. Ahora quiero que Rubén sea mi presente y tomaré las riendas de mis decisiones a cada momento para poder descubrir la felicidad que estoy segura de hallar a su lado, valorarla y no destruirla jamás.

FIN

M. M. Ondicol es una autora vallisoletana nacida el 22 de noviembre de 1987. Creció entre Valladolid y Tenerife, cursó sus estudios universitarios en Salamanca y actualmente reside en Palencia con su marido, sus dos hijos y su gato Kuro.

Apasionada de los vestigios de la historia, le encanta visitar pueblos recónditos, los paseos en los que disfrutar de la naturaleza, descubrir lugares mágicos que parecieron detenerse en el tiempo y el otoño.

Negada para la cocina, disfruta probando platos de cualquier lugar del mundo.

Puedes seguirla en sus redes: @**m.m.ondicol**

RELATO 10
UN GORILA POR NAVIDAD

LAURA CORRAL

Capítulo 1
BORIS

«Pero... ¿no es la primavera lo que la sangre altera?», me pregunté mientras devolvía una sonrisa de circunstancia a una mujer que, literalmente, me comía con los ojos. Otra más.

Se ve que el centro comercial en el que trabajaba esas fiestas funcionaba en sentido opuesto a las agujas del reloj. Y lo que era peor, parecía que, a medida que nos acercábamos a las fechas más señaladas del mes de diciembre, las hormonas iban *in crescendo*. Lo cual venía fatal para mi objetivo secundario de esas Navidades.

Ojo, no me consideraba del tipo de persona antifiestas. Tampoco es que me poseyera el espíritu navideño, pero las toleraba. Y, por tanto, no me oponía a quienes las vivían con toda la emoción e intensidad de un niño. Es más, si me preguntaras, te diría que prefiero a las personas del segundo grupo.

Si tuviera que describirlas, esas fechas para mí eran sinónimo de descanso y relax, aunque estuviese a tope de trabajo. Sí, sé que es incoherente con todo lo que acabo de decir, pero ese empleo me venía muy bien para alternar temporalmente mi intensa rutina de estudio de cara a las oposiciones de policía nacional que me estaba preparando.

Al menos, así me lo había vendido mi amigo Jorge. Él fue quien me ofreció la posibilidad de sacarme un ingreso extra con el que pagar la academia los próximos meses. Y lo pintó tan bien que no dudé en aceptar.

Debería haber imaginado que la cosa no sería tan fácil.

Y es que, aunque el centro comercial era uno de los más grandes de la ciudad, funcionaba como un pueblo pequeño donde todos se conocían. Y al ser yo la novedad..., bueno, ya os podéis imaginar.

Entiendo el efecto que provoco en las mujeres porque, y no quiero resultar creído, soy atractivo y, además, me gusta cuidarme. Hay quien dice que incluso me cuido en exceso, pero yo he encontrado el equilibrio perfecto entre el *gym* y el ñam. Vamos, que soy de buen comer. Eso sí, mido un metro noventa y, en comparación con los tirillas de mis amigos, estoy *mazao*.

Y de ahí mi mote desde el equipo de baloncesto del instituto.

Un mote que no sabía si Jorge se había encargado de propagar, pero que todo el mundo usaba para dirigirse a mí *por lo bajinis* o cuando creían que no les estaba escuchando: el gorila. El cual, trabajando además de vigilante de seguridad, estaba muy bien traído, dicho sea de paso.

Me consideraba también una persona muy paciente y que sabía tolerar las bromas... si los dos nos reíamos. Pero todo lo que llevaba sufriendo desde hacía un tiempo había pasado de castaño oscuro.

Las pequeñas sonrisas, los susurros mencionándome, las risitas a mi paso mientras me señalaban sí que me gustaban y me inflaban un poquito el ego. Pero había dejado de ser así.

¿Por qué? Porque tenía una amiga invisible que había cruzado la línea y parecía haberse convertido en una acosadora invisible, con ayuda de alguno de mis compañeros, fijo.

Había conseguido colarse en los vestuarios y así dejarme notitas en forma de ¿pistas? para ayudarme a desvelar su identidad. Notas que, si bien no amenazantes ni peligrosas, sí que estaban llenas de mensajes con doble sentido, a interpretar de manera libre por cada uno... al principio. Porque, desde el lunes pasado, habían subido, y bastante, de tono; además de comenzar a estar acompañadas de detalles de dudoso gusto del *sex shop* de la planta tercera.

Pequeños escritos en los que siempre me pedía que fuera su regalo y su gorila por Navidad, y que le llegara a casa, a poder ser, solo con el lacito puesto.

No sabía al resto de las personas, pero a mí eso ya no me gustaba un pelo. Es más, lo había denunciado a mis superiores..., que actuaron como el que oye llover. Y eso me sentó como una patada en el estómago.

Así que no me quedó más remedio que comenzar una «investigación» paralela y actuar por mi cuenta. Tenía que dar con la identidad de mi admiradora secreta salidilla. Iba a ser bastante claro con ella, porque no le iba a tolerar ni una sola broma de ese estilo más.

Al final, la falsa primavera que se había creado en el centro comercial también me afectó a mí y me puso calentito..., solo que de un modo completamente diferente. Iba a cantarle las cuarenta a la susodicha.

La venganza es un plato que se sirve frío, y recorrer los pasillos me daba mucho tiempo para pensar. Eso no se iba a quedar así.

Vaya que no.

¿Tendría suerte y la encontraría en la planta número tres?

CAPÍTULO 2
ANA

¿Alguna vez habéis tenido esa sensación de que no sabéis para qué os levantáis de la cama?

Eso me pasó a mí esa mañana de martes y trece, nada menos.

Era cierto que esa fecha era en el mes de diciembre y que, por tanto, era el último del año. Pero daba lo mismo, no era un día propicio. Sobre todo, para una persona tan supersticiosa como yo.

Por eso, los hados, Mercurio retrógrado o vete tú a saber quién, me decían que no iba a ser un buen día para mí.

Debería haber prestado más atención a las señales.

Sobre todo, porque, desde primera hora de la mañana, había ido a contrarreloj. Me había levantado tarde, y mi ducha calentita duró tres nanosegundos del metaverso porque la caldera decidió que era muy buen momento para estropearse. Mi café salió ardiendo del microondas, quemando garganta, esófago y estómago a su paso. La tostada se me cayó por el lado de la mantequilla al suelo más de una vez y, como salí de casa cinco minutos más tarde de lo habitual, que era el tiempo de ventaja que acostumbraba a tener, la plaza de garaje que solía ocupar no estaba libre y, por tanto, terminé por encontrar aparcamiento donde Cristo perdió la alpargata.

Un día completito, vaya. Y ni siquiera habían dado las nueve de la mañana.

Para más inri, mi ritual diario de la buena suerte también había tenido que saltármelo y por eso continuaba expuesta a que todo tipo de desgracias pudieran seguir ocurriéndome. Pero no lo iba a permitir.

De ahí que, apenas nos dieron permiso para comer, salí disparada como si tuviera un ataque de diarrea, más que decidida a cambiar las tornas y que la fortuna, por fin, tuviera a bien volver a favorecerme.

Me encantaría decir que mi modo de atraerla era fácil y adaptado a todos los públicos, pero... la realidad era que no. Es más, cualquiera que me observara con atención podría pensar que estaba un poco obsesionada y rayando la paranoia. Pero no me importaba. Mi amuleto era mío y, como tal, lo usaba como quería. Eso sí, no podría negar jamás que un tanto extraño sí que era y que adoraba realizar el mismo ritual todos los días.

Subí a la planta número tres, la de decoración, y, poco a poco, fijé mi mirada en él, mi gorila. Este se iba haciendo cada vez más grande a medida que me acercaba adonde estaba situado. No es que fuera el más expresivo del mundo y jamás reparaba en mí. Raro sería, porque no era otra cosa que una escultura de poco menos de un metro y bastante realista de un gorila africano vestido con un gorro de Papá Noel. Estaba expuesto en el escaparate de una de las tiendas de decoración de lujo y a mí me tenía enamorada. Obsesionada, casi podría decirse.

Sé que cuesta imaginarlo como amuleto y, aún más, entender el motivo de mi enamoramiento. Pero, si pudierais verlo en conjunto, descubriríais que la combinación de su expresión seria con la decoración navideña era lo más cuqui que habéis visto en vuestras vidas.

¿Era útil? Absolutamente no. Es más, podría catalogarse como una de esas mierdecitas que no usarías, pero que sabes que tenerla te haría feliz.

¿Que por eso lo necesitaba en mi vida? Por supuesto que sí.

Sobre todo, porque así podría poner un cartel en la puerta de mi casa que dijera: «Cuidado, tengo un gorila en la puerta». Y sería literal. Pero como se esperaría que lo fuese, en cuanto pusieran un pie en la entradita, lo verían allí, bien plantado en todo su esplendor... Y solo de imaginarme las caras, me partía.

La que también se partiría sería mi economía si me decidía a comprármelo, porque pinta de ser barato, y más estando en la tienda donde estaba, no tenía. Mi sueldo de costurera estaba muy bien remunerado, ya que cada vez había menos personas expertas en eso, pero vamos, que no era la Preysler. Y el pijerío económico de los clientes que venían a pedirme arreglos para sus *outfits* navideños no era como la gripe y no se pegaba, para mi desgracia.

Así que solo tenía dos opciones: que me tocara la lotería... o que Cayetano, el dueño de la tienda, fuera mi amigo invisible de ese año, y se «tirara el rollo» y me lo regalara. En ambos casos, tenía exactamente el mismo número de posibilidades. Que al parecer acababan de descender ese año porque, de un tiempo a esa parte, había comenzado a escuchar rumores y cuchicheos que no paraban de mencionar a un gorila, el mío. Cuando el río suena, agua lleva, y eso significaba que cabía la posibilidad de que alguien hubiese puesto sus ojos en él, lo comprara y se lo llevara. Lo cual me hubiese entristecido mucho, ya que me dejaría sin mi talismán de la suerte.

¿Por qué lo consideraba así? Porque me hicieron fija el mismo día que a él lo expusieron por primera vez en el escaparate. Y fue la única noticia buena de aquellas horribles Navidades. Unas fiestas de las que no guardo muy buen recuerdo… a causa de Nick, del cual prefiero no hablar ni pensar, porque vuelvo a ponerme triste. Y triste no es un adjetivo con el que me agrade definirme.

Por eso me gustaba tanto mi trabajo, así como el estrés y el ritmo frenético que llevaban asociados esas fechas del año. Exigía un nivel de concentración tan elevado que no me permitía pensar ni distraerme con otras cosas como fiestas ni, mucho menos, hombres.

—¡Sabía que te encontraría aquí! —exclamó una entusiasta voz a mi espalda que conocía bastante bien.

Me giré en su dirección para darle un abrazo, pero... no pude hacerlo. Me quedé deslumbrada.

Y no solo por su belleza, que también, ya que si algo caracterizaba a mi mejor amiga era su físico exuberante y, sobre todo, su larguísimo pelo de color bermejo, que no dejaba indiferente a nadie; sino por la potencia que tenían las luces led del jersey que llevaba puesto en ese momento. Tal era su intensidad que estaba convencida de que el láser con el que operaban la miopía estaba hecho con la misma luz que ese Papá Noel emitía a través de los látigos con los que azotaba a los renos de su trineo.

Era uno de esos típicos jerséis navideños horrorosos que tan de moda se ponían en esas fechas en Gran Bretaña. El supermercado donde ella trabajaba también los había adoptado como costumbre y les obligaban a vestirlos. Una prenda que, combinada con espumillón, que hacía las veces de collar, y gorros navideños con publicidad de diferentes marcas y ofertas, provocaba que Melodía no pasase jamás desapercibida.

Estaba a huevo que soltase alguno de mis comentarios mordaces, pero...

—Ni una palabra —siseó, perfectamente consciente del aspecto tan ridículo que tenía, obligándome a cerrar la boca al instante.

—¿Qué haces tú aquí? —pregunté sorprendida.

Sus horarios y los míos no eran coincidentes esa semana, en lo que a la pausa para comer se refería.

—Te he visto pasar y vengo a que compartas un poco de la suerte de tu gorila conmigo, porque... ¡telita con el día que llevo!

—bufó—. El que dijo que el cliente tiene siempre la razón, desde luego, no trabajaba de cara al público. ¿Por qué, Dios mío, tuviste que crearme con alma de millonaria, pero bolsillo de proletaria? —dijo, en una más que razonable imitación de Scarlett O' Hara. Así de dramática era mi mejor amiga.

—¡Ah, no! Mi gorila es mío y no lo comparto con nadie, búscate otro símbolo de buena suerte. Pareces irlandesa, así que agénciate un trébol de cuatro hojas, bonita.

—¿Sabes qué te digo? Que te quedes a este para ti, porque yo ya he encontrado a mi propio gorila navideño de la buena suerte —replicó, algo picada, a decir verdad.

La miré extrañada, pero curiosa. ¿Había nuevos objetos con mi animal favorito en el centro comercial? ¿Y más al alcance de mis posibilidades económicas? Interesante. ¡Tenía que hacerme con ellos!

—En cuestión de este animal, sabes que no eres competencia alguna, a pesar de mi físico de *minion*. Si me lo propongo, seguro que también me lo agencio y tú tendrías que buscarte a otro.

—¡Ajá! ¡Lo sabía! ¡Sabía que tú tampoco habrías podido resistirte a él! Y, ¡menos mal! Pensaba que, tras lo de Nick… —Y ahí fui yo quien le advertí de que no siguiera hablando, ya que aún escocía—. No iba a haber otro maromo que llamara tu atención.

La miré como si estuviera hablándome en gaélico, ya que era evidente que no estábamos hablando de las mismas cosas. Melodía pareció darse cuenta, porque indicó:

—Ya sabes, el gorila.

Pero no, no sabía.

—¡Tía! ¿No te has enterado? Joder, pues serás la única de todo el barrio, vaya. ¿Es que os abducen los extraterrestres en el semisótano del departamento de arreglos o qué? El gorila, el segurata nuevo. ¡Está buenísimo! Está tan tan bueno que, sin ser yo de comer mucha fruta, a ese sí le comería la banana. Aunque claro, vistas las dimensiones que se gasta, más que plátano, lo que tendrá ahí abajo será una berenjena bien gordota.

—¿Podrías dejar de referirte a mi fruta preferida en esos términos? Sabes que siempre he tenido el potasio bajo y aún no me lo he comido de postre.

—Ya te digo yo que ese plátano te sube el potasio y los calores. ¡Madre mía, qué hombre! ¡Ojalá me mirase una mijita! Estoy pensando incluso en robar en el súper para que venga él y me detenga con tal de que me toque.

—¡Qué exagerada eres, Mari! —Estaba claro que no existían especímenes como el que mi amiga estaba describiendo.

Aunque claro, Melodía tampoco solía ser muy exagerada en lo que a descripciones de bellezas y cuerpos se refería. Al contrario, tendía a ser más sincera que otra cosa. Y por eso, ya me estaba haciendo dudar. ¿Existía alguien así que campaba a sus anchas por los pasillos y yo no me había dado cuenta?

—Al contrario, es totalmente tu prototipo. Parece sacado de una de esas novelas de maromos galácticos alienígenas o de cambiaformas que tanto te gusta leer. Pero a mí, con las pintas que gasto, ni flores. Se ve que solo le intereso a Cayetano, y querida, te quiero muchísimo, pero no voy a hacer ese esfuerzo para que te rebaje el gorila al alcance de tu presupuesto. No es un sacrificio que esté dispuesta a realizar.

¡Dios, no! Solo de imaginar una hipotética pareja tan dispar, me entraron escalofríos.

—Prefiero que sigamos jugando a la lotería, la verdad —respondí.

—Ese es justo el deseo que he escrito en el árbol de los deseos del *hall*. Que me toque la lotería, me convierta en millonaria y así me pueda comprar un chalé en una isla diminuta de las Seychelles en la que nadie volvería a ver jamás mi pelo pelirrojo. El tuyo ni lo pregunto, porque está claro, ¿no?

—Puede que te sorprenda —anuncié, enigmática.

—A ver, mi querida Ana, ¿cuál es tu deseo inconfesable?

—¡Quiero un gorila por Navidad! Con su lacito de regalo y

todo —exclamé.

Y entonces...

—¡Se acabó el cachondeo, bonita! ¡Te pillé! —Esas fueron las últimas palabras que escuché antes de comenzar a flotar. Literalmente.

Bueno, a decir verdad, no flotaba... Más bien, me sentía como uno de esos peluches de las máquinas de gancho que se ponen en todas las ferias y recreativos. Así de férreo y potente era el agarre del cuello de la camisa de mi uniforme. Un cuello que, si no hubiera sido porque me dio por reforzar, en ese momento estaría espatarrada en mitad del pasillo del centro comercial. Y el culazo hubiera sido bastante doloroso.

Al respecto de mi uniforme, parecía que esa no había sido la única buena idea que había tenido. Di gracias a que decidiera ponerme también unas medias tupidas antes de salir de casa, porque si no, todo el que hubiera pasado por allí hubiese visto mi gorro de esquimal bajero.

El pelo abriga, ¿qué queréis que os diga?

Mi sensación de incredulidad ante lo que estaba viviendo era tan grande que estaba completamente paralizada. No podía reaccionar con ningún gesto del cuerpo, y eso que normalmente solía ser bastante rápida de reflejos. Además, mi tamaño ayudaba en esos casos.

Por eso, supliqué a voces con la mirada a mi amiga que por favor me ayudara, y así podría dejar de sentir un bochorno tan enorme como el que estaba sintiendo. Ella mejor que nadie sabía lo poco que me gustaba ser el centro de atención.

Pero, si yo estaba petrificada, ella aún más. De hecho, miraba la situación como si estuviera viendo una aparición divina. Porque, ¿cómo iba a ayudarme si, al parecer, quien me estaba agarrando así era un vigilante de seguridad? ¿A quién iba a recurrir para pedir ayuda?

¿Un vigilante de seguridad? No tenía sentido. Pero... ¡si yo no había hecho nada!

Alcé la mirada, bien dispuesta a defender mi inocencia, pero... la réplica murió en mi boca. Y ahí pude entender por qué Melodía se había quedado petrificada también. Y lo vi.

El vigilante no era Paco, el habitual de la planta tres, un hombre maduro, entradito en carnes y que solía tener una política bastante relajada en lo que a delitos menores se refería.

Ese era un chico joven, desconocido y guapísimo. De los hombres más atractivos que había visto en mi vida, de hecho.

Dada la situación en la que me encontraba por su culpa, esperaba que no fuera otro de los típicos retos de «¿A que no hay huevos de...?» que tanto le gustaban a Jorge, el amante de las bromas pesadas. Como os podéis imaginar, en aquel momento no era en absoluto santo de mi devoción y estaba mucho más cerca de ser categorizado como un gilipollas integral.

—Se te van a quitar las ganas de gastar bromas pesadas y acosar a los demás —amenazó, realmente enfadado y con la mandíbula apretada. Daba miedo. Mucho miedo.

Tenía una expresión tan real que, o era el mejor actor del mundo con un talento muy desperdiciado, o estaba pensando de verdad lo que decía de mí.

Pero ¿yo? ¿Acoso? ¿De qué? ¡Si no lo conocía!

Sabía que habían ampliado plantilla y que, como solía ser habitual, no faltaban las novatadas para darles una bienvenida mucho más acogedora al equipo. Pero empezaba a estar un poquito harta de que, por el hecho de mi tamaño y que pensaran que parecía más joven de lo que era, todos los años me tomaran por el pito del sereno. Y que, por tanto, siempre fuera yo la que sufriera unas bromas que, sinceramente, ni pizquita de gracia me hacían.

Además, «acoso» era una palabra muy fuerte para usarla a la ligera. Y no estaba dispuesta a consentir que la utilizaran de ese modo. Por eso, como abanderada de las causas nobles, o abogada de los pobres, como gustaba a mi familia llamarme, comencé a revolverme cual culebrilla recién agarrada, o cual pez queriendo volver al agua de la que había salido. Pensaba que, dadas las dimensiones que el tipo se gastaba, no andaría muy bien de rapidez ni de reflejos.

Para mi desgracia, no funcionó. Al parecer, me había tocado el único gigante del mundo que tenía bastante coordinación y era veloz como un rayo.

En consecuencia, mi gozo en un pozo; todos mis intentos de escape y poner punto final a tan divertida situación fueron en vano.

En un parpadeo de ojos, me vi expulsada del interior del calentito edificio al frío polar ártico propio de la meseta peninsular en el mes de diciembre, con el consecuente castañeo de mis dientes. Y, además, con el nauseabundo olor de la basura, propio del callejón donde se ubicaba la salida de emergencia y por donde me había sacado como si fuera una vulgar delincuente.

—Tienes terminantemente prohibida la entrada aquí. Y como vuelva a verte por el interior del edificio, llamaré a la policía y no dudaré en denunciarte —informó. No hizo falta que alzara la voz para darle exactamente el grado de intimidación que buscaba.

Parecía real. Muy real. A punto estuve de creérmelo.

Sobre todo, cuando sacó un *walkie talkie* idéntico a los de la empresa de seguridad del edificio y comenzó a relatar mi descripción física con todo lujo de detalles, repitiendo la misma amenaza y castigo en el caso de que incumpliera su orden.

Le hubiera felicitado por tan brillante interpretación si no hubiera sido porque volvió a pillarme con la guardia baja en lo que a reflejos se refería. Es más, fue el sonoro portazo con el que encajó la puerta de la salida de emergencia lo que me devolvió, en parte, a la realidad. Porque aún continuaba flipando de tan inverosímil como había sido todo.

Ese ruido me hizo ser consciente de que, por culpa del

armario empotrado, se me había pasado la hora de comer. Y que, además, llegaba tarde a la reunión que el jefe de departamento había planeado justo para ese día.

Solté un taco, porque la protección del gorila no había funcionado y todavía continuaba gafada. Después, encaminé de nuevo mis pasos en dirección a la puerta de acceso exclusivo para los trabajadores del departamento de arreglos.

Eso sí, mientras lo hacía, no dejé de rumiar mi venganza contra él. Porque la próxima vez que me cruzase al guapito, iba a ser él quien terminase con la cara colorada.

Las cosas no se iban a quedar así.

Vaya que no.

CAPÍTULO 3
BORIS

Mucho más relajado, con la satisfacción del trabajo bien hecho y, sobre todo, con la certeza de haberme quitado tan tremendo peso de encima, regresé a la garita de vigilancia de seguridad con una sonrisa tan deslumbrante que bien podrían haberme escogido para anunciar dentífricos.

Allí me estaba esperando Jorge mientras se comía un dónut, el cual se me antojó como una recompensa tremendamente tentadora por una labor tan bien realizada, pero cuya apetencia desapareció al verlo masticar con la boca completamente abierta.

—¿Y esa cara? ¿Ya has dado con tu admiradora secreta? —rio sin dejar de masticar de ese modo, dándome palmaditas en el brazo y llenándome la camisa de azúcar glass.

—Efectivamente. Justo acabo de deshacerme de ella —respondí, mientras me sentaba en la silla y me estiraba cuan largo era, colocando las manos por detrás de la cabeza y cerrando los ojos. Muy, muy relajado, en definitiva.

—¿De qué hablas? —preguntó, mirándome extrañado y con ¿miedo? en los ojos.

Me disponía a explicarle todo lo entretenida que había sido mi mañana cuando, apenas abrí un resquicio de mi ojo izquierdo, la cara de mi admiradora secreta obsesiva reapareció.

En primer plano, además.

Brinqué y pegué mi rostro a la pantalla para asegurarme de si era ella realmente, o si el que se estaba convirtiendo en alguien obsesivo ahora era yo y por eso veía su cara por todas partes.

—¡Hostias! —dije, una vez me cercioré de que sí, estaba allí—. Pero ¿por dónde carajo se ha colado? ¿Es que no le ha quedado claro? Se va a enterar lo que significa llevarme la contraria —farfullé, mientras agarraba el teléfono y marcaba el número de la policía

—¡Quieto, fiera! —dijo Jorge cortando la llamada al momento—. Pero ¿qué carajos te pasa hoy? ¿Es que los cereales de fibra no te han funcionado esta mañana? ¿O es que te han cambiado el pan de semillas de amapola en las tostadas por otra cosa?

—Pasa que, a esa —dije señalando su rostro de duendecillo en la pantalla—, la he pillado con el carrito de los helados. Y pasa que, además, se ha vuelto a colar en el centro comercial, aunque le he prohibido la entrada bajo amenaza de denuncia.

—¿A Anita? Es Ana Blázquez —aclaró. Y al escuchar su nombre, un escalofrío recorrió mi columna vertebral—. ¿Cómo le vas a prohibir la entrada si trabaja aquí? —Lo miré como si no entendiera lo que acababa de decirme—. Es una de las encargadas del departamento de arreglos y no suele salir mucho de la cueva donde vive, por eso quizás no la habías visto antes. Claro que, ¿quién saldría, con el Grinch que tiene por jefe? ¡Menudo personaje, el hombre! Lo que no sé es qué hace fuera a estas horas con lo puntual que siempre es ella para fichar —murmuró más para sí mismo que para ambos, aunque conseguí escucharle—. ¡Uf! Pues como la pille el jefe se va a liar… No me gustaría estar en su pellejo ahora mismo. —Comenzaron a entrarme sudores fríos—. Y ¿de qué dices que la conoces?

—Ahí donde la ves, ella es mi acosadora secreta obsesiva.

Se rio en mi cara.

—¡Más quisieras, majo! —Lo miré enarcando una ceja—. A ver, que no digo que no seas guapete, hombre. Y ella está buena y tiene sus tarillas, como todos. Pero desde lo que pasó hace tres años en Navidades, no se le conoce pareja ni interés alguno en los hombres. Aunque…, ahora que lo pienso, sí que está obsesionada con alguien, sí. Con tu primo.

—¿Mi primo?

—Sí, hombre. El gorila de la tienda de decoración de la planta tres. La de las marcas de lujo. No hay día que no se pase por allí por lo menos tres veces. ¡A saber por qué va allí tanto! Porque es raro, ¿verdad?

¡Madre mía! ¡Tremenda cagada!

Resultaba un poco increíble, eso era indiscutible, pero las piezas del puzle encajaban. Y al final, todo se había debido a una sucesión de malentendidos en los que el lugar, el escenario y la frase, la maldita frase, coincidían.

Un gorila para Navidad…, que no era yo. Era la escultura.

La culpa apareció en mi rostro.

—¿Qué te pasa, tío? Te has puesto blanco de repente.

—Creo que acabo de meter la pata hasta el fondo —murmuré, sin dejar de apreciar todos sus movimientos en la pantalla y ver así cómo se movía con total naturalidad por los diferentes pasillos y plantas del centro comercial. Su lugar de trabajo desde hacía, al menos, tres años.

Bien saben el universo y el karma que, cuanto más queremos encontrarnos con alguien, menos opciones tendremos de que eso suceda.

Habían pasado tres días desde mi gran cagada con Ana y no había vuelto a verla. Tres días en los que no había parado de recorrer sin descanso todos y cada uno de los pasillos del centro comercial. Planta por planta, y entreplantas incluidas. Es más, si hubiera tenido uno de esos relojes digitales que cuentan los pasos, habría pulverizado mi récord día tras día de tanto como caminé. Vamos, que había convalidado el camino de Santiago por triplicado, seguro.

Y en todos esos días, nunca perdí la esperanza de darme de bruces con su pequeño cuerpecillo de duende, pero nada. Se la había tragado la tierra.

Así que aquello que se decía de que el departamento de arreglos era una cueva parecía ser completamente cierto, y no había tenido la misma suerte que Aladdín para dar con la entrada.

Incluso llegué a pensar que, realmente, la habían despedido. Menos mal que Jorge, raudo y veloz en los cotilleos, fue el encargado de desmentirlo. Al parecer, sus manos y su velocidad en el trabajo eran demasiado valiosas. ¿Que cómo se enteraba él de estas cosas? Ni idea, pero el mote de Súper, en homenaje al ojo de Gran Hermano, le venía que ni pintado.

Un Jorge que, junto a todos mis compañeros de la empresa de seguridad, era el segundo motivo por el cual tampoco pasaba tanto tiempo en la garita. Al final, había descubierto que no había supuesta acosadora obsesionada con mi persona. Todas esas notitas no habían sido otra cosa que una de las fases de la novatada que habían pensado para darme una cálida bienvenida al equipo y hacerme sentir parte de la familia.

Es más, su intención era continuar con ellas y añadir más regalitos embarazosos hasta el día de la fiesta de Navidad del veintidós de diciembre, momento en el cual realizarían esa gran revelación.

Unas bromas que en su cabeza sonaban espectaculares y muy divertidas, pero que a mí no me hicieron nada de gracia. Ellos lo achacaron a mi falta de espíritu navideño o empatía, pero si todas las novatadas eran así para los recién llegados… *¡Ho, ho, ho! ¡Merry Christmas!*

Mi sentimiento de culpabilidad para con la pobre chica aumentaba a medida que pasaba el tiempo y no daba con ella.

Porque tal cagada merecía una disculpa cara a cara, nada de medias tintas o subterfugios.

Confieso que la esperé más de una vez apostado cerca de la tienda de decoración donde nos vimos la primera vez. Había pensado también en enviarle un regalo acompañado de una nota. Esa idea quedó descartada al instante, porque hubiera quedado raro utilizar para comunicarme con ella el mismo método por el cual la había acusado de acoso. Además, ella tampoco sabía cómo me llamaba.

Otra opción que también se me pasó por la cabeza fue la de presentarme en el taller con la excusa de que se me había roto el pantalón del uniforme… Pero era un niño de mamá y, por eso, cada vez que tenía que ajustarme alguna prenda o me hacía algún roto, era a ella a quien acudía. Así que un nuevo descarte.

Me estaba quedando sin ideas, y como persona que piensa mejor con el estómago lleno que soy, fui a comprar algo que me diera energías y así poder tener una especie de iluminación divina también.

La iluminación no la tuve, pero sí que alguien allí arriba me echó una mano porque, de manera inesperada, y tras tres días de búsqueda incansable, volví a toparme con Ana.

Fue tal mi sorpresa que se me cayeron los kiwis al suelo y los huevos se me pusieron de corbata. Así que mi acto reflejo fue el de esconderme entre las estanterías. Y eso, midiendo metro noventa y pesando más de cien kilos, para nada fue sencillo.

Normalmente, solía controlar bien mis reflejos, pero me estaba poniendo tan nervioso que, sin querer, hice caer todos los productos de higiene íntima que poblaban las baldas de las estanterías del pasillo que había convertido en mi trinchera.

Sigiloso cual elefante en una cacharrería, fui reduciendo la distancia que nos separaba, a la par que, cual suricato, de cuando en cuando alzaba la cabeza para no volver a perderla de vista.

Evidentemente, mi primera incursión en el mundo del espionaje estaba fracasando de forma estrepitosa porque, en más de una ocasión, ella giraba la cabeza y miraba con atención a la par que fruncía el ceño.

Dicho de otro modo, se sentía observada. Algo se olía, y no eran precisamente los platos preparados que podían comprarse para comer calentito en casa.

Estaba tan concentrado en pensar cuál era la mejor estrategia y modo para hacer mi gran aparición triunfal que no vi venir el jarro de agua fría que recibí.

Literalmente hablando.

Aunque, a decir verdad, más que agua, había sido un líquido de textura viscosa, que se deslizaba poco a poco, como si de una babosa se tratara, por mi impoluta camisa de color azul.

—¡Uy, qué pena! No te vi —escuché decir a una voz femenina cuya expresión en la cara indicaba claramente que no sentía arrepentimiento alguno.

Le hubiera cantado las cuarenta a la pequeña ayudante de Satanás con el jersey navideño más horroroso y cutre que jamás había visto, pero no me dio opción a réplica. En su lugar, y sin dirigirme la palabra, señaló un pasillo a la derecha en el cual, supuestamente, deberían estar situados los productos de limpieza necesarios para arreglar semejante estropicio.

Pero no aparecí allí, sino que regresé a la sección de frutas y verduras. Tragué saliva y di gracias de que ya habíamos dejado atrás lo de ir al supermercado y ligar con frutas. Visto lo visto, si hubiera seguido esa ridícula y complicadísima moda, mi carro, que había estado prácticamente vacío hasta ese momento, hubiera realizado un viajecito hacia el Caribe de tantas piñas como hubieran metido en él.

Dejé de prestarle atención a las frutas en cuanto me di cuenta de que, una vez más, allí estaba Ana luchando contra los elementos, la altura, en este caso, para poder coger un racimo de plátanos. Al parecer, un iluminado había decidido que el estante superior de la repisa era el lugar más adecuado para colocarlos.

En consecuencia, dada su baja estatura, la pobrecita, por más que lo intentaba, no era capaz de agarrar uno que tuviera una pinta medio decente. Sin embargo, para alguien de mis dimensiones, dicha acción no supondría ningún esfuerzo o problema.

Volví la cabeza en dirección al pasillo de donde había venido y observé cómo ondeaban al viento unas puntas de color rojo, sospechosamente similares a las de los cabellos de la Rapunzel demoniaca.

¿Me estaba ayudando?

Sin más dilación, encaminé mis pasos hacia allí, agarré el que tenía pinta de poder durar más sin ponerse pocho y se lo di.

—Muchas grac… —La disculpa nunca llegó a producirse porque enseguida se dio cuenta de que era yo quien la había ayudado.

—De nada, Ana... ¿Banana? Soy Boris —respondí, extendiendo la mano hacia ella para así poder empezar a disculparme como merecía.

—Sí, claro, Boris... Izaguirre, ¡no te jode! —respondió, enfadada y con un deje de desprecio sorprendentemente potente y fuerte para las reducidas dimensiones de su cuerpecito, el cual, una vez más, volvía a alejarse de mí.

—Oye, ¡espera! Tenemos que hablar —repliqué, a la carrera tras ella.

—Tú y yo no tenemos nada de qué hablar, imbécil— respondió, frenando su caminar de golpe para mirarme fijamente en la total expresión de su cabreo—. Y ¡toma tus plátanos y métetelos por tu culo de gorila! A ver si el potasio te ayuda a mejorar la vista y ves cristalino que no quiero saber nada de ti— añadió, lanzándomelos de regreso.

Estaba claro quién había ganado ese segundo asalto. Y la escena hubiera quedado de lo más digna, si no hubiera sido porque, de repente, todo el brío y el poderío de sus fuertes pisadas desapareció de golpe cuando resbaló con un objeto que algún inconsciente había dejado tirado en mitad del suelo.

Ana hubiera terminado estampándose de boca contra el suelo si no hubiera sido por la rapidez de mis reflejos, los cuales provocaron que me tirase al pavimento y que, al final, terminase por caer directamente sobre mí. Y que, a su vez, fuera yo quien se llevara la peor parte del impacto.

Todo lo doloroso del sacrificio, eso sí, conllevaba una parte positiva: no le quedaba otra que tener que volver a dirigirme la palabra, al menos, una vez más. Y para pedirme disculpas, nada menos.

Por eso, a pesar de que sí que sentía molestias en más de un rincón de mi cuerpo por lo fuerte del golpe, sonreí de oreja a oreja cuando observé de primera mano su expresión de absoluta sorpresa al abrir los ojos y descubrir que, no solo no había sufrido daño alguno, sino que, además, la distancia entre sus labios llenos del color de las cerezas y los míos era bastante reducida.

No hubo disculpas, pero sí mucho horror al ser consciente de la posición incómoda en la que ambos nos encontrábamos. Pavor acompañado, a su vez, de mucha vergüenza, que impregnó de color carmesí, poco a poco, todos y cada uno de los rincones de su piel. Bochorno acompañado de nerviosismo porque, fruto de este, no dejó de darme un repaso por todo el cuerpo con las manos en sus infructuosos intentos por ponerse en pie.

Y asco, mucho asco. Porque como no me había dado tiempo a soltar los plátanos que previamente me había lanzado, estos quedaron reventados ante el impacto y, por tanto, pringándonos a los dos.

—¿Estás bien? —le pregunté, preocupado ante la aparición de los primeros síntomas de un más que probable ataque de pánico.

—¿Cómo voy a estar bien si cada vez que apareces cerca de mí siempre termina sucediéndome algo que me convierte en el centro de atención para mal? —replicó, no sin razón, antes de salir corriendo con el rostro empapado ya por las primeras lágrimas que comenzaban a recorrer sus mejillas.

Sus palabras, pero, sobre todo, su imagen, no cesaron de repetirse en mi mente mientras me alzaba y frotaba aquellas partes de mi cabeza que habían quedado más doloridas, a sabiendas de que, o me ponía hielo cuanto antes, o me saldría un chichón tan grande como la joroba de Quasimodo.

Abrí los ojos y… tuve que volver a cerrarlos por la intensidad de la luz que emanaba de la valkiria choni que apareció ante mí.

—Desde luego, tú sí que sabes cómo impresionar a una mujer —me dijo mientras me ofrecía una bolsa de guisantes para que me la pusiera encima del golpe de la cabeza y calmar la posible inflamación. Ofrecimiento que no rechacé.

—Tú sí que estás impresionante, guapa —repliqué mordaz.

—¿En serio? —preguntó alzando una ceja—. ¿Esto te funciona? Entonces, no entiendo cómo todas las mujeres están chochas contigo, gorila. Y no te metas con el uniforme de la empresa, que no está en mí ser una bola de discoteca navideña andante —amenazó, dándome un pescozón en la cabeza, que, de manera consciente o no, impactó justo en el mismo lugar del futuro chichón.

—¿Quién eres, que no paras de aparecer por todas partes? —pregunté, rascándome la frente.

—Soy el espíritu de las Navidades presentes, señor Scrooge —respondió maliciosa—. Pero puedes llamarme Melodía.

—¿Melodía? ¿Qué tipo de nombre es ese?

—¿De verdad quieres jugar al juego de los nombres, Boris? —replicó, haciendo especial hincapié en la pronunciación del mismo—. Para tu información, soy también la mejor amiga de Ana, con la que, majo, no paras de cagarla. ¿Ana Banana? ¿Cuántos años tienes, cuatro?

—No, Ana… porque se llama igual que la protagonista de King Kong, y pensé que entendería la referencia cinematográfica. Y banana… porque la vi intentando alcanzarlas. Y como, además, es mi fruta favorita, pensé que podría servir para enterrar el hacha de guerra y pedirle disculpas —expliqué—. No me di cuenta de la coincidencia con el personaje de los libros. Que probablemente lo hubieran usado para burlarse de ella de pequeña —añadí.

—Veo que te estás dando cuenta. Pero no te apures, pequeño Padawan, que mi amiga no es nada rencorosa y, además, para eso estoy yo aquí. Voy a ayudarte a que Ana te perdone y que, así, pueda conseguir su gorila por Navidad.

—Mira que yo no quiero más líos ni movidas raras con ella, ¿eh? Bastante aprecio me tiene ya.

—No te enteras de nada, tío listo. La conozco como si la hubiera parido, y créeme cuando te digo que le interesas. Eres totalmente su prototipo —añadió como si estuviera anunciando el nuevo programa de televisión con un título lleno de brillo y purpurina.

—¿Su prototipo? ¿Qué es esto ahora, *La isla de las Tentaciones*?

—Por físico y por inteligencia, desde luego que das el perfil —replicó.

«No estás en tu mejor momento, macho. Eso te pasa por hablar», pensé.

—Te lo voy a explicar para que tu cabecita de mono lo entienda: he visto chispa entre vosotros. Y, sobre todo, en ella. Y créeme que desde lo de Nick, mi amiga no ha vuelto a ser la misma. Ella está obsesionada con la idea de que solo quiero buscarle maromos, pero, en realidad, lo que deseo por Navidad y por siempre es que sea feliz. Se lo merece más que nadie. Incluso aunque tenga que ser contigo. Así que voy a seguir el pálpito que me has dado y me voy a arriesgar.

—¿Qué te hace pensar que no tengo otra cosa que hacer que querer ser amigo de una chica que no quiere ni verme ahora mismo?

—Dos palabras: amigo invisible. —Casi me mareé por la revelación—. Esta no te la esperabas, ¿eh? —Sonrió, maliciosa—.

Así que, te guste o no, creo que necesitas mi ayuda. Además, ¿crees que no me he dado cuenta del modo en que la has estado espiando, Austin Powers? ¿O que no sé cómo la has estado buscando desde que la echaste del centro comercial? ¿Crees que no he visto el modo en que se te caía la babilla mientras la veías dando saltitos? Pero tú ¿quién crees que enseñó a Jorge todo lo que sabe, alma de cántaro?

—Vale, está bien, tienes razón, pelirroja del Averno. No puedo negar que me parece una chica preciosa y muy interesante, y que, además, por lo que acabas de mencionar, sí me gustaría conocerla mejor. O que, al menos, dejara de pensar que soy gilipollas.

—Esto último sí que será complicado —murmuró para sí, aunque la escuché con total claridad—. Ojo, esto no significa que quiera que os pongáis a follar como bonobos, ¿eh? —me advirtió, con cero grado de peligrosidad en la escala de amenazas—. Solo quiero que os conozcáis mejor y que la ayudes a hacer algo más en estas fiestas que no sea trabajar como una burra. A partir de ahí, dependerá de vosotros lo que vaya a suceder —añadió, alzando las manos y evitando cualquier tipo de responsabilidad al respecto.

—De acuerdo, Melodía, acepto ser su gorila de Navidad.

—No te vas a arrepentir —respondió, ofreciéndome la mano y ayudando a que volviera a ponerme de pie—. ¡Ay de ti como le hagas daño…! —murmuró entre dientes, con una sonrisa tan falsa que me hizo replantearme, muy y mucho, la decisión que apenas acababa de tomar.

CAPÍTULO 4
ANA

Martes, de mierda te hartes.

Así dice el refrán. Y en mi caso, no podría ser más cierto.

Por un lado, debido a todo lo sucedido con el innombrable, que no me atrevía ni a mencionar, no fuese que sirviera como una especie de invocación desde el Más Allá y volviera a aparecérseme. Y, por el otro, porque, gracias al tiempo que pasé fuera sin prendas de abrigo buscando una puerta por la que volver a acceder al interior del edificio, me pillé un catarro bastante fuerte. En consecuencia, desde el martes anterior, Frenadol y Flutox eran mis nuevos mejores amigos, y compañeros en noches de farra sin descanso alguno.

Una maravilla caer enferma en unas fiestas tan cargadas de trabajo como era mi caso, nótese la ironía.

Pero, por si todo eso no fuera suficiente, el guarda de seguridad debía de ser gafe también y me pegó su mala suerte, porque se me estropeó el coche. Y si yo estaba a tope, mi mecánico de confianza, e imagino que todos los demás, también. Por eso, no me había quedado otra que hacerme a la idea de que, al menos hasta el año siguiente, no iba a poder recuperar mi medio de transporte de siempre.

Así que no nos quedó otro remedio, a mis compañeros de viaje habituales y a mí, que utilizar el transporte público para llegar a nuestro lugar de trabajo..., con la consecuente adaptación de los horarios que eso conllevaba: más madrugones y más retraso a la hora de regresar a casa. Especialmente, los sábados, cuando los intervalos en las horas de pasada y salida de las líneas se espaciaban hasta en media hora.

Esa semana en particular, estaba agotada. Podía ser por la enfermedad, o porque el ritmo de trabajo se había duplicado. El simpático de mi jefe no sabía decir que no a nuevos encargos, sobre todo, porque era él quien se agenciaba las comisiones, y no el equipo de costureras que trabajábamos para él. O, incluso, por la combinación de ambas cosas.

Y por tanto, lo único que me apetecía en ese momento era entrar en lo calentito del autobús, llegar a mi casa, cenar una sopa y darme un buen baño de burbujas antes de que Morfeo me abrazase y no me soltase en toda la noche. O todo el fin de semana, puestos a pedir.

Por eso, cuando contemplé cómo, poco a poco, las luces de los faros se aproximaban a la parada donde estaba esperando, casi vi el cielo abierto. Me colé, he de admitir. No estuvo bien, y sé perfectamente que no tenía que haberlo hecho, pero, por una vez, fui egoísta para conmigo misma, y aproveché las ventajas que me ofrecía ser delgada y de corta estatura. Además, se me estaban helando los mocos, y no me apetecía soportar temperaturas bajo cero ni un segundo más estando enferma.

Al entrar, por supuesto, se me empañaron las gafas, pero ni siquiera me importó, de tan agradecida como estaba por sentir la ola de calor sobre mi cuerpo. Sin embargo, habría estado bien que me hubiera limpiado los cristales porque, tras pagar el billete, me di cuenta de que no cabía un alma en el interior del mismo. O, dicho de otro modo, no había asientos disponibles, así que me tocaría viajar de pie durante un trayecto de casi una hora.

Gemí del disgusto y lo poco halagüeña de la perspectiva, pero tampoco pude regodearme mucho más en mi miseria, ya que la masa que caminaba delante y detrás de mí me forzaba a seguir avanzando por el pasillo.

Casi a mitad de este, comencé a escuchar un murmullo de comentarios acerca de la poca empatía de nuestra sociedad y la falta de educación de los jóvenes en gestos tan nimios de la vida cotidiana como ceder los asientos en el autobús a otros que realmente sí que los necesitaban.

Al parecer, había un chico que estaba utilizando dos asientos cuando solo necesitaba uno. El otro lo había ocupado su mochila, que no pensaba mover de ahí porque así estaba reservado para la persona a la que esperaba y que parecía haberle dejado plantado. Una mochila que, por supuesto, perfectamente podría viajar en el suelo, visto el rechazo, dejando así un asiento libre para que alguien pudiera sentarse.

Es cierto que, por alusiones a mi franja de edad, podría sentirme ofendida, pero no podía estar más de acuerdo con todas las personas que pensaban así. Ya que, por muy valioso que fuera el contenido de la mochila, esa actitud era bastante maleducada y, aunque tampoco veía ancianos, niños ni mujeres embarazadas a mi alrededor, ninguno de nosotros sabía de los problemas de salud del otro y, por tanto, de cuán necesitado o no podía estar de su uso. Así que, mentalmente, insulté al incívico de turno, porque tontos los había en todas partes.

Insultos que, en esa situación en particular, estaban muy bien traídos porque, pocos pasos por delante, el segmento estaba más despejado de personas y, por tanto, mis ojos pudieron apreciar con todo lujo de detalles que la persona más odiada de la línea se trataba, ni más ni menos, que de Boris. Mi gorila particular esas Navidades.

Un Boris que enseguida hizo contacto visual conmigo y

que, apenas me vio, me dedicó una sonrisa tan genuina y sincera que pude entender por qué las mujeres le consideraban atractivo y lo llamaban mojabragas. Para mi fastidio, ahí también me lo pareció a mí y, por eso, sin ser realmente muy consciente de lo que hacía, me vi devolviéndole otra sonrisa, igual de amplia que la suya.

Sacudí mi cuerpo para quitarle la tontería temporal que me había poseído y continué avanzando en silencio. Recé para que, al llegar a su altura, no hiciera nada por llamar mi atención, ni tampoco comentara nada respecto a mi cambio de ropa, forzado por el incidente de la papilla de plátano compartida, y que mi jefe no se tomó demasiado a bien.

Parecía que, por una vez, iba a tener suerte, porque se mantuvo en silencio. Pero era evidente que no podía quedarse quieto y callado conmigo. Y, cuando llegué justo a la altura donde estaba situada la mochila, para mi sorpresa, incredulidad e incluso ternura, la retiró y me indicó que me sentara a su vera.

Pude ver perfectamente cómo las cabezas de los demás pasajeros estaban imaginando que manteníamos algún tipo de relación sentimental y que por eso me había estado guardando el sitio.

Si me hubiera pillado con mi habitual fortaleza física, lo habría rechazado, pero mi dignidad y mis ganas de pelear con él se habían ido al fondo de la caja de costura que cargaba en mi bolso, y no dudé ni dos segundos en aceptar su sugerencia.

El silencio se instauró entre nosotros..., a pesar de que el autobús iba completamente lleno, y «silencioso» no era el adjetivo que mejor pudiera utilizarse para describirlo. Sin embargo, los dos habíamos creado una pequeña burbuja que nos aislaba del resto del mundo y comenzamos a comportarnos como si fuéramos dos adolescentes que se gustaban. No parábamos de lanzarnos miraditas de reojo, riendo al sabernos pillados in fraganti, pero, lo suficientemente vergonzosos para no atrevernos a dar el primer paso y romper el hielo.

Cosa que hizo Boris, por supuesto.

—Buenas tardes, Ana.

Quise continuar ignorándole, pero la educación recibida en casa me impedía ser una maleducada y, además, tenía que agradecerle el gesto. Por eso, con todo el dolor de mi corazón, le devolví el saludo, pronunciando su nombre por primera vez.

Mi voz debió de parecerle divertida, graciosa o entusiasmarle mucho, porque, si deslumbrante fue la sonrisa que me había dedicado al verme, no tenía palabras para describir cómo había sido esa. Una que me gustó mucho más y que, a su vez, provocó que una oleada de nervios e inquietud recorriese mi cuerpo para instalarse de manera permanente en mi estómago. Sentimientos que hacía mucho tiempo que no experimentaba estando cerca de un hombre y que, por tanto, tenía casi olvidados.

Quizás fuera la falta de costumbre, o la desconfianza y sinsabores a causa de experiencias previas, pero no quise continuar por esa vía mucho tiempo más.

Así que, a riesgo de que pensara que estaba paranoica o sufría de un trastorno bipolar, me coloqué los auriculares inalámbricos, traídos expresamente desde África y, por tanto, con mi animal preferido representado en ellos. Ese detalle sacó una sonora carcajada a mi acompañante.

Coloqué la espalda en una posición lo más confortable posible dadas las circunstancias y la poca ergonomía de los asientos, cerré los ojos y me dispuse a escuchar *A la sombra del hombre,* de Jane Goodall, confiando en que hubiera entendido el mensaje que quería lanzarle.

CAPÍTULO 5
BORIS

Una vez más, el plan que tenía organizado al milímetro había fracasado estrepitosamente.

Ya no sabía si sorprenderme, porque, desde que entró en mi vida, todo lo que tenía que ver con Ana, funcionaba al revés. Y, por lo tanto, me dejaba sin plan B y sin capacidad de reacción.

Fue Melodía quien me dijo que Ana iba y venía al trabajo en autobús. Y quien también me dio la idea de que podía coger la misma línea y hacerme el encontradizo con ella. Una idea que me pareció fantástica en su momento.

Y no, no se debía a que quisiera ser su acosador navideño, aunque no negaré que uno de los motivos era, precisamente, poder sentarme a su lado y así conocernos mejor. Me estaba quedando sin tiempo, básicamente, porque, como las temperaturas habían descendido una barbaridad y de noche helaba hasta el punto tal de que se formaban placas de hielo en la carretera, la idea de viajar en moto, mi medio de transporte habitual para moverme por la ciudad, se me antojaba peligrosa. Y lo que menos me apetecía en el mundo era tener una lesión cuando las fechas de las pruebas físicas estaban cada vez más cerca.

No había tenido suerte hasta ese sábado. Día en que por fin se habían alineado los astros y en el que, a pesar de que me había ganado más de una mirada y reprimenda silenciosa ciudadana por lo incívico de mi comportamiento, había conseguido mi objetivo.

Y todo ¿para qué? Para que ella decidiese enviarme un mensaje alto y claro, a la par que silencioso, al colocarse los auriculares: quería estar sola, tener su espacio y que nadie la molestase. Cosa que me obligué a respetar y que funcionó medianamente bien... el tiempo que pude distraerme mirando WhatsApp, redes sociales diversas y algún vídeo que otro de YouTube. Pero cuando el entretenimiento concluyó, fue imposible que no volviera a mirarla.

La había visto dudar tanto y enviarme tantos mensajes contradictorios desde que me había descubierto que me arriesgué. Por si hubiera cambiado de opinión. Nunca se sabía con esta chica.

Centré los ojos en su rostro y pude darme cuenta del momento exacto en que se quedó profundamente dormida. Su posición laxa y relajada la delataba. Postura que, de otro modo, no hubiera podido tener en el asiento, por muy buena que fuera al fingir que estaba sopa.

La envidié en ese momento, y mucho, porque, para mí, todas las personas que eran capaces de dormirse en medios de transporte o lugares públicos, y que mantenían la columna recta, tenían un superpoder. En mi caso, con el melón que tengo por cabeza, siempre caía a plomo. Además, siempre me quedaba dormido con la boca completamente abierta chorreando babilla, pareciéndome más a un hipopótamo que a un gorila africano.

Presté atención con más detenimiento y me di cuenta de las bolsas que se marcaban bajo sus ojos, y decidí dejarla tranquila. Si se había quedado dormida era porque realmente necesitaba esa cabezadita. Por eso, aumenté la distancia que separaba nuestras piernas, en aras de que pudiera estar lo más cómoda posible dentro de las circunstancias.

Cuarenta y cinco minutos después, y sin haberle quitado el ojo en todo el trayecto, comencé a preocuparme al ver que no se despertaba. Es más, Ana parecía ser de ese tipo de personas que tenía un sueño tan profundo que ya podían estar cayendo bombas, que ni siquiera iba a inmutarse.

Y eso era muy peligroso, sobre todo, para ella. Porque podría pasarse la parada y tener que volver a patas o en taxi de regreso a su casa, ya que este era el último viaje de la línea y, por lo tanto, su trayecto final.

En ese momento, me di cuenta de que no sabía dónde vivía y, sobre todo, que no le había pedido el número de teléfono a mi elfo demoníaco pelirrojo para casos de extrema necesidad o urgencia como el que, a todas luces, y no navideñas, tenía pinta de que iba a ser ese.

La cosa se puso realmente seria cuando alcanzamos la última parada, que era la mía, San Nicolás de Bari, y ella seguía haciendo una perfecta imitación de una estatua. Por tanto, ya solo cabían dos posibilidades: o bien se había olvidado de poner la alarma para despertarse a tiempo y en la parada correcta, o bien sí que se la había puesto, pero su grado de REM era tan profundo que ni siquiera la había escuchado.

En cualquier caso, la pelota estaba en mi tejado, y solo me quedaba rezar por que tuviera un dulce despertar y que no se pareciera al monstruo de las cavernas. Aunque algo me decía que tenía más pinta de lo segundo.

Por si la segunda opción fuera la correcta, comencé a darle pequeños golpes sutiles, que tuvieron el mismo efecto que si tocase un muro de piedra: ninguno.

Al ver que este primer contacto no surtía efecto, fui aumentando la intensidad de los toques poco a poco, dándoles un carácter de sutil bamboleo, que tampoco funcionó y que me obligó a sacar la artillería pesada. Así pues, comencé a darle pequeñas sacudidas que, por fin, parecieron surtir efecto, provocando los primeros bufidos y balbuceos de protesta, como paso previo antes de los estiramientos, que la llevaron a darme un puñetazo en toda la nariz. Debería haberlo previsto, como experto en defensa personal que soy.

Mi grito de dolor terminó por traerla de regreso al mundo de los vivos… No del mejor ánimo, por supuesto.

—¿Qué te pasa que no callas? ¿Es que no sabes respetar a los demás? Viajas en un autobús, por si no te has dado cuenta.

—Lo hacía por ayudarte, te has quedado dormida.

—Déjate de tonterías, que bastante broma tuve ya con lo del gorila. Ya no tiene gracia, Boris.

—Te lo estoy diciendo en serio, Ana —respondí, poniendo especial énfasis en la pronunciación de su nombre—. Y, a no ser que seas mi nueva vecina de la urbanización, te has quedado dormida. Llevo un buen rato intentando despertarte para avisarte, pero nada, hija, no se puede contar contigo. Caes roque.

—Sé perfectamente cuánto dura el trayecto de autobús y cuál es la parada en la que me tengo que bajar, así que no me he dormido.

Además de todas las bondades de su carácter, Ana parecía ser de lo más testaruda. Y también de ese tipo de personas que solo caían de la burra una vez la realidad las impactaba de lleno. Así que, simplemente, lo dejé estar, a la espera de que se produjera el *Big Bang*.

3, 2, 1…

—Última parada, avenida San Nicolás de Bari. Fin de trayecto —anunció el conductor de autobús.

—Esa es la mía —dije, poniéndome en pie de inmediato mientras agarraba la mochila del suelo y me la colgaba del hombro—. Vecina, bajas conmigo, ¿no? —pregunté, malicioso, sabedor de la respuesta.

CAPÍTULO 6
ANA

Mierda, mierda, mierda, mierda, mierda.

Pero ¿cuánto podía durar la racha de mala suerte? Jamás me había quedado dormida en transporte público antes, y tenía que ser justo la primera vez cuando Boris estaba sentado a mi lado. ¡Qué vergüenza, por Dios! Esperaba no haber roncado, porque, cuando estaba tan cansada como hoy, y encima enferma, sí que soltaba algún ruidito que otro por la boca.

Aunque lo peor de todo, por supuesto, era que él sabía que me había pasado de parada y que no estaba dispuesta a reconocérselo. Al menos, de primeras.

En el fondo, me daba pena porque, una vez más, lo estaba utilizando para pagar los platos rotos. Él se había dado cuenta de lo que me había pasado, e incluso había tratado de ayudarme.

Aunque tampoco me gustaba mucho el modo en que se estaba regodeando de mi miseria. Y eso sí que no pensaba seguir consintiéndoselo.

Tenía que pensar un plan que me llevara a salir airosa de la situación lo más dignamente posible y con el que, a su vez, pudiera darle en todas las narices. Y para ello, necesitaba tiempo.

Por eso, una vez él se bajó, en lugar de seguir sus pasos, yo continué en el interior del autobús, a la espera de que se alejase lo suficiente para que pudiera bajarme y reemprender el camino de regreso a casa. O pedir al autobusero que se apiadara de mí y me llevara de paquete en dirección a la nave donde se aparcaban los colectivos de la compañía, pues, quizás, esta me pillaba más cerca.

Sin embargo, el espíritu navideño brillaba por su ausencia en ese señor, y, de muy malos modos, me exigió que me bajase, aludiendo a que quería estar cuanto antes en su casa y que no tenía tiempo para riñas de enamorados.

¿Enamorados? Si él supiera…

Apenas puse un pie en la calle, la brisa heladora me impactó en toda la cara, provocando que mis dientes castañearan de inmediato. Así fue como Boris me encontró porque, evidentemente, no se había marchado, sino que se había camuflado con el entorno y parecía un pilar más de la marquesina.

Un Boris que no aprovechó para meter cizaña, sino que, viendo el frío que tenía, me pasó su chaqueta de borreguito por encima, que me servía de abrigo tres cuartos, antes de decir:

—Gorila al rescate de nuevo, Ana. —Y en esta ocasión, la situación me pareció tan ridícula que no pude evitar reír—. Ahora tenemos dos opciones: o te quedas a pasar la noche en mi casa…
—Idea que me provocó un pavor tan enorme que no tuvo problemas en verlo a pesar de la poca iluminación—, o me dices dónde vives, te acompaño de regreso y te dejo en la mismita puerta.

—¡No! —exclamé, una vez más.

Y así, nos enfrascamos en una discusión bizantina acerca de las ventajas y desventajas de por qué sí o por qué no debía acompañarme a casa. Aunque he de decir que tampoco se alargó demasiado, porque, gracias a la ola de frío polar ártico que nuestra ciudad sufría, no estaba la noche para pasar mucho tiempo en el exterior.

En silencio, pero no incómodo, Boris y yo emprendimos el camino de regreso a mi casa, emulando la marcha de los Tres Reyes Magos hacia Belén. Actualizado, eso sí, porque no éramos tres, sino dos.

Seguimos avanzando con la mutua compañía el uno del otro, y una banda sonora formada por los villancicos y esas típicas canciones navideñas en inglés que, una vez escuchadas, no abandonan tu cabeza, y que el ayuntamiento había decidido instalar en las calles de la ciudad.

Sin la existencia de Google Maps, ninguno de los dos hubiera sabido jamás cómo empezar el regreso. Además, la estrella fugaz que guio a sus majestades se había convertido, en este caso, en las luces LED con formas diversas que iluminaban todas y cada una de las calles que teníamos que cruzar hasta llegar al destino final.

—¿Te das cuenta de que parecemos los protagonistas de una de esas típicas películas navideñas romanticonas de Antena 3 que nos ponemos para echarnos la siesta? ¿Qué? Ahora me vas a decir que tú no lo haces.

—Esto no sería jamás una película de esas —repliqué, captando su atención. Me instó con la mirada a que desarrollara la idea—. Sus protagonistas no pasan tanto frío como estamos pasando nosotros.

—Toda la razón. —Asintió, provocando que me sintiera aún peor porque yo vestía con prendas de abrigo mientras que él, por mucha camiseta que imaginaba que llevaba bajo el traje, no lo hacía—. No le diría que no a uno de los horribles jerséis que lleva tu amiga Melodía.

—Pues ¿sabes que fui yo quien le regaló el primero? En una fiesta de empresa, para el amigo invisible. Sabía que le encantaba la cultura británica, andaba mal de pasta, tiempo e ideas, y… no me lo pensé.

—Has creado un monstruo, que lo sepas —advirtió. Y no

pude hacer otra cosa que darle la razón y sentirme orgullosa por eso—. ¿Ya sabes qué le vas a regalar a tu amigo de este año?

—Lo tengo más que pensado, pero no se lo daré en mano. Tengo a mi pequeño elfo que repartirá el regalo por mí y viceversa.

—¿Por qué dices eso? ¿Es que no vas a ir a la fiesta de Navidad de la empresa?

—Supongo que no, porque no tengo muy buen recuerdo del día en que se celebra la fiesta y, además, tampoco tengo acompañante, ya que no me ha dado la vida para encontrarlo… Así que no, no iré. ¿Y tú? ¿Irás? ¿Has elegido afortunada para que te acompañe? Se te rifan, por lo que he escuchado.

—Cada vez tengo más claro qué es lo que podría gustarle, pero no, aún no lo he comprado —me respondió.

Y yo evité insistir acerca de una posible acompañante, no quería hacerme sangre de manera innecesaria.

—Tampoco podríamos ser protagonistas de una de esas películas que dices porque ellos no se han dado tantos culazos ni han patinado sobre el asfalto tanto como nosotros —dije para cambiar de tema e hilo de pensamiento.

—Tienes toda la razón, ¿estás bien?

—Sí. —Aunque era una verdad a medias, porque me había caído tantas veces que estaba convencida de que, al día siguiente, iba a tener un buen moratón—. Y hay un tercer motivo por el cual no podemos ser una pareja protagonista.

—¿Cuál? —preguntó con interés real.

Respondí de primera, pero no con la boca que yo quería. Porque fue la boca de mi estómago la que tomó la delantera, y este comenzó a rugir como si el rey de la sabana africana llevase meses sin tener nada que comer.

Por fortuna para mí (al menos, algo bueno debía de pasarme en todo ese día), el bochorno en dicha ocasión fue compartido, ya que el rugido fue respondido por otro aún más potente de parte de Boris. Parecíamos dos felinos marcando territorio, ese era el nivel.

—¿Ves? Otro detalle que confirma que no estamos en una película navideña.

—Habrá que hacer lo que nos dicen las tripas, ¿no crees? —preguntó mientras abría la puerta de una taberna.

El ambiente del lugar era cálido y acogedor, y no por la calefacción del sitio, que también. Todo era mérito de los camareros, amables y con esa sonrisa contagiosa que hacía imposible que cualquiera pudiera sentirse a disgusto allí.

Además, el intenso olor a fritanga, que a otros pudiera repeler, nos invitó a sentarnos, no solo por esa noche, sino para quedarnos allí de por vida, de tan apetecible como nos parecía todo lo de la carta. Por la mirada que habíamos compartido una vez frente a frente sentados en la mesa, ambos pudimos estar de acuerdo y pensar que sí, que las decisiones que se toman sin reflexionar demasiado y fruto de la casualidad, en ocasiones, son las más acertadas.

La cena fue una sucesión de sorpresas y descubrimientos sobre Boris. De entrada, me di cuenta de que ambos éramos de ese tipo de personas que, cuanto más frío hacía, más apetencia de comida grasienta sentíamos.

Enseguida, la mesa comenzó a llenarse de patatas con salsas diversas, croquetas de todo tipo y un delicioso pestorejo, que nos hicieron salivar en más de una ocasión. Manjares que, acompañados con el vino de la casa, o a causa del cúmulo de situaciones ridículas e inverosímiles vividas hasta el momento, permitieron que bajara mis defensas respecto a él y crearon también una atmósfera de lo más cómoda entre los dos.

Ahí también me di cuenta de la cantidad de cosas que teníamos en común, como, por ejemplo, que el gorila también era su animal favorito, más allá del mote, y que llevaba un dibujo del mismo tatuado en el antebrazo. Se lo hizo después de haber vivido una experiencia que le había cambiado la vida, y que a mí me encantaría poder vivir algún día: ver gorilas en vivo y en directo en el Parque Nacional de la Selva Impenetrable de Bwindi.

Evidentemente, lo envidié. Y mucho.

¿Sería posible que Melodía tuviera razón y que Boris fuera, en realidad, mi gorila por Navidad?

—Me encanta llevar el peso de todas las conversaciones, así que esto significa que me has perdonado ya, ¿no?

—Aún no lo tengo decidido del todo.

—Vaya, sí que eres una chica dura —dijo. A lo que asentí—. Y dime, chica de acero, ¿cuál es el motivo real por el cual no vas a la fiesta de Navidad? Ni siquiera pienses que me he creído las excusas que me has dado antes. Y tampoco me vale la de que te caen mal tus compañeros de trabajo. He estado haciendo estudio de campo y todos hablan muy bien de ti.

Suspiré de manera muy sonora para infundirme ánimos, porque me tocaba hablar. De repente, la burda y absurda imitación de un *film* navideño se había convertido en la noche de las confesiones. Y no me parecía justo que, después de haberme compartido tanto, él no lo supiera.

—Soy viuda.

—¿Qué? —Se atragantó con la revelación a bocajarro.

—Bueno, no viuda como tal, porque legalmente no estábamos casados, pero nuestra relación era tan seria que era casi como si lo estuviéramos. Mi novio lapón, Nick, falleció en un accidente de avión de regreso a su casa, justo el día de la fiesta de Navidad. Me comunicaron la noticia cuando iba hacia allá.

—Oh, vaya. Lo siento. No quería traer esos malos recuerdos estando la fecha tan cercana.

—No es culpa tuya y, en realidad, gracias a la terapia, casi puedo decir que lo tengo superado. Pero aún no me siento cómoda del todo como para asistir a la fiesta, porque Nick también trabajaba en el centro comercial. Y fue allí donde le conocí y donde tuvimos nuestra primera cita un año después.

—Entiendo —pronunció. Una frase hecha que se pronunciaba en situaciones similares a esta, pero que, en cierto modo, era algo falsa, porque no lo entendía. Aun así, aprecié sus esfuerzos y se lo agradecí en forma de apretón de manos.

—Se ha quedado un momento raro que solo puede mejorarse de un modo —anunció, enigmático, provocando mi interés—. Postre.

Como si le hubiéramos conjurado con la mente, el camarero apareció frente a nosotros y comenzó a recitar la carta de postres, a cada cual más apetecible. Y encima, todos caseros. Sin embargo, no hubo rival posible una vez pronunció *Banoffee cake*. O dicho de otro modo, pastel de plátano con crema de *toffee*. Ambos tuvimos clara nuestra decisión.

Solo había un problema: los dos éramos bastante dulceros y ese era el único pedazo que quedaba… para disgusto del camarero, que no sabía a quién debía hacer caso.

—Dáselo a ella. Lo merece, después de un tiempo complicado —cedió—. Aunque te advierto de que quiero probar un pedazo y que esto no significa que vaya a invitarte a cenar.

—Ni se me había pasado por la cabeza —confirmé, negando.

Y era cierto. Porque lo que en realidad iba a hacer era invitarle yo a él. ¿Qué menos, después de todos los disgustos que le había causado? Por eso, me levanté fingiendo unas ganas terribles de hacer pis que, en el fondo, no sentía, para realizar la clásica jugada de despiste en la que me acercaba a la barra y pagaba la cuenta.

Esas eran mis intenciones, que se quedaron en eso, porque, justo en aquel instante, y tras buscar y rebuscar por todos los bolsillos del uniforme, me di cuenta de que había perdido la cartera, con toda la documentación y mi dinero.

Mi gozo en un pozo, y más roja que la salsa de tomate típica de unos buenos callos, tuve que acercarme a Boris, explicarle mi desastrosa situación y que, una vez más, volviera a solventarlo todo.

—Gorila al rescate —se limitó a responder, con lo que parecía que se había convertido en su eslogan, al menos, cada vez que andaba cerca de él.

Abandonamos el lugar, volviendo a salir al gélido invierno de la ciudad. Sin embargo, parecía que lo sentíamos con menor intensidad, ya que el frío que hasta ese momento había definido nuestra relación, sobre todo, por mi parte, se había desvanecido.

No tuvimos que caminar mucho más porque, al parecer, Boris lo había previsto todo, y el lugar que había elegido para nuestra cena, la taberna Tío Rodolfo, estaba a menos de diez minutos de mi casa. Así que en menos tiempo del que ninguno de los dos estábamos dispuestos a admitir, nos vimos en frente de mi portal. Llegaba la hora de la despedida.

—Si esto fuera una de esas películas navideñas que tanto nos gustan, habría sido una magnífica primera cita entre los personajes principales. Pero como yo no soy protagonista de nada y sí un caballero, me despido aquí y ahora de esta bella dama. Buenas noches, Ana —dijo, dándome un beso en la mejilla.

—Igualmente, Boris —respondí.

Me giré, bien dispuesta a entrar, pero algo en mi interior me decía que así no tenía que terminar la noche y que debía seguir el run run que no paraba de repetirse en mi cabeza, que me indicaba que tenía que hacer lo que me dictasen las tripas. Justo como mi compañero había mencionado apenas un par de horas atrás.

Por eso, acepté una apuesta que nadie más que yo misma me había lanzado y volví a pronunciar su nombre, provocando que detuviese su caminata. Aproveché el momento para recortar la distancia que nos separaba.

—Es verdad, esto no es una película navideña romántica, pero esta noche sí que debe tener el final que merece.

Sin pararme a pensar mucho más ni dar pie al arrepentimiento, agarré sus mejillas con decisión y lo besé. Apenas fue un roce de labios, pero lo suficientemente largo como para permitirme saborear el chocolate de los crepes que finalmente se había pedido de postre. Un sabor que, combinado con el del plátano de mi pastel, hacía un resultado más que perfecto.

¿Como nosotros?

Eso estaba aún por verse.

—Buenas noches, gorila.

—Buenas noches, Ana. Sueña con mi banana.

Capítulo 7
BORIS

Infernal se quedaba escaso para describir la noche que había pasado.

Había sido mala, mala. De las peores que recordaba, de hecho.

Estornudos, tos, tiritones, fiebre… Y todo porque había cogido frío mientras acompañaba a Ana de vuelta a su casa y, sobre todo, en mi camino de regreso en solitario. Pero mereció la pena. ¡Claro que lo hizo!

Eso sí, una vez en el lunes más lunes de mi vida, me replanteé mi caballerosidad del fin de semana, y que solía definirme. Porque aún no había llegado a la garita de vigilancia de seguridad y ya estaba deseoso de que terminase mi jornada laboral, para dejar que un montón de mantas de franela me engullese y alimentarme a base de los caldos que mi madre me había preparado como elixir mágico reconstituyente.

Entré en la garita, y toda esa mala percepción del día cambió de manera radical.

¿Por Jorge y sus cotilleos? No.

Porque, encima de mi mesa, tenía un regalo y no de mi amigo invisible. Se trataba de un plátano con un *post-it* en forma de gorila pegado sobre él.

«No es la tuya, pero me ha hecho pensar en ti.

A».

Sonreí con la fruta en la mano, porque yo tampoco había dejado de pensar en ella y nuestro beso.

En más de una ocasión, creí que todo había un sueño fruto de mi imaginación y del delirio de la fiebre, pero todo fue real. Muy real.

Alcé la mirada para fijarme en las cámaras de seguridad y saber así cuáles podían ser las zonas más susceptibles de incidentes y... Allí la vi. Cómo no, delante de la escultura que era mi tocayo. Parecía que la hubiera conjurado con la mente y, como tenía que pasar justo por esa zona antes de dirigirme a mi planta asignada, fui a verla.

—¿Sabes que eres una chica muy fácil de ubicar? Serías una víctima perfecta para un acosador.

—Y tú... ¿sabes que eres muy sigiloso para medir casi dos metros? —replicó, entre enfadada y asustada. A lo que respondí con un fuerte estornudo—. ¡Madre mía! ¿Y esa cara? —preguntó, preocupada.

—Nada, un catarro tonto que me he pillado en el fin de semana.

—Creo que te lo he pegado yo, que también estuve mala.

—¡Bah, no te preocupes! Paracetamol y mucha agua, y para la fiesta de este viernes estaré como nuevo. Bien dispuesto a ser el rey de la pista.

—No te imagino yo como Danny Zuko, la verdad.

—Son muchas las cosas que aún no sabes sobre mí y que podrían sorprenderte. Si vinieras a la fiesta este viernes, por ejemplo, lo descubrirías.

—Ya sabes que yo...

—Ahora en serio, Ana. Sé que no quieres ir y entiendo perfectamente los motivos por los cuales no quieres hacerlo. Y por ello te respeto, pero no tengo acompañante, tú tampoco. Y ya has visto que, en el fondo, tú y yo nos parecemos mucho y lo pasamos muy bien. ¿Y si vamos juntos? Me encantará ayudarte a crear nuevos recuerdos para esa fecha.

—Segundas partes nunca fueron buenas.

—A mí me gusta más «no hay dos sin tres». Pero recuerda que, para que fuera una segunda parte, antes tendría que haber una primera. Y déjame recordarte que no fuimos una película navideña y tampoco tuvimos una cita el sábado.

—El final que tuvo sí que fue muy de cita… —recordó. Como si hiciera falta hacerlo.

—Créeme que, si lo hubiera sido, habría sido yo quien te hubiese besado. Y ese sí que hubiera sido un beso de película.

—Vendehúmos…

—Sincero, perdona. Pero, como has decidido darme calabazas…, ahora es algo que nunca sabrás. Espero que seas de ese tipo de personas que es capaz de vivir con la intriga. Porque esa te va a acompañar a partir de ahora a tus falsas películas románticas.

—Creo, querido Boris, que estás en el departamento equivocado. No deberías trabajar como vigilante de seguridad y sí como comercial. ¡Tremendo el piquito de oro y la verborrea que te gastas! Va, me has convencido. Así que, si quieres que vaya contigo, lo haré y seré tu Sandy en caso de necesidad.

—¿En serio? ¡Olé, olé, olé los caracoles! —exclamé, alzándola en brazos. Solo que, en esta ocasión, de un modo bastante diferente al de la primera vez.

—Alguna manera tenía que encontrar para devolverte tu abrigo ¿no? —respondió, encogiéndose de hombros.

—Ya quedaremos para concretar detalles, ¿te parece? ¿Mismo sitio, misma hora?

—Te llegó mi regalo, ¿cierto? —preguntó. Asentí—. Pues

dale la vuelta a la nota, ahí te escribí mi teléfono. Buen día y disfruta de mi banana —añadió, casi parafraseándome, antes de guiñarme un ojo y emprender el camino en dirección al departamento de arreglos.

«Punto, set y partido, Anita», pensé, completamente obnubilado por ella y el contoneo de sus caderas al caminar.

CAPÍTULO 8
ANA

Y por fin llegó el tan ansiado penúltimo viernes de diciembre. Deseado, no por el mero día en sí mismo, sino porque era también el día de la fiesta de Navidad de la empresa y, para algunos privilegiados como una servidora, el último día de trabajo hasta el año siguiente.

Un descanso más que merecido en mi caso, a pesar de que sabía de gente que no pensaba lo mismo que yo.

Eso sí, el espíritu navideño que supuestamente debería ir poseyendo poco a poco a las personas, a medida que nos acercáramos a las fechas más señaladas de estas fiestas, parecía estar retrasándose. Al menos, en lo que a mis clientes se refería. Aunque mucho más acertado sería decir clientas, porque buena parte de quienes venían con exigencias de muy malas formas y, sobre todo, encargos y arreglos de última hora, eran mujeres. ¿Agradecidas por el hueco que les hacíamos o el buen trato que les dábamos a pesar de no ser recíproco? Por supuesto que no.

Si ya de por sí solía salir poco de «la cueva», los días

inmediatamente previos al viernes aún lo hice menos. Así que mis interacciones con el mundo exterior se reducían prácticamente a los mensajes que intercambiaba con Boris y con Melodía. Aunque, en honor a la verdad, sí que intenté quedar en más de una ocasión, al menos para desayunar, con mi mejor amiga, pero siempre recibí evasivas por su parte.

Si no supiera de antemano quién era su amigo invisible, habría pensado que andaba mal de tiempo e ideas, no sería la primera vez. Pero, sin que sirviera de precedente, era el primer año que, antes del puente de la Pura, ya tenía comprado el regalo para el destinatario. Así que tenía mucho tiempo libre. Lo cual era muy peligroso, porque nada bueno salía de una Melodía ociosa.

Por eso no terminaba de entender muy bien cuál podía ser el motivo de tanto secretismo y negativas por su parte.

Una actitud y comportamiento que, por lo poco frecuente de los mismos, me escamaban bastante. Todo fuera dicho.

Quise incluso quedar con ella para venir juntas a la fiesta, pensando que se alegraría por compartir un momento tan especial conmigo, pero ni por esas. Su respuesta fue un críptico «ya nos veremos allí», que terminó por sembrar en mí una sombra de duda y sospecha, que no me abandonó desde el mismo instante en que me levanté de la cama ese día.

Además de supersticiosa, también creía mucho en los presentimientos. Y ese no era del todo bueno.

Esperaba, por una vez, estar equivocada.

Siguiendo mi habitual estilo discreto, para el evento decidí ponerme un vestido corto de color verde, que combinaba a la perfección con el color negro de mi cabello liso, cortado en estilo Bob a la altura del cuello, y, a su vez, con la montura roja de mis gafas. Tres colores que, por otra parte, también eran muy navideños.

Una vez llegué al salón del *hall*, un cúmulo de sensaciones me embargó. Todo estaba muy parecido y, al mismo tiempo, muy diferente a la última vez que estuve en él. Diversos recuerdos de lo que había vivido aquí con Nick comenzaron a pasar por mi mente.

Pero no era una noche para rememorar, sino para crear nuevos y bonitos recuerdos, y por eso comencé a moverme por el salón, precisamente en busca de la persona que podría ayudarme a hacerlo. A mi paso, numerosas personas salieron a mi encuentro, pasmadas por encontrarme allí después de tanto tiempo. Muchas aprovecharon para preguntar y saber de mí, sorprendiéndome con mi popularidad porque, sin buscar ser el centro de atención, al parecer sí que era una de esas personas de las que la gente no se olvidaba con facilidad.

Tras media hora de búsqueda por el lugar, comencé a impacientarme. No daba con Boris y, según el último mensaje que me había enviado, él había llegado quince minutos antes que yo.

No podía ser tan complicado encontrar a una persona que medía metro noventa, por el amor de Dios.

Finalmente, lo logré. Pero no fue su altura lo que me dio la pista final. Fueron las puntas del pelazo bermellón de Melodía las que me ayudaron a ubicarlos porque, en aras de la temática festiva, mi amiga había decidido colgarse de su cabellera una ristra de luces led que parpadeaban y cambiaban de color cada diez segundos.

Imposible no ver a esta pareja de lo más dispar, la cual estaba muy junta y sola compartiendo confidencias en una sala anexa a la principal.

Curiosa, porque no sabía que se hubieran convertido en tan buenos amigos, me acerqué a ellos con el sigilo que me otorgaban mis zapatos sin tacón y mi estatura de metro sesenta.

—¿Se lo has dicho ya?

— ¿Cómo voy a decírselo si hace días que no la veo?

—¿A qué estás esperando? ¿A que Papá Noel cague cubitos de hielo?

—Este no es el tipo de cosas que se puedan decir por WhatsApp, Melodía. ¡Déjame gestionarlo a mí! —exclamó, visiblemente nervioso.

—De acuerdo, tú ganas. Pero recuerda lo bien que te va cada vez que decides ir por libre y no sigues mis consejos. ¿O es que tengo que recordarte que, si no hubiera sido por mi inestimable ayuda, hoy no estarías aquí esperando a que apareciera?

¿Qué?

—Sí, tienes razón. Eres una experta en Ana y sin ti jamás hubiera dado el paso que me ha llevado a estar aquí hoy. Ya te di las gracias en su momento y vuelvo a dártelas ahora de nuevo. Gracias. ¿Contenta?

—Satisfecha, más bien. Mi plan ha salido a la perfección, y eso que solo estamos en la primera parte. Cuando descubra la traca final…, va a flipar. ¿Quién lo hubiera dicho, teniendo en cuenta cómo empezó todo? Parece que tus meteduras de pata son adorables y te has hecho un hueco en la vida de mi amiga.

—Un huequito que a saber cuánto dura, porque no sé si después de esta noche la cosa va a seguir así.

«¡Ah!, pero ¿tienes conciencia? ¡Demasiado tarde, Boris!», pensé.

—¡No seas agorero, gorila! ¡Tenemos que brindar por la felicidad! Por la suya, la tuya y porque habéis tardado un mundo en daros cuenta de que yo no soy un cliente, pero siempre tengo la razón. Tenéis que hacer más caso a mis idas de olla. Final feliz asegurado. ¡Bienvenido a la familia! —exclamó, eufórica, antes de darle un abrazo de koala, que él devolvió igual de entusiasmado.

Debería haber protestado en voz alta y hacer evidente mi presencia allí en ese instante, pero el hecho de haber descubierto que Boris, en realidad, se había interesado en mí desde el primer momento porque mi amiga se lo había sugerido, y no por un interés genuino, me había decepcionado más de lo que estaba dispuesta a admitir en voz alta.

Sobre todo, porque en ningún momento me pareció que estuviera fingiendo nada. Es más, estaba convencida de que el beso que nos dimos, aunque breve, fue real para los dos. No obstante, una vez descubierto el pastel, ¿quién sabía qué cosas eran ciertas y cuáles, en cambio, formaban parte de un plan tan bien calculado?

Al parecer, además, ese no era el único secreto que compartían en lo que a mí se refería. Y, aunque amaba las sorpresas, quienes iban a quedarse al final como el gallo de Morón serían ellos cuando descubriesen que su tan perfecto plan había fracasado porque no me había presentado allí.

Había gente que me había visto, sí, pero ellos no. Así que era mi palabra contra la suya. ¿A quién iban a creer una vez llegado el caso? Puestos a tener secretos y a decir mentiras, ¿por qué no unirme a ellos cuanto antes?

Abandoné el salón sin atreverme a mirar hacia atrás, ya que corría el riesgo de que terminaran por descubrirme. Mi intención era abandonar el edificio de inmediato, pero, antes de hacerlo, tenía que poner de nuevo las cosas en orden.

Primero, me dirigí al árbol de los deseos para arrancar de cuajo el adhesivo que había pegado encima de mi deseo para esas fiestas. En ese momento, fui realmente consciente de que, en mi caso, si bien a veces era bueno dejarse llevar, las primeras ideas eran las que realmente valían.

Después, me dirigí al escaparate donde me esperaba mi gorila; el de siempre. El que me había sido fiel y que, como no estaba vivo, no podría traicionarme. El mismo al que consideraba mi amuleto de la buena suerte. A él había recurrido precisamente por esta categoría y, con todas mis fuerzas, le pedí el que se había convertido en mi último y más novedoso deseo de Navidad:

«Tierra, trágame y escúpeme cuando hayan pasado las Navidades».

En ese momento, la melodía de *El baile del Gorila,* mi tono de llamada, comenzó a sonar.

Pero, en lugar de responder, desconecté móvil y mente, me acosté y cerré los ojos, con la esperanza de que, al volver a abrirlos, ya estuviéramos en 2025.

CAPÍTULO 9
BORIS

Ana me hizo bomba de humo. Me sorprendió, no podía negarlo.

Sobre todo, porque había creído tenerlas todas conmigo y que la había convencido. Pero, al final, la sombra del recuerdo, especialmente si es malo, es alargada, y hay batallas contra las que no se puede luchar por más que queramos hacerlo.

Por eso, no podía enfadarme con ella. Ni por la no asistencia a la fiesta ni porque no respondiera a mis mensajes posteriores. Imaginé que sentía tanta rabia y vergüenza, al no haber sido capaz de conseguirlo, que no quise presionarla. Al contrario, quería que fuera ella quien siguiera gestionando los tiempos entre los dos.

Sin embargo, mi decisión de mantenerme neutral al respecto desapareció en el mismo momento en que, justo antes de la cena de Nochebuena, Melodía me llamó hecha un basilisco y soltando pestes por la boca mientras que, a su vez, me hacía un resumen a velocidad x2 de todo lo que le había sucedido y que yo desconocía. Junto a ello, entre las escasas pausas que hacía para tomar aire, me enviaba también una serie de pantallazos de la conversación que había mantenido con Ana, en la que nos acusaba de mentirosos, montajistas y otras lindezas que no terminaba de entender y que tampoco tenían sentido alguno.

A menos que hubiera escuchado la charla que ella y yo habíamos mantenido en una sala contigua al restaurante donde se celebraba la fiesta…, sacada fuera de contexto, claro está.

Probé a llamarla yo, para ver si a mí sí que quería escucharme, pero, tal y como había imaginado, tampoco me cogió el teléfono. Intenté mandarle mensajes, pero todo parecía indicar que me había bloqueado.

Justo así era como me sentía yo. Y por lo tanto, tuve una cena inolvidable… para mal. Ana me dio la noche y fui incapaz de probar bocado. Lo cual, para alguien de mis dimensiones y con un estómago que es casi como un pozo sin fondo, era síntoma indicador del grado de mi preocupación y disgusto.

«No dejes para mañana lo que puedas hacer hoy» es una frase que me define muy bien. Por eso, tras una noche de descanso relativo, no perdí mucho más tiempo. Y, el mismo día de Navidad por la mañana, me presenté en la puerta de su casa, bien dispuesto a hablar y, sobre todo, a aclarar todos los malentendidos ocurridos entre nosotros.

Sabía que, si decía mi nombre, tenía bastantes posibilidades de que no me abriese a la puerta. Así que, cuando preguntó quién era, respondí con lo primero que se me pasó por la cabeza:

—Paquete de Avon para la señorita Ana Blázquez.

Apenas solté la frase, quise darme de cabezazos contra la pared. Ni siquiera sabía si Avon repartía a domicilio o si ella era clienta habitual de la marca.

Para mi sorpresa, la chorrada funcionó porque conseguí que me abriese la puerta.

Deprisa, aunque sin parecer demasiado desesperado, subí hasta su planta con una sincronización tan exacta que parecía que lo hubiéramos hablado previamente, ya que coincidió justo con el momento exacto en que abría la puerta de su piso.

¡Y menos mal que estuve rápido de reflejos! Porque su cara de extrañeza pasó a la del enfado más absoluto cuando descubrió que era yo el supuesto repartidor. De hecho, a punto estuvo de cerrarme la puerta en las narices, y así habría sido si no hubiese colocado un pie para impedirlo.

—¡Ay, Ana...! ¡Qué bien se nos dan los malentendidos a los dos! —Suspiré.

—¿Qué haces aquí? ¿Intentar convencerme de que no escuché lo que escuché y que estoy equivocada?

—Intentar ponerte las cosas en contexto y que escuches mi versión de los hechos. ¿Puedo?

—Considéralo mi regalo de Navidad —respondió de mala gana y a la expectativa, cruzándose de brazos.

—Sobre eso... Esto es tuyo —respondí, sacando del bolsillo de mi chaqueta una pequeña caja envuelta en papel de regalo con motivos de Tarzán abrazando a Terk. Lo deposité encima de la mesita de su salón, desconcertándola—. Me llamo Boris, tengo treinta y tres años y trabajo como vigilante de seguridad en el mismo centro comercial que tú. Y, además, soy tu amigo invisible.

—¿Qué? —preguntó, boquiabierta.

Acto seguido, me indicó que me sentara en el sofá y ella lo hizo también.

—Te chafé la sorpresa, ¿eh? Lo hubieras descubierto en la fiesta, pero como saliste huyendo como si te persiguiera el diablo... No me diste tiempo a explicarte que era de esto de lo que estaba hablando con Melodía. Y sí, es cierto que, hasta hace quince días, no sabía quién eras y me estaba volviendo loco por ponerte cara y conocerte algo mejor. Porque, ¿qué quieres que te diga? Soy de ese tipo de personas a las que les gusta hacer regalos más personalizados que genéricos.

»Admito también que forcé un poco que tuviéramos nuestro primer encuentro y que no fueron las mejores circunstancias. Pero tú llamaste mi atención desde la primera vez que te vi. Llámalo curiosidad, flechazo o como mejor te parezca, pero quise saber más de ti. Y sí, por supuesto que pedí ayuda y consejo a quien pensé que mejor te conocía, tu mejor amiga. A riesgo incluso de mi integridad física, te diré. ¿Sabes por qué? Porque creí que merecía la pena.

»Mereces la pena, Ana. A pesar de que no me lo pusieras y sigas sin ponérmelo fácil. ¿Tan grave es que tu amiga nos haya dado un empujoncito para que nos conozcamos mejor buscando lo que pensaba que era mejor para ti?

»Sé que no soy el gorila por Navidad que has pedido año tras año para que llegue a la puerta de tu casa. Pero me encantaría serlo a partir de ahora. En Nochevieja, Año Nuevo, Reyes y todo el tiempo que tú me permitas. No tengo prisa.

»Y tú eres mi amiga invisible, sí. Pero también has sido mi inesperado regalo de Navidad, y me encantaría poder ir quitando las capas que te envuelven y te protegen para llegar a conocer por completo la mujer valiosa que eres.

»No te molesto más, porque no tengo nada más que decirte. Gracias por escucharme y disfruta de tu regalo, creo que te va a gustar mucho —concluí, dando por finalizado mi alegato. Y, por lo tanto, bien dispuesto a abandonar el piso. No quería ser una molestia allí.

Satisfecho y en paz conmigo mismo, me levanté. Pero, cuando me disponía a salir por la puerta, me detuvo.

—Espera —pidió, con voz algo dubitativa. ¿Afectada quizás por mis palabras? Fuera la emoción predominante que fuera, provocó que me girase—. ¿No te quedas a comprobar si has acertado con tu regalo?

—¿Quieres que me quede? —pregunté con cierto tono de incredulidad también por mi parte.

—Quiero que te quedes —repitió—. De momento, el tiempo suficiente para poder disculparme. Tienes toda la razón. Escuché a escondidas y a medias una conversación. También reaccioné de manera exagerada y mezclé pasado con presente sin dar opción a explicaros. Cosa que no merecíais, ni ella ni tú. Sobre todo, tú, después de cómo te has portado conmigo esta última semana. Pero tuve miedo. Sé que es una excusa pobre y, como justificación, deja mucho que desear, pero es así. Me has devuelto parte de la chispa que había perdido, Boris. Y también has hecho que saliera de mi burbuja laboral para recordarme que hay vida más allá de ella y que merezco vivirla con total intensidad. Así que gracias por aparecer de repente, por convertirme en protagonista de una película de sobremesa de Antena 3 y, sobre todo, por ser un regalo de Navidad que quizás no había pedido, pero que sí que me gusta y que quiero tener conmigo.

—¿Entonces...?

—¿Te quedas a desayunar? —me preguntó, de manera precipitada—. Con el bajón por no querer pensar en ti terminé por hornear un bizcocho de plátano —confesó, provocándome una enorme sonrisa.

—Sabes que siempre estoy dispuesto a comerme tu banana, Ana.

—No esperaba menos de ti, gorila.

Epílogo
GORILA

Un año después...

¡Sorpresa!

¿Qué pensabais, que después de toda la turra que han dado conmigo a lo largo de las páginas de esta historia, yo no iba a tener mi propio capítulo? Hubiera estado muy feo, ¿no?

¿Que cómo me llamo? Pues me encantaría poder deciros mi nombre, pero, lamentablemente, aún estamos trabajando en ello. Así que podéis llamarme como mejor os venga en gana.

Os escribo brevemente para informaros de todos los cambios que han sucedido desde la pasada Navidad. El primero y más importante es el que me incumbe: cambié de ubicación y me he mudado a una nueva vivienda. Menos pija, mucho más pequeña y acogedora, pero donde sé que se me aprecia porque está llena de amor.

Y es que, al final, yo también me convertí en el gorila que Ana pidió por Navidad. Solo que antes de lo previsto. Fui un regalo que Boris le hizo a su chica de manera anticipada, tampoco era tan caro como me pintaban, para que los tiempos de espera entre permiso y permiso se le hicieran más llevaderos. Mi tocayo terminó por aprobar las oposiciones de la policía y por eso pasa más tiempo en la academia de Ávila que con ella.

Eso sí, son pocos los que saben de mi mudanza.

Aunque la cosa va a cambiar, ya que se ha organizado una fiesta de Navidad paralela con los trabajadores del centro comercial, que iban más por compromiso que por disfrute.

¡Qué manía más rara la vuestra esta del «bienquedismo»!

Celebración que, a su vez, hará las veces de inauguración de la vivienda que Boris y Ana comparten. De alquiler, porque siguen siendo pobres como ratas. La suerte no los ha acompañado, y este año tampoco les ha tocado la lotería. Aunque ya sabéis lo que dicen, afortunado en amores, desgraciado en el juego. O al revés... No lo tengo muy claro.

Así que aquí estoy, esperando que poco a poco comiencen a llegar, para que así se lleven la sorpresa. Bien vestido para la ocasión, además. Llevo un gorro de papá Noel y uno de los horrorosos jerséis con el que Melodía se ha empeñado en vestirme. Lo enciende de cuando en cuando mediante un mando a distancia, para que, así, las narices de los renos del trineo de Santa Claus, que coinciden justo con la altura donde se sitúan mis pezones, se iluminen de diferentes colores e intensidades.

Una prenda que iba a vestir ella, pero que se ha quitado como si quemara en cuanto ha descubierto el nombre de otro de los invitados al evento. Aquí hay bien de salseo y tema que te quema, pero eso... es otra historia.

Supuestamente, debería de haberse colgado un cartel en la puerta que indicara: «Cuidado, hay un gorila en la puerta», pero esa tarea, que correspondía a quién ya podéis imaginar, no ha sido cumplida. Entre vosotros y yo, creo que ha sido a propósito.

Preveo más de un susto, muchas risas y, sobre todo, que nos lo vamos a pasar muy bien.

¿Existe un modo mejor para describir unas Navidades?

FIN

Laura Corral

Nacida en Mérida y lectora voraz, en realidad se llama Laura. Aunque en redes sociales podéis conocerla como Laurelleeyescribe. Donde, tanto en su blog como en su perfil de Instagram, comparte lanzamientos y opiniones de las novelas que lee.

Pero, además, también ha hecho sus pequeños pinitos como escritora: tiene varios libros publicados en formato digital con Ediciones Frutilla. Uno de sus relatos forma parte de la Antología Benéfica *Constelación Literaria*, disponible en Amazon, y que ha resultado finalista del XII Premio Jan Evanson de relato corto, organizado por la Escuela Oficial de Idiomas de Plasencia a nivel regional.

Puedes seguirla en: **@laurelleyescribe**

AGRADECIMIENTOS

Si estás leyendo esto, significa que has llegado al final de nuestra primera aventura navideña. ¡Y qué magnífico viaje ha sido!

Pero, antes de que te vayas a cantar villancicos con la familia, queremos **agradecer a todas las personas** que han hecho posible que esta colección de relatos exista… y, por supuesto, **a ti**, que ahora tienes esta obra entre tus manos.

Antes de nada, queremos dar las gracias a los **maravillosos autores** que, **junto a nosotras tres,** han puesto su corazón en estas páginas para crear diez historias muy diferentes y con alma propia. Este libro es un reflejo de cada una de vuestras voces, y estamos más que orgullosas de haberlo compartido con vosotros.

Lector/a, si te han gustado sus relatos, ¡no te olvides de seguirlos en las redes y darles amor! Ellos son, por orden alfabético, **Anne Aband** (@anneaband_escritora), **Alberto Guerrero** (@aguerrerocor), **Antonio Barrado Cortés** (@antoniobarradocortesescritor), **Laura Corral** (@laurelleeyescribe), **M.M. Ondicol** (@m.m.ondicol), **M.R. Flower** (@rosmary_flower) y **Pebol Sánchez** (@pebolsanchez).

Gracias también a nuestra querida lectora cero **Carmen** (@la_biblioteca_de_carmen). Como siempre, es un placer contar con tu apoyo constante y, en esta ocasión, repartiendo tu cariño entre todas las plumas que llenan tanto esta novela como ese cuaderno que nos has dedicado. Gracias por estar ahí siempre, leyendo con el corazón y el ojo de águila.

A tod@s l@s **bookstagrammers** y **tiktokers** que nos muestran su apoyo cada día con sus mensajes y reseñas. No sabéis lo que eso significa para nosotras, las alegrías que nos produce ver cada uno de vuestros comentarios, posts y reseñas.

En especial, a nuestra **Asun** (@lalokadeloslibros_84) que siempre nos hace reír con sus ocurrencias. Muchas gracias por la labor que haces para dar visibilidad a los escritores independientes. ¡El mundo necesita más gente como tú!

A nuestra familia y, en especial, a nuestros **supernenes**, esos compañeros de vida que han tenido que lidiar con nuestros momentos de trance creativo, nuestras locuras y esas noches en vela pensando en personajes y tramas. A lo tonto y a lo bobo, hemos creado una pequeña familia en Londres. Gracias por ser nuestro puerto seguro cuando las tormentas creativas se desatan.

Por último, pero no menos importante… **a ti, que tienes este libro entre tus manos.** Sí, a ti que nos lees. Porque este proyecto nació por y para ti. Porque siempre has estado ahí, apoyándonos en cada paso de este camino literario, con tus mensajes, tus palabras de ánimo y esa complicidad que tanto valoramos. Gracias por ser la razón por la que seguimos soñando y escribiendo.

Así que, con una sonrisa de oreja a oreja y un corazón lleno de gratitud, os decimos: ¡Gracias a todos! Que este libro os haya acompañado como la estrella en la punta del árbol: brillando, guiando y, sobre todo, llenando de magia cada momento.

Esperamos que este libro te haya hecho sonreír, suspirar y creer en la magia de la Navidad.

Con todo nuestro cariño,

Las Supernenas Literarias
@charlottetloyauthor, @deborahpgomez y @jessy_cm_writer

PD: Si lo has disfrutado, no olvides dejarnos una reseña... o mejor aún, ¡cuéntaselo a Papá Noel para que descanse debajo de todos los árboles y Kindles estas Navidades! ;)